LEA SANTANA

Die Orchideenfrauen

W0387008

Weitere Titel der Autorin:

Der Sommer der Blütenfrauen
Das Versprechen der Oktoberfrauen

Lea Santana

Die Orchideen-frauen

Roman

Lübbe

NACHHALTIG PRODUZIERT

Die Bastei Lübbe AG verfolgt eine nachhaltige Buchproduktion. Wir verwenden Papiere aus nachhaltiger Forstwirtschaft und verzichten darauf, Bücher einzeln in Folie zu verpacken. Wir stellen unsere Bücher in Deutschland und Europa (EU) her und arbeiten mit den Druckereien kontinuierlich an einer positiven Ökobilanz.

FSC www.fsc.org
MIX
Papier | Fördert gute Waldnutzung
FSC® C014496

Originalausgabe

Copyright © 2024 by
Bastei Lübbe AG, Schanzenstraße 6–20, 51063 Köln
Vervielfältigungen dieses Werkes für das Text- und Data-Mining bleiben vorbehalten.

Textredaktion: Ulrike Brandt-Schwarze, Bonn
Umschlaggestaltung: zero-media.net, München
Einband-/Umschlagmotiv: © FinePic®, München
Satz: GGP Media GmbH, Pößneck
Gesetzt aus der Bembo
Druck und Verarbeitung: GGP Media GmbH, Pößneck

Printed in Germany
ISBN 978-3-404-19329-5

2 4 5 3 1

Sie finden uns im Internet unter luebbe.de
Bitte beachten Sie auch: lesejury.de

PROLOG

Portsmouth, England, 1853

Still und unauffällig saß Marianne in einer Ecke des Salons der Hafenmeisterei. Niemand nahm Notiz von ihr, eigentlich waren die anwesenden Männer sogar der Meinung, dass sie als Frau hier nichts zu suchen hatte, und missbilligten, dass Sir Frederick North seine Tochter überhaupt mit hierhergebracht hatte. Zu stickig die Luft zwischen den Lagerhallen, zu schmutzig die ausgetretenen Wege für die feinen Schuhe, zu rau der Ton nahe der Docks.

Marianne war es nur recht, so konnte sie ungestört an der Zeichnung weiterarbeiten, die vor ihr auf dem Tisch lag. Mit raschen Strichen skizzierte sie die weit geöffnete Seerose. Die sanfte Biegung der äußeren Kronblätter, die aufrechten Staubblätter, die sich schützend um den Stempel scharten. Sie war bereits recht zufrieden mit der Pflanze, doch die Libelle, die im Begriff war, sich darauf niederzulassen, die wollte ihr noch nicht gelingen. Sie würde noch einmal von vorn beginnen müssen. Sie seufzte, schlug das Blatt ihres Zeichenblocks um und blickte auf das frische weiße Papier, das geduldig auf einen neuen Versuch wartete.

Die Diskussion der Anwesenden wurde lebhafter, als es um den Mann ging, auf den sie alle warteten. Genauer gesagt warteten sie auf das Schiff, das ihn nach Hause bringen sollte, und vor allem das, wofür sie ihn um den halben Erdball geschickt hatten: Orchideen aus Südostasien.

Gerade faltete Mr. Veitch, einer der größten Pflanzen- und Samenhändler im Land, einen Brief auseinander, den der von ihm beauftragte Pflanzenjäger von Assam aus auf den Weg gebracht hatte, als laute Rufe zu ihnen hereindrangen.

»Sie ist da! Die *Gloria* ist da!«

Veitch ließ das Papier achtlos auf den Tisch segeln, er und die anderen Männer stürzten ans Fenster und reckten die Hälse nach dem Schiff, bevor sie sich eiligst nach draußen Richtung Kai aufmachten.

»Marianne, du wartest hier«, wies ihr Vater sie im Hinauseilen an.

Einen Moment später war sie allein im Salon. Ihr Blick fiel auf den kristallenen Aschenbecher, in dem noch immer die Zigarren glommen und auf …

Den Brief.

Sie stand auf, ging hinüber zum Tisch und nahm ihn in die Hand. Die lange Reise hatte Spuren auf dem Papier hinterlassen. Es war fleckig, an manchen Stellen eingerissen und zerknittert. Aber das war egal. Marianne wollte wissen, was darin stand. Sie begann zu lesen.

… kommen wir nur langsam vorwärts, weil wir immer wieder Schutz vor den monsunartigen Regenfällen suchen müssen. Wenn diese vorüberziehen, waten wir weiter auf aufgeweichten Wegen, stecken oft bis zu den Knien im Schlamm. Am Abend schlagen wir unser Lager unter provisorischen Dächern aus Pfählen, Zweigen und Blättern auf und versorgen unsere Wunden, die uns die Blutegel zufügen, die sich an uns allen immer und überall festsaugen. Die Rufe der Mynas und Pfauen halten uns wach wie auch die Sorge um unseren Proviant und die Ausrüstung wegen der Affen und Ameisenbären.

Marianne überflog ein paar sehr technische Beschreibungen und kam zum Wesentlichen.

… kann ich Ihnen mitteilen, dass wir an die einhundert Exemplare der in Auftrag gegebenen Orchidee gefunden haben und nun den Rück-

weg nach Kalkutta antreten, wo wir in einem Monat mit unserer Fracht an Bord der Gloria *gehen werden.*

Marianne lief ein Schauer über den Rücken, und die feinen Härchen auf ihren Armen stellten sich auf. Doch nicht etwa, weil sie diese Reisebeschreibung schreckte oder abstieß, sondern vielmehr, weil sie der unbändige Wunsch überfiel, selbst irgendwann einmal derlei Reisen zu unternehmen. Und vor allen Dingen würde sie nun nichts mehr davon abhalten können, diese wundersame und begehrte Orchidee zu sehen. Sie legte den Brief zurück und folgte den Männern.

Wenig damenhaft hastete sie den Kai hinunter, bis sie an der bereits vertäuten *Gloria* ankam. Ihr Vater und die anderen Männer waren schon an Bord gegangen. Sich des Donnerwetters bewusst, das sie erwarten würde, raffte sie die Röcke, die sie noch nie als so unpraktisch empfunden hatte wie in dem Moment, als sie über die hölzerne Laufplanke balancierte, und ging an Bord. Die Augen mancher Offiziere weiteten sich, manche besannen sich und bedachten sie immerhin mit einem knappen Kopfnicken. Aufgebrachte Stimmen aus dem Bauch des Schiffes schallten hinauf an Deck, offenbar war nicht alles so verlaufen, wie man es erwartet hatte.

»Die Orchideen haben alle Blüten und Blätter abgeworfen, das ist eine Katastrophe!«, brüllte Veitch. »Diese langen und kümmerlichen Triebe, entsetzlich. Über Bord werfen, das hätten Sie damit tun sollen!«

Marianne schlug sich die Hand vor den Mund. Die Orchideen, alle tot?

»Sie hätten Licht gebraucht.«

Marianne drehte sich um. Ein Mann, etwa Anfang dreißig, was sich aber nur schwer sagen ließ, denn er war ausgezehrt und unrasiert wie ein Schiffbrüchiger, trat aus dem Schatten eines Masts.

»Keine der Pflanzen dort unten ist in einem gesunden Zustand oder wenigstens noch so weit am Leben, dass man sie mit entsprechender Pflege würde retten können.«

»Sind Sie Mister Lobb? Der berühmte Pflanzenjäger?«

Er lächelte. »Thomas Lobb, ganz recht.«

»Aber das ist ja furchtbar!«, sagte Marianne und bemerkte ihren Fauxpas augenblicklich. »Natürlich nicht Sie, Sir, verzeihen Sie. Ich meine die Orchideen. Nicht eine einzige?«

»Kommen Sie.«

Marianne folgte ihm. Er ging zum Bug des Schiffes und deutete auf ein Dutzend Glaskästen, die dort in einer Ecke am Boden standen.

»Der Kapitän hatte Bedenken wegen der Gewichtsverteilung an Deck. Dies sind alle, die wir hier oben lassen durften. Es tut mir leid.«

Lobb ging in die Hocke und öffnete eines der gläsernen Behältnisse. Marianne stand da, und ihr Blick erfasste zuerst nur das üppige, glänzende Grün, dann die intakten, ganz sagenhaft schönen Blüten. Noch nie hatte sie Orchideen in so einer Farbe gesehen. Lobb hob eine heraus, so vorsichtig, als könne sie bei der kleinsten Berührung zerfallen.

Marianne ließ sich neben ihn auf die Knie sinken. Sie scherte sich nicht um ihre Röcke.

»Wie heißt sie?«, flüsterte sie. Ihr war beinahe feierlich zumute, und sie hatte so eine Ahnung, dass dieser Moment ein ganz besonderer war und alles verändern würde.

»Vanda coerulea«, sagte Lobb und erlaubte sich wieder ein Lächeln. »*Vanda* ist im Sanskrit die Bezeichnung für eine epiphytische Orchidee. Epiphytisch heißt, dass …«

»Aber das weiß ich doch«, entgegnete Marianne. »Es sind Pflanzen, die auf anderen Pflanzen wachsen.«

Er nickte. »Und *coerulea* ist lateinisch für Blau.«

»Sie ist wunderschön und einzigartig. Aber der Name wird ihr nicht gerecht.«

»Was meinen Sie?«

»Die Farbe. Ich glaube nicht, dass man einen Namen finden kann, der sie auch nur annähernd treffend beschreibt.«

Lobb nickte. Er wusste ganz sicher, was sie meinte.

»Dieses außergewöhnliche Blau …«

1

✿

Cornwall, heute

Es war unmöglich, die Pfützen zu umfahren. Es waren zu viele, die Fahrbahn war zu eng und Holly zu missmutig, um sich überhaupt die Mühe zu machen. Der anhaltende Regen der letzten Tage hatte die Unebenheiten der Landstraße mit Wasser und Schlamm gefüllt, hier und da sprudelten sogar kleine Sturzbäche über die Fahrbahn. Nur gut, dass keine Radfahrer oder Spaziergänger unterwegs waren, denen sie ganz sicher im Vorbeifahren eine unfreiwillige Dusche verpasst hätte. Aber kein Mensch war draußen unterwegs. Kein Mensch außer ihr.

Sie verfluchte den Tag, an dem sie den Termin hier draußen am Ende der Welt in Cornwall vereinbart hatte. Fotos von Verkaufsobjekten machten sich immer besser im Sonnenschein, und Sonnenschein gab es in England nun einmal nicht viel im April. Sie hätte den Termin also besser in den Mai schieben sollen. Doch die Eigentümerin des Hauses hatte gedrängelt. Offenbar war sie in einer finanziellen Notlage und wusste keinen anderen Ausweg, als schnellstmöglich ihr Cottage zu veräußern.

Holly angelte sich einen Walker's Mint Toffee aus dem Handschuhfach und wickelte ihn umständlich mit einer Hand aus, als auch noch ihr Smartphone auf dem Beifahrersitz klingelte. Das sommersprossige Gesicht ihrer Kollegin und Freundin Emma leuchtete ihr vom Display entgegen. Schnell steckte sie das Toffee in den Mund und nahm das Gespräch an.

»Hi, Emma, was gibt's?«, fragte sie kauend.

»Fährst, isst und telefonierst du etwa gleichzeitig?«

»Rufst du mich an, nur um das zu kontrollieren?«

»Natürlich nicht, aber es reicht schon eine kleine Sekunde Unaufmerksamkeit selbst bei geringer Geschwindigkeit …«

Holly musste lachen.

»Geringe Geschwindigkeit ist gut. Ich könnte genauso gut zu Fuß gehen. Es regnet Bindfäden, ich sehe kaum etwas, und …«

»Das ist ja noch schlimmer!«

»Was gibt's denn nun, Emma?«

»Oh, ich wollte nur wissen, wie es ist auf dem Land. Du bist so überstürzt aufgebrochen, dass wir uns gar nicht weiter zu dem Auftrag besprechen konnten.«

Seit nicht ganz einem Jahr waren Holly und Emma Kolleginnen in der renommierten Immobilienagentur Leonard Mills Estate Agents in Plymouth. Es hatte nicht lange gedauert, bis sie sich angefreundet hatten. Die Konkurrenz auf dem Immobilienmarkt war groß, und warum auch immer es so war, es vertrauten immer noch mehr Menschen den Verkauf ihres Besitzes männlichen Kollegen an. Es hatte für Holly und Emma also zwei Möglichkeiten gegeben: Sie hätten sich gegenseitig als Rivalinnen im Kampf um die besten Aufträge und höchsten Provisionen betrachten können oder sich zusammentun. Sie hatten sich für Letzteres entschieden.

»Was soll ich sagen? Ich fahre zu einer betagten Lady auf dem Land, die ihr Cottage nicht mehr halten kann. Ich mag solche Aufträge nicht so gern, das weißt du. Jede Menge alte Geschichten, Sentimentalitäten, Erinnerungen …«

Emma räusperte sich, und Holly sprach nicht weiter. Sie hatte nicht immer so gedacht, aber seit sie sich vor gerade einmal zehn Monaten unfreiwillig selbst auf die Suche nach einer neuen Bleibe hatte machen müssen, hatte sie sich verändert. Und Emma wusste davon. In einer Nacht mit viel Rotwein, Chips und einer

Familienpackung Eiscreme hatte die etwas beschwipste Holly Emma ihr halbes Leben erzählt.

»Sicher hat sie ein paar leckere Scones gebacken. Du trinkst eine schöne Tasse Tee mit ihr, machst Fotos und hast am Ende das gute Gefühl, dass du ihr letztendlich aus der Misere hilfst. Das ist doch auch was.«

»Ein paar Sonnenstrahlen würden helfen. Das ist die reinste Sintflut hier.«

Die Scheibenwischer kamen gegen den Regen kaum an, obwohl sie schon auf der höchsten Stufe arbeiteten. Durch den Regenschleier sah Holly am Wegrand eine einsame Palme stehen, deren Wedel vom Wind hin und her gepeitscht wurden.

»Absurd«, murmelte sie, aber der Golfstrom machte es möglich, dass in Cornwall selbst Palmen und andere mediterrane Gewächse gut gediehen. Eigentlich war das Klima hier im Vergleich zum Rest des Landes mild. Eigentlich. Nur nicht heute.

»Wie schade. Du könntest ansonsten auch ein paar Aufnahmen vom Garten machen«, fuhr Emma fort. »Ich wette, sie hat einen wundervollen Rosengarten. Alte Ladys auf dem Land haben immer Rosengärten.«

»Ich glaub, da liegst du falsch. Sie züchtet Orchideen.«

Emma ließ ein lautes Gähnen vernehmen.

»Genau«, kommentierte Holly.

»Die standen bei meiner Großmutter auf allen Fensterbänken. Aus Plastik!«

»Das ist ja scheußlich. Aber ich kenne die tatsächlich auch nur von meinen alten Großtanten, die allesamt nach Yardleys Lavendelseife rochen und sich jeden Freitag entweder im Buchclub oder zum Bridge trafen. Das ist wirklich todlangweilig und nicht besonders geeignet, um potenzielle Interessenten anzulocken.«

»Ich drück dir trotzdem die Daumen. Und fahr vorsichtig!«

»Danke, mach ich.« Holly drückte das Gespräch weg und beugte sich zum Handschuhfach für ein weiteres Toffee. Gerade noch rechtzeitig tauchte sie wieder auf, um das Steuer mit beiden Händen zu packen und eine Vollbremsung hinzulegen.

Sie traute ihren Augen nicht. Eine Frau mit flatterndem Regencape auf einem Fahrrad führte ein Schaf an einer langen Leine neben sich spazieren, als wäre es ein Hund. Das Tier triefte vor Regenwasser. Sie überquerten die Fahrbahn in einer Seelenruhe, ohne jede Eile, als wäre dies hier selbstverständlich ihr Revier, in dem sich Stadtpflanzen wie Holly gefälligst nach ihnen zu richten hätten. Holly ließ das Fenster herunter und lehnte sich hinaus, ungeachtet der Tatsache, dass Kopf und Gesicht nass wurden.

»Hey Sie, ab und zu mal nach links und rechts schauen kann nicht schaden!«

Doch die Frau konnte oder wollte sie nicht hören. Holly sah nur noch den knallgelben Umhang langsam in der grauen Landschaft verschwinden.

»Wenn das so weitergeht, dann Gute Nacht.«

Holly seufzte. Schon ihr Umzug von London nach Plymouth wegen des Jobs hatte sie Überwindung gekostet, auch wenn sie damals eingesehen hatte, dass der Abstand zur Hauptstadt und ihrem alten Leben am Ende sicher richtig und gut sein würde. Aber niemand würde sie je dazu bringen, in einer Gegend wie dieser zu leben. Je einsamer die Gegend, umso eigenwilliger ihre Bewohner. Die Anzahl der Macken stieg parallel zur Anzahl der Wegkreuzungen ohne Ampelschaltung.

Zum Glück war es jetzt nicht mehr weit. Sie hatte Trethewey bereits hinter sich gelassen und war auf direktem Weg nach Porthgwarra. Nur an den rauchenden Schornsteinen konnte Holly erkennen, dass die Höfe, die in großen Abständen hier und da abseits der Straße auftauchten, bewohnt waren. Menschen sah sie keine. Je näher Holly ihrem Ziel kam, desto enger wurde außerdem die Straße, auch wenn sie gedacht hatte, dass das gar nicht mehr ginge. Wenn ihr hier jemand entgegenkäme, müsste sie rückwärts bis zur nächsten Auffahrt einer Farm zurücksetzen. Sie krallte ihre Hände ums Lenkrad.

Darüber hinaus war ihr eiskalt, obwohl die Heizung in ihrem Mini-Cabrio auf der höchsten Stufe warme Luft auf ihre kalten Beine pustete. Ihre Stoffhose war zwar dem Anlass angemessen, aber viel zu dünn. Der Wagen hatte außerdem zwölf Jahre auf dem Buckel und eine nicht mehr einwandfrei funktionierende Vollautomatik für das Stoffverdeck. Irgendwo schien es nicht hundertprozentig zu schließen, und es zog ganz empfindlich auch im Nacken und an ihrem Hinterkopf.

»Englischer Frühling. Schönen Dank.«

Da endlich sah sie an einer Gabelung das von ihrer Klientin beschriebene Straßenschild vor sich. Holly bog ein in die Sackgasse, die eine ansteigende Schotterstraße war, auf der die Reifen ins Rutschen kamen. Als die Fahrbahn auf der Kuppe eines Hügels auf den Horizont traf, hatte sie es endlich geschafft. Sie stand vor einem typisch kornischen Cottage, aus dessen Dach gleich drei Schornsteine in den Himmel ragten. Das Haus war größer, als Holly vermutet hatte. Sie hätte das Verkaufsdatenblatt besser lesen sollen. Die Vorderfront war kahl und schmucklos, wie es hier draußen üblich war. Nicht einmal ein paar noch nackte Ranken von Kletterrosen klammerten sich an die Hausmauer und warteten auf ihre Zeit, in der sie sich von ihrer besten Seite zeigen würden.

Holly schlüpfte in ihre Jacke, nahm das Telefon und tippte eine Nachricht an Emma.

Bin angekommen. Trister geht's nicht.

Mit steifen Beinen stieg sie aus, und sofort erfasste sie eine Windböe und wehte sie fast von den Füßen. Als sie sich dem Haus näherte, wurde ihr klar, warum. Dahinter lag schon das Meer. Zwischen ein paar kargen Büschen, die sich im Wind hin und her warfen und mit Mühe am Boden hielten, sah sie ein kleines Stückchen der bleigrauen, unruhigen See.

Holly war den Sprachanweisungen des Navigationssystems

gefolgt, hatte keinen Blick auf irgendeine Landkarte geworfen und somit keine Ahnung gehabt, dass sie schon so nah am Meer war. Sie war nicht auf einem Hügel angekommen, sondern auf einer Klippe, die nicht viel weiter vor ihr zu enden schien, denn sie hörte die donnernde Brandung ganz nah.

Innerlich jubelte Holly. Das bedeutete unmittelbare Strandnähe. Vielleicht gab es sogar einen direkten Weg dort hinab, und diese Möglichkeit hob Hollys Laune beträchtlich. Die Aussicht ließe sich hervorragend in die Fotoserie für das Portfolio mit einbinden, sie müsste dafür nur wirklich noch einmal bei gutem Wetter wiederkommen. Und sie mussten vielleicht auch noch einmal über einen etwas höheren Verkaufspreis nachdenken. Andererseits bedeutete ein altes Steincottage auf einer Klippe, das ungeschützt dem Wetter ausgesetzt war, womöglich Feuchtigkeit, die sich durch die Wände fraß.

All die Spekulationen brachten Holly nicht weiter, sie musste das Haus von innen sehen. Ein weiterer heftiger Windstoß klatschte ihr eine regennasse Strähne ihrer langen braunen Haare ins Gesicht. Sie würde sich im Haus erst einmal aufwärmen müssen, mit den klammen Fingern könnte sie die Fotokamera nicht bedienen. Aus einem der Schornsteine stieg Rauch auf, vielleicht gab es ein wärmendes Kaminfeuer. Voller Vorfreude rieb sie sich die Hände. Und wenn sie es sich recht überlegte, hätte sie jetzt gar nichts gegen eine schöne Tasse heißen Tee einzuwenden gehabt. Und Scones gingen ja eigentlich auch immer.

»Sie sind spät dran«, sagte die Frau, die Holly die Tür öffnete.

»Guten Tag«, entgegnete Holly lächelnd und überging, dass ihre Klientin für sie kein freundliches Begrüßungswort übrig hatte. »Ich bin Holly Greenwood vom Immobilienbüro …«

»Das weiß ich. Ich habe Sie ja erwartet. Die Zeugen Jehovas verirren sich nicht so oft hier rauf. Kommen Sie rein. Sie sind ja patschnass. Sind Sie zu Fuß von Plymouth gekommen?«

»Nein, ich hab nur kurz die Aussicht bewundert, das hat schon gereicht. Und mein Verdeck … Na, egal. Nun bin ich ja hier.« Die erwartete kuschelige Wärme eines beheizten Hauses hüllte Holly ein, und sie entspannte sich. »Ich freue mich, Sie kennenzulernen, Mrs. Oxley. Ich bin sicher, dass wir …«

»Miss.«

»Wie bitte?«

»*Miss* Annabel Oxley.«

»Oh, natürlich. Entschuldigung.«

Holly zog den Reißverschluss der Ledermappe auf, in der sich all die mitgebrachten Papiere der Gutachter sowie die Formulare für den Verkauf befanden. Ihre Finger waren ganz weiß vor Kälte, sie hatte Mühe, das Zittern zu verbergen. Und tatsächlich gelang es ihr nicht. Miss Oxley bemerkte es.

»Ziehen Sie die nassen Schuhe aus. Ich gebe Ihnen ein paar warme Socken. Sie holen sich ja den Tod. Und kommen Sie endlich richtig rein. Wir wollen ja nicht im Stehen auf dem Flur verhandeln, oder?«

Miss Oxley wies auf eine Tür, die vom Eingangsbereich abging, verschwand selbst aber erst einmal über den Korridor in eine andere Richtung.

Holly trat durch die Tür und staunte über die geschmackvolle Einrichtung. Es gab zwei Ohrensessel mit Samtbezügen in einem warmen Orange, das Holly an die Herbstblätter des Ahorns im Garten ihrer Großeltern erinnerte. Je ein großes Kissen mit Quasten bedeckte fast die gesamte Sitzfläche. Die Sessel standen vor einen Kamin, Holly hatte sich nicht zu früh gefreut. Die aufgestapelten Holzscheite knackten, ein Geruch nach Wald und Harz hing im Raum. Die elegante Leselampe auf einem Schreibtisch mit geschwungenen Beinen tauchte den Raum in behagliches Licht, was bei diesem Unwetter schon jetzt am Mittag nötig war.

Auf das Versprühen eines Dufts von frisch gebackenem Brot, was eine heimelige Atmosphäre kreieren sollte, würden sie bei ihren Besichtigungsterminen verzichten können. Es war heimelig, auch ohne diesen billigen Trick, mit dem in der Branche gern gearbeitet wurde und mit dem sich Holly nie hatte anfreunden können.

Ihr Blick blieb an einem altmodischen Plattenspieler und Dutzenden von Schallplatten hängen, die sich in einer offenen Kommode drängten. Holly wüsste zu gern, welche Musik ihre Klientin hörte. Aber sie vernahm Schritte auf dem Korridor und verkniff es sich, nachzusehen und dabei ertappt zu werden.

»Hier, das sollte helfen.«

Miss Oxley warf Holly ein zusammengerolltes Paar Wollsocken auf einen der Sessel. Dann ging sie zu einem Schränkchen, nahm eine Flasche mit goldbraunem Inhalt und zwei Gläser heraus. Holly wollte protestieren, doch sie war nicht schnell genug.

»Ein anständiger Schluck Whisky wärmt durch.«

Holly wollte eigentlich sagen, dass es der von Emma beschworene Tee auch tun würde, aber Kunden stieß man nicht vor den Kopf, und so nippte sie höflich an ihrem Glas, während ihr Gegenüber einen kräftigen Schluck nahm. *So viel zur langweiligen alten Lady*, dachte Holly und sah sich ihre Auftraggeberin nun endlich genauer an.

Sie war schlank, beinahe sehnig, ihre Haltung aufrecht. Die cognacfarbene Cordhose sah an den Oberschenkeln schon ein wenig abgewetzt aus, so als würde sie oft ihre Hände darauf abstützen. Ein grob gestrickter Wollpullover hüllte ihren schmalen Körper ein wie eine Decke. Er war zu groß und sah aus, als würde er eigentlich einem Mann mit viel kräftigerer Statur gehören. Am liebsten hätte Holly gefragt, ob sie auch so einen haben könnte. Ihre Bluse war viel zu dünn, und sie spürte, wie trotz des Feuers Gänsehaut über ihre Arme lief.

Am meisten faszinierten Holly jedoch die Haare. Sie mussten einmal feurig rot gewesen sein. Jetzt zogen sich etliche silbrige

Strähnen hindurch und gaben der verwaschenen Farbe einen besonderen Schimmer. Der im Nacken geschlungene Knoten gab keinen Aufschluss darüber, wie lang die Haare waren. Alles in allem konnte Miss Oxley nicht weiter von dem Bild entfernt sein, das Holly sich ausgemalt hatte. Keine ondulierte Frisur mit Violettstich, kein Tweedkostüm. Die Realität lag irgendwo zwischen Landfrau und Künstlerin.

Nachdem Holly ihre nassen Schuhe und Strümpfe gegen die dicken Wollsocken getauscht hatte, zog sie endlich die Papiere aus der Mappe und breitete sie auf dem Tischchen vor der Hausherrin aus.

»Dies sind die Kopien der Gutachten zum Zustand des Hauses. Hier ist unsere Analyse, und dies sind die Berechnungen zum derzeitigen Marktwert.« Holly schob die Papiere noch näher zu Miss Oxley, die die Arme vor dem Körper verschränkt hatte und nicht wirklich interessiert wirkte. »Nehmen Sie sich Zeit, alles durchzusehen. Wenn Sie mit der Summe, die wir ansetzen wollen, einverstanden sind, können wir sofort die Fotos für den Verkaufskatalog machen.«

»Wie viel?«

»Die vorgeschlagene Verkaufssumme?«

»Ja, was sonst? Die Anzahl der Fotos?«

Holly atmete tief ein und wieder aus. Nicht immer waren ihr die Klienten sympathisch, solch eine Ruppigkeit, die an Unhöflichkeit grenzte, war allerdings selten.

»170 000 Pfund.«

»Pff.«

Holly hatte keine Ahnung, wie sie diese Reaktion deuten sollte. Hatte die Kundin mehr erwartet?

»Die Heizungsanlage ist veraltet und wird über kurz oder lang erneuert werden müssen. Unsere Expertenanalyse …«

»Ihre Expertenanalyse interessiert mich nicht. Ich will dies hier so schnell wie möglich hinter mich bringen. Sie wissen ja bereits, dass mich gewisse Umstände zu diesem Schritt zwingen, da muss ich mich nicht auch noch länger als notwendig damit aufhalten.«

»Ich verstehe.« Und Holly verstand wirklich. Ein Zuhause zu verlieren war schwer.

Miss Oxley schenkte noch einmal ein.

»Nicht für mich«, sagte Holly. »Ich muss schließlich noch fahren.«

»Sie hätten sich in der Nähe ein Zimmer nehmen sollen.« Damit schob sie Holly das Glas über den Tisch, wie sie ihr vorher die Papiere.

Holly sagte nichts. Als ob sie hätte ahnen können, wie dieser Termin verlaufen würde. Alte Ladys boten einem manchmal ein Likörchen an, aber Whisky …

»Dann sind Sie also mit der Summe einverstanden?« Schweigen. Holly räusperte sich. »Gut, dann würde ich vorschlagen, dass ich mit den Fotos beginne. Wir benötigen insgesamt etwa zwanzig bis dreißig Aufnahmen von möglichst allen Räumen, einschließlich Küche und Bad. Außerdem vom Garten … Na ja, vielleicht sparen wir uns das. In den Unterlagen steht, dass es einen Wintergarten gibt, das ist gut. Einen Garten kann man bei dem Wetter hier sicher nicht oft nutzen, einen Wintergarten hingegen schon. Vielleicht fangen wir dort an?«

»Kommen Sie. Wir müssen durch die Bibliothek.«

Miss Oxley stand auf, und Holly folgte ihr. Sie gingen den Korridor hinunter und traten in ein Zimmer, das tatsächlich wie eine Bibliothek mit Regalen voller Bücher ausgestattet war, die bis unter die Decke reichten. Und es gab sogar eine kleine Leiter, die an einer Metallschiene entlanglief, und auf die man klettern und die obersten Fächer erreichen konnte.

Holly konnte nicht anders. Sie trat an ein Regal und ließ ihren Blick über die Buchrücken wandern. Fast alles waren botanische Bücher. Enzyklopädien, Bildbände, Fachbücher zur Zucht von Orchideen.

»Interessieren Sie sich für Botanik?«, fragte Miss Oxley, und der ironische Ton entging Holly nicht.

»Ich habe keine Ahnung davon.«

»Dachte ich mir.«

»Ich frage mich nur gerade, was Sie mit all den Büchern machen werden. Nehmen Sie die alle mit in Ihr neues Zuhause?«

»Neues Zuhause? *Das* hier ist mein Zuhause. Hier gehören die Bücher hin. Genau wie ich.«

Der Zorn in diesen Worten erschreckte Holly.

»Aber da es nun mal nicht anders geht und ich mich verkleinern muss … Aber bevor ich die Bücher aus Platzgründen womöglich veräußere, verzichte ich lieber auf ein Bett und schlafe auf dem Boden. Um die Frage also zu beantworten, ich nehme die Bücher mit.«

Miss Oxley sah aus dem Fenster in die Wand aus Regen und hatte die Arme wieder verschränkt. Holly hatte keinen Zweifel daran, dass sie es ernst meinte.

»Wo werden Sie hinziehen, wenn das Cottage verkauft ist?«

Holly zog ein Buch aus dem Regal, während sie auf eine Antwort wartete. Es sah mit dem vergilbten Rücken sehr alt aus. Als sie es aufschlug, rutschten kolorierte Zeichenblätter heraus, die zwischen die Seiten geklemmt gewesen waren, und segelten zu Boden.

»Was machen Sie denn da?«, fuhr Miss Oxley sie an.

»Herrje, das tut mir leid. Ich sammele alles wieder ein.« Holly kniete sich auf den Boden.

Die Hausherrin stürzte zu ihr.

»Lassen Sie mich das machen!«

Eilig sammelte sie die Blätter ein, doch Holly war schneller. Bevor sie alle wieder zwischen den Buchseiten verschwanden, betrachtete sie die, die sie noch in der Hand hielt, näher. Es waren Zeichnungen von Blumen. Nein, es waren Zeichnungen nur von Orchideen. Feine Bleistiftlinien skizzierten die Formen der Blüten, Aquarelltusche verlieh ihnen ihre individuelle Farbe. Bevor Miss Oxley ihr die Blätter aus der Hand nahm, bemerkte Holly in der rechten unteren Ecke der Blätter Buchstaben. A. O.

»Initialen? Haben Sie diese Bilder gezeichnet?«

»Was sind Sie? Immobilienmaklerin oder Privatdetektivin?« Sie schob die Mappe unwirsch und offenbar verärgert zurück zwischen die anderen im Regal.

»Das sind kleine Kunstwerke«, fuhr Holly unbeirrt fort, ohne eigentlich Ahnung von Kunst zu haben. »Wo haben Sie das gelernt? Haben Sie noch mehr davon? Wenn Sie die an Sammler verkaufen, würde sich das bestimmt lohnen!«

»Sich lohnen! Das ist alles, was Sie im Kopf haben, ja? Wie viel Geld es einbringt?«

Nun wurde Holly doch ärgerlich.

»Entschuldigen Sie, aber ich bin ja aus genau diesem Grund hier, oder nicht? Weil Sie Geld brauchen.«

Kaum hatte Holly das ausgesprochen, blieb ihr fast das Herz stehen. So hatte sie noch nie mit einer Klientin gesprochen. So *durfte* sie nicht mit einer Klientin sprechen. Aber diese Frau machte es ihr auch wirklich sehr schwer, Höflichkeit und Beherrschung zu bewahren. Dennoch, sie war zu weit gegangen. Vermutlich würde sie jetzt einpacken und nach Plymouth zurückfahren müssen, ohne eine Unterschrift auf dem Agenturvertrag.

»Es tut mir leid. Meine Bemerkung war unangebracht. Ich denke, es ist besser …«

Miss Oxley unterbrach sie mit einer gereizten Handbewegung.

»Sie haben recht. Ich brauche das Geld. Aber diese Zeichnungen, die Bücher und auch meine Orchideen sind unverkäuflich. Merken Sie sich das.«

»Verstanden.« Doch als glaube sie, ihr Glück noch einmal

ungestraft herausfordern zu können, fragte Holly: »Aber die sind doch wirklich von Ihnen, oder?«

Ihre Klientin sah Holly lange an, als wäre sie ein zu sezierendes Insekt.

»Ja, das sind meine Zeichnungen. Und jetzt gehen wir in den Wintergarten. Den wollten Sie doch sehen, oder?«

Die Tür lag halb verborgen hinter einem Vorhang. Helles Licht fiel hindurch, als Miss Oxley sie öffnete. Duft strömte heraus. Eine Mischung aus Feuchtigkeit, Erde und Blütensüße wie in einem Blumenladen. Nur exquisiter und feiner. Holly folgte der Hausherrin.

»Oh mein Gott, was ist …« Holly blieb die Luft weg.

»Das ist der Wintergarten.«

»Wintergarten?«

»Ja, was sonst?«

»Ein Dschungel?«

Holly hatte Bilder vor Augen gehabt von einer hübschen und gepflegten Sitzgruppe aus Korbgeflecht, ein Plaid dekorativ über eine Armlehne drapiert, zwei oder drei Blumenkübel, vielleicht Hortensien. Hier gab es Kübel, ja, aber das war …

Der Boden war mit feinem Sand bedeckt, wie solcher, den man in Vogelkäfige streute. Gefäße, die vermutlich drei Männer brauchen würden, um bewegt zu werden, standen in ausreichend Abstand zueinander, sodass das Licht, das durch die Glasfront fiel, alle Ecken und jeden Winkel erreichen konnte. In den Kübeln wuchsen keine dekorativen niedrigen Büsche, sorgfältig gestutzt und vielleicht mit Zitrusfrüchten behangen, nein, das waren Bäume! Knorrige Gehölze, an deren Stämme und auf deren Äste Pflanzen klebten, voller tentakelartiger Auswüchse, mit denen sie sich offenbar festkrallten.

Holly war nicht beeindruckt, sie war schockiert. Sie konnte an nichts anderes mehr denken als daran, wie um Himmels willen all dies entfernt werden sollte, bevor das Haus an neue Besitzer überging. Der ganze Schmutz, der … Sie zuckte zurück, als plötzlich etwas dicht an ihrem Gesicht vorbeiflatterte.

»Schmetterlinge. Die tun Ihnen nichts.«

»Schmetterlinge, aha.«

Holly ließ die Hausherrin hinter sich zurück und setzte vorsichtig einen Fuß vor den nächsten, um im Dickicht aus Zweigen, Blättern, einer Art Lianen und Tentakeln nirgendwo hängen zu bleiben.

»Passen Sie auf die Wachteln auf!«

Sofort blieb Holly stehen und blickte sich um. »Wachteln?«

»Da drüben. Chinesische Zwergwachteln. Die fühlen sich hier sehr wohl.«

»Oh.« Zu mehr war Holly nicht fähig.

Sie war in eine andere, eine verzauberte Welt eingetreten. Auch wenn sie Mühe hatte, ihren kalkulierenden Immobilienmaklerblick abzuschalten, war dies hier doch überwältigend. Nachdem sie eine Weile einfach nur dagestanden hatte und den Anblick und den Duft auf sich wirken ließ, begann sie zu begreifen, dass dies kein undurchsichtiges Chaos war, sondern ein wohldurchdachtes Arrangement aus kleineren und größeren Gewächsen, die aufeinander aufbauten, sodass jedes von ihnen gebührend zur Geltung kam.

Und dann, als würde sich ihr Blick scharf stellen und ihr Geist erst jetzt in der Lage sein, Details aufzunehmen, sah sie die Blüten. Reines Weiß, Vanillegelb, zartes Rosa, kräftiges Pink und Violett, Hummerrot. Blütenblätter mit Tupfen, mit Streifen und Blüten, die aussahen wie Gesichter.

Holly musste sich setzen, doch wo?

Sie blickte sich um und sah ihre Auftraggeberin, die auf einer kleinen Holzbank unter dem größten Gewächs saß, von dem viele der seltsamen Tentakel herabhingen. Doch nicht die waren das, was Holly am meisten erstaunte. Es war Miss Oxley selbst. Sie hatte die Augen geschlossen, und ihre Züge waren entspannt und friedlich. Ihre straffe Haltung, das Harte und Strenge, all das war auf wundersame Weise gewichen. Holly kam es vor, als würde sie ein Aquarell betrachten und die Farben ineinanderlaufen und die Konturen aufweichen sehen. Sie traute sich nicht, sich zu bewegen, und so blieb sie einfach dort stehen, wo sie war, und wartete ab, während sie die pickenden Vögel am Boden beobachtete.

»So werden wir nie fertig«, durchschnitt Miss Oxleys Stimme plötzlich die Stille. »Jetzt kennen Sie den Wintergarten. Lassen Sie uns zurückgehen zu Ihrem Papierkram.«

Der Zauber war gebrochen, und Holly wurde zurückkatapultiert in die Realität.

»Es wird eine Menge Arbeit werden, den Wintergarten in seinen ursprünglichen Zustand zurückzuversetzen. Und er ist viel größer, als ich dachte. Das ist ja ein Anbau wie ein viktorianisches Gewächshaus. Ist das überhaupt genehmigt? Ich muss die Gutachten unbedingt noch mal durchsehen. Nicht dass die neuen Besitzer am Ende ein Problem mit den Behörden bekommen …«

»Zurückversetzen?«

Holly zuckte zusammen, so grob hatte es geklungen.

»Ja, natürlich. Das kann ja nicht so bleiben.«

»Doch, das bleibt so. Ich verkaufe das Haus nur an jemanden, der den Wintergarten genau so belässt, wie er ist.«

»Machen Sie Witze?«

»Sehe ich so aus?«

»Aber das geht doch nicht. Wie sollen wir denn einen Käufer …«

»Genau so.«

»Miss Oxley, ich weiß nicht, ob Sie in der Position sind, die Gruppe der potenziellen Käufer so zu limitieren. Es würde vermutlich viele Monate dauern, bis wir jemanden finden, der sich darauf einlässt. Und selbst wenn diese Zusage gemacht wird, wissen Sie doch nicht, ob das vom neuen Besitzer wirklich so erhalten wird, wenn er erst einmal eingezogen ist. Sie können das ja nicht vertraglich festhalten.«

»Genau so. Das ist mein letztes Wort.«

»Nun gut, so kommen wir wohl im Moment nicht weiter. Lassen Sie uns einfach die Fotos machen, dann haben wir das wenigstens schon mal.«

Sie gingen zurück durch die Bibliothek, wobei Holly noch einmal einen schnellen Blick auf das beeindruckende Bücherregal warf, das solche Schätze wie die offenbar mit Absicht verborgenen Zeichnungen enthielt. Im Wohnzimmer öffnete sie die mitgebrachte Tasche mit der Fotoausrüstung und holte ihre Kamera heraus. Nach kurzer Überlegung schraubte sie ein Objektiv auf, drehte an Rädchen und hatte dann die Einstellungen gefunden, die für die Lichtverhältnisse im Haus am besten geeignet schienen.

»Darf ich?«, fragte sie vorsichtshalber nach.

Miss Oxley nickte knapp und ging voraus von Raum zu Raum. Sie öffnete Holly jede Tür in ihrem Haus, bis auf die zu einem Abstellraum, der auch Hollys Meinung nach nicht wichtig wäre. Hier und da musste sie die unwillig vor sich hin grummelnde Hausherrin für eine bessere Perspektive aus dem Weg dirigieren, aber nach zwanzig Minuten meinte sie, alle Aufnahmen im Kasten zu haben. Auf dem kleinen Display sah sie alles noch einmal im Schnelldurchlauf an und war zufrieden. Damit könnten sie eine schöne Präsentation erstellen.

Nur der Wintergarten … Seit dem Brexit hielten die Menschen ihr Geld zusammen, immer im Ungewissen, was vielleicht noch auf sie zukommen könnte. Das hatte Auswirkungen auf alle Branchen, so auch auf die Immobilienbranche. Ihr Business war also schon schwer genug geworden. Aber vielleicht würden sie dennoch erst einmal den Wunsch von Miss Oxley in das Verkaufsangebot mit aufnehmen. Wenn dann ein Interessent nach dem nächsten hierherkam, das Ausmaß vor Augen hatte und sich sein Interesse nur deswegen in Luft auflöste, dann würde sie sicher einsichtig werden und begreifen, dass man niemandem einen solchen Urwald überlassen konnte.

»Sehr schön, ich glaube, dann habe ich alles, was ich für den Moment brauche. Ich fahre jetzt zurück nach Plymouth. Wir gestalten ein schönes Verkaufsangebot, dafür brauchen wir ein paar Tage, und dann stellen wir es online. Für die Besichtigungen sehen wir uns dann wieder. Ich versuche, so viele Termine wie möglich auf einen Tag zu legen, dann belästigen wir Sie damit nicht an mehreren Tagen. Damit sind Sie sicher einverstanden.«

»Das ist ganz in meinem Sinn. Ich bringe Sie hinaus.«

»Ihre Socken«, sagte Holly, als sie in ihre inzwischen trockenen Schuhe schlüpfen wollte.

»Behalten Sie sie.«

»Aber …« Holly brach ab. Ein Blick in Miss Oxleys Gesicht sagte ihr, dass sie auch hierüber nicht zu diskutieren brauchte. Sie behielt sie einfach an und stieg damit in ihre Schuhe.

»Auf Wiedersehen, Miss Oxley. Es war mir … Es war interessant, Sie kennenzulernen.« Sie streckte ihr die Hand hin, die diese nach kurzem Zögern ergriff. »Ich melde mich bald bei Ihnen.«

Kaum hatte Holly sich umgedreht, fiel die Tür hinter ihr auch schon ins Schloss. Sie ging zu ihrem Auto, stieg ein, schlug ebenfalls sehr erleichtert die Tür hinter sich zu und atmete einmal geräuschvoll aus. Einen derart herausfordernden Termin hatte sie lange nicht gehabt. Für einen Moment saß sie noch da, starrte auf die Regentropfen, die auf ihrer Windschutzscheibe zerplatzten und daran herunterrannen. Im Haus, in dem es warm gewesen war und nach Holz und Blumen roch, hatte sie das unfreundliche Wetter hier draußen fast vergessen. Holly schüttelte den Kopf. Sie musste sich beeilen, wenn sie noch vor Einbruch der Dunkelheit zurück in Plymouth sein wollte.

2

Cornwall, heute

Holly verließ Porthgwarra. Wieder fragte sie sich, wie man es in dieser Gegend aushalten konnte, wo es weder einen Supermarkt noch einen Pub oder wenigstens eine Tankstelle gab. Heidekraut, Farne und Weiden, auf denen ausrangierte Badewannen als Wassertrog für die Schafe dienten, das war alles. Und es war bereits April. Wie deprimierend musste es hier erst im Winter sein? Keine Spur von Zivilisation. Wer sich hierhin verzog, der …

»Was zum Teufel!«

Holly trat das Bremspedal ganz durch. Ihr Wagen schlingerte auf der nassen Fahrbahn, brach aus und schoss auf einen Meilenstein zu. Sie hatte keine Chance. Der Wagen krachte mit dem linken Kotflügel dagegen, und mit einem lauten Knall kam er zum Stehen. Kurz sammelte sich Holly. Sie war in Ordnung, hatte sich nicht verletzt. Dann riss sie die Fahrertür auf und sprang aus dem Wagen.

»Du blödes Viech!«

Sie schwang ihre Faust, was das Schaf weder sah noch interessiert hätte. Urplötzlich war es aus der Regenwand aufgetaucht. Hatten die hier denn keine verdammten Zäune? Holly ging um das Auto herum und besah sich den Schaden.

»Oh nein, ernsthaft?«

Der Kotflügel hatte eine beachtliche Delle, das würde man nicht einfach nur ausbeulen können. Vermutlich würde er ausgetauscht werden müssen. Das wäre in Plymouth in ein oder zwei

Tagen gemacht. Doch viel schlimmer war der Reifen. Vielmehr der platte Reifen. Damit kam sie hier nicht weg. Und wenn der Aufprall so schlimm gewesen war, dass es den Reifen zerfledderte, dann hatte womöglich auch die Achse Schaden genommen, und dann …

Aufgeregte Rufe unterbrachen Hollys Gedanken.

»Myrtle, komm zurück! Du eigensinniges Wollschaf. Myrtle!«

Holly sah sich um. Ein Fahrrad überquerte äußerst eilig die Landstraße und bog in einen Feldweg ein. Ein Fahrrad, eine Frau und ein quittengelbes Regencape. Die Frau von vorhin, die ihr blödes Schaf an der Leine spazieren geführt hatte, die sie jetzt ohne Schaf am anderen Ende über dem Kopf schwenkte wie ein Lasso. Holly wunderte es nicht, dass das Tier zu entkommen versuchte.

»He, warten Sie. Mein Auto! Ihr blödes Schaf hat …«

Es war zwecklos. Unter viel Gezeter trat die Frau in die Pedale und strampelte der entlaufenen Myrtle hinterher.

»Das darf doch nicht wahr sein. So ein Mist!«

Holly scherte sich nicht um ihre nasse Kleidung, die alles durchtränkte. Wütend ließ sie sich wieder auf den Fahrersitz fallen, griff nach ihrem Telefon und wählte die Nummer von Emma. Niemand ging ran. Sie hinterließ eine Nachricht und googelte dann nach einer Werkstatt oder einem Abschleppdienst in der Nähe. Tatsächlich fand sie eine nur zehn Meilen entfernte Werkstatt in Penzance. Sie wählte die angegebene Nummer, doch auch da nahm niemand ab, und einen Anrufbeantworter gab es nicht. In Porthcurno, Porthgwarra und Trethewey, das hatte sie ja schon festgestellt, gab es nichts und niemandem, der ihr helfen konnte.

Niemanden außer ihrer Klientin Miss Oxley. Vielleicht hatte sie einen Nachbarn, einen Bekannten oder sonst irgendeine Idee, wie sie von hier wegkommen und ihr Auto nach Plymouth schaffen könnte. Holly stöhnte. Sie manövrierte den Wagen so weit wie möglich von der Fahrbahn herunter und stellte ein Warndreieck auf. Dann packte sie die wichtigsten Dinge in ihre Tasche und griff auch nach der Aktenmappe mit den Papieren. Und sie würde auf keinen Fall ihre Fototasche hier im Wagen liegen lassen. Als sie die Tür abgeschlossen hatte, schulterte sie ihr Gepäck und begann ihre unfreiwillige Wanderung zurück zum Steincottage und seiner grantigen Hausherrin.

Es war bereits dunkel und Holly nass bis auf die Knochen, als sie endlich die Auffahrt des Cottages überquerte. Bei jedem Schritt machte das Wasser ein schmatzendes Geräusch in ihren Schuhen, in denen ihre Füße immer noch in den fremden Socken steckten. Sie klopfte. Nichts passierte. Sie klopfte noch einmal. Es fehlte noch, dass die Eigentümerin jetzt nicht zu Hause war. Doch als Holly gerade den Arm hob, um diesmal aus lauter Verzweiflung mit der Faust gegen die Tür zu hämmern, wurde diese von innen aufgerissen.

»Miss Oxley, Gott sei Dank, Sie sind zu Hause.«

»Und was machen Sie hier? Sie sehen aus, als wären Sie in den Penberth River gefallen. Kommen Sie rein. Brauchen Sie noch ein paar neue Socken?«

Sie lachte grimmig, doch Holly konnte ihren Sinn für Humor nicht teilen. Als sie drinnen alles auf dem Steinboden des Hausflurs abgestellt hatte, wischte sie sich das Wasser aus dem Gesicht, das ihr über die Stirn bis in die Augen rann, und wrang ihre Haare aus. Dann sah sie entschuldigend Miss Oxley an, die auf die Pfütze auf ihrem Fußboden blickte. Doch Holly erkannte keinen Ärger. Da war etwas anderes. Die ältere Frau hatte geweint. Wirklich, sie weinte? Kaum vorstellbar. Doch, ihre Augen waren gerötet. Falls sie nicht gerade gereizte Augen hatte, weil sie mit dem Schürhaken im gemütlichen Feuer ihres Kamins herumgestochert hatte, dann hatte sie mit an Sicherheit grenzender Wahrscheinlichkeit geweint.

»Und was machen wir jetzt?«, fragte Miss Oxley.

»Ich hab keine Ahnung. Sie waren die einzige Möglichkeit, die mir eingefallen ist.«

Kurz schilderte Holly, was passiert war.

»Das mit dem Schaf war Mable.«

Mable und Myrtle. Holly wollte nach Plymouth zurück. Sofort.

»Sie hat es irgendwann vor Jahren vor dem Schlachter gerettet und verwechselt es seither mit einem Schoßhund. Nun ja …«

»Mable und wie weiter? Ich brauche etwas mehr für meine Versicherung. Immerhin hat dieser entlaufene Wollschoßhund den Unfall verursacht.«

»Auf dem Land in Cornwall weiß man, dass Schafe hier frei herumlaufen.«

»Ich aber nicht. Ich komme aus der Stadt.«

»Sind Sie hergekommen, um zu streiten? Wir sollten Sie lieber aus den nassen Sachen rausbekommen. Ich suche Ihnen ein Handtuch und etwas zum Anziehen heraus. Gehen Sie ins Bad.«

Nach ein paar Minuten tauchte Miss Oxley wieder auf. Sie gab Holly ein Handtuch, eine trockene Jeans und einen dicken Wollpullover, ebenso groß wie der, den sie selbst trug und wie ihn Holly sich zuvor schon gewünscht hatte. Und natürlich ein weiteres Paar dicker Socken. Holly rubbelte sich trocken, zog sich um und ging dann ins Wohnzimmer.

»Vielen Dank für die Sachen. Haben Sie denn irgendeine Idee, wie ich hier wegkommen kann?«

»Heute nicht mehr.«

»Was soll das heißen? Wo soll ich denn übernachten? Hier ist doch nichts weit und breit.«

»Ich hab John Morris in Kerris eine Nachricht geschickt. Der wird sich morgen um Ihren Wagen kümmern. Heute ist er auf der Hochzeit seiner Tochter oben in Kelynack. Da wird er schwerlich noch fahren können, selbst wenn er wollte. Sie können hier übernachten. Ich kann Ihnen das Sofa in der Bibliothek herrichten. Morgen sehen wir weiter.«

Hier übernachten. Das hatte Holly noch gefehlt. Aber sie sah ein, dass es das Vernünftigste war und sie keine Wahl hatte, und so willigte sie schweren Herzens ein.

»Ich nehme an, Sie haben Hunger? Ich wärme Ihnen Pasties auf. Und dann mache ich Ihnen eine Kanne Tee. Ein paar Scones habe ich auch noch.«

Holly seufzte. Tee und Scones. Also doch noch. Könnte sie doch wenigstens Emma erreichen.

»Danke, das ist sehr freundlich von Ihnen.«

Bevor Miss Oxley das Wohnzimmer verließ, drehte sie sich noch einmal um.

»Und Sie? Sind Sie okay? Haben Sie sich verletzt?«

Holly schüttelte den Kopf. »Alles in Ordnung. Nur der Schreck.«

✿

Später in der Nacht lag Holly in ihrem provisorischen Bett in der Bibliothek, und konnte nicht schlafen. Das lag nicht nur an dem guten und viel zu reichlichen Essen, das ihre Gastgeberin für sie allein in der Küche angerichtet hatte. Es lag auch nicht an der ungewohnt weichen Matratze, dem zu flachen Kopfkissen oder dem Wind, der wild um das Haus heulte. Es lag an dem Gefühl, nicht zu Hause zu sein.

Sie gehörte hier nicht her. Alles war fremd. So ging es ihr seit dem Auszug aus der gemeinsamen Wohnung mit Stephen vor fast einem Jahr immer. Sie hatte ein Zuhause gehabt, ein Nest, einen Ort, an dem sie sich geschützt und geborgen gefühlt hatte. Daraus war der Ort geworden, an dem der schlimmste Verrat ihres Lebens passiert war. Erst der Duft eines fremden Parfüms im Bad, wenn sie von der Arbeit am Abend heimkam, am Ende eine andere Frau in ihrem Bett.

Sie war erst zu einer Freundin geflüchtet, danach in ein Hotel gezogen, dann – weil es schnell gehen musste – in eine Wohnung, die sie sich nicht leisten konnte, und schließlich in eine Wohnung, die sie sich leisten konnte, die aber hellhörig und sanierungsbedürftig gewesen war. Das alles in nicht einmal einem Jahr. Holly fühlte sich wie eine Nomadin, und das entsprach nicht ihrem Naturell.

Wie musste es sich erst anfühlen, wenn man nach Jahrzehnten gezwungen war, das Zuhause zu verlassen?

Als die Uhr auf ihrem Telefon ein Uhr nachts anzeigte, stand Holly auf, zog sich an und verließ das Zimmer. Krampfhafte Versuche einzuschlafen sollten angeblich das Gegenteil bewirken, Ablenkung hingegen entspannen und müde machen und helfen, danach in den ersehnten Schlaf zu fallen. Also würde sie sich ablenken.

Sie tapste auf den geliehenen Socken über den Korridor und fragte sich jedoch, wo genau sie eigentlich hinwollte. Nach draußen vor die Tür? Es hatte aufgehört zu regnen, aber der Wind wuchs sich zu einem anständigen Sturm aus. Ein Spaziergang kam also nicht infrage. Der Wintergarten. Dort könnte sie sich noch einmal umsehen, um einzuschätzen, wie viele Lieferwagenfahrten es benötigen würde, um ihn zu räumen. Mit diesem Plan im Kopf schlich sie durch die Bibliothek, zog die Tür hinter dem Vorhang auf und trat ein.

Elektrisches Licht gab es hier offenbar nicht, Holly fand nirgendwo einen Schalter, ebenso wenig wie Kerzen, Windlichter oder Petroleumlampen, die sie hätte entzünden können. Was vermutlich sehr vernünftig war, denn wenn trockene Blätter oder Zweige hier Feuer fingen, hätte sich der Hausverkauf schnell erledigt.

So war Holly auf das Mondlicht angewiesen, das immer wieder hinter den Wolken hervorschien, die nur so über den nächtlichen Himmel rasten. Sie bewegte sich behutsam, machte keine großen Schritte, sondern schob einen Fuß vor den anderen, um nicht versehentlich in der Dunkelheit auf eine der Zwergwachteln zu treten. Sie erreichte die Bank und setzte sich. Tatsächlich lag darunter, sorgfältig gefaltet, auch ein wollenes Plaid, das sie sich zuvor für den Wintergarten ausgemalt hatte. Holly breitete es aus und legte es sich um die Schultern.

Je länger sie so dasaß, desto besser gewöhnten sich ihre Augen an den Wechsel zwischen undurchdringlicher Schwärze und dem fahlen Schein des Mondes. Die Umrisse wurden schärfer, und sie konnte die verschiedenen Grüntöne des Blattwerks unterscheiden. Die Gewächse auf den Ästen kamen Holly größer vor als am Tag, als würden sie in der Nacht erwachen und sich aufrichten und strecken. Auch die Blütenkelche schienen jetzt einen noch intensiveren Duft zu verströmen.

Vielleicht war es aber auch nur die Abwesenheit anderer Reize, die Holly alles intensiver empfinden ließ. Sie war ganz allein und verloren hier an diesem fremden Ort, andererseits auch Teil von etwas Zauberhaftem. Ganz still saß sie da, und tatsächlich näherten sich zwei der kleinen Ziervögel. Zögerlich trippelten sie um ihre Füße. Holly rührte sich nicht, und als die mutigere der beiden flauschigen Kugeln sie in die Socke pickte, musste sie sich zusammenreißen, um nicht zu zucken und das Tier zu verschrecken.

Die Zutraulichkeit der Vögel rührte Holly, als würden die kleinen Schnäbel nicht ihre Socke bearbeiten, sondern die harte Schale um ihr Herz aufknacken wie eine Nussschale. Und plötzlich weinte sie.

Sie hatte so sehr versucht, den Schmerz über den Betrug und den Verlust ihres Zuhauses mit Arbeit, vielen Überstunden, langen Läufen durch die Straßen von Plymouth, als würde sie für einen Marathon trainieren, zu betäuben, sodass es ihr wirklich gelungen war, einfach weiter zu funktionieren. Wenn sie doch einmal spürte, wie sich am Ende eines Tages eine düstere Wolke über ihr zusammenbraute, rief sie Emma an, und sie gingen aus, tranken zu viel, futterten Kuchen und Popcorn bei gemeinsamen Filmabenden.

Aber sie weinte nie. Bis jetzt.

»Verdammte Myrtle«, sagte sie zu sich selbst. »Jetzt sitze ich wegen dir hier fest und werde zur Heulsuse.«

Holly legte die Beine auf die Bank, kauerte sich auf die Seite und starrte durch das gläserne Dach des Wintergartens in einen Himmel voller Sterne. Die Wolken hatten sich verzogen. Und dann schlief sie endlich ein.

»Miss Greenwood, wachen Sie auf.«

Jemand rüttelte Holly an der Schulter. Sie murrte unwillig.

»Das ist viel zu unbequem hier, gehen Sie doch zu Ihrem Sofa.«

Wie von der Tarantel gestochen fuhr Holly hoch. Vor ihr stand die Hausherrin, die sie mitten in der Nacht im Wintergarten ertappt hatte.

»Ich muss eingeschlafen sein.«

»Ganz offensichtlich.«

Holly sah Miss Oxley an. War sie verärgert? Oder war das eher ein amüsierter Zug um ihren Mund?

»Es tut mir leid, ich hätte hier nicht einfach in der Nacht herumschleichen sollen. Aber ich konnte nicht schlafen. Und hier auf einmal …«

»Hier auf einmal was?«

»Hier war es so friedlich, und irgendwie bin ich dann doch so müde geworden, dass ich nicht einmal mehr ins Zimmer zurückgehen konnte. Das gab es noch nie. Es ist mir sehr unangenehm.«

»Das braucht es nicht. So etwas passiert.«

Holly sah sie an. Irgendetwas daran wie sie es gesagt hatte, ließ Holly aufhorchen.

»Ihnen auch?«

Die ganze Antwort war das erste kleine Lächeln, das Holly von ihr zu sehen bekam.

3

Sestri Levante, Ligurien, 1968

Irgendetwas kitzelte Annabel an der Nase. *Vielleicht ein Sonnenstrahl*, dachte sie schlaftrunken. Wohlig streckte sie sich und war im Begriff, sich auf die andere Seite zu drehen, doch der Untergrund war unerwartet hart und unbequem. Wie unbequem, merkte sie erst jetzt, als sie sich bewegte. Alle Knochen in ihrem Leib schmerzten. Sie öffnete langsam erst ein Auge und dann das andere – und war zurück in der Realität. Was sie für einen Sonnenstrahl gehalten hatte, war ein schillernder dunkelgrüner Käfer, der jetzt vor ihrem Gesicht über die Holzplanken spazierte, auf denen sie lag.

Wo war sie? Nur langsam kam sie zu sich und nahm die Geräusche um sich herum wahr. Nicht nur den Zikadengesang, da war auch das Plätschern von Wasser und in der Ferne das dumpfe Tuten wie von einem Schiffshorn. Und dann war da etwas, was die Idylle störte. Ein Klopfen, als ob jemand ungeduldig mit den Fingern auf Holz trommelte. Annabel hob den Kopf.

»*Dormito bene?*«

Die barsche Stimme eines Mannes traf sie wie ein Peitschenhieb, und sie wirbelte so schnell herum, dass sie sich fast den Rücken verrenkte.

Ob sie gut geschlafen hatte? Was zum Teufel …

Sie sprang auf die Füße, und ihr Kreislauf sackte durch den abrupten Positionswechsel ab. Ihr wurde schwindelig, aber es gab nichts, woran sie sich hätte festhalten können. Für einen Moment schwankte sie, als hätte sie zu viel getrunken.

»Müssen Sie mich so erschrecken?«

»Oh, eine Engländerin«, stellte er jetzt in Annabels Sprache fest.

»Sitzen Sie da etwa schon länger und beobachten mich?«, fragte sie.

Der Mann, der ganz im Dunkel des Schattens eines duftenden Oleanderbaums in einem bequemen Korbstuhl saß und von dem sie lediglich die Umrisse erkennen konnte, beugte sich jetzt vor, als würde er sie genauer in Augenschein nehmen wollen.

»Sie haben ja Nerven«, gab er zurück. Sein Akzent war hart, er rollte das R, wie es fast alle Südländer taten. »Dies hier ist kein öffentlicher Park. Sie befinden sich auf einem Privatgrundstück. Uneingeladen, wenn ich mich nicht irre. Und dann schlagen Sie auch noch so einen Ton an? Sie kommen aus dem Vereinigten Königreich, wie ich Ihrem Akzent nach vermute?«

»Wie spät ist es denn eigentlich?«, fragte Annabel zurück, ohne auf seine Frage einzugehen. »Ich habe keine Uhr dabei.«

»Es ist bereits acht Uhr am Abend. Und wenn Sie nichts dagegen haben, würde ich jetzt gerne das Tor schließen und ohne Eindringlinge meinen Abend verbringen.«

»Acht Uhr? Wie komme ich denn jetzt zurück auf die andere Seite der Bucht? Es gibt doch nur alle paar Stunden diesen einen lokalen Bus, oder? Fährt der um diese Zeit überhaupt noch?«

Annabel schaute um sich. Sie befand sich im Garten einer Villa, die östlich an einem Hang oberhalb der Baia del Silenzio in Sestri Levante klebte, ihr Hotel jedoch lag westlich davon, unten in der Stadt gleich neben der Basilika, deren Glocken sie heute Morgen aus dem Schlaf geläutet hatten. So schnell schreckte sie nichts, aber das war nun doch eine ärgerliche Situation, in die sie sich da gebracht hatte. Noch dazu einen Tag vor ihrem offiziellen Termin mit den Besitzern ebendieser Villa. Sie hatte sich doch nur schon einmal vorab umsehen wollen.

»Schwimmen.«

»Wie bitte?«

»Sie könnten rüberschwimmen.«

»Gute Idee. Eine Runde schwimmen zur Erfrischung wollte ich heute Abend sowieso noch«, knurrte Annabel.

Er lachte. Es war das volle, selbstsichere Lachen eines Mannes, den nichts aus der Ruhe brachte, weil er wusste, dass er mit fast jeder Situation fertigwürde. Im Gegensatz zu ihr, wie er sicher meinte. Aber da kannte er Annabel schlecht. Sie war schließlich an der Küste aufgewachsen. Schwimmen konnte sie schon, bevor sie gelernt hatte, Fahrrad zu fahren.

Endlich stand er auf und trat aus dem Schatten. Annabel stellte überrascht fest, dass er jünger war, als seine Stimme vermuten ließ. Sie schätzte ihn auf etwa dreißig. Er hatte ein kantiges Gesicht mit einer schmalen und geraden Nase wie die einer Skulptur aus der griechischen Antike. Vielleicht war sie ein wenig zu lang. Lachfältchen um die Augen nahmen seinen Zügen die Schärfe. Nicht nur seine Arbeitshose, sondern auch die Grasflecke auf den Knien wiesen ihn als Gärtner des Anwesens aus.

Annabel kannte diesen Anblick nur zu gut. So oft bat sie ihren Vater, nicht in einer seiner besseren Hosen auf den Knien der Gartenarbeit nachzugehen. Der neumodische Waschautomat wusch die Flecke nie aus, ohne dass Annabel sie vorher einweichte und ausgiebig mit einer Bürste bearbeitete. Dabei hatte ihr Vater es sich nicht nehmen lassen, eine brandneue Hoovermatic-Twin-Tub-Waschmaschine zu kaufen, wofür er ein Drittel seines Jahreseinkommens geopfert hatte. Annabel hatte ihn nicht davon überzeugen können, ein gebrauchtes Modell zu kaufen.

So war er. Immer alles oder nichts, auch wenn es seine Möglichkeiten nicht selten überstieg. Wagemut und auch ein wenig den Hang, hoch zu pokern, hatte er ihr vererbt, doch im Gegensatz zu ihrem Vater vergaß sie nie das Netz und den doppelten Boden.

»Nun kommen Sie schon. Ich rufe Ihnen vom Haus aus ein Taxi.«

Sie steuerten direkt auf die Villa zu, einen eleganten Bau im Liberty-Stil, der sich über ganze drei Stockwerke erstreckte und in deren beeindruckender Glasfront sich die untergehende Sonne spiegelte. Er führte sie durch einen Nebeneingang hinein, dann einen endlos langen Korridor hinunter, an dessen Wänden zu beiden Seiten Ölgemälde wie in einer Ahnengalerie hingen, bis er schließlich die Tür zu einem Wohnzimmer öffnete.

Nein, es war nicht einfach ein Wohnzimmer. Es war ein Salon, wie Annabel ihn nur aus Filmen und Prospekten von Luxushotels kannte. Marmorne Böden in blitzendem Weiß, tief dunkelrote Vorhänge aus Samt und schwere Polstermöbel mit Dutzenden von bestickten Zierkissen. Sie war beeindruckt und machte auch keinen Hehl daraus. Unauffällig zupfte sie sich ein aus dem Garten mitgebrachtes Blatt vom Rock und ließ es in ihrer Tasche verschwinden.

»Nehmen Sie Platz. Leider ist um diese Zeit unser Küchenpersonal nicht mehr im Haus, sonst hätte ich uns einen kleinen Imbiss zubereiten lassen. Aber vielleicht ein Glas Rotwein, während Sie warten? Ich muss die Nummer des Taxiunternehmens erst suchen.«

Annabel traf es wie ein Schlag. Er *lässt* zubereiten? Er? Und dann wurde ihr bewusst, wie sicher und selbstverständlich er sich durch das Haus bewegte und dass sie sich gründlich getäuscht hatte. Von wegen Gärtner. Nun hatte sie sich schon vor ihrem Treffen am nächsten Tag den Ärger des Hausherrn zugezogen. So etwas Dummes war ihr noch nie passiert. Und sie musste es schnell aufklären.

Er schenkte Rotwein in zwei geschliffene Gläser und stellte eines vor Annabel ab.

»Wie heißen Sie?«, fragte er rundheraus.

»Annabel. Annabel Owens. Und ich habe morgen bei Ihnen …«

»Salute, Annabel Owens.«

»Ja, natürlich. Salute.« Der Wein war für einen Rotwein ungewöhnlich gekühlt, mit einer kaum wahrnehmbaren Spritzigkeit und herrlich erfrischend. »Und Sie sind?«

Erstaunt zog er seine Augenbrauen hoch.

»Ich dachte, das wüssten Sie bereits. Ich wohne hier. Dies ist mein Haus. Und übrigens auch mein Garten. Gianfranco Lana.« Er deutete ein Kopfnicken an.

»Selbstverständlich wusste ich das bereits. Ich dachte nur, Sie würden sich der Höflichkeit halber ebenfalls vorstellen.«

Das musste der Wein auf leeren Magen sein. Annabel machte alles nur noch schlimmer, als es sowieso schon war.

»Ich lege mich fest. Schottland«, sagte er unvermittelt, ohne auf ihre spitze Bemerkung einzugehen.

»Nein, England war richtig. Aber eine schottische Großmutter.«

»Daher die …«

Er machte eine Geste, die ihre Haare meinte. Im Schein der untergehenden Sonne, deren letzte Strahlen des Tages durch die Fenster fielen, flossen sie wie flüssiges Kupfer um ihr Gesicht und über ihre Schultern. Ungeniert sah er sie an. Es war Zeit zu gehen. Aber nicht, bevor sie das angesprochen hatte, wofür sie ursprünglich am nächsten Tag hätte herkommen sollen.

»Signor Lana, mein Name sagt Ihnen offenbar nichts. Ich hatte eigentlich erst morgen …«

Doch weiter kam sie wieder nicht. Die Tür öffnete sich, und zwei Frauen traten in den Raum. Aufgeräumt schwatzten sie miteinander, die Hände flogen nur so durch die Luft, um mit Gesten das Gesagte zu unterstreichen. Goldene Armreifen klimperten im Takt. Es war ein Schauspiel. Beide sahen Gianfranco Lana auffallend ähnlich, schienen lediglich wenige Jahre älter zu sein. Plötzlich wurde ihnen bewusst, dass sie nicht allein waren.

»Wir haben Besuch?«, fragte die augenscheinlich Ältere der beiden. »Gianfranco, willst du uns nicht vorstellen?«

»Aber natürlich. Unser unerwarteter Besuch …« Er zog das letzte Wort unnötig in die Länge. »Signorina Annabel Owens. Und dies sind meine Schwestern Elisabetta und Antonella.«

Höflich gaben die beiden Annabel die Hand und bedachten sie mit einem freundlichen und zugleich neugierigen Lächeln.

Sie setzten sich zu ihnen und plauderten munter drauflos. Unverbindliche Höflichkeiten wurden ausgetauscht, sie fragten nach dem Wetter in England, was Annabel bedauernd als sehr unstet beschrieb. Es folgten Fragen über das Essen, und Annabel gab ihr Bestes, um die Küche ihres Heimatlandes in gutes Licht zu rücken, wusste sie doch, dass für Italiener die einzig wahre Küche die ihrer eigenen Mutter war. Unruhig trommelte der Hausherr währenddessen mit den Fingern auf die Sofalehne. Es schien eine Angewohnheit von ihm zu sein. Eine unangenehme, wie Annabel fand. Er brauchte offenbar viel Aufmerksamkeit.

»Aber weshalb kommt mir ihr Name nur so bekannt vor, Elisabetta?«, flüsterte Antonella Lana ihrer Schwester auf Italienisch zu.

»Das kann ich erklären«, sagte Annabel.

»Sie sprechen Italienisch?« Die jüngere Lana strahlte. »Wir lernen Englisch hier ja in der Schule, aber Italienisch in England? Das ist kein Unterrichtsfach, oder?«

Signor Lanas Augenbrauen hoben sich leicht. Er seufzte.

»In meinem Beruf …«, setzte Annabel an.

Weiter kam sie nicht. Wie aus dem Nichts traf sie die nächste Frage von Elisabetta Lana.

»Und wo haben Sie beide sich denn nun kennengelernt? Gianfranco hat Sie uns bisher erfolgreich verheimlicht.«

Jetzt wurde es ihrem Bruder zu bunt.

»Elisabetta, Antonella, es ist bereits spät, und wir sollten Signorina Owens nicht länger aufhalten. Ich schlage vor, wir verabschieden uns jetzt.«

Er hatte einen Ton angeschlagen, der kaum eine Widerrede zuließ. Völlig perplex starrten seine Schwestern ihn an. Doch Annabel erhob sich noch nicht sofort.

»Signor Lana, ich wollte Sie ja eigentlich erst morgen aufsuchen und mit Ihnen die Details unserer Vereinbarung besprechen. Aber da ich nun schon mal unverhofft hier mit Ihnen allen zusammensitze, können wir vielleicht auch jetzt …«

Sein überlegenes Auftreten geriet ein wenig ins Wanken. »Ich fürchte, ich verstehe nicht.«

»Annabel Owens. Von Dreamday Weddings. Ich bin hier, um an Ort und Stelle die Gegebenheiten für die Hochzeit im nächsten Monat zu planen. Sie erinnern sich an unsere Abmachung? Die Hochzeit in Ihrem Park?«

»*Sie* sind das!«, rief Antonella Lana und klatschte begeistert in die Hände. »Wir hatten Sie erst morgen erwartet. Ihre Agentur hatte uns Ihren Namen nicht mitgeteilt, daher wussten wir ja nicht, dass Sie …. Oder vielleicht doch, aber nun ja, wir sind immer so beschäftigt.«

Gianfranco Lanas Lächeln hingegen erstarb. »Welche Agentur?«

»Ich kann mir denken, dass Sie ein sehr beschäftigter Mann sind, aber erinnern Sie sich denn gar nicht?«, fragte Annabel.

»Wir hatten dir davon erzählt, Bruderherz.«

Seine jüngere Schwester sprach in zuckersüßem Ton mit ihm, und im nächsten Augenblick wusste Annabel, dass es wohl auch vonnöten war. Denn als sie ihm mit einer kurzen Zusammenfassung auf die Sprünge geholfen hatte und er schließlich sprach, tat er es zwar leise und beherrscht, aber das war fast noch schlimmer, als wenn er sie angebrüllt hätte.

»Sie sind ja wohl von allen guten Geistern verlassen!«

»Entschuldigung?«

»Machen Sie sofort, dass Sie hier rauskommen.«

»Aber … aber«, stammelte Annabel.

»Gianfranco!«, fuhr Elisabetta Lana dazwischen. »Wir haben da auch noch ein Wort mitzureden!«

»Raus!«, wiederholte er.

Mit zwei langen Schritten war er bei ihr und zog sie am Ärmel ihrer Bluse aus dem Sessel. Unsanft schob er sie in Richtung Tür. Seine Hand lag auf ihrem Rücken und brannte durch den dünnen Stoff wie Feuer.

»Moment, das können Sie doch nicht machen. Was soll denn das? Signor Lana!«

Aber er blieb unerbittlich. Seine Schwester Elisabetta stemmte entrüstet die Hände in die Hüften und versuchte vergeblich, zu Wort zu kommen. Sie machte den Mund auf und klappte ihn gleich wieder zu, da ihr Bruder sich jetzt richtig in Rage redete.

»Sie glauben doch nicht, ich würde es jemals gestatten, dass hier auf meinem Grund und Boden ein billiger Hochzeitstourismus Einzug hält. Das können Sie aufziehen, wo Sie wollen. Aber nicht bei mir. Mehr habe ich nicht zu sagen.«

Jetzt wurde auch Annabel böse. Sie entwand sich seinem Griff und kramte in ihrer Tasche.

»Gute Idee. Suchen Sie schon mal Kleingeld für ein Taxi zusammen«, schnauzte Lana sie an.

»Oh nein, ich habe hier eine schriftliche Vereinbarung …«

Annabel spürte seinen Ärger wie die Verdichtung der Luft vor einem Gewitter, und das machte sie nervös. Durch die Hektik rutschte ihr die Tasche aus der Hand, und der Inhalt kullerte heraus. Er ließ ein genervtes Stöhnen vernehmen. Eilig stopfte Annabel ihre Sonnenbrille, über deren Gläser sich ein paar unschöne Kratzer zogen, einen Reiseführer, der auch schon bessere Tage gesehen hatte, ein Päckchen Taschentücher und ihre Zeichnungen wieder zurück in die Tasche, bevor jemand genauer Notiz von alldem nehmen konnte.

Vor allen Dingen ihre Zeichnungen. Das hätte ihr noch gefehlt, dass dieser arrogante Mensch so etwas Persönliches von ihr zu sehen bekam. Gewiss, sie war nicht untalentiert und musste sich nicht für dieses Hobby schämen, aber dennoch, das hätte ihr gerade noch gefehlt.

»Das mit der Vereinbarung stimmt«, rief Antonella Lana dazwischen.

»Was auch immer Sie da hervorzaubern«, sagte er zu Annabel, wobei er den Einwand seiner Schwester einfach ignorierte, »ich will es nicht sehen. Ich rufe Ihnen jetzt das Taxi. Sie können draußen dann an der Auffahrt warten.«

»Gianfranco, das geht jetzt aber zu weit. Was ist denn in dich gefahren? Du hast drei Autos vor der Tür stehen. Da kannst du doch Signorina Owens eben zu ihrem Hotel fahren. Es ist schon stockdunkel und eine Frau allein … Wo bleibt denn deine Erziehung!«, protestierte Elisabetta Lana energisch.

Es war ihr anzusehen, dass sie sich für sein rüdes Verhalten schämte. Auch ihre Schwester wirkte betroffen. Ihre Begeisterung war verflogen.

»Gianfranco, worauf wartest du denn noch?«

Annabel war sich nicht sicher, ob sie tatsächlich die ganze Strecke neben Gianfranco Lana im Auto sitzen wollte, so wie er schäumte. Was, wenn er sie auf halber Strecke einfach auf die Straße setzte? Aber außer einem fürchterlich teuren Taxi gab es wirklich keine andere Möglichkeit. Sie ergab sich in ihr Schicksal, und er stürmte mit einem Unheil verheißenden Seitenblick auf seine Schwestern aus dem Haus.

»Kopf hoch, Signorina Owens«, sagte die ältere der Schwestern. »Antonella und ich werden das schon geradebiegen. Wir wussten ja, dass er nicht begeistert sein würde. Der Garten unserer Mutter ist für ihn … *Bene*, wir sehen uns morgen wieder, falls Sie dieses Szenario heute nicht vollkommen verschreckt hat.«

In diesem Moment erschütterte ein ungeduldiges Hupen die Mauern der Villa Lana. Rasch ergriff Annabel zum Abschied die Hände der Schwestern.

»Keine Sorge, wir sehen uns morgen ganz bestimmt wieder«, sagte sie.

Sonst bliebe sie besser gleich ganz in Italien und kehrte gar nicht erst nach England zurück.

✿

Inzwischen hatte sich die tiefschwarze Nacht über die Bucht gesenkt. Die Hitze des Tages war einer deutlich kühleren Nachtluft gewichen. Eine Gänsehaut lief über Annabels nackte Arme, als sie aus dem Haus trat. Aber der Anblick, der sich ihr bot, war ganz und gar atemberaubend. Die Lichter von Sestri Levante auf der Halbinsel am Fuße des Hügels funkelten wie Diamanten zu ihr herauf.

Annabel hoffte, in der Ferne die Basilika, ihren Glockenturm und gleich daneben ihr Hotel ausmachen zu können. Ein Ankerpunkt und für die wenigen Tage, die sie hier verbringen würde, so etwas wie ein Zuhause. Die Auseinandersetzung mit Signor Lana hatte ihr mehr zugesetzt, als sie zugeben wollte. Doch sie fand beides nicht, und alles, woran ihr Blick hängen blieb, war der Turm des ehemaligen Klosters, das jetzt ein Marinequartier war. In der Dunkelheit konnte sie zwar die grauen und vanillefarbenen Streifen nicht erkennen, die den Turm und die anderen Gebäudeteile umspannten wie Ringel eine Socke, aber sie konnte sehr wohl die kegelförmigen Zinnen ausmachen, die wie spitze Dornen auf den Turm aufgepflanzt waren.

Annabel hätte ewig hier stehen und den Anblick genießen können. Es war wunderschön. Und sicher romantisch, wenn man in Gesellschaft der richtigen Person war. Annabel seufzte.

»Signorina Owens! Wollen Sie hier Wurzeln schlagen?«

Die richtige Person … Sicher nicht Gianfranco Lana. Schweren Herzens drehte sie der Schönheit den Rücken zu, trollte sich zum Wagen und stieg ein. In einen lackschwarzen Lancia Flaminia Cabriolet. Natürlich. Das machte er bestimmt mit Absicht. In den frischen Nachtstunden in einem offenen Wagen mit ihr zu fahren, wo er doch genau gesehen hatte, dass sie weder eine Jacke noch einen Pullover bei sich hatte. Aber womöglich würde das sein hitziges Gemüt abkühlen. Dann sollte es Annabel recht sein. Und vielleicht, wenn er sich erst einmal beruhigte und sie am nächsten Tag noch einmal miteinander sprachen ...

Doch diese Hoffnung wurde im nächsten Moment zunichtegemacht. Mit durchdrehenden Reifen gab er Gas. Dutzende kleiner Kieselsteinchen flogen dabei zu beiden Seiten wie Geschosse über die Auffahrt. Wenig später rasten sie viel zu schnell über die Straße, die sich in engen Serpentinen bis zur Bucht hinabwand.

Annabel grub ihre Finger in das Sitzpolster, um nicht den Halt zu verlieren und in einer der vielen Kurven womöglich gegen Lana zu fallen. Sie sprachen kein Wort miteinander. Ab und zu warf sie ihm einen verstohlenen Seitenblick zu, um herauszufinden, wie seine Stimmung war. Das Ergebnis war jedoch jedes einzelne Mal unerfreulich. Er presste beharrlich die Lippen zusammen, und auf seiner Stirn zeichnete sich noch immer eine steile Zornesfalte ab.

Für den Fall, dass seine Wut gar nicht mehr verrauchen würde, sollte sich Annabel für ihr Telefonat am nächsten Tag besser schon die richtigen Worte zurechtlegen. Wenn sie diesen Auftrag vermasselte, würde sie große Probleme bekommen, so viel stand fest. Und womöglich würden sie alles verlieren, wofür sie in den letzten Jahren gegen alle Widerstände so hart gekämpft hatten. Auf einmal schnürte sich Annabels Kehle zu, und ihr kamen die Tränen. Sie konnte überhaupt nichts dagegen tun. Alles ging schief. Sie war immer noch hungrig, der Kopf schmerzte vom Rotwein, vom Ärger und der Enttäuschung.

Nichts war von dem wundervollen Tag übrig geblieben. Hastig fing sie mit dem Handrücken eine Träne auf, die über ihre Wange zu kullern drohte. Signor Lana hatte es dennoch bemerkt.

»Nein, bitte«, sagte er. »Keine Tränen jetzt. Damit kriegen Sie mich auch nicht rum.«

Der Satz triefte vor Ironie und machte alles nur noch schlimmer.

»Lassen Sie mich doch einfach in Ruhe«, schnappte Annabel zurück. »Sehen Sie nach vorne auf die Straße, und ignorieren Sie mich wie bis gerade eben. Das dürfte doch nicht so schwer sein.«

»Würde ich gern, aber ich habe Sie ungefähr noch weitere zwanzig Minuten am Hals und nun auch noch als heulendes Elend. Das halte ich wirklich nicht aus.«

»Sie sind so ein ungehobelter Klotz! Ihre Schwester hat ganz recht, was Ihre Erziehung betrifft. Ich gehe lieber zu Fuß oder schwimme tatsächlich, als auch nur einen einzigen Kilometer weiter mit Ihnen zu fahren. Halten Sie an!«

»Seien Sie nicht albern.«

»Ich sagte, halten Sie an!«

Er reagierte nicht. Annabel packte den Türgriff und riss daran herum, bis die Tür tatsächlich in voller Fahrt aufschwang.

»Sind Sie wahnsinnig?«, schrie er sie an und trat so abrupt auf die Bremse, dass der Wagen gefährlich ins Schleudern geriet.

Als er schließlich zum Stehen kam, dachte Annabel nicht lange nach. Impulsiv, wie sie manchmal war, sprang sie aus dem Cabriolet, wechselte die Straßenseite, weil es dort wenigstens einen handtuchbreiten Sandstreifen gab, auf dem man gehen konnte, und nicht nur Felswand und Gestrüpp wie auf der anderen Seite. Sie marschierte los.

»Das darf doch nicht wahr sein«, hörte sie Signor Lana hinter sich fluchen. »Kommen Sie zurück. Hier gibt es keine Seitenstreifen für Fußgänger. Und die Straße ist miserabel beleuchtet. Der nächstbeste Wagen nimmt Sie auf die Kühlerhaube.«

»Dann sind Sie mich los. Das ist es doch, was Sie sich schon die ganze Zeit wünschen«, schrie sie zurück.

»Die Aussicht ist in der Tat verlockend. Aber ich möchte damit nicht mein Gewissen belasten.«

Als ob er ein Gewissen hätte, ätzte Annabel in Gedanken und ging weiter. Er fuhr im Schritttempo neben ihr her. Er änderte seine Strategie und schlug jetzt einen anderen Ton an.

»Wissen Sie, wie lächerlich das ist? Sie benehmen sich wie ein kleines bockiges Mädchen. Ich hätte Ihnen doch ein wenig mehr Klasse zugetraut.«

Aber auch das zog nicht. Sollte er ruhig versuchen, sie zu provozieren. Annabel ging weiter, krampfhaft darum bemüht, nicht mit den Pfennigabsätzen ihrer Sommersandalen am unbefestigten Fahrbahnrand umzuknicken und zu stürzen. Diese Blöße durfte sie sich auf keinen Fall geben.

Plötzlich flackerten Lichter auf, die aus der Kurve vor ihr schossen und auf der Geraden genau auf sie zuhielten. Was sollte sie machen? Schnell wieder zurück auf die andere Seite sprinten? Annabel stand da wie eingefroren, traute sich auch nicht, weiter vom Fahrbandrand zurückzutreten. Sie konnte nicht abschätzen, wie steil es dahinter in die Tiefe ging, dafür war es zu dunkel. Was sie hier veranstaltete, war lebensgefährlich.

Lana fuhr ganz rechts an den Fahrbahnrand und schaltete das Warnblinklicht ein. Dann sprang er aus dem Wagen, überquerte die Straße und erreichte Annabel in dem Moment, als der Wagen, ein ausladender Kühlwagen, schon fast auf ihrer Höhe war. Er packte ihr Handgelenk, zerrte sie weiter von der Fahrbahn weg an die Seite. Der Fahrer des Trucks hupte und betätigte mehrmals die Lichthupe. Fast schrammte er die Felswand, als er einen weiten Schlenker machte, um sie beide zu umfahren. Für den Bruchteil einer Sekunde sah Annabel, wie er drohend die geballte Faust hob und irgendetwas schrie. Lana packte Annabel und machte mit ihr einen Satz Richtung Böschung hinter den schmalen Sandstreifen.

Auf dem unebenen Untergrund verlor Annabel das Gleichgewicht, sie krallte sich an ihn, beide strauchelten, rutschten weg und kugelten dann regelrecht den Abhang hinunter. Unsanft landeten sie schließlich in einer Mulde, wobei Annabel es fertigbrachte, sich auch noch den Kopf an einem Pinienstamm anzuschlagen. Für einen Moment nahmen ihr Schmerz und Schock die Luft zum Atmen. Das Schlimmste aber war, dass Gianfranco Lana halb auf sie gefallen war. Sie konnte sich kaum bewegen.

»So was gibt's doch nur in einem schlechten Film«, murmelte er. »Sind Sie in Ordnung?«

Annabel war immer noch so benommen von dem Aufprall, dass sie zuerst nicht reagieren konnte. Sie hielt ihre Augen geschlossen, ihr Atem ging flach.

»Signorina Owens?«

Seine Stimme klang nun ernsthaft besorgt. Er legte seine Hand an ihre Wange, befühlte ihre eiskalte Stirn. Etwas anderes fiel ihm offenbar nicht ein. Doch Annabel schlug nun tatsächlich die Augen auf. Sein Gesicht war nur eine halbe Armlänge von ihrem entfernt. Sie öffnete den Mund und wollte etwas sagen, doch ihre Stimme brach. Er beugte sein Gesicht noch weiter zu ihr hinab, um sie zu verstehen. Entweder hatte sie eine Gehirnerschütterung und sah ihn wie durch einen Schleier, oder sein Gesicht hatte auf einmal wirklich einen ganz sanften Ausdruck angenommen.

»Ich verstehe Sie nicht«, sagte er, und strich ihr behutsam eine Haarsträhne aus der Stirn. »Was wollen Sie sagen?«

Annabel räusperte sich, sprach jetzt lauter, mit kratziger Stimme.

»Nehmen Sie sofort Ihre Hände weg. Ihnen fehlt wirklich jeglicher Anstand, dass Sie diese Situation auch noch ausnutzen, um mir näherzukommen.«

Ein Kübel Eiswasser hätte vermutlich nicht schlimmer sein können. Er sprang auf. Fassungslos starrte er sie an. Dann klopfte er sich den Dreck von der Kleidung und machte sich schnurstracks, ohne sich noch einmal zu ihr umzusehen, auf den Weg die Böschung hinauf zum Auto.

Annabel rappelte sich ebenfalls auf. Sie überprüfte, ob vielleicht irgendwelche Knochen einen Knacks bekommen hatten oder Blut aus irgendeiner Wunde rann, die sie womöglich noch gar nicht bemerkt hatte, weil eine Welle Adrenalin ihren Körper flutete. Doch außer einer schmerzenden Beule am Kopf und einem winzigen Riss im Blusenärmel konnte sie glücklicherweise nichts feststellen. Sie mühte sich die Böschung hinauf, rutschte noch zweimal aus mit den Schuhen, die für derlei Aktionen nicht gemacht waren, erreichte aber schließlich die Straße.

Signor Lana saß im Auto und rauchte. Gierig sog er das Nikotin in seine Lungen und stieß den Rauch dann mit einem deutlich vernehmbaren Geräusch wieder aus. Als Annabel einstieg, schnippte er die Zigarettenkippe auf die Straße. Er schien so geladen, dass sie sich fast vor ihm fürchtete, und doch verspürte sie auch eine Anziehung, die sie zutiefst verwirrte und vor allem ärgerte. Wie konnte sie nur, wo er sie doch so schäbig behandelte?

Den Rest des Weges in den Ort legten sie schweigend zurück. Eine Unterhaltung wäre auch nicht gut möglich gewesen, denn das Autoradio plärrte laut. Die Spannung zwischen ihnen war noch schwerer zu ertragen als zu Beginn der Fahrt. Da waren die Gefühle auf beiden Seiten eindeutig gewesen. Ablehnung auf seiner Seite, Entrüstung auf ihrer. Er wollte sie loswerden, sie auf ihrer Abmachung beharren. Doch etwas hatte sich verändert, und es erschien Annabel, als machte es für sie beide alles noch viel komplizierter.

✿

Gianfranco schlug die Autotür so fest zu, dass die Karosserie des Wagens erzitterte. Sein Ärger war noch immer nicht verraucht, nachdem er diese Signorina Owens beim Hotel abgesetzt hatte. Energisch schritt er die Stufen zur Villa hinauf und machte sich auf direktem Weg in den Salon, wo er seine Schwestern vermutete. Er riss die Tür auf, und tatsächlich, da saßen sie, behaglich in die Polstermöbel drapiert, mit einem Weinglas in der Hand, und schraken zusammen, als er wie ein Feldmarschall hereinstürmte.

Elisabetta stellte das Glas ab und stand auf, als würde sie für die zu erwartende Diskussion auf Augenhöhe sein wollen. Und tatsächlich war sie nur wenig kleiner als ihr Bruder.

»Gianfranco, was hast du dir vorhin dabei gedacht?«, kam sie ihm dann auch noch zuvor. »So behandelt man keine Gäste. Ich hab mich sehr für dich geschämt!«

Nun loderte die Wut in ihm auf wie ein schlecht gelöschtes Glutnest in den bewaldeten ligurischen Hügeln.

»Was ich mir dabei gedacht habe? Ich?«

Nur mühsam konnte er sich zügeln. Am liebsten hätte er Elisabetta angebrüllt. Diese Erkenntnis erschreckte ihn. Seine Schwestern und er waren normalerweise ein Herz und eine Seele.

»Und wie siehst du eigentlich aus?«, fragte Antonella und kicherte, als hätte sie bereits genug Wein gehabt. »Das wollte ich dich vorhin schon fragen.«

»Ich habe im Garten gearbeitet, damit er nicht vollkommen vernachlässigt wird. Euch interessiert er offensichtlich überhaupt nicht mehr. Wie kommt ihr dazu, solche Dinge hinter meinem Rücken in die Wege zu leiten, wo ihr doch genau wusstet, wie ich dazu stehe?«

»Weil du nicht derjenige bist, der hier allein bestimmt«, antwortete Elisabetta.

»Und in diesem Fall steht es nun mal zwei zu eins«, ergänzte Antonella.

Sie erhob sich nun auch, und sie standen sich alle drei gegenüber wie angriffslustige Stiere in einer Arena. Gianfranco fiel wieder einmal auf, dass weder Elisabetta, die ihre dunklen Haare gescheitelt und straff nach hinten zusammengebunden trug, als würde sie sich als Älteste eine gewisse Seriosität verleihen wollen, noch Antonella mit den lässig wie bei Elsa Martinelli in die Stirn fallenden Ponyfransen ihrer Mutter so ähnlich sahen wie er selbst. Die weiblichen Nachkommen kamen mehr nach dem Vater, an den sie kaum noch Erinnerungen hatten. Er selbst aber war das Ebenbild seiner Mutter, und vielleicht musste er sich eingestehen, dass er – eitel, wie er manchmal war – meinte, derjenige zu sein, der sie am besten verstanden hatte.

»Sieh mal, Bruderherz«, fuhr Antonella fort, schmeichelnd jetzt, »was spricht denn wirklich dagegen? Wenn entsprechende Maßnahmen ergriffen werden, sodass die Leute sich nicht überall bewegen können, dann kann doch gar nichts passieren.«

»Merkst du denn nicht selbst, wie absurd das ist? Ihr wollt diese Fremden auf unseren Grund und Boden lassen, aber dann doch wieder nicht so richtig. Wollt ihr Zäune aufstellen oder Absperrbänder von Baum zu Baum spannen?«

»Sei nicht albern, Gianfranco«, warf Elisabetta ein. »So hat Antonella das sicher nicht gemeint.«

»Es wäre aber vermutlich wirklich nötig. Ich kann und will mir nicht vorstellen, dass Horden durch das Refugium unserer Mutter laufen. Der Garten war ihr Zufluchtsort. Dann können sie auch gleich auf dem Friedhof über ihr Grab trampeln.«

Antonella entwich ein erstickter Schluchzer.

Elisabetta seufzte resigniert. »Das ist es doch auch hier schon, oder nicht? Ein Friedhof. Und das Gewächshaus ist das Mausoleum.«

Gianfranco ballte die Fäuste. »Wie kannst du es wagen …!«

»Lieber Bruder, Mamma fehlt uns allen. Aber sie wird nicht wieder lebendig, wenn wir hier in Erinnerungen erstarren und uns durch das Haus und den Garten bewegen, als wäre alles aus Glas und würde zerbrechen, wenn wir einen falschen Schritt machen und irgendwo anstoßen. Wir drei sind schließlich noch am Leben. Und wir müssen irgendwie weitermachen.«

Gianfrancos Kehle wurde eng. Irgendwo draußen stieß ein Steinadler seine kurzen, spitzen Rufe aus, und er beneidete ihn darum, einfach schwerelos durch die Nacht gleiten zu können.

»Außerdem können wir doch auch nicht nur von dem leben, was unsere Eltern uns hinterlassen haben. Wir müssen uns doch auch mal über eigene Einkommensquellen Gedanken machen.«

»Aber doch nicht so!« Gianfranco konnte nicht glauben, wie kaltherzig seine Schwester argumentierte. »Anstatt weiter selbst einfach nichts zu tun, öffnet ihr unser Zuhause wie ein Museum. Antonella, was ist mit deinen Bildern?«

Antonella wirkte wie ein Kind, das man beim Stehlen erwischt hatte. Unablässig schob sie die Armreifen an ihrem Arm nach oben und ließ sie klimpernd wieder nach unten gleiten.

»Es ist schwierig, Kunst zu verkaufen in diesen Zeiten«, sagte sie ausweichend. »Die Leute haben ganz andere Sorgen. Die Streiks, die Studentenaufmärsche.«

»Elisabetta?«

»Du weißt genau, dass ich noch ein Trennungsjahr abwarten muss, und wenn im nächsten Jahr das Gesetz zur Ehescheidung endlich verabschiedet ist, habe ich die notwendigen drei Jahre bereits hinter mich gebracht, die dann hoffentlich anerkannt werden, und reiche umgehend die Scheidung ein.«

»Deshalb werde ich ganz bestimmt niemals heiraten«, schimpfte Antonella. »Die Politiker, der Vatikan … Was geht die das an, mit wem ich mein Leben teile oder auch nicht? Und endlich gibt es mit der Antibabypille eine Verhütungsmöglichkeit für die Frauen, da verfasst unser Pontifex seine Enzyklika *Humanae Vitae*. Paul der Sechste, Hüter des ungeborenen Lebens. Pah!«

»Wenn das Gesetz also durch ist, dann wird hoffentlich auch endgültig geklärt werden, wer die Kanzlei weiterführt«, fuhr Elisabetta fort, ohne auf ihre Schwester einzugehen, denn erfahrungsgemäß uferte die gesamte Unterhaltung dann aus. »Bis dahin halte ich still und überlasse das Feld Fabio. Ich will mich nicht schon vor dem offiziellen Verfahren in Auseinandersetzungen zermürben lassen. Außerdem verdrehst du alles, was ich sage. Von unserem Erbe und den Einnahmen aus den Häusern, die uns gehören …«

»Deren Verwaltung meine Aufgabe ist, die ich freiwillig übernommen habe.«

»Und du machst es gut, falls du das auch noch unbedingt hören möchtest. Davon können wir noch viele Jahre mehr als komfortabel leben. Ich bin nur der Meinung, dass das nicht alles sein kann. Wir igeln uns hier ein, keiner von uns hat eine eigene Familie. Wir sind irgendwo in unseren Erinnerungen stecken geblieben.«

»Und Miss Owens war doch reizend«, warf Antonella ein, und beide Geschwister starrten sie verständnislos an.

»Ja und? Was hat das denn nun damit zu tun?«, fragte Gianfranco. »Soll ich sie etwa heiraten?«

»Herrje, du verdrehst wirklich alles, Elisabetta hat ganz recht. Ich meine doch nur, dass sie mit dieser Idee an uns herangetreten ist, so aus dem Nichts. Das ist doch wie ein Zeichen, als solle es so sein. Und so, wie ich sie kennengelernt habe, ist sie außerdem eine ganz zauberhafte Person, und es macht doch sicher große Freude, unsere Tore für das Glück zu öffnen.«

»Selbst wenn es das Glück anderer ist, weil Elisabetta einen windigen Paragrafenverdreher geheiratet hat und deine Bekanntschaften monatlich wechseln wie die Leinwände auf der Staffelei.«

Ein unangenehmes Schweigen legte sich über sie. Elisabetta sah blass aus, Antonella langte nach ihrem Glas auf dem Beistelltisch hinter ihr. Da holte Elisabetta tief Luft.

»Und weil unser Bruder scheinbar lebt wie ein Mönch, der noch nie eine Frau hierher mitgebracht und uns vorgestellt hat, als müsse er sich aufsparen für die eine einzig Richtige. Das ist doch auch nicht normal.«

Sie sahen sich an. Antonella klammerte sich an das Glas, und ihre Augen wanderten zwischen ihrem Bruder und der Schwester hin und her, als überlege sie, wer als Erstes explodieren würde. Doch dann zuckten Gianfrancos Mundwinkel, und auf einmal löste sich die Anspannung, und die dicke Luft entlud sich in seinem schallenden Gelächter. Die Schwestern fielen mit ein, und dann war es vorbei. So war es immer schon gewesen. Es musste erst einmal knallen, bevor vernünftig weitergeredet werden konnte. Als Kinder hatten sie ihre Mutter damit in den Wahnsinn getrieben.

»Und jetzt müssen wir uns umarmen«, sagte Antonella und hörte sich wieder an wie das Mädchen von damals.

Mehrere Augenblicke standen sie ohne Worte in einer Umarmung vereint da, bis sie sich voneinander lösten.

»Ich kümmere mich jetzt um das Abendessen«, sagte Elisabetta.

»Essen ist eine famose Idee«, rief Antonella.

»Aber meine Meinung ändere ich trotzdem nicht«, sagte Gianfranco und hatte damit das letzte Wort.

4

✿

Cornwall, heute

Holly beobachtete Miss Oxley dabei, wie sie langsam die Milch erwärmte, in die sie vorher drei gehäufte Teelöffel Zucker hatte rieseln lassen. Dann gab sie die warme süße Milch in zwei bunte Keramiktassen und füllte sie bis zum Rand mit heißem Tee auf. Über allem schwebte jetzt der aromatische Duft des Assams. Dann schob sie eine Tasse über den Küchentresen zu Holly.

»Sie müssen bis auf die Knochen durchgefroren sein. Für die Pflanzen ist es genau richtig so. Aber für uns …«

»Ist das nicht auch für die Pflanzen viel zu kalt?«, fragte Holly erstaunt. Sie legte ihre wirklich sehr klammen Finger um die heiße Tasse. »Gerade nachts? Ich dachte, Orchideen sind exotische Pflanzen, die ein feuchtwarmes Klima brauchen.«

»Das ist eine Mär, die sich hartnäckig in den Köpfen der Menschen hält: Orchideen kommen aus dem Urwald, und da ist es schwül und heiß.« Miss Oxley schüttelte den Kopf. »Aber das ist Unsinn. Es kommt auf die Art an. Viele Orchideenarten wachsen in nebligen Wäldern in Höhenlagen, wo es besonders in der Nacht empfindlich kühl ist.«

»Das wusste ich nicht«, gab Holly zu. »Ich hab eigentlich gar keine Ahnung von Orchideen.«

»Woher sollten Sie auch. Sie verkaufen Häuser.«

Holly schwieg und rührte in der Tasse. Sie hatte ja recht. Doch sie schien wenigstens mit Verspätung zu bemerken, wie schroff ihre Bemerkung gewesen war.

»Nun ja, so ganz falsch ist Ihre Annahme auch wieder nicht«, fuhr sie freundlicher fort. »Als die ersten Sammler im neunzehnten Jahrhundert Orchideen aus anderen Kontinenten per Schiff nach Europa bringen ließen, sind die meisten Pflanzen schon während der langen Reise verendet, weil sie in lichtlosen und viel zu kalten Laderäumen untergebracht waren. Und dann erst das Klima in England. Selten haben sich die Pflanzen danach erholt und irgendwann auch noch geblüht. Dann hat man Gewächshäuser gebaut, damit die Pflanzen es so warm wie möglich hatten. Ohne vernünftige Belüftung und immer noch quasi ohne Licht, weil man sich damals das teure Glas nicht leisten konnte. Die armen Dinger. Jetzt gingen sie vor Hitze und aus Lichtmangel ein.«

Miss Oxley sprach routiniert und nüchtern, als würde sie eine Vorlesung vor Studenten halten. Und Holly hörte zu.

»Es hat lange gebraucht, bis man die Bedürfnisse der Orchideen verstanden und nach der Abschaffung der Glassteuer entsprechende Gewächshäuser konstruiert hat.«

»Das ist interessant.« Es war keine Schmeichelei. Zu ihrer eigenen Überraschung hätte Holly tatsächlich gern mehr darüber gehört.

»Aber man muss kein belesener und erfahrener Botaniker oder Züchter von Orchideen zu sein, um in den Genuss ihrer Wirkung zu kommen. Das haben Sie ja selbst erlebt heute Nacht.«

»Sie meinen, es waren die Orchideen, die mich haben schlafen lassen?«, fragte Holly halb argwöhnisch, halb amüsiert.

»Die Welt der Orchideen ist eine Welt voller Wunder«, antwortete Miss Oxley. Ihr Blick wanderte zum Fenster. Der Sturm hatte nachgelassen, es war viel stiller als zuvor. Sie starrte in die schwarze Nacht über den Klippen, als würde sie dort etwas oder jemanden sehen.

Vielleicht ist da ja wirklich etwas, dachte Holly und fragte sich, ob die ältere Frau sich eigentlich nie fürchtete, so ganz allein hier draußen. Sie selbst würde sich ganz sicher unwohl fühlen. Dann tauchten Bilder vor ihrem geistigen Auge auf. Bilder von ihr und Stephen, wie sie die Gartenbank vor einem Haus auf dem Land einweihen würden, das sie sich immer erträumt hatten, bevor …

»Mit den Orchideen ist man nie allein«, sagte Miss Oxley plötzlich wie zu sich selbst, als hätte sie Hollys Gedanken gelesen.

»Wie …« Holly räusperte sich. »Wie meinen Sie das?«

Sie wandte sich vom Fenster ab und sah Holly an.

»Wenn Sie genug Zeit mit ihnen verbringen, dann erzählen sie ihre Geschichten. Aber dafür muss man bereit sein.«

Hollys erster Impuls war, diese Worte als esoterisches Gerede abzutun. Doch sie hielt ihrem Blick stand und sagte nichts. Denn es war nur ihr Kopf, der da sprach, ihr rationelles Denken. Ihr Herz jedoch flüsterte etwas anderes, das sie noch nicht wirklich verstand. Also hielt sie einfach den Mund. Und das musste es wohl gewesen sein, was die Hausherrin veranlasste, den Becher abzustellen und Holly mit einer Handbewegung aufzufordern, aufzustehen und ihr zu folgen.

Wieder gingen sie durch die Bibliothek, vorbei am Sofa mit Hollys zerwühltem Bettzeug. Miss Oxley schob den Vorhang zur Seite und trat in den Wintergarten. Holly folgte ihr.

»Setzen Sie sich«, sagte sie und nahm selbst auch auf der Bank Platz.

Holly setzte sich neben sie, und gleich darauf bemerkte sie erneut diesen organischen Geruch im Wintergarten, der die Sinne belebte. Eine Weile schwiegen sie, und Holly fand es ausnahmsweise nicht einmal unangenehm. Es war friedvoll. Irgendwann wurden die Atemzüge neben ihr tiefer, und Holly fürchtete, ihre Gastgeberin wäre eingeschlafen. Sie drehte den Kopf zur Seite und sah, dass sie tatsächlich die Augen geschlossen hatte. Doch hinter den Lidern bewegten sich ihre Augen hin und her, als würde sie einen Film schauen. Es musste ein schöner Film sein, denn ein feines Lächeln lag auf ihren Zügen.

Da ist sie wieder, dachte Holly. Die zarte Annabel, deren Härte sich inmitten ihrer Pflanzen einfach aufzulösen scheint.

»Sie sehen bestimmt erst einmal nur Blumen mit ihren verschiedenen Formen und Farben, richtig?«, fragte sie plötzlich und öffnete die Augen.

»Im Moment versuche ich, beides zu erahnen«, sagte Holly, denn wie schon zuvor hatten ihre Augen sich noch nicht an die Lichtverhältnisse gewöhnt, und Farben und Formen mussten sich erst noch aus dem Zwielicht herausschälen.

»Ich sehe Geschichte und Geschichten«, sagte Miss Oxley. »Mir erzählen die Blüten von der Legende von Orchis aus der griechischen Mythologie, dem schönen Jüngling, der von seinem Vater in eine Orchidee verwandelt wurde, weil er seine Triebe nicht unter Kontrolle hatte. Oder vom alten China, wo es bereits vor fast dreitausend Jahren die ersten Aufzeichnungen über Orchideen gab. Konfuzius war so angetan von den Pflanzen, dass er eigens ein Schriftzeichen für sie schuf, das für Lieblichkeit, Eleganz und Reinheit stand.«

Holly lauschte gebannt. Sie hatte von alldem noch nie gehört.

»Aber für die besten Geschichten braucht man gar nicht so weit in der Zeit zurückzureisen. Das sind die von den leidenschaftlichen Pflanzenjägern im neunzehnten Jahrhundert. Von ihren abenteuerlichen Reisen um die Welt, auf der Jagd nach bis dahin unbekannten Exemplaren. Von dem fremden Klima und Krankheiten, denen die wagemutigen Männer ausgesetzt waren und die man in Europa nicht kannte. Von zahllosen Insekten und giftigen Schlangen. Wie sich die Jäger mit ihren Lasttieren durch den Urwald schlugen, Berge erklommen und Flüsse durchwateten. Sie erzählen von Überfällen durch die Einheimischen, die man damals noch einfach ›Wilde‹ nannte und die den Eindringlingen meist nicht wohlgesinnt waren.«

Miss Oxley griff unter die Bank, nahm das Plaid und breitete es über ihre und Hollys Beine aus. Holly hatte gar nicht bemerkt, wie die kalte Nachtluft tatsächlich schon wieder über ihren Körper kroch. Könnte sich nicht eine der flauschigen Zwergwachteln auf ihre klammen Zehen setzen?

»Sie erzählen mir von großzügigen Geldgebern, die sich manchmal heillos verschuldeten, um diese Expeditionen zu finanzieren, und die süchtig danach waren, neue Arten zu entdecken, um sie auf ihren Namen zu registrieren. Nicht wenige bezahlten dies mit ihrem Leben. Aber nicht, weil sie jemals so eine Reise begleitet hätten und von einem Raubtier zerrissen worden wären. Nein, weil sie sich das Leben nahmen, wenn sie so hoch verschuldet waren, dass sie Haus und Hof verloren.«

Sie hielt inne, und Holly bemerkte einen flüchtigen Schatten auf ihrem Gesicht, der jedoch so schnell wieder verschwand, wie er gekommen war.

»Fühle ich mich hier also jemals allein? Nein, das tue ich nicht. Die Orchideen sind lebendige Wesen, die mir die Geschichten ihrer Vorfahren erzählen. Und die sind so vielfältig wie die der Menschen. Gleichermaßen ereignisreich und voller Dramen wie auch voller Anmut und Liebe und …«

Sie sprach nicht weiter. Etwas schien sie sehr zu bewegen, und Holly spürte, dass sie am besten nicht nachfragen sollte. So saßen sie da, bis Holly durch die Glasfront des Wintergartens einen schmalen Streifen Morgenlicht am Horizont entdeckte. Auch Miss Oxley hatte ihn bemerkt und erhob sich.

»Jetzt dauert es nicht mehr lange, bis John sich um Ihren Wagen kümmert. Ich lege mich hin, und das sollten Sie auch tun. Wenn Sie später noch nach Plymouth zurückwollen, sollten Sie vorher ein paar Stunden Schlaf bekommen haben.«

Holly nickte und stand ebenfalls auf.

»Ja, Sie haben recht, das ist das Vernünftigste.«

Die Hausherrin schloss die Tür hinter ihnen und legte für einen Moment die Hand auf das Holz, als würde sie sich verabschieden. Dann ging sie voraus durch die Bibliothek.

»Miss Oxley«, sagte Holly, bevor sie verschwand. »Danke.«

»Wofür?«

Holly suchte nach den richtigen Worten, aber richtig oder falsch hatte keine Relevanz. Sie sprach das aus, was sie fühlte.

»Dafür, dass Sie mich für einen Moment einen Blick aus Ihren Augen auf das alles hier haben werfen lassen.« Sie deutete in Richtung Wintergarten. »Ich glaube, ich verstehe Sie jetzt besser.«

Die Orchideenliebhaberin blickte sie lange an, nickte dann und ließ Holly allein in der Bibliothek zurück. Und vielleicht – Holly war sich nicht ganz sicher – war da auch ein kleines Lächeln gewesen, das diesmal ihr gegolten hatte.

✿

Einmal meinte Holly, laute Rufe zu hören, dann wieder den metallenen Klang von Klingen, die aneinanderschlugen. Piratenschiffe kreuzten durch ihre Träume, Giftschlangen und tapfere Männer, die sich durch den Urwald kämpften. Sie wachte auf, drehte sich auf die andere Seite und schlief wieder ein. Wieder etwas später wurde sie wach von dem Geräusch von Schritten, doch diesmal war sie sicher, nicht zu träumen. Sie kamen vom Flur vor der Bibliothek. Doch dann wurde es erneut still, und Holly verkroch sich für weitere Stunden unter der wärmenden Decke.

Als sie dann endgültig ausgeschlafen hatte, stellte sie mit einem Schrecken fest, dass es bereits Mittag war. Sie schwang die Beine vom Sofa und stieg in ihre Jeans. Die geliehenen Wollsocken hatte sie in der Nacht anbehalten und trennte sich auch jetzt noch nicht von ihnen. Da fiel ihr Blick auf einen Zettel, der offenbar unter der Tür durchgeschoben worden war. Dann hatte sie die Schritte vor der Tür also tatsächlich nicht geträumt. Holly nahm den Zettel auf und las:

John Morris hat Ihren Wagen gebracht. Er hat einen neuen Reifen montiert. Die Blecharbeiten müssen Sie in Plymouth machen lassen, das braucht mehr Zeit. Aber der Wagen ist fahrtüchtig. Der Schlüssel liegt auf der Truhe im Eingang. Ebenso die Rechnung. Sie können John das Geld überweisen. Wecken Sie mich nicht, ich muss mich ausruhen. Sie rufen mich sicher an, wenn Sie Interessenten für das Haus haben.

Dann gab es einen kleinen Absatz, als wären die nächsten beiden Sätze nachträglich hinzugefügt worden.

Auf der Truhe liegt auch ein Buch. Nehmen Sie es mit. Annabel.

Annabel. Holly lächelte, auch wenn sie zugegebenermaßen ein wenig enttäuscht war, dass ihre Gastgeberin nach ihrem Gespräch im Wintergarten nicht die Absicht hatte, sich persönlich von ihr zu verabschieden. Aber sie war neugierig auf das Buch und schlüpfte so leise wie möglich durch die Tür aus der Bibliothek, um sie nicht zu wecken. Sie tapste über den Steinboden, dessen Kälte durch die Socken drang.

Dort lag es. Ein unhandliches und schweres Buch, größer als ein DIN-A4-Blatt. Holly schlug die letzte Seite auf. Ihr Blick wanderte zum unteren Seitenrand. Fast vierhundert Seiten. Am meisten jedoch beeindruckte sie der Einband. Fester Karton mit einem Druck als Coverbild. Es zeigte die Zeichnung einer Orchidee, ähnlich denen, die Miss Oxley in der Bibliothek sammelte. Oder vielmehr versteckte. Holly strich über den Titel. *Die Reise der Orchideen.* Geschwungene kalligrafierte Buchstaben.

Als sie gerade versuchte herauszufinden, in welchem Jahr es erschienen war, klappte in der Nähe eine Tür. Holly drehte sich um, aber sie sah niemanden. Sie legte das Buch ab und ging den Korridor hinunter. Die Hausherrin schien doch bereits auf den Beinen zu sein, und so könnte sich Holly wenigstens noch persönlich für die Hilfe und die Gastfreundschaft bedanken.

»Miss Oxley?«, rief sie, aber niemand antwortete.

Holly ging zum Wintergarten, das war der Ort, an dem sie sie am ehesten vermutete. Aber dort war sie nicht. Auch nicht in der Küche, und Holly dachte schon, sie hätte sich getäuscht, als sie bemerkte, dass die Tür zum Abstellraum nicht ganz geschlossen war und durch einen Windzug immer wieder gegen den Rahmen schlug. Eine für eine Kammer, in der man vielleicht Putzmittel, Schaufel und Besen aufbewahren würde, ungewöhnliche Tür, wie Holly erst jetzt bemerkte. Feinste Tischlerarbeit, wie auch sonst überall im Haus. Holly öffnete sie ganz.

»Das ist doch …«, sagte Holly und keuchte.

Sie wusste gar nicht, wie sie es nennen sollte – Werkstatt oder Ausstellungsraum –, ein Abstellraum jedenfalls war es nicht. Es gab einen Zeichentisch mit geneigter Arbeitsfläche, unter dessen Klemmleiste ein Blatt Zeichenpapier fixiert war. Die zarten Bleistiftumrisse einer Blüte waren zu sehen. Daneben ein Tisch mit stapelweise Papier, Schreib- und Malutensilien. Der Raum war eine kleinere Ausführung der Bibliothek, und es gab auch hier Orchideen. Genauer gesagt, mehrere Exemplare, die alle offenbar zu derselben Art von Orchidee gehörten. Sie alle hatten dieselbe blaue Farbe und waren in gläsernen Schaukästen auf Beistelltischchen im Halbkreis arrangiert worden. Holly trat näher an einen der Kästen heran. Im Inneren war auf dem Boden eine Plakette angebracht. *Vanda coerulea III, 2009.*

Holly wandte sich dem nächsten Kasten zu. *Vanda coerulea IV, 2015.* Sie war nicht überrascht über die Beschriftung des letzten Kastens. *Vanda coerulea V, 2020.*

Offenbar versuchte sich ihre orchideenliebende Klientin in der Züchtung einer bestimmten Art. Holly sah sich um. Auch an den Wänden sah sie nichts als Zeichnungen – wunderbare, zarte

Zeichnungen – von immer derselben Orchidee. Der blauen Vanda coerulea.

Warum hielt sie diese Blume versteckt vor den Augen anderer? War das womöglich eine ganz neue Sorte? Noch nie da gewesen? Aber nein, wenn es 2009 bereits einen Versuch mit der Nummer drei gegeben hatte, dann reichten diese noch viel weiter zurück. Holly stemmte die Hände in die Hüften. Was hatte es damit auf sich?

Sie lief zurück in die Bibliothek und holte ihr Smartphone. Wieder in dem geheimnisvollen Zimmer ging Holly ganz nah an den ersten Kasten heran, zoomte und machte eine Nahaufnahme der Blütenblätter, die mit winzigen weißen Tupfen überzogen waren. Sie beugte sich zu dem nächsten Kasten herunter, wollte gerade abdrücken …

»Was machen Sie da?«

Miss Oxley stand in der Tür, wirres Haar umrahmte ihr wutverzerrtes Gesicht.

»Ich …«, stammelte Holly. »Ich hab nur ein Foto gemacht. Die Tür war nicht verschlossen und dann …«

»Und dann konnten Sie es einfach nicht lassen, richtig?« Der Ton war schneidend.

»Aber wollen Sie mir nicht erzählen, was das hier ist?«

»Würde ich das wollen, hätte ich es wohl schon getan. Aber Sie konnten es jetzt nicht lassen, Ihre Nase in meine Angelegenheiten zu stecken, oder? Es war ein Fehler, Ihnen in der letzten Nacht so viel zu erzählen. Ich hätte es wissen müssen.«

»Aber entschuldigen Sie, Sie tun ja gerade so, als hätte ich etwas stehlen wollen.«

Für einen Moment stand Miss Oxley wie erstarrt da.

»Gehen Sie. Sofort!«, zischte sie dann.

In gewisser Weise hat sie ja recht, dachte Holly. Sie hätte hier wirklich nicht einfach eintreten sollen, aber diese Reaktion war dennoch unverhältnismäßig.

»Hören Sie, Miss Oxley, es tut mir leid. Ich hätte respektieren sollen, dass Sie dies hier offenbar niemandem zeigen wollen.«

Doch Miss Oxley schwieg und drehte Holly den Rücken zu. Wenige Sekunden ließ Holly noch verstreichen, dann ging sie. Sie zog sich in Windeseile an, packte ihre paar Dinge zusammen, schnappte sich ihre Fototasche und warf alles auf den Rücksitz des Mini. Dann stand sie unentschlossen im Eingang. Sollte sie? Trotz allem? Sie griff nach dem Buch, das über eine unerklärliche Anziehungskraft zu verfügen schien, zog die Haustür hinter sich zu und legte das Buch auf den Sitz neben sich.

Das Telefon klingelte. Es war Emma.

»Holly, wo steckst du? Bist du immer noch dort am Ende der Welt?«

»Hi, Emma. Alles in Ordnung. Ich fahre jetzt los.«

»Dein Wagen ist also wieder okay? Und wie war es denn nun? So grässlich, wie du erwartet hattest? Wird es trotzdem ein schönes Verkaufspaket abgeben?«

Emma plapperte und plapperte, aber Holly hatte keine Lust, darauf einzugehen.

»Später, Emma, lass mich jetzt erst mal zurückfahren, okay?«

»Stimmt etwas nicht? Geht es dir gut?«

»Ja, alles in Ordnung. Ich melde mich später.«

Holly beendete das Gespräch. Dann warf sie einen letzten Blick auf das Haus, die Fenster, hinter denen sich nichts bewegte. Keine Miss Oxley, die vielleicht doch noch kurz winkte oder wenigstens nickte, zum Zeichen, dass sie nicht völlig im Streit auseinandergingen.

Aber Holly wurde enttäuscht. Also drehte sie den Zündschlüssel um, wendete den Wagen auf dem schmalen Schotterweg und fuhr davon. Genauer gesagt schlich sie davon. Mit dreißig Stundenkilometern durchquerte sie die triste Landschaft, die mit Steinwällen gesäumten Felder, und besonders vor Ausfahrten und Wegkreuzungen drosselte sie das Tempo noch weiter, immer aus

Angst, die verrückte Myrtle könnte ihr wieder vor das Auto laufen. Doch diesmal passierte nichts, und als Holly endlich die befestigte Landstraße nach Trethewey erreicht hatte, atmete sie tief durch.

Und erst da bemerkte Holly, dass ihr Magen laut und vernehmlich knurrte, was auch kein Wunder war, denn es war bereits Nachmittag, und sie hatte immer noch nichts gegessen. So würde sie die fast neunzig Meilen nach Plymouth nicht durchhalten. Sie fuhr bei der nächsten Gelegenheit rechts ran und startete eine Onlinesuche, die ergab, dass sie einen Abstecher nach Treen machen könnte, wo es das Logan Rock Inn gab. Holly startete den Motor erneut.

Wenig später saß sie schon in dem Pub, in einer gemütlichen Ecke beim Kamin, dessen Feuer das dunkle Holz der Tische und Wandverkleidungen schimmern ließ. Holly wurde warm und noch wohliger, als sie in ihr Sandwich mit Krebsfleisch, Zitrone und schwarzem Pfeffer biss. Als sie es bis auf den letzten Krümel verspeist hatte, lehnte sie sich zurück und seufzte. Eigentlich hätte sie schon wieder ein Nickerchen halten können, aber das ging nicht. Sie musste weiter, nach Hause.

Manchmal kam es ihr vor, als wenn sie ihr Appartement in Plymouth nur oft genug so nennen müsste, ihr Zuhause, damit es sich irgendwann auch so anfühlte. Noch war es das ganz offensichtlich nicht, und der Gedanke an Plymouth in Kombination mit *Zuhause* fühlte sich ganz falsch an. Nachdem der Kaffee serviert worden war, wischte sie mit einer Serviette über die Tischplatte, bevor sie das Orchideenbuch aus der Tasche zog, auf den Tisch legte und aufschlug.

Es dauerte nicht lang, bis Holly erneut ganz und gar in die Geschichte der Orchideen versunken war. Sie erfuhr, für welch unanständig hohe Summen auch heute noch seltene Exemplare den Besitzer wechselten und wo es die prestigeträchtigsten Orchideenschauen gab. Sie lernte etwas über die Botanical Artists, die

Pflanzen im Ganzen sowie in ihre einzelnen Bestandteile zerlegt, ästhetisch anspruchsvoll, aber auch wissenschaftlich korrekt zeichneten. Und nach dem Blick auf einige Beispiele war Holly klar, dass sie mit der Besitzerin des Cottages ganz sicher eine Interpretin dieser Kunst kennengelernt hatte.

Holly schlug sich leicht vor die Stirn, weil sie erst jetzt auf die Idee kam, im Netz nach ihr zu suchen. Sie nahm ihr Smartphone und gab den Namen ein. Annabel Oxley. Um gleich auf die richtige Spur zu kommen, kombinierte sie den Namen mit dem Wort Orchideen. Es war ein Volltreffer.

✿

Es war bereits dämmrig, als Holly erneut vor dem Cottage auf den Klippen stand. Sie fühlte sich wie in einer Zeitschleife gefangen. Es war bereits das dritte Mal innerhalb von vierundzwanzig Stunden, dass sie an die schwere Holztür pochte. Als sich drinnen Schritte dem Eingang näherten, klopfte Hollys Herz für einen Moment schneller, doch sie wusste genau, was sie sagen würde, und hatte nicht vor, sich schnell abwimmeln zu lassen.

»Was ist denn jetzt noch?«, fragte die Hausherrin dann auch wenig begeistert, als sie die Tür öffnete.

»Ich möchte mit Ihnen reden. Ich hab das hier gelesen.« Holly hielt ihr das Buch vor die Nase. »Nun ja, wenigstens teilweise. Aber dann bin ich im Internet auf noch viel interessantere Dinge gestoßen.«

»Ach ja?«, war Miss Oxleys knapper Kommentar. Sie sah Holly ohne große Erwartungen an. Auch machte sie keine Anstalten, Holly ins Haus zu bitten.

»Botanical Art«, sagte Holly, als hätte sie gerade die Entdeckung des Jahrhunderts gemacht. »Das ist die Lösung! Sie haben doch einige solcher botanischen Zeichnungen, die habe ich selbst gesehen, und erzählen Sie mir nicht, dass die nicht von Ihnen sind.«

Ihr Gegenüber stöhnte auf, drehte sich um und ging davon. Holly ließ sie in der offenen Tür stehen.

Immerhin, dachte Holly triumphierend. Wenn sie wünschte, dass ich verschwinde, hätte sie mir die Tür, ohne mit der Wimper zu zucken, vor der Nase zugeknallt. Sie eilte Miss Oxley hinterher, nachdem sie die Tür geschlossen hatte, bevor der Wind sie zuschlug. Sie fand sie vor dem Kamin kniend, wo sie mit dem Schürhaken konzentriert die brennenden Holzscheite umschichtete.

»Für diese Art von Kunst gibt es Sammler, die ein kleines Vermögen dafür ausgeben. Und es gibt Museen, die diese ausstellen. Und schließlich die Herbarien der großen botanischen Gärten. Und ich meine nicht nur die königlichen botanischen Gärten von Kew. Da gibt es viel mehr. Wenn Sie ein paar Ihrer Zeichnungen verkaufen, dann können Sie den Verkauf des Hauses zumindest noch hinauszögern, bis Sie vielleicht eine andere Lösung gefunden haben.«

Und dann lachte Holly auf, als erschienen ihr die eigenen Worte wie ein prächtiger Witz. Sie tippte abwechselnd auf den Buchdeckel und das Display ihres Telefons.

»Und die Lösung gibt es ja schon längst, nicht wahr?«

Miss Oxley legte den Schürhaken ab und setzte sich in einen der Ohrensessel vorm Kamin. Sie fuhr sich müde mit der Hand über die Augen.

»Sie gehen mir auf die Nerven. Wenn Sie etwas zu sagen haben, dann spucken Sie es jetzt aus, oder lassen Sie eine alte Frau die letzten Tage in ihrem Zuhause noch in Frieden hinter sich bringen.«

Holly blähte die Wangen auf. Sie wusste nicht genau, woher sie den Mut nahm, als sie fortfuhr: »Oh nein, kommen Sie mir jetzt nicht so. Sie wissen genau, wovon ich spreche. Die Vanda coerulea. Genauer gesagt *Ihre* blaue Vanda coerulea. Exemplare dieser Art sind oft preisgekrönt und gehören zu den begehrtesten Sammlerobjekten.«

Miss Oxley saß stocksteif in ihrem Sessel und sah Holly nicht an.

»Und Sie haben gleich mehrere davon. In den Schaukästen in der Abstellkammer«, sagte Holly und betonte das letzte Wort bedeutungsvoll und nicht ohne eine Prise Ironie. »Da wächst ein kleines Vermögen vor sich hin, richtig?«

Es kam weder eine Bestätigung noch ein Dementi. Doch Holly wusste, dass sie ins Schwarze getroffen hatte, als sie sah, wie sich die Finger der älteren Frau in die Armlehne krallten, bis die Knöchel schon ganz weiß wurden. Sanfter nun fuhr Holly fort.

»Wenn Sie diese Orchideen einem botanischen Garten oder einem privaten Sammler anbieten, zusammen mit den Illustrationen, dann können Sie doch einen großen Teil Ihrer Schulden – vielleicht sogar alle – begleichen und Ihr geliebtes Haus behalten. Ich kann nicht verstehen, Miss Oxley, warum Sie das nicht tun, wenn Ihnen so viel daran liegt.«

»Vielleicht weil mir an diesen Orchideen noch mehr liegt als an dem Haus«, sagte diese so leise, dass Holly sie kaum verstand.

»Dann werden Sie Ihr Zuhause verlieren.«

»Es geht nicht«, sagte Miss Oxley und starrte in die Flammen. Ihr Blick hatte beinahe etwas Gespenstisches.

»Was geht nicht?«

»Ich kann sie nicht weggeben.«

»Natürlich ist das kein leichter Schritt, aber …«

»Es gibt nur einen einzigen Menschen, dem ich diese Vanda überlassen würde.«

»Na, bestens. Einer reicht doch, oder?« Holly atmete auf. Endlich wurde sie für diese Idee zugänglich.

»Nein, das ist unmöglich. Ich habe keine aktuellen Kontaktdaten, und ich weiß nicht, ob derjenige noch …«

Holly schwenkte das Smartphone in ihrer Hand. »Googeln? Da finden wir doch wohl diesen Züchter oder Sammler oder was auch immer er ist, der sicherlich einen exzellenten Ruf genießt, denn sonst würden Sie ihn nicht in Betracht ziehen.«

Miss Oxley winkte ab, stand auf und ging zum Fenster. »Ich bin seit Jahren nicht mehr gefahren, ich kann das nicht mehr.«

»Es findet sich doch sicher jemand, der Sie fahren könnte. Und das Schienennetz der National Rail soll außerdem gut ausgebaut sein, hörte ich.«

Miss Oxley ging nicht auf Hollys Ton ein.

»Mit den Pflanzen kann ich wohl kaum im Zug fahren. Sie sind empfindlich und kostbar.«

Holly seufzte. »Aber vielleicht …«

»Es geht nicht!«

Holly legte das Buch auf den Tisch und stand auf. Sie wartete noch einen Moment ab, doch ihre Gesprächspartnerin drehte ihr beharrlich den Rücken zu und starrte in die Dunkelheit, die inzwischen über die Klippen hereingebrochen war.

»Wissen Sie, was mal ein kluger Mensch gesagt hat? Wer Lösungen sucht, findet Wege, und wer keine Lösungen sucht, der findet Gründe. Auf Wiedersehen, Miss Oxley.«

Leise zog Holly die Tür ins Schloss, als sie das Haus verließ.

5

Plymouth, heute

Hollys pitschnasse Eskapade auf der Landstraße von Porthgwarra war nicht ohne Folgen geblieben. Als sie am Morgen nach ihrer Rückkehr in Plymouth aufgewacht war, hatte ihr Hals gekratzt, und die Mattigkeit wollte sie nicht aus den Klauen lassen. Sie hatte geniest, und nichts hatte ihr schmecken wollen. Also hatte sie sich für zwei Tage aus der Agentur abgemeldet, auch das Wochenende über noch mehr oder weniger im Bett verbracht, und am Montagmorgen fühlte sie sich so weit gekräftigt, dass sie pünktlich zur Wochenbesprechung im Konferenzraum von Leonard Mills Estate Agents erschien.

»Holly, es geht Ihnen wieder besser, wie ich sehe. Das freut mich. Dann berichten Sie doch von Ihrem Ausflug nach Porthgwarra. Lief alles zu unserer Zufriedenheit?« Leonard Mills lehnte sich in seinem Chefsessel zurück und sah Holly erwartungsvoll an.

Zu unserer Zufriedenheit, dachte Holly. Was genau soll das denn heißen?

Kurz lieferte sie einen mündlichen Bericht über das Gespräch mit Annabel Oxley ab und stellte zu ihrer großen Irritation fest, dass es ihr nicht behagte, über das Haus der Orchideenliebhaberin zu sprechen. Es fühlte sich an, als würde sie etwas ausplaudern, von dem jemand sie gebeten hatte, es für sich zu behalten. Emma sah sie besorgt von der gegenüberliegenden Seite des Konferenztisches an. Sie kannte Holly gut genug, um zu spüren, dass irgendetwas nicht stimmte.

»Das hört sich doch gar nicht schlecht an. Lassen Sie uns mal die Fotos sehen«, forderte Mills sie auf.

Holly nickte, verband ihr Notebook mit dem Beamer, und im nächsten Moment wurden die Bilder von dem Cottage in einer Diashow auf die weiße Wand an der gegenüberliegenden Seite des Raums geworfen. Eine den Wetterumständen geschuldete kleine Auswahl an Außenaufnahmen, sehr vorteilhafte Bilder des Kaminzimmers, die gemütliche Eckbank in der Küche, an der Holly ihre Mahlzeit eingenommen hatte. Es war Holly, als würde sie Ausschnitte aus ihrem eigenen Leben präsentieren. Das nächste Bild zeigte den Wintergarten. Mills lehnte sich vor, stützte die Arme auf den Tisch und kniff die Augen zusammen.

»Was zum Teufel ist denn das?«

»Das ist der Wintergarten«, sagte Holly und versuchte, ihrer Stimme einen festen Klang zu geben. Sie musste jetzt unbeirrbar Anlauf nehmen für die nächsten Sätze. »Die Eigentümerin möchte, dass der Wintergarten, so wie er ist, an einen neuen Besitzer übergeht. Die Pflanzen und die ... und die Zwergwachteln. Dieser Teil des Hauses soll nicht verändert werden.«

Leonard Mills senior sowie sein Sohn Ray, drei weitere angestellte Immobilienmakler, die Sekretärin Mrs. Winn, die Protokoll führte und jetzt ihre Finger über der Tastatur in der Luft schweben ließ – ja, selbst Emma –, sie alle sahen Holly an, als hätte sie den Verstand verloren.

»Soll das heißen, das ganze Gestrüpp soll jemand übernehmen?«

Eine unschöne Röte kroch aus Mills' Hemdkragen den Hals hinauf.

»Genau so ist es. Stellen Sie sich einfach vor, es wären Gemälde oder Skulpturen. Diese kostbaren Pflanzen sind so etwas wie Miss Oxleys Lebenswerk, und sie wird sich verkleinern müssen und dann keinen Platz mehr haben und ...«

»So ein Blödsinn! Wer sollte sich denn darauf einlassen? Und was war das? Zwerg was?«

»Zwergwachteln. Chinesische, um genau zu sein.«

An dieser Stelle verbarg Emma ein Glucksen hinter einem Husten und einer Aktenmappe, die sie sich kurz vor das Gesicht hielt.

»Ich weiß, was Sie denken«, warf Holly ein. »Mir ging es ja nicht anders. Aber nachdem Miss Oxley erklärt hat, was …«

»Miss Greenwood, ich muss Sie an dieser Stelle unterbrechen. Wir machen es einfach folgendermaßen: Wir suchen einen Käufer, und der kann dann selbstverständlich mit seinem neuen Eigentum machen, was er will.«

»Miss Oxley hätte gern eine Vertragsklausel, die genau das verhindert.«

Sieben Augenpaare sahen Holly an. Sie stöhnte innerlich. Da hatte sie sich etwas Schönes eingebrockt.

»Niemals!« Mills senior und Mills junior lachten im Chor.

»Ich habe Miss Oxley zugesagt, dass wir es wenigstens versuchen würden.«

»Das hätten Sie dann einfach nicht tun sollen.«

Mills war unerbittlich. Holly hätte es wissen müssen.

»Miss Greenwood, lassen Sie mich eines sagen. Ich schätze Sie und die Arbeit, die Sie bisher für die Agentur geleistet haben.«

Aber?, dachte Holly.

»Aber hier muss ich Sie leider daran erinnern, dass wir nicht dafür da sind, den Spleen einer alten Frau zu unterstützen, sondern dass wir Geld verdienen müssen.«

»Das weiß ich, Mr. Mills.« Holly kramte ein letztes Ass aus dem Ärmel hervor. »Ich frage mich nur, was passiert, wenn wir auf ihre Bedingung nicht eingehen. Womöglich geht sie dann schnurstracks zu einer anderen Immobilienagentur.«

»Dann soll sie. Über mangelnde Aufträge können wir uns nicht beklagen, und bevor wir uns mit endlosen Verhandlungen mit potenziellen Käufern über Zwerghühner aufhalten …«

Zwergwachteln, Herrgott. Holly seufzte in Gedanken.

»Das würde mehr Arbeitszeit binden als alles andere. Nein, zu unseren Bedingungen oder gar nicht.«

Holly nickte. Sie war ja nicht überrascht. Und noch vor wenigen Tagen hätte sie ihrem Arbeitgeber uneingeschränkt zugestimmt. Den Rest der Besprechung ließ sie geistesabwesend über sich ergehen, und als es endlich vorbei war und alle an ihre Schreibtische zurückkehrten, nahm Emma sie beiseite.

»Lass uns Mittagspause machen, Holly. Du bist immer noch ganz blass um die Nase.«

Holly nickte, und kurz darauf saßen sie auf einem Marktplatz ganz in der Nähe und genossen, dass der Frühling nun doch ein paar Sonnenstrahlen vom Himmel zu ihnen herunterschickte. Sie aßen erst schweigsam jede ihr Sandwich, und dann sah Emma Holly von der Seite an.

»Alles in Ordnung bei dir? Diese Orchideenfrau scheint es dir ganz schön angetan zu haben. Du bist irgendwie verändert.«

»Ach, es ist nur … Ich frage mich, was besser ist: sein Leben lang wie ein Nomade hin und her zu ziehen, überall nur zur Miete zu wohnen und flexibel zu sein, anstatt Eigentum zu besitzen und so wie Annabel Oxley sein Heim am Ende des Lebens verlassen zu müssen. Das muss einem doch das Herz brechen.«

Emma sagte nichts. Sie pulte an dem zusammengeknüllten Papier ihres Sandwiches herum, bis sie sich irgendwann räusperte. »Holly, ich muss dir noch etwas sagen.«

Holly war sofort alarmiert. So vorsichtig tastete sich Emma sonst nie an etwas heran.

»Wir haben einen neuen Klienten. Letzte Woche, als du erst in Porthgwarra und dann krank warst, da hat er uns in der Agentur besucht und mit der Suche nach einem Haus beauftragt.«

»Und du meinst, es wäre ein Interessent für Miss Oxleys Haus? Ich habe gar nicht damit gerechnet, dass es so schnell gehen könnte, aber …«

»Holly!«, unterbrach Emma sie. »Es ist Stephen.«

Holly begriff erst nicht, dann fühlte sie förmlich, wie alle Farbe aus ihrem Gesicht wich.

»Mein Ste… Also ich meine …« Sie konnte auf einmal keinen klaren Satz mehr bilden.

Emma nickte unglücklich.

»Ja, *der* Stephen. Er und … na ja, seine Neue. Sie suchen ein Haus auf dem Land.«

»Nein, bitte nicht. Nicht Annabel Oxleys Cottage.«

»Keine Angst, das wird wohl nicht passieren. Sie suchen zwar etwas auf dem Land, aber nicht zu weit entfernt von einem Dorf, wo es Geschäfte gibt, Restaurants und Ärzte und Schulen und …«

»Schulen?«

Holly fühlte sich, als hätte sie in der zwölften Runde einen finalen rechten Haken bekommen, und man machte sich nicht einmal mehr die Mühe, sie anzuzählen.

»Ach, Holly, es tut mir so leid.«

»Verstehe. Du kannst nichts dafür, Emma.«

Und wenn erst einmal viele kleine Stephens und Hollys da sind, dann baue ich für sie ein Baumhaus in unserem eigenen Garten.

Und wir zelten draußen. Mit Taschenlampe und Proviant.

Ein Schneemann. Wir bauen einen Schneemann mit einer Karottennase und Kohleaugen. Wenn wir denn genug Schnee haben.

Und wenn nicht, dann hängen wir im Sommer bunte Lampions in die Bäume und feiern Sommerfeste.

Die Erinnerung an die Pläne, die sie und Stephen geschmiedet hatten, war so klar und präsent, dass es schmerzte. Nichts war daraus geworden. Jedenfalls nicht für sie. Stephen würde das vielleicht alles tun. Holly hatte ihr Zuhause verloren, und nun baute er sich sein Nest mit jemand anderem.

»Holly? Bist du okay?«

Holly sah Emma an, die im nächsten Moment ihre Hände ergriff.

»Natürlich nicht, entschuldige, wie dumm kann eine Frage sein … Hör zu, Holly, ich weiß, dass für Ende der Woche noch ein Termin mit den beiden vereinbart ist. Sie kommen in die Agentur. Beide. Oder vielmehr alle drei. Oder vier, wer weiß das schon.«

Emma machte mit der Hand eine kurvige Bewegung vor ihrem Bauch, und Holly blieb fast der Atem weg. Sie planten also nicht mehr, sondern waren schon längst einen Schritt weiter.

»Ich mach dir einen Vorschlag«, fuhr Emma fort.

»Was denn? Dass wir die beiden zu dem Haus führen und sie über die Klippen schubsen?«

»Oh, Holly, du bist böse. Aber wenn ich es mir recht überlege … Nein, Spaß beiseite. Du hast noch so viel Resturlaub vom letzten Jahr und dazu den neuen für dieses Jahr. Warum nimmst du dir nicht eine Woche oder zwei frei, dann läufst du nicht Gefahr, dass Mills dir den Auftrag gibt, ein Haus für deinen Ex zu suchen, und wenn du ihm nicht erzählen willst, weshalb du diesen Auftrag nicht annehmen möchtest. So gibt er ihn vielleicht mir, ich kassiere eine schöne fette Provision und gebe dir etwas davon ab, und wir hauen mal wieder richtig auf den Putz, damit du auf andere Gedanken kommst. Was denkst du? Bin ich nicht eine gute Freundin?«

Holly sah Emma an, die unter der Kapuze ihrer Windjacke hervorlugte wie ein Kobold, der gerade etwas ganz besonders Listiges ausgeheckt hatte.

»Ich bin so froh, dass ich dich habe, Emma, ganz ehrlich. Und ich glaube, ich werde das wirklich genau so machen, wenn Mills mich so kurzfristig lässt.«

»Erzähle ihm etwas von einer unerwarteten, dringenden Familienangelegenheit. Dann klappt es. Er ist ja kein Unmensch.

Dann musst du dir nur noch eine schöne Beschäftigung für die Zeit suchen, vielleicht auch ein bisschen verreisen, damit du Stephen nicht in Plymouth über den Weg läufst, und dann schaffst du das schon.«

Verreisen. Wohin denn überhaupt jetzt so plötzlich?

Es gibt nur einen einzigen Menschen, dem ich diese Vanda überlassen würde.

Ich bin seit Jahren nicht mehr gefahren, ich weiß nicht, ob ich das noch kann.

Es findet sich doch sicher jemand, der Sie fahren könnte. Und das Schienennetz der National Rail soll gut ausgebaut sein, hörte ich.

»Holly? Hörst du mir noch zu?« Emma zupfte sie am Ärmel.

»Ja, natürlich. Ich glaube, du hast absolut recht. Ich sollte mir eine kleine Auszeit nehmen. Und nicht nur das. Ich sollte verreisen.« Langsam erhob sich Holly.

»Sag ich doch. Bin ich gut oder bin ich gut?« Emma stand nun ebenfalls auf.

Holly umarmte die Freundin, die lauthals lachte, als sie sie drückte. Die Erleichterung, die darin lag, war nicht zu überhören.

»Danke, Emma, was würde ich nur ohne dich machen. Lass uns zurückgehen und noch ein bisschen was tun für unser Geld. Dann spreche ich noch heute Nachmittag mit Mills. Vielleicht erklärt die erfundene Begründung für meinen plötzlichen Urlaubswunsch auch mein Verhalten in der Besprechung. Lass uns wieder reingehen.«

✿

In Gedanken ging Holly ihr Gepäck noch einmal durch und sparte nicht mit alarmierten Seitenblicken, während sie ein weiteres Mal den Weg durch die Einöde nach Porthgwarra zurücklegte. Sie hatte einen dicken Pullover und sogar einen Schal und eine Wollmütze mitgenommen und für alle Fälle: Gummistiefel und eine regenfeste, fast knielange Regenjacke. Es war April, aber eine Wanderung in strömendem Regen über die matschigen Straßen hier am Ende der Welt hatte gereicht, und wenn sie womöglich einmal quer durch das Land bis hoch nach Schottland fahren würden oder – noch schlimmer – auf eine der vorgelagerten Inseln, dann wappnete man sich besser für kräftigen Wind und viel Wasser von oben.

Holly hatte ihre Auftraggeberin nicht vorgewarnt. Sie wollte sie überraschen und hegte die Hoffnung, dass sie so wiedergutmachen könnte, dass sie die Orchideenfrau, wie sie sie insgeheim nannte, mit ihrer Neugier gegen sie aufgebracht hatte. Und so ließ Holly ihren Mini, der immer noch die scheußliche Delle hatte, vor dem Steinhaus ausrollen, dann holte sie noch einmal tief Atem und stieg aus. Diesmal war es trocken, aber die Windböen, die die keltische See den Strand hinauf und über die Klippen schickte, waren schneidend kalt und trieben Holly Tränen in die Augen. Die struppigen Büsche, die zum Klippenrand hin immer spärlicher wuchsen, wurden landeinwärts niedergedrückt, und Holly fürchtete, ihre Wurzeln könnte glatt aus der Erde gerissen werden.

Schließlich nahm sie sich ein Herz und klopfte an die Tür. Schritte näherten sich, und gleich darauf blickte sie in das überraschte, nein, das sogar verärgerte Gesicht von Annabel Oxley.

»Kornische Meeresgeister könnten keine größere Plage sein als Sie.« Sie spähte über Hollys Schulter. »Haben Sie etwa schon einen Käufer im Schlepptau?«

»Nein, ich bin allein hier. Und vielleicht brauchen wir auch gar keinen Käufer aufzutreiben. Darf ich reinkommen?«

Miss Oxley trat beiseite, ging ins Wohnzimmer vor und ließ wie immer Holly einfach nachkommen, die sich, ohne zu fragen, in den Sessel ihr gegenüber setzte. Das Kaminfeuer war eine Wohltat, und Holly hätte ihren Sessel am liebsten ganz nah herangeschoben und ihre Füße den Flammen entgegengestreckt. Sie wartete nicht auf Miss Oxleys Aufforderung, sondern kam gleich zur Sache, andernfalls hätte sie womöglich doch noch der Mut verlassen.

»Sie haben gesagt, Sie wollen nicht selbst fahren, um Ihre kostbarsten Orchideen zu diesem einen Züchter zu bringen, Zug und Bus gehen auch nicht, also – voilà – hier bin ich. Ich habe zwei Wochen Urlaub und bin gern behilflich.«

Ihr Gegenüber sah sie an, als hätte sie den Verstand verloren.

»Wenn wir so den Verkauf abwenden können, dann bin ich gerne bereit, mit Ihnen bis zu den Highlands hochzufahren.«

»Sie scheinen Ihren Job nicht sehr zu mögen. Gut, dass Ihr Boss Sie nicht hören kann.«

»Ja, ich weiß, es muss einen seltsamen Eindruck machen …«

Miss Oxley zog eine Augenbraue in die Höhe, als würde seltsam es noch nicht annähernd treffen.

»Aber nachdem Sie mir so viel über die Orchideen und das alles hier erzählt haben …« Holly machte eine das gesamte Haus umfassende Geste. »Ich kann das diesmal einfach nicht. Ein Zuhause ist doch ein Zuhause, und …«

Sie brach ab und verscheuchte die Gedanken an Stephen und das Nest, das er sich nun mit jemand anders baute.

»Also, was sagen Sie?«

Die Orchideenfrau sagte nichts. Minutenlang. Dann stand sie auf, ging aus dem Wohnzimmer, und gleich darauf hörte Holly die Haustür klappen. Was um Himmels willen machte sie denn jetzt? Holly sah aus dem Fenster und erblickte Annabel Oxley, die sich gegen den Wind stemmte und auf einem moosigen Pfad Richtung Klippenrand auf und ab marschierte, die Arme um den schmalen Körper geschlungen. Sie würde sich dort draußen den Tod holen. Von Zeit zu Zeit blieb sie stehen, blickte in Richtung der tosenden See und warf die Arme in Luft. Sie schien mit irgendjemand Imaginärem eine aufgebrachte Diskussion zu führen.

Holly kamen erste Zweifel, ob sie die richtige Entscheidung getroffen hatte. Resigniert stützte sie das Gesicht in die Hände, als die Hausherrin plötzlich wieder im Wohnzimmer auftauchte, windzerzaust und schlotternd.

»Teufel noch eins, bei dem Wetter sollte man nicht mal Nervensägen aus einem Immobilienbüro aus dem Haus jagen.«

»Ja, sehr komisch«, erwiderte Holly, doch dann bemerkte sie ein ganz neues Funkeln in ihren Augen. Sie nahm sie auf den Arm. Doch so leicht gab sie sich nicht geschlagen.

»Das macht mir überhaupt nichts aus. Ich hab alles dabei. Regenjacke und Gummistiefel, einen warmen …«

Miss Oxley kicherte. Wahrhaftig, sie kicherte! Holly wusste nicht, was sie davon halten sollte.

»Was ist daran so witzig? Besser, ich hab ein bisschen zu viel dabei, als wenn ich am Ende wieder von jemand anderem Socken leihen muss.«

»Nur dass Sie weder Wollsocken noch Gummistiefel brauchen werden, da, wo wir hinfahren.«

»Sie sind einverstanden? Ernsthaft?« Holly hätte am liebsten losgejubelt.

»Hab ich eine Wahl? Sonst werde ich Sie vermutlich nie wieder los.«

»Ganz recht. Warum sollte man nicht eine Chance ergreifen, wenn sie sich einem auf dem Silbertablett anbietet.«

»Ja, vielleicht haben Sie recht. Und vielleicht ist das meine letzte Chance.« Die letzten Worte waren mehr gemurmelt als gesprochen, Holly hatte sie kaum noch verstehen können.

»Wunderbar. Dann haben wir eine Abmachung. Wann geht es los? Morgen früh?«

»Morgen früh. Dann haben Sie noch Zeit, Ihr Gepäck auszudünnen. Lassen Sie die warmen Sachen alle hier, die sind überflüssig. Ein paar leichte Sachen können Sie dann dort kaufen.«

»Leichte Sachen kaufen? Wo wollen Sie denn ganz mit mir hinfahren?«

»Dass wir das hier nicht durcheinander kriegen: *Sie* wollten mit mir wohin fahren. Machen Sie jetzt ja keinen Rückzieher, Holly. Und nennen Sie mich Annabel. Morgen früh geht es los.«

»Okay, aber wohin?«

»Wir fahren nach Italien.«

6

✿

Sestri Levante, 1968

Annabel irrte durch die Straßen von Sestri Levante und trat den Ärger und auch die Ratlosigkeit in das unebene Kopfsteinpflaster der Gassen. Sie musste sich überlegen, wie sie nun vorgehen sollte. Heute, an dem Tag, der eigentlich für das erste offizielle Treffen mit der Familie Lana vorgesehen war. Doch ihr Ärger galt nicht nur dem unverschämten Hausherrn. Ihr klang noch das Telefonat in den Ohren, das sie nach dem Frühstück mit England geführt hatte.

Du weißt, wie wichtig es für uns ist, dass dieser Auftrag erfolgreich ist.

Das weiß ich, aber was soll ich denn machen. Wenn dieser Lana sich weigert …

Gib dir Mühe. Sei nett.

Nett? Was soll das denn heißen? Soll ich ihm etwa schöne Augen machen?

Wenn es gar nicht anders geht …

Annabel hatte vor Entrüstung geschnaubt.

Also, du weißt, was auf dem Spiel steht.

Ja, das wusste Annabel. Es würde so gut wie einen finanziellen Ruin bedeuten, wenn sie hier versagte.

Nun hatte sie noch ein wenig Zeit, bevor der kleine Bus sie erneut den Hügel hinaufbringen würde, das Wetter war herrlich, und sie war durchaus willens, die Atmosphäre von Dolce Vita und südlicher Lebensfreude ausfindig zu machen, mit der ihr dieser Auftrag angepriesen worden war.

Es gab ein Geschäft, in dem echte Olivenbäumchen in Miniaturausführung in Töpfen verkauft wurden, und das Öl, das die erwachsenen Verwandten bereits abwarfen, gleich mit dazu. Flüssiges Gold, manchmal mit dem Hauch eines Grünstichs. Eine Eisdiele mit so vielen verschiedenen bunten Sorten, wie Annabel es in England noch nie gesehen hatte. Natürlich wusste sie, dass man über die Italiener sagte, sie würden die beste Eiscreme herstellen, aber so recht glauben würde sie es erst, wenn sie sich selbst davon überzeugen konnte. So kramte sie aus ihrer kleinen Umhängetasche die passenden Münzen hervor.

»*Prego*, Signorina?«, sagte der Mann hinter der Vitrine, der mit seinen traurigen Augen unter den schweren Lidern kein Repräsentant der viel zitierten Lebensfreude zu sein schien.

Annabel nahm an, ihm begreiflich gemacht zu haben, dass sie noch überlegte, aber er ließ sich nicht beirren.

»*Fragola, cioccolato, vaniglia?*«

Gelangweilt leierte er die Sorten herunter, was er ganz sicher jeden Tag an die hundert Mal tat, wie Annabel beim Anblick der vielen Urlauber vermutete.

»Nein, ich möchte etwas anderes. Etwas, das ich nicht kenne …«

Er seufzte. »*Inglese?* Sie sind Engländerin?«

Annabel nickte. Als ob ihre Unentschlossenheit eine Frage der Nationalität wäre.

»Was ist das hier?« Sie zeigte auf eine blassgrüne Sorte.

»Pistazie«, antwortete ihr der Eisverkäufer nun in ihrer eigenen Sprache.

»Das hätte ich gern.«

Ein einziges Mal hatte Annabel bisher Pistazieneiscreme gegessen. In London, für einen nahezu unanständig hohen Preis für eine Kugel.

»Und das hier?«

»Das ist *Cassata*. Aus Sizilien. Mit Vanille, kandierten Früchten …«

»Nehme ich auch«, sagte Annabel strahlend. Sizilien hörte sich ungeheuer aufregend an.

Und zum ersten Mal verzog der schwermütige Eisverkäufer sein Gesicht zu einem Lächeln. Probierfreudige Kunden bediente er vielleicht nicht oft.

»Und dann noch dieses Rosafarbene hier.«

»*Lampone*«, sagte er. Jetzt strahlte auch er. »Himbeere. Meine Lieblingssorte.«

Annabel bezahlte und verabschiedete sich von ihm, der, kurz aus der Lethargie gerissen, nun wieder mit melancholischem Blick aus Augen wie denen eines englischen Basset Hounds am Durchgang zu einem Hinterzimmer lehnte.

Sie schlenderte weiter, das cremige Eis war köstlich, schmolz jedoch schnell in der Sonne, und es dauerte nicht lange, bis ausgerechnet ein Klecks pinkfarbenes Himbeereis auf ihrer Bluse landete.

»*Bloody hell*«, schimpfte Annabel. Jetzt müsste sie noch einmal zurück in die Pension, bevor sie zur Villa Lana fahren würde. So könnte sie sich dort nicht blicken lassen. Sie dachte an die Eleganz der beiden Schwestern, an den ohnehin schon kritischen Blick des Bruders.

Soll ich ihm etwa schöne Augen machen?

Wenn es gar nicht anders geht …

Da fasste Annabel einen Entschluss. Ein Kleid musste her. Ein wundervolles italienisches Kleid. Sie sah sich um. Die Frauen hier führten alle Farben aus, mehr noch als die Eiscremesorten geboten hatten. Fließende Schnitte, schimmernde Stoffe, Blumendrucke.

Die gebräunte Haut ihrer nackten Arme und Beine schimmerte im Sonnenlicht. Sie sah an sich herunter. Ein biederer Tweedrock und eine hellblaue Hemdbluse mit einem pinken Fleck, zugeknöpft bis obenhin, und lange Ärmel, um die blasse englische Haut zu schützen. Annabel betrachtete sich in einem Schaufenster. Das lange rote Haar, das sie zu einem Pferdeschwanz zusammengefasst hatte.

Wie ein Schulmädchen, dachte Annabel und fasste dann beim Anblick eines Schildes mit der Aufschrift *Parrucchiere per donna* und den großformatigen Fotos von modisch frisierten Frauenköpfen gleich noch einen Entschluss. Hastig schleckte sie sich einen letzten verirrten Tropfen Eiscreme vom Finger und trat in den Salon. Ein Mann, die Haare und der imposant gezwirbelte Schnurrbart so tiefschwarz, dass es auf keinen Fall echt sein konnte, trat aus einem Hinterzimmer hervor, wobei er sich mit ausladenden Gesten den Weg durch den Perlenvorhang bahnte, als wäre er ein Operntenor, der die Bühne betrat. Die Schnüre aus winzigen limonengelben Kügelchen flogen zu beiden Seiten. Was der Eisverkäufer an Energie zu wenig hatte, schien der Friseur zu viel zu haben.

»*Buongiorno*, Signorina, was kann ich für Sie tun?«

Er sprach sie ebenfalls in ihrer Sprache an, und Annabel hegte allmählich den Verdacht, dass ihre Sommersprossen auf der milchigen Haut und das flammende Haar ihre Herkunft verrieten. Außerdem bedauerte sie allmählich, dass sie so wenig Gelegenheit bekam, ihr Italienisch zu üben.

»Ich möchte eine neue Frisur. Etwas Modernes. Etwas wie auf den Fotos in Ihrem Schaufenster.«

»Schneiden?« Zerknirscht sah er sie an.

»Ja, sicher.«

»Nehmen Sie erst einmal Platz, dann sehen wir weiter.«

Nachdem er Annabel in einen riesigen Umhang gehüllt hatte, zog er vorsichtig das elastische Band aus ihrem Haar, griff ehrfurchtsvoll hinein und verteilte es über ihre Schultern.

»Wirklich schneiden? Vielleicht besser eine schöne Steckfrisur. Ich könnte hier ein bisschen Fülle zaubern, mit einem speziellen Kamm, und dann nehme ich diese Strähnen hoch, und …«

Annabel hatte keine Lust zu diskutieren.

»Ist das denn überhaupt noch modern? Die Haare sind doch jetzt eher kurz, oder?«

»Signorina, wollen Sie aussehen wie ein Junge?«

Soll ich ihm etwa schöne Augen machen?

Wenn es gar nicht anders geht …

Annabel missfiel das alles. Sie hatte noch nie danach gestrebt, wegen ihres Äußeren gemocht zu werden. Sie mochte sich so, wie sie war, und wenn es ihr gefiel, wie ein Junge die Haare zu tragen, dann würde sie es auch tun. Auftrag hin oder her.

»Ganz genau, nicht mehr wie ein Mädchen. Ich möchte, dass Sie schneiden. Ich will, dass es eine echte Veränderung wird. Sonst brauchen Sie gar nichts erst anzufangen.«

Vermutlich begriff er in diesem Moment, dass er entweder ihrer Bitte Folge leistete oder ansonsten am Abend ein paar Lire weniger in der Kasse hätte. Und schon war er bei der Sache. Er klatschte in die Hände.

»Sie werden sehen, Signorina. Sagen Sie *arrivederci* zu dem Mädchen, und ich verwandele Sie in eine *bellissima donna.*«

Annabel nickte. Sie waren auf einer Linie.

Er griff in die lederne Tasche, die an einem Gürtel um seinen Bauch geschnallt war, und zog eine Schere hervor. Langsam, als könne das blank polierte Werkzeug Annabel abschrecken und sie ihre Entscheidung zurücknehmen lassen. Doch da kannte er Annabel schlecht.

»Na los, fangen Sie schon an.«

Mit der freien Hand schlug er ein Kreuz vor der Brust und jammerte irgendetwas Unverständliches. Dann nahm er eine Strähne in seine Hände und setzte die Schere an. Annabel schloss die Augen. Mit einem *Ratsch*, der selbst Annabel erschauern ließ, waren die Haare ab. So fuhr er fort, ab und an wischte er ihr mit einem Pinsel herumfliegende Haare aus dem Gesicht, die sie bisweilen an der Nase kitzelten. Er fuhr fort, bis er irgendwann laut und vernehmlich seufzte.

»*Prego* Signorina, ich bin fertig.«

Annabel öffnete die Augen. Ein kleiner Aufschrei entfuhr ihr. War sie das, die sie aus dem Spiegel anblickte? Aus der kupferroten Flut war ein kupferroter Helm geworden. Eng lag das Haar am Kopf an, ein paar kurze Strähnen waren lässig in die Stirn frisiert und das nur geringfügig längere Seitenhaar hinter die Ohren geklemmt. Alles in allem fühlte sich Annabel … Wie eine *bellissima donna.* Wie er versprochen hatte. Sie war sprachlos.

»Ich habe Ihnen gesagt, überlegen Sie es sich gut, Signorina. Eine schöne Steckfrisur wäre …«

»Ich liebe es!«

»Ich verstehe nicht. Sie lieben es?«

»Ja, es ist noch viel besser, als ich es mir vorgestellt habe.«

Der arme Friseur, der die Welt nicht mehr zu verstehen schien, zuckte nur mit den Schultern, nahm Annabel das Cape ab und bat sie zur Kasse. Er drehte an der Kurbel, und mit einem hellen *Pling* sprang die Lade auf. Annabel kam es vor wie ein Tusch, der diesen neuen Tag, ihre neue Chance, willkommen hieß.

✿

Der Kies knirschte unter ihren Füßen, die in nagelneuen himmelblauen Ballerinas steckten, als Annabel die Auffahrt überquerte. Ein wenig mulmig war ihr schon zumute, aber sie sagte sich immer wieder, dass sie den Termin mit Elisabetta und Antonella Lana hatte und nicht mit deren Bruder, von dem sie hoffte, dass er vielleicht gar nicht da wäre. Sie drückte den Klingelknopf, ein nahezu orchestrales Läuten schallte bis nach draußen, und gleich darauf wurde ihr geöffnet.

»Signorina Owens! Da sind Sie ja, wie schön! Und Ihre Haare … Antonella, komm doch nur, und sieh dir Signorina Owens an!«

Die jüngere der beiden Schwestern eilte herbei – nein, sie flatterte herbei, wie ein umherirrender Schmetterling – und kreischte auf, als sie Annabel sah.

»Wie mutig von Ihnen, das zu tun! Sie sind immer noch dieselbe, aber doch ganz anders, wenn Sie verstehen, was ich meine. *Congratulazione!*«

Sie baten Annabel in den Salon, den sie schon vom Vortag kannte, und setzten sich.

»*Caffè?* Aber sicher, ich lasse uns einen *Caffè* bringen«, sagte Antonella, und nach einer kleinen Gesprächspause, die Annabel ein wenig irritierend fand, wurde in zierlichen Tässchen, durch deren Henkel sie nicht einmal ihre Fingerspitze schieben konnte, ein Mokka serviert.

Stille, die nicht zu der aufgekratzten Stimmung noch vor einer Minute passte, trat ein. Annabel fühlte Unheil näher kommen.

»Signorina Owens, wir haben noch einmal sehr eindringlich mit unserem Bruder über Ihren Auftrag gesprochen«, sagte Elisabetta Lana. »Wir, meine Schwester und ich, stehen immer noch zu unserer Meinung, dass unser Anwesen ein exzellentes Ambiente ist für eine Hochzeit. Aber wir hätten den Vertrag nicht ohne unseren Bruder schließen dürfen. Nicht, wo wir ja bereits wussten, dass er dagegen sein würde.«

Annabel rutschte tiefer in die Polster. Jetzt kam es, das Aus. Der Bankrott. Und sie hatte auch noch so viel Geld für den Haarschnitt, die Ballerinas und sogar ein neues Sommerkleid ausgegeben. In diesem Moment wünschte Annabel nichts mehr, als dass sie den fließenden Stoff, über dessen cremefarbenen Untergrund sich unzählige blaue Blüten ergossen, in ihren Tweedrock und die

Hemdbluse zurücktauschen könnte. Auch mit Eisklecks, ihr wäre es egal gewesen.

»Aber wir haben einen Vorschlag für Sie. Die Hochzeitszeremonie könnte wie immer im Palazzo Durazzo stattfinden, das ist unser Rathaus, ein herrliches Bauwerk aus dem fünfzehnten Jahrhundert. Danach ist es möglich, dass die Hochzeitsgesellschaft zu Freunden von uns aufs Land fährt und dort …«

Annabel hörte gar nicht mehr zu. Das alles half ihr überhaupt nicht weiter. Sie winkte ab.

»Signorina Lana …«

»Aber sagen Sie doch Elisabetta zu mir«, bat sie, und auch Antonella nickte vehement, als ob dieser Akt der Vertraulichkeit zwischen ihnen den Schlag einer Absage, eines geplatzten Vertrags immerhin, abmildern würde.

»Dann werden wir Ihre Agentur aber auf irgendeine Weise für den Verlust entschädigen, das ist das Mindeste, was wir tun können.«

Annabel erhob sich, und Elisabetta und Antonella taten es ihr gleich.

»Ich danke Ihnen für Ihre Zeit«, sagte Annabel, sehr bemüht, sich ihren Ärger nicht anmerken zu lassen. Für diese enttäuschende Absage hätten sie sie nicht extra herkommen lassen müssen. Sie hätten genauso gut eine Nachricht ins Hotel schicken können.

Darüber hinaus bemerkte Annabel, dass sich der Himmel draußen verdunkelte, und wenn sie sich nicht täuschte, vernahm sie auch ein Donnergrollen in der Ferne. Das Wetter war so ganz anders als in Cornwall. Dort war es durchgehend schlecht oder schön, und der Übergang von einem zum anderen war fließend. Doch hier passierte alles wie mit einem Paukenschlag.

»Es fängt gleich an zu regnen«, rief Antonella bestürzt aus. »Und jetzt fährt noch kein Bus, oder?«

Fragend sah sie von ihrer Schwester zu Annabel und wieder zurück, und Annabel begriff, dass die beiden Schwestern sicher noch nie gezwungen gewesen waren, auf den lokalen Bus zu warten.

»Wir könnten Gianfranco rufen, damit er Sie fährt …«

»Nein!«, wehrte Annabel ab, heftiger, als sie beabsichtig hatte. »Das ist wirklich nicht nötig. Ich werde zu Fuß gehen. Ein bisschen Regen macht mir nicht aus.«

»Dann lassen Sie uns Ihnen wenigstens eine Jacke geben.«

»Es ist doch viel zu heiß«, erinnerte Elisabetta ihre Schwester.

»Ein Tuch. Ich hole Ihnen ein Tuch für das Haar. Es wäre doch ein Jammer, wenn der Regen gleich die neue Frisur völlig ruinierte.«

Es war ein Seidenschal, den Antonella dann brachte, und Annabel fragte sich ernsthaft, wie der ihre Frisur vor Regen schützen sollte. Aber sie ließ es geschehen, dass Antonella ihn ihr über das Haar legte und die Enden um den Hals schlang, bevor sie sie im Nacken verknotete.

»*Ecco!* Sie sehen aus wie ein Filmstar.«

Das bezweifelte Annabel, doch sie ließ Antonella die Freude. Sie spürte, dass den beiden Frauen dieses ganze Desaster wirklich leidtat und sie dieses jähe Ende ihrer Bekanntschaft nur mit großem Bedauern akzeptierten. Die Fürsorge ihres Haares wegen war ihre Art der Wiedergutmachung. So ließ sie es dann auch zu, dass erst Elisabetta und anschließend Antonella ihr an der Tür bei der Verabschiedung eine herzliche Umarmung zuteilwerden ließen.

Und dann, nach nur etwas mehr als einer halben Stunde, fand sich Annabel auf den Treppenstufen vor der Villa wieder. Allein und ratlos, wie es nun weitergehen sollte. Sie schlich davon wie jemand, den man aus dem Haus hinausgeworfen hatte, und mehr oder weniger war es ja auch so. Es fiel ihr schwer, sich noch an den üppig blühenden Sträuchern und dem Meer an Pfirsichblüten zu erfreuen, die den Weg vom Haus bis zur Straße säumten. Doch es duftete süß und zart, und allmählich kämpfte sie die aufsteigenden Tränen der Enttäuschung zurück. Sie blieb an einem Mimosenbusch stehen und roch an einer der rosa-violetten Blüten, sog den Duft ein, als könnte er das Gefühl der Aussichtslosigkeit betäuben.

Als Annabel jedoch eines der Blätter mit den Fingerspitzen berührte, wich sie erschrocken einen Schritt zurück. Die Blätter, die wie bei einer Feder zu beiden Seiten des Stängels saßen, rollten sich eines nach dem anderen ein, als würden sie sich verschließen.

»Die Straße führt in den offenen Himmel inmitten einer riesigen Landschaft und Hängen, die unter den Mimosen zusammenbrechen. Ich kam zurück mit gelben Flecken, die vor meinen Augen tanzten, und einem großen Lichtwirbel im Inneren.«

Annabel wirbelte herum. Gianfranco Lana saß auf einer niedrigen Steinmauer vor einer Zypresse, die Hände in den Hosentaschen vergraben, die Beine ausgestreckt, und Annabel fragte sich allmählich, ob die Lanas so wohlhabend waren, dass der Spross der Familie nie arbeiten musste.

»Sind Sie unter die Poeten gegangen?«, fragte sie, nicht ohne ein wenig Herzklopfen, weil sie schon wieder im Garten erwischt wurde. »Und wieso überhaupt gelb?«

»Albert Camus«, sagte er. »Und Akazien, die mit den gelben Blüten, werden oft irrtümlich für Mimosen gehalten. Auch Camus konnte seinerzeit diese beiden Pflanzen wohl nicht auseinanderhalten.«

»Hätte ich mir denken können«, sagte Annabel, »dass diese Zeilen nicht von Ihnen sind. So viel Feinfühligkeit hatte ich bei Ihnen auch nicht vermutet.«

Er lachte. »Auf den Mund gefallen sind Sie wirklich nicht.« Mit plötzlich verändertem Ton fuhr er fort. »Meine Mutter hat seine Texte geliebt. Wie auch diesen Garten.«

»Ich hab es verstanden, Ihre Schwestern haben mir bereits die Absage mitgeteilt, und ich bin quasi schon verschwunden.«

»Ich möchte, dass Sie wirklich verstehen.«

»Das ist vollkommen überflüssig. Sie sind der Eigentümer, Sie haben Ihre Ablehnung klar formuliert, und ich habe hier nichts zu suchen.«

Doch Signor Lana ignorierte ihre Worte. »Kommen Sie, ich führe Sie herum.«

Annabel hätte nicht überraschter sein können von seiner plötzlichen Freundlichkeit, aber in der Hoffnung, den Auftrag doch noch zu bekommen, verkniff sie sich eine weitere schnippische Bemerkung und willigte ein. Sie spazierten über Kieswege und weiche, grasige Pfade. Eine Eidechse saß in der Sonne und huschte hinter einen Stein, als sie sich näherten.

»Meine Schwestern und ich haben den Garten für meine Mutter angelegt. Mein Vater ist im Krieg gefallen, und meine Mutter hat uns allein großgezogen. Als sie krank wurde …« Er hielt einen Moment inne, drehte sein Gesicht weg und schien in Gedanken weit in die Vergangenheit zurückzureisen. »Sie hatte sich irgendwann ganz in sich zurückgezogen, vergaß immer mehr, und manchmal erkannte sie uns nicht.«

Annabel schwieg betroffen.

»Die Ärzte rieten uns zu dem Garten, als sie keine andere Zerstreuung mehr hatte. Vorher gab es hier nur die Zypressen und Kies. Oder wild wucherndes Dickicht ganz am Ende des Gartens, wohin nie jemandes Weg führte. Jetzt sollten Düfte ihr eine Freude bereiten, vielleicht sogar Erinnerungen wecken. Das Berühren von Blättern und Baumrinden, das Gras unter den nackten Füßen … All die kleinen Momente, alles vielleicht kleine Lichtpunkte in ihrem Dunkel.«

Annabel sah sich um. Immer noch wachten schlanke Zypressen würdevoll über die Auffahrt, doch Mimosen blühten, Moos und winzige weiße Blüten klammerten sich in die Ritzen der Mauern und Steinbänke, die Knospen des apricotfarbenen Oleanders brachen auf. Es gab Rosenstöcke, die jetzt noch nicht blühten, aber eine wahre Pracht sein mussten, wenn ihre Zeit käme. In der Nähe plätscherte das Wasser in einem Zierbrunnen. Kräftig rote Pelargonien verströmten einen Geruch, der an Zitronen erinnerte. Minze wucherte verschwenderisch in den Beeten.

»Und deshalb«, sagte er auf einmal wieder sehr geschäftsmäßig, »kann ich es nicht erlauben, dass wildfremde Menschen hier herumtrampeln.«

Doch Annabel hörte gar nicht mehr zu. Ihr Blick heftete sich an ein mächtiges gläsernes Dach, das die Sonnenstrahlen zurückwarf, sodass sie die Augen mit der Hand beschatten musste, weil es sie blendete. Ein Glashaus, das den viktorianischen Gewächshäusern in ihrer Pracht in nichts nachstand, nur etwas kleiner war, ragte aus einem Meer von Wildblumen empor.

»Und dieses Gewächshaus da drüben? Gehört das auch Ihnen?«, fragte Annabel.

»Ja, das gehört auch meiner Familie. Wir haben die Orchideenzucht meiner Mutter weitergeführt, als sie sich nicht mehr darum kümmern konnte. Bis heute.«

Annabel wagte noch einen Vorstoß.

»Signor Lana, wenn wir die Zeremonie nicht hier im Garten stattfinden lassen können, wie wäre es denn mit dem Gewächshaus?«

Er sah sie an, als hätte sie ihm einen unsittlichen Antrag gemacht.

»Ja, wirklich«, fuhr Annabel fort. »Das ist vielleicht sowieso klüger, denn wenn es doch einmal Regen geben sollte oder es zu windig ist, wären das Brautpaar und die Gäste da drinnen geschützt.«

Mit einer Handbewegung gebot er ihr Einhalt. »Sie haben nichts verstanden, oder?«

Annabel schluckte die Widerworte herunter. Sie hatte es verdorben. Wo er doch gerade so zugänglich geworden war.

»Ich bringe Sie zum Tor«, war sein knappes letztes Wort.

»Das finde ich auch allein«, entgegnete Annabel.

»Nein, ich begleite Sie.«

Offenbar hatte er Angst, dass sie sich doch noch weiter unbefugt im Garten aufhalten könnte, wenn er sie aus den Augen ließ. Sie presste vor Ärger die Kiefer aufeinander. Ärger über sich selbst und über diesen unnachgiebigen Klotz. Noch dazu war das befürchtete und gleichzeitig erhoffte Gewitter vorübergezogen. Die Sonne brannte erbarmungslos auf sie nieder, als sie am Tor angelangt den schützenden Schatten der Bäume verließen.

»Leben Sie wohl, Signorina Owens«, sagte Signor Lana und hielt ihr immerhin die Hand hin.

Annabel ergriff sie mit einem knappen Kopfnicken. Passende Worte fand sie nicht, war doch alles wieder so aussichtslos wie zuvor. Mit der anderen zog sie sich das Tuch vom Kopf, das inzwischen viel zu warm war. Sie bemerkte, dass sich auf ihrer Stirn bereits kleine Schweißperlen bildeten, und sie wollte auf keinen Fall die teure Seide ruinieren. Ihm entfuhr ein Keuchen.

»Was haben Sie mit Ihren Haaren gemacht?« Reflexartig hob er die Hand, als wolle er es anfassen. Annabel wich zurück.

»Ich nenne das abgeschnitten.«

»Aber warum um Himmels willen?«

»Weil ich es wollte, ganz einfach. Hier, geben Sie das Ihrer Schwester zurück.«

Sie drückte ihm das Tuch in die Hand, sah in diesem Moment, wie sich Elisabetta hinter einem Fenster der Villa zu einem Winken anschickte, drehte sich jedoch um und marschierte trotzig und todunglücklich zugleich die Landstraße nach Sestri hinab. Und ihr war, als würden sich seine Blicke wie Messerspitzen in ihren Rücken bohren.

7

Sestri Levante, 1968

Der Strand von Sant'Anna in der Baia delle Favole, der Bucht der Märchen, war leerer als alle anderen Strände, die zu Sestri Levante gehörten, trotz des weißen, feinkörnigen Sandes. Er lag zu weit außerhalb. Dort gab es keine Eisverkäufer und keine Strandliegen. Nur Sand und Stille, wenn die Möwen draußen auf dem Meer waren. Noch war es so, aber wenn sich der Tourismus weiter so schnell entwickeln würde wie seit den Fünfzigerjahren, seit Italien zum Traumziel vor allen Dingen der Deutschen erklärt worden war, wäre es damit auch hier schnell vorbei. Hunderttausende kamen jedes Jahr über die Alpen, wie andersherum Gianfrancos Landsleute als sogenannte Gastarbeiter in den Norden gingen.

Am nördlichen Ende des Strandes stieg die Landschaft zum Rocche di Sant'Anna hin an. Zu dem schroffen Felsen, der so hieß wie der Strand, führten nicht einmal Wanderwege empor, sodass man von dort oben die Aussicht hätte bewundern können. An der Grenze zwischen heißem Sand, der einem die Fußsohlen verbrannte, zu der undurchdringlichen Macchia aus Heidekraut, Mastixsträuchern, Erdbeerbäumen und einigen wenigen Steineichen versteckte sich ein kleines Haus mit strahlend weißen Außenmauern, die in der Sonne glänzten wie polierte Walknochen, und einem Dach aus Tonziegeln.

Hierhin hatte sich Gianfranco vor einer Weile zu Fuß aufgemacht, und nun saß er im Schatten eines Vordachs aus Seegras und leistete dem Fischer Tonino Gesellschaft.

»Ist dir das nicht irgendwann über?«, fragte Gianfranco.

»Was?«, fragte Tonino zurück, dessen Haare ebenso weiß waren wie die Fassade seines Hauses.

»Na, diese Arbeit«, sagte Gianfranco und deutete mit einer Kopfbewegung auf die vielen kleinen Werkzeuge, die Tonino neben sich auf einem wackeligen Hocker mit drei Beinen aufgereiht hatte wie ein Chirurg sein Operationsbesteck.

Tonino kürzte mit einem scharfen Messer die zerfransten Enden eines Netzstücks ein. Das Loch hatte eine Muräne in das Geflecht hineingebissen, und Tonino war froh, dass der Schaden nicht größer war. Aber das Netz musste geflickt werden. Insbesondere die Seeaale würden sonst mühelos hindurchschlüpfen.

»Ich mag meine Arbeit, das weißt du.«

»Sicher, aber es ist jeden Tag dasselbe. Und es ist eine mühselige Arbeit.«

»Ist es dir über, die Pflanzen zu pflegen? Sie umzutopfen, die verblühten Blütenblätter zu entfernen und sie zurückzuschneiden?« Er lächelte Gianfranco an.

»Nein, natürlich nicht. Ich will nur sagen, dass du das hier nicht tun musst.«

»Genauso wenig, wie du dich um die Orchideen kümmern musst.«

»Das ist etwas anderes. Meine Mutter …«

»Nein, ist es nicht. Das redest du dir nur ein. Gib mir dein Glas.«

Gianfranco reichte ihm eines der Wassergläser, aus denen Tonino seinen Sangiovese zu trinken pflegte.

»Niemals hätte deine Mutter von dir oder deinen Schwestern verlangt, dass ihr euch euer Leben lang ihren Orchideen verschreibt und das Gewächshaus wie ein Mausoleum erhaltet.«

»Hast du kürzlich Elisabetta getroffen?«

»Warum?«

»Weil die genau die gleichen Worte verwendet hat.«

»Kluge Frau, deine Schwester. Nur ein einziges Mal hat sie unklug gehandelt und diesen halbseidenen *Avvocato* geheiratet. Aber sie ist noch jung. Sie wird einen anderen finden. Einen besseren.«

»Apropos heiraten«, begann Gianfranco, und Tonino ließ augenblicklich die Netznadel sinken, die wie ein Weberschiffchen durch die Schlaufen wanderte.

»Sag nicht, dass du endlich ...«

Gianfranco hob die Hand und unterband mit einer Geste weitere Spekulationen.

»Nein, das ist es nicht. Aber mit einer Hochzeit hat es schon zu tun.«

Er berichtete Tonino in allen Einzelheiten von den Geschehnissen der letzten Tage, angefangen beim Auffinden der rothaarigen Engländerin im Garten der Villa bis hin zum Streit mit seinen Schwestern. Als er geendet hatte, sah Tonino ihn mit einer Mischung aus Belustigung und Missbilligung an.

»Ich weiß, du meinst es gut, mein Junge, aber du machst alles falsch.«

»Oh, vielen Dank. Jetzt weiß ich, warum ich zu dir gekommen bin.«

»Genau deshalb, oder? Für meine ehrliche Meinung. Sicher nicht für ein Rezept für frisch gefangene Goldbrassen. Deine Mutter hat ihren Garten und ihre Pflanzen so sehr geliebt, wie ich das Meer liebe. Bis ganz tief hier drinnen.« Er klopfte mit der flachen Hand auf seinen Brustkorb, dort wo sein Herz unter dem verblichenen Leinenhemd schlug. »Aber deshalb ist es nicht meins. Deshalb kann ich nicht anderen Menschen verbieten, es ebenso zu lieben, in ihm zu schwimmen, auf ihm zu rudern oder in ihm zu fischen und glücklich zu sein.«

»Was willst du mir damit sagen?«, fragte Gianfranco und schenkte noch einmal Wein nach.

»Das weißt du ganz genau. Und du wusstest es auch schon, bevor du hergekommen bist. Weil du ganz der Sohn deiner Mutter bist. Nicht nur äußerlich hast du von euch dreien am meisten von ihr geerbt. Deine Mutter hat Dinge, die ihr Freude gemacht haben, immer gerne mit anderen geteilt. Du bist es, der noch nicht bereit ist, loszulassen. Du denkst, dass du es nicht darfst, und kommst nun her, um dir von mir den Segen dafür abzuholen.«

Tonino stand auf und legte das Netz beiseite. Er streckte sich und dehnte den Rücken, der durch die krumme Haltung bei der Arbeit wohl steif geworden war. Er strich seinem mageren Kater, der von einer Wanderung durch die Macchia zurückgekehrt war, beiläufig über den Kopf.

»Aber es ist nicht notwendig, die Liebe wegzuschließen wie ein kostbares Schmuckstück, das nun nach dem Tod des geliebten Menschen niemand mehr tragen wird«, fuhr er dann fort. »Sie wächst, wenn du sie teilst und sie atmen lässt. Deine Mutter hätte sich das gewünscht. Dass alle teilhaben und für sich ein Stück ihrer großen Liebe zu allen Dingen mitnehmen. Wie eine Heilige verehrt zu werden, das wäre nicht ihre Sache.«

»Ach, Tonino, an dir ist ein Weiser verloren gegangen«, flüchtete sich Gianfranco in einen Scherz, denn er merkte, wie sehr ihn die Worte über seine Mutter berührten und seine Kehle eng wurde.

Nicht zum ersten Mal fragte er sich auch, wie nah sich seine Mutter und Tonino wirklich gestanden hatten. Seine Mutter hatte nie ein zweites Mal geheiratet, nachdem ihr Mann nicht aus dem Krieg zurückgekehrt war. Tonino, der nicht immer ein Fischer gewesen war, sondern ein wahrer Lebenskünstler, der malte und früher einmal Geld mit seinen Bildern verdient hatte, der Klavier in einer Bar gespielt hatte und dazu noch berühmt für seine Cocktails gewesen war, war ein Freund von Gianfrancos Vater gewesen und hatte sich in der schweren Zeit nach dem Ende des Kriegs um die Familie gekümmert. Er war in der Villa ein und aus gegangen und für Gianfranco, Elisabetta und Antonella wie ein Onkel, vielleicht sogar zeitweise wie ein Vater gewesen. Die drei Geschwister hatten immer vermutet, dass da mehr zwischen ihrer Mutter und Tonino gewesen war, doch wenn, dann hatten sie es sehr gut geheim gehalten und nie öffentlich gemacht.

»Zugehört hast du, das ist gut. Wenn du jetzt auch noch die richtigen Schlüsse für dich ziehst, bist du zum Essen eingeladen. Es gibt nämlich heute wirklich frische Goldbrassen.«

Tonino deutete auf eine angestoßene Keramikschüssel, in der die Fische bereits in einer Marinade aus Olivenöl, Knoblauch und Zitrone die Aromen Liguriens aufnahmen, um dann später knusprig gegrillt zu werden.

Gianfranco kratzte sich am Kopf und bemerkte sehr wohl, dass Tonino ihn fragend von der Seite ansah.

»Na, dann fang an, den Tisch zu decken. Ich fülle die Fischbäuche mit Rosmarinzweigen«, sagte er nach einer Weile, und Tonino schenkte ihm ein bejahendes Lächeln.

✿

Sorgfältig hatte Annabel das schöne neue Kleid zusammengefaltet und zuunterst in den Koffer gelegt. Obendrauf folgten die wenigen Blusen, eine Leinenhose und eine Strickjacke. Sie hatte der Pensionswirtin bereits erklärt, dass sie am nächsten Tag abzureisen gedachte. Ihre Mission war gründlich fehlgeschlagen, und sie legte sich in Gedanken schon jetzt besänftigende Worte für ihr Scheitern zurecht, die sie sicher brauchen würde, wenn sie zurück in England war. Auch wenn sie selbst eigentlich keine Schuld traf.

Dann duschte sie ausgiebig, wobei sie immer wieder Pausen einlegen musste, wenn das heiße Wasser aus dem Durchlauferhitzer aufgebraucht war und sie mit einem spitzen Schrei dem plötzlichen kalten Wasserstrahl zu entkommen versuchte. Sie spülte sich die Enttäuschung von der Haut, shampoonierte und rubbelte ihre Haare so sehr, als würde es helfen, das Bild von Gianfrancos Gesicht auch aus ihrem Kopf herauszuwaschen.

Gerade als sie dachte, nun wäre es genug, klopfte es an ihre Tür. Annabel trocknete sich ab und schlüpfte in einen Bademantel. In Erwartung der Wirtin mit der Rechnung für ihren Aufenthalt, öffnete sie die Tür und erstarrte im nächsten Moment. Dort stand Signor Lana, in einem äußerst schicken Anzug und mit einem Arm voller Sommerblumen.

»*Buona sera*«, sagte er, sichtlich überfordert von dem Anblick Annabels, der ebenfalls der Schreck in die Glieder gefahren war.

»Was machen *Sie* denn hier?«, fragte sie und strich mit einer Hand durch die in alle Himmelsrichtungen abstehenden Haare. Mit der anderen hielt sie krampfhaft den Bademantel zusammen. »Und wieso lässt man Sie überhaupt einfach so hier herauf?«

»Nun ja, Sestri Levante ist klein.«

»Oh ja, man kennt Sie natürlich.«

Er nickte. »Und ich denke, Signora Martini hat eins und eins zusammengezählt. Ihr weiblicher Gast, der auf einmal abreisen will, ich und die Blumen … Sie hat scheinbar ein romantisches Herz.«

»Ja, und offenbar auch eine Rechenschwäche.«

Amüsiert lächelte er. »Ich wollte Sie zum Abendessen einladen.«

Annabels Herz schlug schneller. »Warum?«

»Weil ich es will, ganz einfach«, sagte er und spielte auf Annabels Bemerkung zu ihrem abgeschnittenen Haar an. »Alles andere würde ich Ihnen gern beim Essen erklären. Einverstanden? Dann warte ich unten auf Sie?«

Er streckte den Arm mit den Wildblumen aus, die bestimmt aus dem Garten der Villa stammten, und überreichte sie Annabel.

Er hatte doch schon seine Familiengeschichte erzählt und die Gründe für seine Ablehnung dargelegt. Was wollte er denn nun noch? Dieses Hin und Her verunsicherte Annabel, doch sie nickte, denn vielleicht, ganz vielleicht, bestand ja auch die Möglichkeit, dass er seine Meinung geändert hatte?

In Windeseile brachte sie ihren wilden Schopf in Ordnung, legte ein wenig von dem lachsfarbenen Lippenstift auf, der so gut zu ihren Haaren passte, und langte dann in den Koffer, um das Kleid wieder herauszuziehen. Aber dann hielt sie inne. Nein, sie würde sich doch jetzt nicht noch einmal herausputzen, wie sie es schon heute Nachmittag getan hatte, für nichts und wieder nichts. Sie nahm stattdessen die Leinenhose und eine einfache roséfarbene Bluse, schlüpfte in die Sandaletten und nahm ihre kleine Handtasche. Im letzten Moment, bevor sie das Zimmer verließ und hinter sich abschloss, kehrte sie noch einmal ins Bad zurück, rupfte ein Stück Toilettenpapier ab und wischte sich damit den Lippenstift wieder vom Mund. Jetzt war sie so weit.

Der jüngste Spross der Familie Lana hatte in der Zwischenzeit offenbar lebhaft Konversation mit Signora Martini gemacht. Sie zwitscherte so munter wie ihre Kanarienvögel, die in viel zu kleinen Käfigen auf dem Balkon ihrer Privaträume Tag und Nacht sangen. Jetzt blickte sie Annabel entgegen, ein vermeintlich wissendes Zwinkern an sie richtend. Annabel stöhnte innerlich. Diese Italiener …

Signor Lana verabschiedete sich höflich von Signora Martini, und dann verließen sie die Pension.

Sie gingen nicht weit und sprachen nicht viel, und wenn, dann war es höflicher, aber belangloser Small Talk zur Geschichte und Architektur von Sestri Levante.

»Wussten Sie, dass die vorgelagerte Halbinsel, auf der die Altstadt liegt, Portobello heißt?«

Annabel schüttelte den Kopf.

»Viele der Brücken von Sestri Levante über den Gromolo sind römischen Ursprungs.«

»So alt schon …«

»Im neunzehnten Jahrhundert hat sich der dänische Dichter Hans Christian Andersen hier aufgehalten. Sie kennen ihn?«

Annabel nickte, ein wenig gelangweilt und nicht bei der Sache. Er schien gerade seine eigene Märchenstunde abzuhalten, aber sie konnte an nichts anderes denken als die Frage, was diese plötzliche Einladung zu bedeuten hatte.

Von Zeit zu Zeit spürte sie seinen Blick auf ihrem Nacken ruhen, der nun nicht mehr von der Flut ihrer Haare bedeckt war, und sie fühlte sich nackter, als wenn sie in Unterwäsche vor ihm gestanden hätte. Sehnlichst wünschte sie sich das Seidentuch zurück, obwohl doch ihre Haut auch schon so unter seinem Blick vor Wärme prickelte.

Er führte sie in ein Restaurant an der Uferpromenade. Boote schaukelten im Wasser, und die letzten Strahlen der untergehenden Sonne glitzerten auf der Oberfläche. Sogar eine erste Fledermaus sauste schon an der pastellfarbenen Front der Häuser entlang.

Mit einem schwungvollen »*Prego*, Signori« unterbrach der Ober Annabels Betrachtung der Umgebung.

»Darf ich für uns beide bestellen?«, fragte Annabels Begleiter.

Hätte er nicht gefragt, sondern es einfach getan, wären ihm ihre Widerworte gewiss, aber so nickte sie und war gespannt darauf, was er auswählen würde. Sie überlegte, ob solch eine Auswahl vielleicht etwas über den Menschen aussagte, verwarf diesen Gedanken aber gleich wieder. Sie hörte nicht einmal zu, denn die beiden Männer parlierten so schnell und lebhaft miteinander, dass sie nicht mehr folgen konnte.

Als der Wein kam und tiefrot wie flüssige Rubine in ihren Gläsern funkelte, prostete Lana ihr zu. »Salute, auf Ihr Wohl.«

»Salute«, erwiderte Annabel knapp und verkniff sich eine Bemerkung, hing doch ihr zukünftiges Wohl ganz unmittelbar mit seiner Einstellung zur Ausführung ihres Auftrags zusammen.

Als hätte er ihre Gedanken gelesen, sprach er genau dieses Thema nun an.

»Der Auftrag ist sehr wichtig für Sie, oder?«

»Wichtig, ja, das könnte man so sagen«, sagte Annabel, sich der Bitterkeit, die mit ihren Worten mitschwang, wohl bewusst. »Ohne diesen Auftrag …«

»Sie verlieren Ihre Anstellung?«

»Davon ist auszugehen.« Sie nahm einen großen Schluck Wein, der eine feine Pfeffernote hatte. »Die ganze Agentur wird dann über kurz oder lang nicht mehr existieren.«

Nachdenklich spielte er mit dem Stiel seines Weinglases. Annabel bemerkte zum ersten Mal seine schlanken Finger, die gut zu einem Klavierspieler passen würden.

»Sehen Sie, nachdem Sie vorhin gegangen waren, hatte ich eine lange Unterhaltung mit meinen Schwestern. Und mit Tonino, einem Freund der Familie. Ein sehr weiser Mann, der … Na, egal.« Er lachte leise. »Um ehrlich zu sein, alle drei haben mir gehörig den Kopf gewaschen.«

»Ach, tatsächlich?«

»Ja, machen Sie sich nur lustig. Ich …«

Er wurde unterbrochen, als das Essen kam.

»*Ecco*, der Tintenfisch mit Rote-Bete-Salat, Pinienkernen und Oliven für die Herrschaften. *Buon appetito*.«

»Tintenfisch?«, fragte Annabel skeptisch. Sie hatte sich immer vorgestellt, dass dieser mit Saugnäpfen und allem drum und dran serviert würde, und schüttelte sich innerlich bei der Vorstellung. Doch dieser hier hatte keine.

»Probieren Sie, er ist auf niedriger Temperatur gegart und ganz zart.«

Annabel pickte das kleinste Stück mit der Gabel auf, und einen Moment später musste ein Lächeln über ihr Gesicht gehuscht sein, denn ihr Gegenüber atmete hörbar auf.

»Sehen Sie? Hab ich doch gesagt.«

Sie aßen eine Weile schweigend. Auch noch als der nächste Gang kam, ein cremiges Risotto mit Garnelentartar, redeten sie nicht über den Grund des Beisammenseins.

Die schwierigen Kunden ruft man am besten gleich nach dem Mittagessen an. Dann sind sie zufrieden, satt und schläfrig und geben keine Widerworte. Es gibt keine bessere Zeit, um mit ihnen umzugehen.

Annabel dachte an die Worte, die ihr Vater ihr einmal gesagt hatte, und fragte sich, ob dies auch Gianfranco Lanas Taktik war. Aber was sollte noch unangenehmer sein als das, was er ihr ohnehin schon eröffnet hatte? Und selbst wenn, bis dahin könnte sie zur Abwechslung auch einfach mal genießen. So schnell, wenn überhaupt jemals, würde sie nicht mehr nach Italien kommen.

»Wie können die Italiener nur so viele Gänge nacheinander schaffen?«, fragte Annabel, als das Hauptgericht, Thunfisch in Pistazienkruste, vor ihr stand.

Er lachte. »Mit viel Zeit. Und unser Frühstück ist im Vergleich zum Frühstück in Ihrem Land sehr spartanisch. Ein *Caffè*, ein kleines süßes Gebäck, mehr ist nicht üblich. Ein leichtes Mittagessen, zum Beispiel *Bruschetta*. Das Abendessen hingegen wird dann ausgiebig zelebriert.«

»Und danach können Sie schlafen?«

»Schlafen? Aber nein, danach sitzt man zusammen, oder man geht noch aus, zum Tanz oder für eine *Passeggiata serale*. Einen Abendspaziergang.«

Annabel zog die Augenbrauen hoch. »Arbeiten tun Sie auch irgendwann?«

»Ja, irgendwann.«

Dieser unmögliche Mensch strahlte sie an, und Annabel kam nicht umhin zu denken, dass sie hier wohl ein lebendes Beispiel für das viel zitierte Dolce Vita vor sich sitzen hatte. Vermutlich konnte sich das jedoch nur jemand erlauben, der schon wohlhabend geboren worden war, doch sie wollte keinen Streit beginnen.

Irgendwann, es fühlte sich an, als wären Stunden vergangen, lehnte sich Annabel zurück und seufzte. Sie hatte noch nie so gut gegessen und würde es vielleicht auch nie wieder. Sterne funkelten über der Bucht, Paare gingen händchenhaltend spazieren. Aus irgendeiner Bar plärrte aus dem Radio Adriano Celentano, von dem sie auch in England schon viel gehört hatte. Annabel versuchte aus den wenigen Worten, die sie verstehen konnte, Sinn zu machen.

In spiaggia ho fatto il pagliaccio.

»Am Strand spielte ich den Clown?«, übersetzte Annabel.

»Sie haben mir immer noch nicht gesagt, woher Sie unsere Sprache so gut sprechen.«

»So gut ist wohl auch völlig übertrieben«, entgegnete Annabel. »Mein Beruf. Dort, wo ich arbeite …«

»Die Agentur, die …«

»Genau, die Agentur, die … Ein italienisches Ehepaar arbeitet für uns. Sie haben es mir beigebracht. Nur zum Spaß.«

»Ein italienisches Ehepaar in Ihrer Hochzeitsagentur?« Er sah aus, als wäre es das Letzte, was er sich vorstellen könne.

»Natürlich. Die Feiern müssen schließlich vorbereitet werden. Am Veranstaltungsort muss alles aufgebaut werden. Die Pavillons, die Tische und Stühle, eventuell eine kleine Bühne für die Reden, die Tanzfläche. Da werden viele helfende Hände benötigt. Rosario hilft beim Aufbau, seine Frau Maria bei den Speisen.«

»Verstehe. Sie bieten einen Rundum-Service.«

»So ist es.«

»*Storia D'Amore*«, sagte er plötzlich.

»Wie bitte?«

»Das Lied. Die Geschichte von Eifersucht, einer falschen Entscheidung, letztlich einer unglücklichen Liebe.«

»Natürlich, was auch sonst.« Annabel schüttelte belustigt den Kopf. »Typisch Italiener …«

»Kommt in England wohl nicht vor?«

»Seltener. Uns fehlt das Gen fürs Drama. Es ist doch so einfach: Man liebt sich, man ist zusammen. All die Spielchen … Nein, das ist nichts für mich.«

Er sah sie nachdenklich an.

»Und Sie sind schließlich die Expertin für Romantik mit Ihrem Hochzeitszirkus, oder?«

»Was heißt denn hier Zirkus? Warum sagen Sie das so abfällig? Für die meisten Menschen ist der Hochzeitstag der schönste Tag in ihrem Leben, und alles, was die Paare möchten, ist eine Kulisse dafür, die dem besonderen Anlass gerecht wird. Eine kleine alte Dorfkirche, ein Garten voller duftender Blumen, ein blauer Himmel über sich … Das ist romantisch, und Sie haben das alles und sperren sich so dagegen, es zu teilen.«

»Sie finden es bei uns romantisch?«

»Ja«, sagte sie. »Das finde ich.«

»Meine Mutter fand das auch.«

Jetzt fängt er schon wieder an, dachte Annabel. Sie drehten sich im Kreis.

»Und deshalb …«

»Ja, ich hab das doch längst verstanden. Sie wollen nicht …«

»Lassen Sie mich doch ausreden«, unterbrach er sie und legte ganz kurz nur seine Hand auf Annabels, die für einen Moment zusammenzuckte, es aber geschehen ließ.

»Deshalb möchte ich Ihnen sagen, dass ich es mir anders überlegt habe.«

Annabels Herz machte gleich noch einen Satz.

»Meine Mutter war sehr glücklich in ihrem Garten. Und sie war ein sehr großzügiger Mensch mit einem großen Herzen. Elisabetta und Antonella haben mir klargemacht, dass unsere Mutter mit Freude das alles teilen würde, weil sie gewollt hätte, dass auch andere … dieses Glück empfinden dürfen.«

Er hielt inne und nahm einen Schluck Wein. Doch Annabel hatte sehr wohl bemerkt, dass ihm beinahe die Stimme versagt hätte. Es rührte sie, und fast hätte sie sich hinreißen lassen, mit der Hand über seine Wange zu streichen. Sie schob es auf den Wein.

»Wenn Sie also noch interessiert sind, Annabel, dann gebe ich Ihnen die Zusage für die Zeremonie in unserem Garten.«

Annabel. Wie schön es sich anhörte, wenn er es sagte.

»Das ist … Ich weiß nicht, was ich sagen soll.«

Ihr fehlten wirklich die Worte. Und darüber hinaus machte sich ein störendes schlechtes Gewissen breit. Sie sah doch, wie schwer es ihm fiel, und dennoch tat er es. Und sie … Sie hätte einen Rückzieher machen sollen. Verdammter Auftrag! Und doch brauchte sie ihn so dringend.

»Ich danke Ihnen. Das rettet mich. Das rettet die Agentur.«

»Wenn ich es recht verstanden habe, würden Sie erst einmal Fotos machen?«

»Das ist richtig. Noch eins, was ist mit dem Gewächshaus? Darf ich dort auch fotografieren?«

Er schüttelte entschieden den Kopf, doch mit einem amüsierten Lächeln.

»Sie sind ein gefräßiges kleines Wesen. Geben Sie sich mit dem Garten zufrieden. Das Gewächshaus ist tabu.«

»Natürlich, entschuldigen Sie.«

Doch insgeheim hegte Annabel die stille Hoffnung, dass sich auch das vielleicht noch ändern würde, wenn sie erst einmal dort war. Doch das würde sie bis dahin nicht mehr erwähnen.

Als sie auch das frische Zitronensorbet ausgelöffelt hatten, das Annabel genussvoll auf der Zunge hatte schmelzen lassen, tranken sie noch einen Mandellikör zum Abschluss. Während Gianfranco zahlte, nestelte Annabel einen Taschenspiegel aus ihrer Handtasche hervor, und überprüfte unauffällig, ob sich auch kein Rote-Bete-Rand oder Ähnliches auf ihre Lippen gelegt hatte. Sie bereute inzwischen, keinen Lippenstift eingesteckt zu haben. Ihre Tasche klappte dabei auf, und Gianfranco bemerkte ihren Zeichenblock.

»Den hatten Sie gestern auch schon dabei. Darf ich mal sehen?«

»Auf keinen Fall.«

Er runzelt die Stirn. »Im Ernst?«

Annabel lachte. »Ja, natürlich. Das ist doch sehr persönlich.«

»Sie meinen, in etwa so persönlich wie das, was ich Ihnen über meine Mutter erzählt habe?«

»Kommen Sie, Sie wollen das doch jetzt wohl nicht gegeneinander ausspielen.«

»Warum nicht?« Er grinste schamlos. »Andernfalls müsste ich denken, dass Sie gar nicht zeichnen können.«

»Ich weiß, was Sie tun. Sie wollen mich herausfordern. Aber das klappt nicht.«

Er zuckte mit den Schultern. »Na schön, dann nicht.«

Er erhob sich halb, doch noch bevor er seinen Stuhl zurückschob, riss Annabel bereits den Block aus der Tasche.

»Bevor Sie denken, ich sei ein Feigling.«

»Ist das denn wichtig für Sie, was ich über Sie denke?«

»Keinesfalls. Wollen Sie jetzt oder nicht?«

Ohne zu antworten, nahm er den Zeichenblock und schlug das Deckblatt zurück. Schweigend blätterte er um, betrachtete ein Bild nach dem nächsten.

»Die sind gut.« Er drehte den Block und hielt ihn hoch. »Besonders das hier.«

»Das ist der Blick aus meinem Hotelzimmer. Ich sehe genau auf den Glockenturm. Aber es ist noch unvollständig. Etwas fehlt, ich weiß nur noch nicht, was.«

»Ich bin sicher, es wird Ihnen etwas einfallen. Sie sollten darüber nachdenken, das Zeichnen auf irgendeine Weise zu Ihrem Beruf zu machen. Das ist weit mehr als nur Anfängertalent.«

»Ach was, mit so etwas kann man kein Geld verdienen. Das ist eine brotlose Kunst.«

Er sah sie an, schwieg aber.

Schließlich verließen sie das Restaurant. Auf dem Weg zurück zu Annabels Pension gingen sie durch die Altstadtgassen, die nur noch beleuchtet wurden durch das spärliche Licht, das durch die halb offenen Fensterläden aus den Häusern fiel. Ihre Schritte hallten zwischen den Häuserreihen wider. Und ein ums andere Mal streifte sein Arm den ihren, und Annabel wünschte sich zu ihrem eigenen Erschrecken, der Weg zur Pension wäre länger.

Später in ihrem Zimmer, nachdem sie sich höflich verabschiedet und eine Zeit für den nächsten Tag verabredet hatten, packte Annabel gedankenverloren ihre Kleidungsstücke wieder aus und strich sie glatt. Sie dachte nicht daran, dass sie morgen ein Telefonat nach England mit der frohen Kunde machen könnte. Sie dachte nur daran, wie Gianfranco Lanas Hand im Restaurant auf ihrer gelegen hatte.

Bevor sie an Schlaf auch nur denken konnte, musste sie erst einmal innerlich zur Ruhe kommen. Annabel nahm ihren Zeichenblock und einen Kohlestift, öffnete das Fenster und setzte sich seitlich auf die Fensterbank.

Mehr als nur Anfängertalent.

Annabel schüttelte den Kopf.

Ich bin sicher, es wird Ihnen etwas einfallen.

Zögerlich und stockend zunächst setzte sie die Spitze des Stifts auf, doch schon nach den ersten unentschlossenen Linien flossen die Formen nur so auf das Skizzenpapier, und Annabel vergaß Gianfranco Lana und den Abend, der hinter ihr lag. Jedenfalls beinahe.

8

Fähre Dover–Calais, heute

Den ersten Ärger mit Annabel hatte es bereits gegeben, als Holly die beiden Orchideenpflanzen in ihren Transportbehältern nicht so auf den Rücksitz ihres Mini Coopers gestellt hatte, wie es nach Annabels Meinung hätte sein müssen. Sie hatte gezetert, dass die Pflanzen nicht kippen dürften, wenn sie vielleicht eine Vollbremsung hinlegen müssten, und Holly hatte erwidert, dass das sicher nicht passieren würde, außer Mable hätte ihr blödes Schaf Myrtle wieder einmal ausbüchsen lassen. Schließlich hatten sie dann die Behälter sogar noch angeschnallt, und Annabel hatte Ruhe gegeben. Genauer gesagt hatte sie bis zum Fähranleger in Dover gar nicht mehr gesprochen, und Holly war es recht. Da hatte sie noch nicht geahnt, dass es noch viel schlimmer kommen würde.

»Ich bleibe bei den Orchideen«, sagte Annabel, als der Mini über die Rampe in den Bauch der Fähre rollte und sie von Männern in gelben Westen in die richtige Spur gewunken wurden.

Holly fragte sich für einen Moment, warum sie alle Helme trugen. Sehr vertrauenerweckend war das nicht. Was sollte ihnen denn hier drinnen auf den Kopf fallen? Sie parkte, zog den Zündschlüssel ab und arretierte die Handbremse.

»Das wird nicht gehen. Passagiere müssen die Autos, genauer gesagt das ganze Parkdeck, während der Überfahrt verlassen.«

»Kommt nicht infrage.«

»Annabel, was soll denn das jetzt? Was denken Sie denn, was hier unten passiert? Dass jemand in den Wagen einbricht? Es klaut doch niemand Töpfe mit Orchideen.«

»Sie haben keine Ahnung«, gab Annabel bestimmt zurück.

»Nein, habe ich nicht«, sagte Holly. »Denn ich bin noch nie mit exotischen Pflanzen auf dem Rücksitz und deren halsstarriger Besitzerin nach Frankreich übergesetzt.«

Da brachte Annabel es tatsächlich fertig zu glucksen, als würde sie sich prächtig über Hollys Worte amüsieren. Genauso schnell wurde sie auch wieder ernst.

»Na schön«, willigte sie ein. »Lassen Sie uns einen Tee trinken gehen. Vielleicht auch etwas Stärkeres.«

»Sie sind doch hoffentlich seefest«, sagte Holly.

»Das wird schon.«

»Oh Gott.« Worauf hatte Holly sich da nur eingelassen?

Sie gingen zum Café auf dem Oberdeck und bestellten sich jede Tee und ein Croissant. Annabel murrte, dass es schon jetzt losgehen würde mit dem französischen Essen, das ihr offenbar nicht zusagte, und Holly biss mit Absicht herzhaft in das butterzarte Gebäck und betonte, wie gut es sei.

»Wollen wir an Deck gehen und ein bisschen Seeluft schnuppern?«, fragte Holly, als sie ihr kleines Mahl beendet hatten.

»Machen Sie ruhig. Ich sehe mich drinnen nach einem wärmeren Plätzchen um. Der Wind ist nichts für mich.«

»Klar, deshalb leben Sie auch auf einer windumtosten Klippe«, sagte Holly und lachte, worauf Annabel sie mit einem vernichtenden Blick bedachte.

»Vielleicht kann mein Magen das doch nicht ab, essen und das ganze Geschaukel.«

Annabel nahm ihre Tasche und verzog sich, und Holly trat hinaus an Deck. Der Wind war ohrenbetäubend, dazu kam das Gekreische der Möwen, die über der Fähre kreisten. Binnen Sekunden hatte Holly das Gefühl, ihre Gesichtszüge wären vor

Kälte eingefroren, und ihre Augen tränten. Doch der Ausblick war, obwohl es außer Wasser kaum etwas zu sehen gab, beeindruckend. Die Kreidefelsen von Dover verblassten und wurden immer kleiner, das Schiff schnitt durch die bleigrauen Wellen. Die aus Calais kommende Fähre fuhr an ihnen vorbei, dann ein voll beladenes Containerschiff mit einem asiatischen Namen.

Holly zog ihr Telefon aus der Tasche. Sie hatte Netz, das hatte sie gar nicht erwartet. Sie wählte Emmas Nummer, und nach kurzem Klingeln meldete sich ihre Freundin.

»Holly, wie schön, dass du anrufst. Genießt du deinen Urlaub? Wieso ist das so laut bei dir?«

»Alles bestens. Ich habe mich ganz kurzfristig entschlossen, den Kontinent zu besuchen. Ich bin auf der Fähre nach Frankreich.«

»Im Ernst? Einfach nur so? Das ist toll!«

»Ja, einfach nur so«, sagte Holly und fühlte sich augenblicklich schlecht, weil sie Emma nicht eingeweiht hatte und ihr auch jetzt nicht die Wahrheit sagte. Doch sie hatte die Befürchtung, dass sie diese unvernünftige Aktion besser für sich behalten sollte. Was wäre, wenn ihr Boss erführe, dass sie sich mit der Besitzerin des Cottages aus dem Staub gemacht hatte, das sie eigentlich verkaufen sollte, während es vielleicht bereits Interessenten gab, die das Haus besichtigen wollten? Andererseits, so überließ sie Emma den ganzen Ärger, den es womöglich geben würde, wenn sie die potenziellen Käufer auf unbestimmte Zeit vertrösten mussten, weil die Hauseigentümerin leider spurlos verschwunden war.

»Ich muss dir etwas erzählen, Emma. Du musst mir aber versprechen, dass du es für dich behältst und auf gar keinen Fall jemand in der Agentur davon erfährt, okay?«

»Holly, was hast du getan? Dich bei der Konkurrenz beworben?« Emma lachte ihr unbeschwertes Lachen, was ihr sicher gleich vergehen würde.

»Ich hab dir doch von Miss Oxleys Orchideen erzählt und wie sehr sie an ihnen hängt, und …«

Eine Lautsprecherdurchsage unterbrach Holly, nicht nur, weil diese so laut war, dass sogar die Möwen einen Moment die Schnäbel hielten, sondern weil Holly meinte, ihren Namen gehört zu haben.

»Warte einen Moment.« Sie nahm das Telefon vom Ohr.

»Miss Holly Greenwood, kommen Sie bitte zum Offiziersbüro. Miss Holly Greenwood.«

»Ich muss Schluss machen, Emma, ich melde mich wieder.«

Holly beendete das Gespräch und verließ eilig das Deck. Drinnen sah sie sich nach einem Fährangestellten um, fand einen uniformierten Mann, den sie nach dem Weg fragte. Ihr Herz raste. Was wollte man von ihr? Sie befürchtete das Schlimmste. Sicher war etwas mit Annabel. Die Aufregung, der Reisestress … Womöglich hatte sie ein schwaches Herz und war zusammengebrochen. Oder auch nur die Seekrankheit, was bestimmt bei älteren Menschen ebenso gefährlich werden konnte. Holly malte sich alle möglichen Schreckensszenarien aus, bis sie das Büro erreichte und an der Tür klopfte, bevor sie eintrat, ohne eine Antwort abzuwarten.

»Annabel«, rief sie aus und schlang kurz die Arme um sie, vor lauter Erleichterung, die alte Dame offensichtlich unversehrt an einem Tisch sitzen zu sehen. Die versteifte sich und machte sich los.

»Was soll denn das?«, raunzte sie Holly an.

»Was das soll? Ich bin froh, Sie zu sehen.« Holly war vollkommen irritiert. »Ich dachte, Ihnen wäre etwas passiert.«

»Miss Greenwood, Sie sind die Begleiterin von Miss Oxley, wie sie uns sagte?« Ein Mann in der Kleidung, die Holly für die eines Kapitäns, wenigstens aber eines ranghohen Offiziers hielt, ergriff das Wort.

»Ja, das ist richtig.«

»Wir haben Miss Oxley dabei erwischt, wie sie versucht hat, in das Parkdeck einzudringen.«

»Sie hat *was*?« Holly sah zu Annabel, die stur auf den Fußboden blickte.

»Sie gab dann vor, lebenswichtige Medikamente aus dem Auto holen zu müssen. Wir haben ihr das gestattet, aber sie kam nicht zurück. Wir haben sie über unsere Kameraüberwachung dabei beobachtet, wie sie um einen Mini Cooper herumschlich und durch die Fenster spähte. Ihr ganzes Verhalten hat sich uns äußerst verdächtig dargestellt. Sie behauptet nun, dass das ihr Wagen ist, stimmt das?«

»Ja, das stimmt.« Holly sah wieder Annabel an. »Was sollte das denn werden? Sie hatten doch gar keinen Schlüssel zum Auto.«

»Deswegen konnte ich ja auch nur durch die Fenster sehen«, antwortete Annabel und klang dabei wie ein trotziges Kind, das man bei einem dummen Streich erwischt hatte. Von Reue keine Spur.

»Wozu sollte das gut sein?« Holly merkte selbst, wie sie lauter wurde.

»Ich wollte nur nachsehen, wie es den Orchideen geht. Ob sie noch da sind, ob sie nicht schon umgefallen sind durch den Seegang, was weiß ich!«

»Die verdammten Blumen sind angeschnallt!«

»Wie bitte?«, mischte sich nun der uniformierte Mann ein.

Holly winkte ab.

»Das ist eine längere Geschichte. Was passiert nun?«

»Nun ja, die Zeiten, in denen Kielholen als Disziplinarstrafe angewendet wurde, sind ja vorbei.« Er schmunzelte, als er Hollys entsetztes Gesicht sah. »Wir haben die Personalien aufgenommen und leiten sie an die Reederei weiter. Vielleicht gibt es eine Geldstrafe, das wird man sehen. Ich vermute aber, dass man es bei der ernsten Verwarnung, die ich hiermit ausspreche, belassen wird.«

»Hauptsache kein Beförderungsverbot. Wir müssen irgendwann auch noch wieder zurück nach England«, meinte Holly, die wünschte, sie hätten es nie verlassen.

»Keine Sorge, es ist ja nichts Ernstes passiert. Aber für den Rest der Fahrt sollten Sie ein Auge auf Ihre Begleiterin haben.«

»Das verspreche ich Ihnen. Zwei Augen.«

»Reden Sie ruhig beide über mich, als wäre ich gar nicht da. Das ist schon in Ordnung«, meldete sich Annabel.

»Das sollte es auch besser«, zischte Holly ihr zu. »Wir gehen jetzt. Bis zum Anlegen ist es nur noch etwas mehr als eine halbe Stunde. Die werden wir gemütlich im Bordbistro verbringen, nicht wahr?«

Sie verabschiedeten sich und gingen tatsächlich auf direktem Weg in das Bistro und nahmen an einem Tisch am Fenster Platz.

»Und?«, fragte Holly. »Wird das jetzt so weitergehen? Dann fahre ich nämlich gleich mit der nächsten Fähre zurück nach England.«

Annabel schwieg, weniger trotzig als zuvor, aber beharrlich.

»Sie tun gerade so, als hätte man Sie von Ihren Kindern getrennt. Neunzig Minuten ohne Ihre Aufsicht. Das werden Sie sicher überstehen, meine Güte. Es sind nur Blumen.«

»Sie haben keine Ahnung.«

Holly seufzte. Dieses ständige mysteriöse Gerede um Dinge, von denen sie angeblich oder auch tatsächlich nichts verstand, wurde ihr allmählich zu bunt.

»Versprechen Sie mir, dass der Rest der Reise ohne solche Zwischenfälle vonstattengeht, sonst kann ich das hier nicht weiter durchziehen.«

»Alles klar. Keine weiteren Zwischenfälle.«

Hollys Telefon klingelte. Sie nahm das Gespräch an.

»Entschuldige, Emma. Ich musste dich vorhin so schnell abwürgen.«

»Ist alles in Ordnung bei dir?«

»Alles in bester Ordnung. Es war nur gerade ein wenig stürmisch hier.«

Holly blickte mit gerunzelter Stirn zu Annabel, und das amüsierte Funkeln in deren Augen entging ihr nicht.

✿

Auf den Sturm folgte die Eiszeit. Sie sprachen fast nichts, nachdem sie die Fähre in Calais verlassen hatten. Annabel gab lediglich Informationen zur Strecke an Holly weiter, brütete aber ansonsten vor sich hin. Holly sollte es recht sein. Sie musste sich konzentrieren, um mit dem ungewohnten Rechtsverkehr zurechtzukommen und nicht plötzlich als Geisterfahrerin ihrer beider Leben zu riskieren. Zu Beginn hatte es sie auch noch Überwindung gekostet, Annabel ans Steuer ihres Autos zu lassen, aber sie hatte einsehen müssen, dass sie noch viel länger brauchen würden, wenn sie sich nicht abwechselten. Und Annabel hatte sich zu Hollys Erleichterung als eine sichere Fahrerin entpuppt.

Der stramme Seewind ließ nach, je weiter sie ins Landesinnere des Département Pas-de-Calais eintauchten. Hier und da entdeckten sie ein geducktes Anwesen im weiten Nichts zwischen den Feldern, die sich wie Patchworkdecken ausbreiteten, oder ein paar Pferde auf einer Koppel. Weit ab von der Autobahn ragte der eine oder andere Kirchturm in den Himmel auf, was darauf schließen ließ, dass dort Menschen lebten. Die Dörfer dazu konnte man aus der Ferne nicht ausmachen.

Als die Sonne langsam unterging und sie insgesamt bereits neun Stunden unterwegs waren, seit sie am Morgen in Porthgwarra aufgebrochen waren, beschlossen sie, sich eine Unterkunft für die Nacht zu suchen. Annabel tippte eine Suchanfrage nach der nächsten in ihr Smartphone und las Holly die schier unaussprechlichen Namen irgendwelcher Dörfer in der Nähe vor.

»Ich möchte wissen, weshalb in Frankreich die kleinsten Dörfer immer die längsten Namen haben, die dann auch noch mindestens ein bis zwei Bindestriche enthalten«, murrte Annabel.

Holly verkniff sich eine Bemerkung zu William Shakespeares Heimatstadt Stratford-upon-Avon. Sie wollte keine Diskussion, sondern sich einfach nur ausruhen und ein paar Stunden schlafen.

»Das heißt alles irgendwas mit Domaine und sieht aus wie mindestens ein fürstlicher Landsitz oder ein kleines Château.«

Nachdem Annabel die Zimmerpreise von englischen Pfund in Euro umgerechnet hatte, stieß sie einen Pfiff aus.

Am Ende landeten sie in einer simplen Auberge mit schmutzig-grauer Fassade, was Holly auf die Abgase von der Autobahn zurückführte, die keinen Kilometer weit entfernt war. Das Haus lag außerdem direkt neben einer Tankstelle, was jedoch nicht schaden konnte, denn tanken mussten sie sowieso. Sie checkten ein, ließen sich ihre Schlüssel geben, und zu guter Letzt schleppte Annabel auch noch die beiden Pflanzenbehälter in ihr Zimmer, das direkt neben Hollys lag und eine Verbindungstür hatte.

»Soll ich uns etwas zu essen besorgen?«, fragte Holly.

»Nur etwas Kleines. Aber ein Tee wäre jetzt genau das Richtige.«

»Dann gehe ich mal schauen, was angeboten wird. Bin gleich wieder da.«

Radebrechend brachte Holly an der Rezeption ihren Wunsch vor und wurde auf die Öffnungszeiten des Frühstücksraumes verwiesen, der – wie der Name sagte – nur zum Frühstück ein Angebot an Speisen und Getränken bereithielt.

»Aber Tee bekommen Sie an der Tankstelle«, sagte die Empfangsmitarbeiterin mit einem gewinnenden Lächeln, was die gerade vermittelte Information nicht besser machte. Tee von der Tankstelle. Holly war kein Snob, aber alles hatte Grenzen, und sie war froh, dass Annabel nicht bei ihr war. Sie würde ihr am besten einfach verschweigen, woher sie den Tee hatte.

Doch es ließ sich nicht verschweigen, denn der Pappbecher, in dem ein lauwarmer Tee hin und her schwappte, als Holly ihn zurück ins Motel trug, war mit dem Logo des Mineralölunternehmens versehen. Zwei in Plastik eingeschweißte Croissants rundeten das Bild ab. Annabel machte dann auch ein Gesicht, als würde sie Holly den Tee am liebsten vor die Füße spucken. Holly konnte es ihr nicht einmal verdenken. Er war viel zu bitter und schmeckte so grässlich, wie die ganze Situation war, in der sie sich befanden.

Der Lärm von der Autobahn war ohrenbetäubend, und es würde ganz und gar unmöglich sein, in der Nacht die kleine Fensterklappe geöffnet zu lassen. Nahezu direkt unter ihrem Fenster parkten außerdem mehrere Lieferwagen, und die Fahrer standen im Kreis, schwatzten und rauchten, was ein geöffnetes Fenster ebenfalls ausschloss, es sei denn, es machte einem nichts aus, geräuchert zu werden. So saß Holly aufrecht in ihrem Bett und hoffte, dass die Nacht schnell vorüber wäre, selbst wenn sie nicht schlafen würde. Gegen zwei Uhr hielt sie es nicht mehr aus ohne frische Luft, schnappte sich ihre Jacke und verließ das Hotel, um ein oder zwei Runden einfach drum herumzulaufen, bis sie vielleicht müde werden würde.

Die rückwärtige Seite des Hauses war vom Lärm etwas abgeschirmt. Es gab überraschenderweise eine kleine Grünfläche, und dort stand – Holly traute ihren Augen kaum – eine blau gestrichene Gartenbank unter einer ausladenden Platane. Sie wirkte an diesem unwirtlichen Ort so unpassend wie ein Jadestein in einem Kiesbett. Holly starrte sie an und fühlte sich, als würde sie das Schicksal nochmals mit Karacho daran erinnern wollen, was sie hätte haben können und was ihr dann doch entwischt war.

»Selbst hier«, flüsterte sie und musste aufpassen, nicht in Selbstmitleid abzudriften.

Es war wärmer als in Cornwall, selbst jetzt in der Nacht, wo der Mond bereits die Sonne abgelöst hatte. Holly ging auf die

Bank zu. Ganz und gar unerwünschte Tränen schwammen in ihren Augen, sie konnte einfach nichts dagegen tun, sosehr sie sich auch zusammenreißen wollte. Sie kullerten über ihre Wangen, als sie sich setzte, und sie wischte sie ärgerlich mit dem Ärmel ihrer Kapuzenjacke fort. Irgendwo in der Ferne kreischten sich zwei Katzen an, und auf einmal dachte sie an die kleinen Zwergwachteln in Annabels Wintergarten und wurde nur noch sentimentaler. Und plötzlich waren da wieder die Fetzen einer Unterhaltung.

Zwei Katzen möchte ich mindestens.

Und einen Esel.

Aber Stephen, was willst du denn mit einem Esel?

Wandertouren mit unseren Kindern unternehmen. Die Katzen können uns dann ja begleiten.

Das sind doch keine Hunde, die brav nebenherlaufen.

Na, dann brauchen wir eben auch noch einen Hund.

Wieder und wieder spulte Hollys Erinnerung diese Unterhaltung zwischen sich und Stephen ab, und jedes einzelne Wort schnitt sich in ihr Herz. Sie zog sich die Kapuze über den Kopf und tief in die Stirn, als könne es sie unsichtbar machen. So viele Träume. Und nun saß sie hier in einem fremden Land mit einer beinahe fremden Frau und heulte sich zwischen Autobahn und Tankstelle die Augen aus.

»Meiner Erfahrung nach hilft das nur vorübergehend, aber das ist besser als nichts.«

Holly sah auf. Annabel war plötzlich wie aus dem Nichts aufgetaucht und schwenkte eine Flasche Wein in der Hand. In der anderen hielt sie die gleichen Becher, aus denen sie schon den Tee getrunken hatten. Unter ihren Arm hatte sie eine Wolldecke geklemmt.

»Hier, wickeln Sie sich ein. Sonst holen Sie sich noch den Tod, und ich strande allein hier in der verdammten französischen Provinz.«

»Wenn Sie keine anderen Sorgen haben.«

Annabel schnaubte belustigt.

»Na ja, ein bisschen schade wäre es um Sie sicher auch. Machen Sie mal ein bisschen Platz.«

Holly rückte ein Stück zur Seite, und Annabel setzte sich neben sie. Aus ihrer Jackentasche zog sie eine zusammengequetschte Rolle Toilettenpapier, von der sie nun etwa dreißig Zentimeter abriss, faltete und Holly reichte.

»Taschentücher habe ich nicht. Das sollte es auch tun.«

Holly schnaubte laut und vernehmlich und nahm dann einen Pappbecher voll Rotwein entgegen.

»Woher wussten Sie, dass ich hier bin?«

»Ich hab gehört, wie Sie das Zimmer verlassen haben, und bin Ihnen nachgegangen.«

»Dann haben Sie also auch nicht geschlafen?«

Annabel schüttelte den Kopf.

»Es ist scheußlich hier, oder?«

»Ja«, lachte Annabel so freudlos, wie Holly sich fühlte, »das ist es. Aber es ist nur für heute. Wir werden es überleben.«

Holly trank in großen Schlucken, und es war ihr egal, dass Annabel sie dabei beobachtete.

»Also, was ist los? Von Heimweh einmal abgesehen.«

»Ach, Heimweh ist es ja auch nicht so richtig«, sagte Holly und schniefte noch ein bisschen. »Es sei denn, man kann Heimweh nach einem Ort haben, den es gar nicht gegeben hat.«

»Aha, das klingt sehr plausibel«, sagte Annabel nur.

Sie wartete offenbar ab, ob und wie Hollys kryptische Erklärung weitergehen würde. Und warum sollte sie ihr nicht davon erzählen? Es spielte keine Rolle, wenn sie nach dieser völlig verrückten Reise beide wieder ihrer Wege gehen würden.

»Es ist diese Bank. Ich wollte immer so eine Bank vor meinem eigenen kleinen Häuschen auf dem Land und dort am Morgen meinen Tee trinken, die Zeitung lesen …«

»Und warum tun Sie es nicht? Sie haben doch beste Verbindungen und finden bestimmt etwas Passendes.«

»Unterbrechen Sie mich doch jetzt nicht«, beschwerte sich Holly, und Annabel hob beschwichtigend die Hände.

»Ich war mal verlobt«, fuhr Holly fort.

»Daher weht der Wind«, unterbrach Annabel sie erneut, die sich aber sofort entschuldigte und eine Handbewegung machte, als würde sie einen Reißverschluss über ihren Lippen zuziehen.

»Wir wollten aufs Land ziehen und eine Familie gründen.«

Dann erzählte Holly Annabel vom bisher schlimmsten Moment in ihrem Leben, als sie dahinterkam, dass die vermeintliche Liebe ihres Lebens sie mit einer anderen Frau betrog. Wie sie aus der Wohnung ausgezogen war, sogar ihren Arbeitsplatz gewechselt hatte, nur um Stephen und den Erinnerungen zu entgehen. Und von der Scham und dem Gefühl, dass Stephen bei ihr die ganze Zeit über etwas gefehlt haben musste, von dem sie nicht wusste, was es war, und dass sie die Gedanken daran und die nicht enden wollenden Grübeleien schier verrückt machten.

»Na endlich«, sagte Annabel, als Holly fertig erzählt hatte.

»Wie bitte? Wenn Sie nicht zuhören wollten, dann hätten Sie es nur sagen müssen. Ich dränge mich bestimmt niemandem auf mit dieser Geschichte.« Ein Schluckauf folgte Hollys nicht mehr sehr klar artikulierten Worten, und sie verfluchte den Wein.

»Ich weiß nicht, wer das größere Schaf ist, Myrtle oder Sie.«

Holly wollte aufspringen, doch Annabel packte sie am Handgelenk und zog sie wieder zurück auf die Bank.

»Was ich meinte, war, dass Sie endlich einmal Ihr wahres Gesicht zeigen. Dass auch Sie kein eiskalter, emotionsloser Klotz sind.«

»Aber wie kommen Sie denn darauf?« Holly war ehrlich bestürzt.

»Es war manchmal schlimm, das mit anzusehen. Immer kontrolliert, immer auf den Job fokussiert. Und doch war es so offensichtlich, dass jemand Sie tief verletzt haben musste und Sie sich hinter diesem Gerüst aus Pflichtbewusstsein, Gründlichkeit und Vernunft verschanzen. Aber ich nehme an, dass Sie das gebraucht haben, um nicht auseinanderzufallen.«

Holly war sprachlos. Im ersten Moment wollte sie auffahren und Annabel fragen, ob sie etwa irgendwann einmal Psychologie studiert hatte und sich so ein Urteil erlauben konnte. Doch wenn sie ganz ehrlich war, hatte diese Frau, die sie erst so kurze Zeit kannte, es ganz gut getroffen.

»Und jetzt? Jetzt falle ich auseinander? Das macht mir Angst.«

»Sie sind gerade auseinandergefallen. Und ab morgen setzen wir Sie wieder zusammen. Aber anders als vorher. Wir lassen einfach ein paar Steine weg, damit die Mauer Löcher hat und durchlässig ist. Sie werden sehen, dass sie dennoch hält.«

Holly sah Annabel an, die ihr zunickte.

»Und Sie sprechen aus Erfahrung?«

Annabel schwieg eine Weile, dann sagte sie: »Wir geben eigentlich ein ganz gutes Team ab, oder?«

»Wie meinen Sie das jetzt?«

»Sie passen auf, dass ich keinen Blödsinn mache, so wie auf dem Schiff, und ich passe darauf auf, dass Sie mir nicht zerbröseln.«

Zerbröseln. Beinahe hätte Holly schon wieder lachen müssen.

»Ja, sieht ganz so aus«, antwortete sie dann und sagte nichts weiter dazu, dass Annabel ihre Frage nicht beantwortet hatte.

»Sie müssen jetzt schlafen, damit wir morgen früh weiterfahren können«, meinte Annabel schließlich.

»Sie haben recht. Wir gehen rein.«

»Ich bleibe noch einen Moment hier sitzen.«

»Dann behalten Sie die Decke noch hier.«

»Nein, nehmen Sie die ruhig mit, ich hab es warm genug in meiner Jacke.«

Holly nickte. »Gute Nacht, Annabel. Und danke.«

Drinnen angekommen, trat Holly durch die Verbindungstür in Annabels Zimmer. Sie faltete die Wolldecke ordentlich zusammen und legte sie an das Fußende des Bettes. Bevor sie sich in ihr Zimmer zurückzog und schlafen legte, fiel ihr Blick auf ein paar Seiten Papier auf Annabels Nachttisch. Holly trat näher und betrachtete sie. Es waren Zeichnungen von Orchideen. Die Linien der Blütenkelche und Blätter waren scharf und fein mit dem Bleistift gezogen und in Ermangelung von Farbe mit einer weicheren Spitze schraffiert. So waren Tiefe, Licht und Schatten herausgearbeitet worden.

Eine andere Skizze stellte eine Landschaft dar. Eine Küste vom Wasser aus betrachtet. Aber das Bild war misslungen. Der Küstenstreifen verlief an einer Stelle nach unten, was den Anschein erweckte, er versinke in den Wellen. Es war aber sicher nicht gewollt, die Linie sah eher aus, als wäre die Hand, die den Bleistift geführt hatte, abgerutscht.

Dennoch war Holly abermals beeindruckt von Annabels Können und gleichermaßen neugierig, was hinter der ganzen Orchideenleidenschaft sowie der Passion fürs Zeichnen steckte. Ihre Neugier wurde weiter befeuert, als ihr Blick auf die Zeichnung eines Glockenturms fiel, der nicht aussah, als gehöre er zu einer Kirche des Vereinigten Königreichs. Holly staunte, wie präzise Details herausgearbeitet waren. Und noch mehr staunte sie über das Gesicht eines Mannes, das sich blass, fast wie ein geisterhafter Schemen, aus den Schattierungen des Hintergrunds hervorhob.

Wenn Annabel auch gerne ihr Wissen über die Geschichte dieser exotischen Pflanzen teilte, ihre persönliche Geschichte blieb ein gut gehütetes Geheimnis.

9

Sestri Levante, 1968

Das Telefonat mit England verlief nicht so, wie Annabel es sich erhofft hatte. Ihre positiven Neuigkeiten wurden kaum zur Kenntnis genommen, obwohl das doch angeblich alles war, was zählte. Stattdessen gingen sie in einer Flut von Beschwerden unter.

»Ich brauche dich hier, was tust du denn immer noch dort?«

»Es braucht Zeit. Alles muss perfekt geplant sein, damit am Ende alles richtig läuft.«

»Aber so viel Zeit brauchst du doch sonst nie. Was ist denn an diesem Ort auf einmal so anders?«

Sie wusste darauf nichts zu sagen, schwieg und fühlte sich noch mehr unter Druck als vor dem Telefonat. Dabei hatte sie doch wirklich ihr Bestes getan.

Wirklich? Sei ehrlich mit dir selbst, Annabel.

Bin ich doch.

Fändest du es nicht auch ganz schön, wenn das hier noch länger dauern würde?

Annabel schüttelte den Kopf, als könnten die störenden Gedanken einfach herauspurzeln. Dann schnappte sie sich ihre Tasche und verließ ihr Zimmer.

»Signor Lana wartet schon draußen in seinem Wagen«, sagte Signora Martini, als sie die Treppe herunterkam.

Sie mischte dieser sachlichen Information ein eigentümliches Säuseln bei, was wohl ihrem angeblich so romantischen Herzen geschuldet war. Sie brachte es sogar noch fertig, Annabel dabei zuzuzwinkern, und die fand das eher anzüglich als romantisch. Und zu ihrem großen Ärger bemerkte sie, dass ihr die Hitze in die Wangen stieg. Daher nickte sie nur und verließ wortlos das Hotel. Die Tasche mit ihrer Fotokamera hatte sie über ihre Schulter gehängt.

»*Buongiorno*, Annabel«, rief ihr Gianfranco entgegen, der seinen glänzenden Sportwagen halb auf dem Bürgersteig geparkt hatte und in eine Diskussion mit einem Polizisten verstrickt war. Er hatte sich einen Strickpullover lässig um die Schultern gelegt und die Ärmel vor der Brust verknotet. Er sah unverschämt gut aus. Und hatte offenbar beschlossen, beim Vornamen zu bleiben. Annabel hatte nichts dagegen.

Beim Näherkommen stellte sie fest, dass er nicht etwa gerade einen saftigen Strafzettel ausgestellt bekam, nein, er fachsimpelte mit dem uniformierten Mann über die Technik des Lancia, Motorendetails, von denen Annabel nichts verstand, und am Ende ließ Gianfranco den Mann sogar noch auf dem Fahrersitz Platz nehmen und ihn über das Lederlenkrad streichen.

»Entschuldigen Sie, Capo, jetzt muss ich mich leider von Ihnen verabschieden. Aber wir sehen uns bestimmt bald einmal wieder.«

Wie urplötzlich aus seinem Traum gerissen, in dem sich der Angesprochene vielleicht heiße Rennen fahren sah oder wie Gianfranco eine junge Frau auf den Beifahrersitz einlud, setzte er nun wieder eine ernste Miene auf und drohte spielerisch mit dem Zeigefinger.

»Wenn es geht, dann aber den Verkehrsregeln entsprechend. Für heute … Nun, sagen wir, wir belassen es heute bei einer mündlichen Verwarnung.«

Gianfranco klopfte ihm auf die Schulter, deren Klappe bisher nur ein einziger Streifen zierte. Annabel fragt sich, ob es jemals mehr werden würden, wenn der Mann seinen Aufgaben derart unmotiviert nachging, oder ob er womöglich auch gar nicht nach mehr strebte. Gianfranco jedenfalls lächelte gespielt reuig, aber auch einen Tick zu selbstgefällig, wie Annabel fand.

»Sie haben entweder einen sehr guten oder einen sehr schlechten Ruf«, sagte Annabel, als sie in den Wagen eingestiegen waren.

»Wie meinen Sie das?«

»Sie wickeln den Polizisten um Ihren Finger, Signora Martini liegt Ihnen zu Füßen … Entweder weil Sie tatsächlich so ein liebenswerter Mensch sind, dem man nichts abschlagen kann …«

»Oder?«

»Oder weil sie vor Ihnen Angst haben, wie vor der Mafia, und es niemand wagt, Ihnen etwas abzuschlagen.«

Er lachte aus vollem Hals und blitzte sie an. »Und was glauben Sie?«

»Das weiß ich noch nicht«, erwiderte Annabel und wandte den Kopf in die andere Richtung, als würde sie die vorbeiziehende Altstadt betrachten. Für sich überlegte sie jedoch, dass sie ja auch bereits sein zorniges Ich wie auch das charmante Ich kennengelernt hatte. Sie fragte sich, wie viele Facetten er noch hatte.

Er lenkte den Wagen gekonnt durch die schmalen Gassen rund um die Basilika, und als die Straßen breiter wurden und sich zur Baia del Silenzio hin öffneten, griff er in das Handschuhfach. Er zog das Tuch hervor, das Annabel schon kannte.

»Das hat mir Antonella mitgegeben, damit Sie sich auf der Fahrt nicht verkühlen«, sagte er.

»Das ist sehr nett, vielen Dank.« Annabel schlang es sich um den Hals und verknotete es, damit es nicht dem Fahrtwind zum Opfer fiel und über die Bucht geweht wurde.

Als sie die kurvenreiche Straße, die den Hügel anstieg, erreichten, sah Gianfranco sie von der Seite prüfend an.

»Heute springen Sie mir aber nicht einfach wieder aus dem Wagen auf die Fahrbahn, oder?«

Nun war es Annabel, die herzlich lachen musste.

»Das kommt ganz darauf an, wie Sie sich benehmen.«

»Keine Angst«, sagte er und klang auf einmal viel ernster als zuvor, »ich habe vor, mich von meiner besten Seite zu zeigen.«

»Wir werden sehen.«

Wie kam es, dass sich die Stimmung zwischen ihnen immer veränderte, wenn sie gemeinsam in einem Auto unterwegs waren? Annabel hatte das Gefühl, dass sie sich plötzlich beide auf sehr dünnem Eis bewegten und Angst hatten, dass ein falsches Wort es zum Bersten bringen könnte.

Vielleicht sprachen sie deshalb nicht mehr, bis Gianfranco vor der Villa Lana den Wagen zum Stehen brachte. Galant öffnete er ihr die Beifahrertür, und sie stieg aus. Schon im nächsten Moment wurde die Vordertür geöffnet, und Antonella eilte die Stufen zu ihnen herunter.

»Annabel, ich freue mich so, Sie wiederzusehen.« Dann hielt sie einen Moment inne. »Da ist ja mein Tuch. Ich hatte gedacht, mein Bruder hätte es mir bereits wiedergegeben.«

Irritiert blickte Annabel von Antonella zu ihrem Bruder, dem dieses Thema gar nicht recht zu sein schien.

»Ich hab es noch mal geborgt. Der Fahrtwind, du verstehst.«

Und Antonella verstand.

»Aber ja, natürlich. Behalten Sie es«, sagte sie mit einem verschwörerischen Zwinkern an Annabel gewandt. »Vielleicht brauchen Sie es ja noch öfter. Und es steht Ihnen außerdem ganz ausgezeichnet.«

Mit hochgezogenen Augenbrauen lächelte sie ihren Bruder an, der jedoch bereits Annabels Tasche aus dem Wagen nahm und in Richtung Garten wies.

»Ich schlage vor, wir spazieren noch einmal gemeinsam durch den Garten, und Sie machen einfach so viele Fotos von den Stellen, die Ihnen geeignet erscheinen, wie Sie mögen. Und dann überlegen wir später gemeinsam, was der beste Ort für Tische und Stühle und Pavillons und alles Weitere ist, falls es das ist, was Sie im Sinn haben. Ich verstehe natürlich nichts davon, das überlasse ich Ihnen.«

»Ja, es ist eine Schande, dass du nichts davon verstehst«, warf Antonella mit einem teuflischen kleinen Funkeln in den Augen ein. »Ein Mann in deinem Alter sollte sich irgendwann einmal Gedanken über Hochzeitsplanungen machen. Vielleicht inspirieren Sie ihn ja, Annabel.«

Bevor einer von beiden etwas erwidern konnten, drehte sich Antonella um und stieg wieder die Stufen zum Eingang hinauf. An der Tür angekommen, drehte sie sich noch einmal um und winkte.

»Viel Spaß!«, rief sie vergnügt.

»So ein albernes Huhn.« Gianfranco schüttelte den Kopf.

Doch Annabel spürte, dass er diesmal nicht ernsthaft erzürnt war. Stattdessen spürte sie die große Zuneigung der Geschwister füreinander.

✿

Der Garten von der Größe eines Parks gab so viele Motive her, wie Annabel es nicht vermutet hatte, auch wenn sie ja nicht zum ersten Mal hier war. Aber durch die Kameralinse bekam vieles noch einmal eine ganz andere Wirkung, und sie schoss ein Foto nach dem nächsten, bis sie einen neuen Film einlegen musste und die verknipste Rolle sorgfältig in einem dafür vorgesehenen Döschen verschloss.

Gianfranco führte sie in einen Teil des Gartens, in dem sich die geraden Linien der Beeteinfassungen auflösten und die Symmetrie unterbrochen wurde von wilder wachsenden Pflanzen.

»Dies ist doch ein geeigneter Ort für eine Trauungszeremonie, meinen Sie nicht? Hier ist alles ein wenig … Ich weiß kein richtiges Wort dafür. Verspielter?«

Er hatte recht. Die Anpflanzungen verschiedenster Blumenarten flossen hier ineinander, ohne klar voneinander abgegrenzt zu sein. Es duftete nach Minze, und an einem Spalier rankten tiefviolette Klematis empor. Es war in der Tat ein besonderer Ort, romantisch und voller Leichtigkeit.

»Das Problem ist nur immer noch das Wetter. Selbst in Ligurien ist ein kräftiger Regenschauer wohl nicht ausgeschlossen, oder? Und dann müssten die Gäste schnell irgendwo unterkommen können. Pavillons sind nicht stabil genug und bieten bei kräftigeren Windböen keinen ausreichenden Schutz.«

Stirnrunzelnd sah er sie an.

»Ja, ja, ich weiß«, fuhr Annabel fort, »das Gewächshaus ist tabu, danach wollte ich auch gar nicht noch einmal fragen. Vermutlich ist es auch zu eng und stickig dort. So stelle ich mir jedenfalls ein Gewächshaus vor. Feuchte, muffige Luft. Überall Töpfe, die man umstoßen oder herunterreißen kann. Am Ende hat die Braut noch schwarze Erde auf ihrem weißen Kleid.«

»Versuchen Sie es jetzt mit umgekehrter Psychologie?«

»Ich weiß nicht, was Sie meinen«, sagte Annabel und sah ihn fragend an.

Er lachte. »Und Sie sind doch ein gefräßiges Wesen, und das wissen Sie auch genau. Ich zeige Ihnen das Gewächshaus vielleicht später. Aber nur Ihnen, damit Sie Ruhe geben. Fremde Menschen werden dort nie Zutritt bekommen.«

Annabels Herz machte einen Hüpfer. Sie würde die wundervolle Sammlung seiner Mutter sehen. Und vor allen Dingen: die Orchideen. Sie konnte es kaum abwarten, fragte sich aber, was er unter später verstand und darüber hinaus, was sie denn anderes als eine Fremde war.

»Träumen Sie?«, fragte Gianfranco und schnippte mit den Fingern vor ihrem Gesicht herum.

»Verzeihung, ja, ich war gerade mit meinen Gedanken woanders. Lassen Sie uns weitermachen. Ich glaube allerdings, ich brauche gar nicht mehr viele Fotos. Aus den Aufnahmen, die ich bisher gemacht habe, kann meine Agentur sicher ein paar brauchbare aussuchen für den Katalog.«

Bei dem Wort Katalog verzog er das Gesicht, als litte er unter Zahnschmerzen.

»Mir fällt es immer noch schwer, mir das vorzustellen. Der Rückzugsort meiner Mutter in einem Katalog …«

»Wir können die Fotos auch gemeinsam auswählen«, sagte Annabel und erschrak gleichzeitig. Was sagte sie denn da? So lange würde sie gar nicht hier sein.

Doch er schien angetan von dem Vorschlag.

»Das ist eine gute Idee. Und ich habe auch eine. Wenn Sie fertig sind, dann besorge ich uns aus der Küche etwas zu essen, und wir picknicken hier im Garten. Was meinen Sie?«

Annabel lächelte. »Das wäre schön.«

»Dann bin ich in einer Viertelstunde wieder da.«

Gianfranco machte sich auf den Weg zur Villa, und Annabel überlegte, ob dies vielleicht ein guter Moment sei, um einen heimlichen Blick in das Gewächshaus zu werfen. Die Villa lag ganz am anderen Ende des weitläufigen Gartens. Doch sie ließ es bleiben. Was, wenn Gianfranco plötzlich irgendetwas einfiel und er zurückkam? Sie wollte es sich auf keinen Fall gleich wieder mit ihm verderben.

Stattdessen sah sie sich nach einem geeigneten Platz für ein Picknick um und entschied, dass es ihr am besten dort gefallen würde, wo sie bereits einmal allein gesessen hatte. Auf den Holzplanken nahe beim Springbrunnen mit dem wundervollen Blick über die Bucht. Sie schlenderte dorthin und setzte sich, wobei sie das Kleid sorgsam zurechtstrich, damit es nicht am Ende vollkommen zerknittert würde. Mit geschlossenen Augen genoss Annabel die Sonnenstrahlen im Gesicht und die fernen Geräusche.

»*Hier* sind Sie«, sagte Gianfranco, der sich offenbar beeilt hatte und nun mit einem gut gefüllten Korb in der Hand und zwei

Picknickdecken unter dem Arm vor ihr stand. »Wo alles angefangen hat.«

Annabel lachte. »Das hört sich an wie der Beginn eines langen Märchens. Es war einmal …«

»Kann doch sein«, sagte er und lachte darüber überhaupt nicht.

Er breitete die Decken aus, sie nahmen Platz, und er zauberte eine kulinarische Köstlichkeit nach der anderen aus dem Korb hervor. Es gab verschiedenfarbige Oliven, einen kleinen runden Käse, der wie eine Miniaturtorte aussah, Weintrauben, Brot mit eingebackenen Walnusskernen und eine Flasche Wein.

»Der Käse ist ein Schafskäse aus der Milch des Brigasca-Schafs. Typisch ligurisch.« Er legte seine Stirn in Falten und korrigierte sich. »Na gut, nicht nur. Da, wo Ligurien auf Frankreich stößt, findet man diese Rasse auch auf der französischen Seite.«

Annabel sah dabei zu, wie er mit einem Messer und geübtem Schwung den Käse in gleich große Stückchen teilte, die auch dann immer noch wie Kuchenstücke aussahen.

»Oh, und bevor ich es vergesse«, sagte er, als er noch einen mit einem Tuch abgedeckten Teller aus dem Korb zog, »etwas Süßes zum Nachtisch. Das sind *Gobeletti*. Törtchen mit Quittenmarmelade gefüllt. Und diese kleinen Pralinen sind *Baci*.«

»Und was sind *Baci*?«

Gianfranco sah sie an. »Küsschen.«

»Oh, ach so. Küsschen.«

»Aus Schokolade und Nüssen. Baci di Alassio ist eigentlich der vollständige Name.«

Sie aßen eine Weile schweigend, und Annabel hatte das Gefühl, dass sie selten etwas so Köstliches gegessen hatte. An der frischen Luft schmeckte alles noch mal so gut, selbst wenn die schmeichelnden Sonnenstrahlen sich inzwischen mit einer fast unerträglich schwülen Hitze zusammengetan hatten. Der Horizont über dem Mittelmeer hatte sich in ein Blaugrau verwandelt, das Annabel aus England kannte, wenn ein Gewitter über den Ärmelkanal heranzog. Auch wenn die Luft dort immer frischer war und niemals so aufgeladen wie hier.

»Noch einen Bissen, und ich platze«, sagte sie irgendwann und ließ sich auf die Decke zurückfallen.

»Keine kleine Weintraube mehr?«

»Nein, bestimmt nicht.«

»Einen *Bacio*?«

Annabel zögerte. Sie wandte ihren Kopf zu Gianfranco, der sie abwartend ansah. Aber nicht nur abwartend, da war noch etwas anderes, und das ließ Annabels Herz schneller schlagen. Flirtete er mit ihr?

»Nein. Auch das nicht, danke.«

Es war, als hätten beide die Luft angehalten und würden nun erst weiteratmen können.

»Erzählen Sie mir von England«, forderte er sie nun auf, und der Themenwechsel könnte abrupter nicht sein.

»Da gibt es nicht viel zu erzählen. Ich lebe mit meinem Vater zusammen, im Süden von England. Meine Mutter ist früh gestorben.«

»Das tut mir leid.«

»Es ist lange her.«

Ein plötzliches Donnergrollen unterbrach sie. Gianfranco schickte einen besorgten Blick über die Bucht.

»Ich hoffe, das zieht weiter. Sonst müssen wir unser Picknick wohl abbrechen. Das wäre schade.«

Das wäre es, dachte Annabel und nahm die Kamera, um ein Foto von den Resten ihres Mahls zu machen.

»Keine Zeichnungen heute?«

Annabel schüttelte den Kopf. »Die Zeichnungen sind mein Privatvergnügen.«

»Haben Sie inzwischen herausgefunden, was der Skizze von neulich noch fehlte?«

»Hm«, brummte Annabel nur, denn die Wahrheit konnte sie ihm nicht erzählen.

»Apropos Privatvergnügen, ich habe da übrigens eine Idee für Ihr Zeichnen. Einen Ort, von wo aus Sie einen fantastischen Blick auf Sestri Levante haben. Den könnte ich Ihnen morgen zeigen.«

Ein Schatten legte sich über Annabels Herz. Morgen? Zum Privatvergnügen? So etwas konnte sie sich nicht erlauben. Sie musste den Job erledigen, schnellstens. Auf irgendwelche anderen Verstrickungen durfte sie sich nicht mehr einlassen, und so ging sie nicht darauf ein.

»Nun lenken Sie mich nicht ab, sonst wird das Foto am Ende nichts«, sagte sie stattdessen.

»Sie hätten vorher ein Foto machen sollen, als wir noch nicht alles aufgegessen hatten«, sagte Gianfranco und hob das Weinglas wie zum Toast, und das Rubinrot reflektierte die Sonnenstrahlen. Schnell drückte Annabel auf den Auslöser, um diesen Moment festzuhalten.

Er lachte. »Das eignet sich aber für keinen Katalog, oder?«

»Warum nicht? Der Hausherr gibt einen Ausblick auf das, was auch die Brautpaare erleben könnten. Ein romantisches Picknick im Garten einer Villa …«

»So, Sie finden es also romantisch, was wir hier tun?« Er zog eine Augenbraue hoch.

Da war es wieder. Dieses mühsam kontrollierte Grinsen, das Funkeln in seinen Augen. Und ob er mit ihr flirtete.

»Nun ja«, stammelte Annabel, »wenn man ausreichend Fantasie hat und sich vorstellt, wie …«

Doch sie kam nicht dazu, ihren Satz zu beenden, denn in diesem Moment gab es einen Donnerschlag, der sie fast die Kamera fallen ließ. Beinahe gleichzeitig frischte der Wind auf und wehte ihr halb volles Glas Wein um. Die tiefrote Flüssigkeit breitete sich über die Decke aus. Annabel rutschte, so schnell es ging, zur Seite, damit ihr Kleid nichts abbekam.

»Verdammt, das wird ungemütlich. Ich habe nicht gesehen, dass sich da auch im Landesinneren hinter den Hügeln etwas zusammengebraut hat. Wenn das aufeinandertrifft …« Gianfranco beendete den Satz nicht. »Lassen Sie uns schnell zusammenpacken.«

In dem Moment wurden sie bereits von den ersten Regentropfen getroffen. Annabel schrie auf. Durch den dünnen Stoff des Kleides und auf der erhitzten Haut fühlten sich die Tropfen wie eiskalte Nadelstiche an. Gianfranco stopfte alles in Windeseile in den Korb, nahm dann eine Decke und legte sie Annabel um die Schultern. Sie zog sie sich bis ganz über den Kopf.

»Wir müssen schnell zum Haus«, rief sie in das Brausen des Windes, der ihnen den Regen in die Gesichter klatschte.

»Zu weit. Ins Gewächshaus, schnell.«

Annabel stand da, und für einen Augenblick spürte sie weder Regen noch Sturm. *Ins Gewächshaus.*

»Schnell, worauf warten Sie denn. Auf einen Blitzschlag?«

Und Annabel rannte.

✿

Eine starke Böe riss Gianfranco die Tür des Gewächshauses aus der Hand, der Wind fuhr hinein und schickte ein Beben durch die gut gehüteten Pflanzen. Annabel hörte ihn fluchen. Binnen Sekunden war sie ihm über den aufgeweichten Gartenweg gefolgt. Sie hastete durch die geöffnete Tür, kam atemlos zum Stehen und sah an sich herunter, nachdem sie das Unwetter endlich ausgesperrt hatten. Ihre Sandalen waren voller Matsch, und die Spritzer zogen sich ihre nackten Beine hinauf. Selbst das schöne Sommerkleid hatte an einer Stelle etwas abbekommen. Sie stöhnte.

»Ist alles in Ordnung?«, fragte Gianfranco.

»Ja, ich sehe nur aus wie ein Regenwurm, der gerade aus der Erde gekrochen ist.«

»Da schmeicheln Sie den Regenwürmern aber sehr.« Er lächelte. Doch als er ihr ins Gesicht sah, runzelte er die Stirn. »Warten Sie, was ist denn das?«

»Ach, da ist mir ein Ast oder so in die Quere gekommen«, wiegelte Annabel ab, obwohl sie vermutete, dass dort ein Kratzer über ihre Stirn verlief, denn es brannte sehr.

»Warten Sie, das muss gereinigt werden.«

Und während er sich anschickte, das Gewächshaus nach etwas Geeignetem abzusuchen, drehte sich Annabel um, und ihr blieb beinahe der Mund offen stehen.

Da waren sie. Die Orchideen.

Manche in Töpfen aus transparentem Material und in bauchigen Glasvasen, geschickt in Etageren arrangiert, und andere, die sich an knorrige Äste oder Stämme von kleinwüchsigen Bäumen klammerten. Annabel ließ sich rückwärts an die Tür sinken, denn diese Pracht überwältigte sie. Doch ein heftiger Donnerschlag ließ das Metall an ihrem Rücken erzittern, und schnell stieß sie sich wieder ab.

Das Gewächshaus hatte einen Rundweg, der um den im Zentrum angelegten künstlichen Urwald verlief. Wasser in einem kleinen Bachlauf sprudelte leise vor sich hin. Von dort hatte Gianfranco nun auch ein wenig Wasser in das Weinglas abgefüllt, in das er nun den Zipfel einer Serviette eintauchte. Dann trat er wieder zu Annabel, die den lästigen Kratzer ganz vergessen hatte.

»So, halten Sie still, ich wasche das ab. Da hängt auch noch ein kleines Blatt in Ihrem Haar.«

Vorsichtig zog er das Blatt heraus und tupfte dann die Schramme mit sauberem Wasser ab. Als er die Serviette erneut ins Wasser tauchte, sah Annabel, dass sich das Wasser rot verfärbte.

»Blute ich?«

»Ein wenig. Es hört gleich auf. Ich glaube nicht, dass das später noch zu sehen sein wird. Das heilt restlos ab.«

Annabel riss die Augen auf. »Wie lang ist denn die Schramme?«

»Drei, vielleicht vier Zentimeter. Ein bleibendes Andenken an diesen Tag.«

»Das hätte ich jetzt eigentlich nicht gebraucht.«

Er zog die Hand zurück.

»Weil der Tag allein schön genug ist, um sich an ihn zu erinnern«, beeilte sich Annabel zu sagen. Dann trat sie an ihm vorbei und deutete auf die Blumenpracht. »Apropos schön.«

Er legte sein provisorisches Erste-Hilfe-Material beiseite und holte tief Luft.

»Ja, das hier ist es. Nun kommen Sie doch in den Genuss. Das Allerheiligste meiner Mutter. Ihre Orchideensammlung.«

Andächtig schritt Annabel den Rundweg ab, staunte über die Fülle der verschiedenen Formen und Farben.

»Dies hier ist nur ein Bruchteil der Orchideenarten, die es weltweit gibt. Man schätzt die Gesamtheit auf etwa 25 000 Arten. Die bekannteste Art ist die Phalaenopsis, die auch schon an die hundert verschiedene Farben haben kann.«

»Hundert Farben? So viele fallen mir nicht einmal ein!«

»Stimmt, wir denken an Gelb, Orange oder Rot. Aber Rot ist nicht gleich Rot, Orange ist nicht gleich Orange, und Gelb nicht gleich Gelb. Jede dieser Farben gibt es in unzähligen Abstufungen, die darzustellen es nur den wirklich guten botanischen Künstlern gelingt, indem in mehreren Schichten mit Wasserfarben aquarelliert wird, damit das Durchscheinende und Leichte der zarten Blütenblätter naturgetreu abgebildet werden kann. Und die Resultate, nun, das ist, als wenn …«

»Als wenn?«

»Lachen Sie nicht, aber das ist, als wäre pure Liebe durch die Farben aufs Papier geflossen.«

Annabel sah ihn von der Seite an. »Ich finde das nicht zum Lachen. Das ist schön.«

Ihr wurde sogar ausgesprochen warm ums Herz, und sie

staunte, wie viel er darüber wusste. Offenbar hatte seine Mutter ihm ihre Leidenschaft vererbt.

»Für manche Abbildungen brauchen die Zeichner sogar mehrere Jahre. Manche Blütenkelche sind so klein, nur wenige Millimeter, dass man sie zuerst mit der Lupe ganz genau studieren muss, um sie anschließend auf das Papier zu bringen. Aber so unterschiedlich die Erscheinungsformen auch sind, etwas haben sie alle gemein. Ihre Blüten verfügen über drei äußere Blätter, die Kelchblätter, zwei Kronblätter innen und das auffälligste, nach unten wachsende Blütenblatt, das Labellum.«

Annabel sah ihn fragend an.

»Die Lippe. Das Schönste an der Blüte.«

Annabel räusperte sich und wies schnell auf kräftig gelbe Blüten mit braunen Flecken, die sich zu einem unregelmäßigen Streifen aneinanderreihten.

»Die dort sind schön.«

»Die gehört zu den Oncidien. Wegen ihres Musters auch Tigerorchidee genannt. Sehen Sie diese da drüben, ohne das braune Muster? Das ist ebenfalls eine Oncidium, wegen der Form des Blütenkelchs, die an ein Ballkleid erinnert, auch Tanzende Prinzessin genannt.«

»Fehlt nur noch der Schuh von Cinderella.«

Er lachte, nahm Annabel an die Hand und zog sie mit sich, bis er vor einem Schaukasten stehen blieb, hinter dessen Scheiben ein besonders apartes Exemplar ausgestellt war.

»Paphiopedilum. Eine Frauenschuh-Orchidee. Sehen Sie die Lippe? Sie ist geformt wie ein Schuh, in den Sie nur noch hineinschlüpfen müssen. Doch es ist Vorsicht geboten: Die Blüte lockt Insekten mit ihrem Duft an, aber es gibt nur eine kleine Öffnung, durch die sie dann aus dem Labellum wieder hinausgelangen. Sie sind hoffnungslos verloren, wenn sie …«

Gianfranco fuhr sich mit der Hand durch seine dunklen Haare.

Annabel stellten sich die feinen Härchen in ihrem Nacken auf.

Während sich draußen Blitze zwischen den Wolken und in den Boden entluden, schien sich die Luft zwischen Gianfranco und ihr gerade immer weiter aufzuladen. Trotz des anhaltenden Donners und des Rauschens des Regens und der schweren Tropfen, die auf dem Glasdach des Gewächshauses mit dem Geräusch wie von kleinen Hammerschlägen zerplatzten, hörte Annabel in der Ferne das Läuten der Basilika von Sestri Levante, als würden die Glocken die Einwohner vor dem gefährlichen Naturereignis warnen wollen und gleichzeitig versprechen, sie zu beschützen und sich nicht fürchten zu müssen.

Und da machte Annabel einen Schritt auf Gianfranco zu, legte eine Hand in seinen Nacken, stellte sich ein bisschen auf die Zehenspitzen, und im nächsten Moment lagen ihre Lippen aufeinander. Er musste zunächst sehr perplex sein, stand da wie vom Donner gerührt, doch es brauchte nur wenige Sekunden, bis er sich von der Überraschung erholte und den Kuss erwiderte. Zart, später sich selbst und die explodierende Welt um sich herum vergessend.

Irgendwann breitete er die Picknickdecken am Boden zwischen den duftenden Blüten aus, und dann lagen sie da, auf das Rauschen lauschend, eng umschlungen, als müssten sie sich gegenseitig festhalten, damit sie nicht vom Strom ihrer Gefühle ohne Aussicht auf Rettung mitgerissen wurden.

Aber so viel Zeit brauchst du doch sonst nie. Was ist denn an diesem Ort auf einmal so anders?

Annabel hatte ihre Antwort gefunden.

Sei ehrlich mit dir selbst. Fändest du es nicht auch ganz schön, wenn das hier noch länger dauern würde?

Ja, aber es durfte nicht. Doch diese eine Nacht, die gehörte nur ihnen beiden, und niemand würde sie ihnen nehmen können.

Später, als sich das Grollen und Zucken am Himmel verzog und die Nacht den Tag längst abgelöst hatte, betrachteten sie den

Sternenhimmel über sich. Vereinzelte Wassertropfen rannen das schräge Glasdach hinab und hinterließen glänzende Spuren im Schwarz darüber. Irgendwann blickte Annabel über Gianfrancos Schulter und sah einen Schaukasten, der separat von allen anderen stand und das Licht des Mondes einfing, der inzwischen aufgegangen war. Die Blütenblätter, so zart wie Seide, leuchteten in einem Blauviolett, das sie bisher nur einmal auf einem Gemälde von Chagall gesehen hatte. Eine Mischung aus Lapislazuli und hellem Indigo.

Er bemerkte ihren Blick und wandte sich ebenfalls um.

»Das ist die kostbarste unserer Orchideen. Ihre Schwestern haben allesamt Preise gewonnen. Sie hat einen immensen Sammlerwert. Aber meine Mutter wollte sie weder ausstellen noch verkaufen. Sie wollte sie einfach nur ansehen können.«

»Dieses Blau …«

»Ja, dieses außergewöhnliche Blau. Es gibt nur ein Blau, das noch schöner ist.«

»Wirklich?«

»Das Blau der Augen einer rothaarigen Engländerin, die einfach so hier hereinschneit und mein ganzes Leben durcheinanderbringt. Was soll ich bloß mit ihr tun …«

Jeglicher Protest Annabels wurde durch einen weiteren Kuss erstickt.

10

Italien, heute

Die Liste der Wetterphänomene und Naturerscheinungen, wie Holly die wechselnden Launen Annabels insgeheim nannte, wurde immer länger. Nach der stürmischen Eskapade auf dem Schiff und anschließender Eiszeit im Auto auf dem Weg durch den Norden Frankreichs folgte nun etwas, das Holly an das Klima auf den Azoren erinnerte, von dem man sagte, dass es das Wetter aller vier Jahreszeiten an nur einem einzigen Tag hervorbringen könne.

Kurz vor der Grenze zu Italien wurde Annabel immer angespannter und ungeduldiger. Sie schien keinen Blick für die Schönheit des mächtigen Massivs der französischen Westalpen mit ihren schneebedeckten Gipfeln zu haben, die Holly, die noch nie zuvor in den Bergen gewesen war, staunen ließ. Die aufgeladene Atmosphäre im Auto glich der vor einer Blitzentladung, und Holly wünschte sich inzwischen ein kräftiges Gewitter herbei, damit die Luft gereinigt würde. Die Gereiztheit ihrer Begleiterin war kaum noch zu ertragen.

»Wechseln Sie doch die Spur!«, herrschte Annabel sie an, wenn es ihr nicht schnell genug voranging.

Doch wenn dann der Verkehr floss, war es ihr auch nicht recht, und sie wünschte sich offenbar eine Unterbrechung der Fahrt.

»Gibt es denn hier keine verdammte Raststätte, damit wir eine Pause machen können?«

Holly ertrug alles, ohne auf das Gemecker einzugehen, hatte sie doch das Gefühl, dass mehr als nur pure Übellaunigkeit hinter Annabels Stimmung steckte. Vielmehr dachte sie darüber nach, ob die so burschikos daherkommende und selbstbewusste ältere Frau Ängste im Gepäck hatte, von denen Holly keine Ahnung hatte. Menschen reagierten oft so angriffslustig, wenn sie sich eigentlich zu Tode fürchteten. Und bald meinte Holly auch, den Grund dafür zu erkennen.

Sie näherten sich dem Mont-Blanc-Tunnel. Hollys Mini protestierte mit besorgniserregend lautem Motorengeräusch, kämpfte sich aber dennoch tapfer die stetig ansteigende Autobahn hinauf, bis sie die Einfahrt in den Tunnel, die auf mehr als eintausendzweihundert Metern Höhe lag, erreichten, und zahlten ihre Mautgebühr.

»Wucherpreise!«, war der letzte Kommentar von der Beifahrerseite, den Holly dann für eine Weile hören sollte.

Die rot-weiße Schranke hob sich, der Wagen rollte wieder an, und vor ihnen tat sich die Einfahrt in den Berg auf, ein schwarzes Loch in den Fels geschlagen, und Holly hatte das Gefühl, ihr Weg führe sie auf direktem Weg in den Schlund der Hölle. Annabel schloss die Augen und verfiel in dumpfes Brüten. Auf Fragen oder Bemerkungen reagierte sie mit unverständlichem Grummeln oder gar nicht. Das gelbliche Licht in dem einspurigen Tunnel warf gespenstische Schatten auf ihr Gesicht und ließ sie auf einmal viel älter und beinahe krank aussehen.

Holly warf einen unauffälligen Blick in den Rückspiegel, um herauszufinden, ob die Lichter denselben Effekt auf ihr Gesicht hätten, ließ es aber schnell wieder, vor allem, weil der Gegenverkehr hauptsächlich aus Lkw bestand. Sie würden den kleinen Mini im Handumdrehen an die Felswand drücken können. Einen unbedachten Schlenker durfte sich Holly auf keinen Fall erlauben.

Irgendwann waren auch diese knapp zwölf Kilometer Wegstrecke überstanden, und Holly sah das sprichwörtliche Licht am

Ende des Tunnels. Erst nahm sie an, Annabel würde schlafen, doch als die Röhre sie auf italienischer Seite wieder ausspuckte, öffnete sie die Augen, als ob sie durch die Lider hindurch das veränderte Licht wahrgenommen hätte. Sie richtete sich kerzengerade im Sitz auf und wirkte auf einmal aufgeräumt und munter.

»*Bella Italia*!«, rief sie aus und klatschte in die Hände, als gelte es, sie beide zu einer ganz besonders herausfordernden Aufgabe anzufeuern. »Wie lange bis zur nächsten Raststätte?«

»Weiß ich nicht. Googeln Sie doch mal.«

Ohne Einwände diesmal schnappte sich Annabel ihr Smartphone und tippte etwas ein. Doch noch bevor sie fündig wurde, sahen sie bereits ein Schild am Fahrbahnrand, das auf ein Ristorante, eine Kaffeebar und eine Tankstelle hinwies. Als sie jedoch dort ankamen, reichte der Rückstau der Trucks und Personenwagen bis fast auf die Autobahn, und Holly schüttelte den Kopf.

»Wir stoppen bei der nächsten Möglichkeit. Das hat keinen Sinn. Hier verplempern wir zu viel Zeit.«

»In Italien ticken die Uhren anders«, warf Annabel ein. »Hier genießt man das Leben und vor allen Dingen die Pausen.«

»Ach ja?« Holly betrachtete Annabel mit hochgezogenen Augenbrauen.

»Ach ja.«

Sie fuhren dennoch weiter, und Holly fiel auf, dass die Leitplanken auf italienischer Seite allesamt von Korrosion zerfressen aussahen und so, als würden sie beim kleinsten Touchieren zu rostig-braunem Staub zerbröseln. Sie versuchte, nicht darüber nachzudenken, und packte das Lenkrad noch ein wenig fester.

Bald darauf tauchte vor ihnen ein Schild mit der Aufschrift *Sarni* auf, laut Annabel der Name einer Kette von Autobahnraststätten, und Holly setzte den Blinker. Sie rollten zwischen Lkw mit Anhängern hindurch auf einen Parkplatz, stellten den Motor ab und öffneten die Türen. Frisch war es und noch ganz und gar nicht südländisch warm. Holly hatte sich die Ankunft doch ein bisschen anders vorgestellt.

»Kommen Sie, wir trinken einen *Caffè*.« Annabel schien plötzlich bester Laune zu sein.

»Ich brauche einen Tee.«

»Herzchen, in Italien müssen Sie *Caffè* probieren.«

»Ich muss gar nichts«, brummte Holly und bemerkte, dass sich Annabels schlechte Laune wohl auf sie übertragen hatte. Sie war müde, ihre Glieder waren steif. Vielleicht sollte sie Annabel wieder für eine Weile das Steuer überlassen.

In der kleinen Kaffeebar spielte sich ein Spektakel ab, das Holly im ersten Moment überforderte. Sie wollte zum Tresen durchmarschieren und bestellen, wurde dann aber von dem Mann dahinter darauf aufmerksam gemacht, dass sie erst bei seinem Kollegen bestellen und bezahlen müsse, um sich dann nach Vorzeigen des Kassenbelegs ihr Getränk bei ihm abzuholen. Also stellte sie sich in die Reihe der Wartenden und versuchte, die amüsierte Miene von Annabel zu ignorieren. Die schien sich in diesem Bienenkorb, in dem Touristen, Truckerfahrer und äußerst beschäftigt wirkende Männer in schicken Anzügen und mit noch schickeren, auf den Kopf hochgeschobenen Sonnenbrillen hin und her schwirrten, erstaunlich wohlzufühlen. Ihre Augen leuchteten wie Polarlichter.

Holly hatte keine Lust auf Diskussionen, und obwohl ihr Magen Koffein eigentlich nicht so gut vertrug, ergab sie sich in ihr Schicksal und bestellte sich mühselig einen Espresso. Wohingegen Annabel fließend mit dem Barmann parlierte. Holly kam aus dem Staunen nicht heraus.

Sie tranken den Kaffee draußen vor der Bar, und fassungslos sah Holly Annabel dabei zu, wie sie gleich zwei Päckchen Zucker in die lackschwarze Tasse schüttete und mit dem Miniaturlöffel umrührte.

»Erstaunlich«, kommentierte Holly. »Ich hätte wetten können, dass der Löffel im Zucker stehen bleibt.«

Annabel lachte. »So schmeckt es einfach am besten. Probieren Sie selbst.«

»Also, es ist nicht gerade so, als hätte ich noch nie zuvor italienischen Kaffee getrunken. Ich habe in London gelebt, und – Überraschung – den kriegt man sogar in Plymouth.«

»Oh, die junge Dame ist verstimmt.«

»Herrgott nein, ich bin nicht verstimmt! Ich bin erledigt, völlig erschlagen.«

Annabel strich ihr unvermutet einmal kurz über den Arm, in einer seltenen und auf ein Minimum begrenzten mitfühlenden Geste.

»Kommen Sie, trinken Sie. Danach werde ich wieder ein Stück Fahrt übernehmen, und Sie können sich ausruhen.«

Holly nickte, rührte ebenso viel Zucker in das dampfende Getränk wie Annabel und trank. Und tatsächlich hatte dieser Espresso kaum etwas gemein mit der oft übersäuerten Brühe in England.

»Wie schaffen es die Italiener, dass hier an so einer schäbigen Autobahnraststätte der Kaffee immer noch besser schmeckt als der in irgendwelchen Hipster-Coffeeshops in Soho?«

Annabel grinste. »Sag ich doch.«

»Geben Sie mir Ihre Tasse, ich bringe sie zurück«, sagte Holly, als sie bereit waren, aufzubrechen.

»Behalten Sie sie.«

»Wie bitte?«

»Als Souvenir. Ihr erster *Caffè* auf italienischem Boden.«

»Sie sagen mir also gerade, ich soll sie klauen? Sie haben eine merkwürdige Einstellung zu Besitzverhältnissen.«

Annabel stutzte einen Moment, dann nahm sie eine Serviette, wischte die Tasse innen aus und steckte sie kurzerhand ein.

»Man kann sich auch anstellen«, sagte sie. »Irgendwann werden Sie sich daran erfreuen und an diesen Moment zurückdenken, wenn Sie wieder in Ihrem tristen Immobilienbüro hocken.«

Holly wollte protestieren, dass der Moment nun so großartig gar nicht war und außerdem ihr Büro auch nicht trist, aber sie hätte Annabel vermutlich nicht erreicht.

»Woher sprechen Sie übrigens Italienisch?«, fragte sie Annabel.

»Rosario und Maria.«

Eine weitere Erklärung schien sie nicht für nötig zu halten. Holly war es bald leid.

Da drehte sich Annabel einmal um ihre eigene Achse und breitete die Arme aus.

»Ist das nicht ein wunderbares Fleckchen Erde?«

Holly sah sich um. Sie wusste nicht, ob die Wolken so tief hingen oder es sich um Nebel handelte, der durch das Aostatal kroch und die grauen Berge hinter sich verbarg, und sie fragte sich, ob Annabel noch etwas anderes in ihrem Kaffee gehabt hatte als sie.

✿

Dreieinhalb Stunden später wurde Holly von einem Summen geweckt, das von einer offensichtlich sehr vergnügten Annabel kam, wie sie verblüfft feststellte. Holly richtete sich auf. Ihr Rücken schmerzte noch mehr als zuvor, weil die Schlafposition auf dem Beifahrersitz nicht zur Entlastung der müden Muskeln beigetragen hatte. Doch als sie sich umsah, waren Erschöpfung und Gliederschmerzen vergessen.

Die Sonne lachte vom Himmel, links von ihnen kletterten Weinberge die Hügel hinauf, rechts reihten sich Dutzende Olivenbäume aneinander. Und da, zwischen den silbrig schimmernden Kronen, entdeckte Holly ein kleines Stückchen vom blauen Meer, und ihr Herz schlug schneller.

»Hab ich zu viel versprochen?«, fragte Annabel und warf ihr von der Seite einen Blick zu, der irgendwo zwischen Triumph, Zufriedenheit und Vorfreude changierte.

Annabel hatte genau genommen gar nichts versprochen, erinnerte sich Holly, aber sie wollte ihr den Spaß nicht verderben.

»Es ist wundervoll«, sagte sie und meinte es auch.

Sie passierten eine weitere Mautstation, näherten sich dann einer Ortschaft, kurvten durch einen Kreisel und fuhren durch Straßen, die von unzähligen parkenden Vesparollern gesäumt waren, zwischen Häusern mit ockergelben und terrakottafarbenen Fassaden. Geranien wucherten auf den Balkonen, von überall her plärrte Musik aus den weit geöffneten Fenstern.

Und dann urplötzlich und ohne jede Vorwarnung steuerte Annabel den Mini in eine Parkbucht, bremste und sah Holly an.

»Von hier aus fahren *Sie* weiter.«

»Warum?«, fragte Holly irritiert.

»Dann kann ich später behaupten, Sie hätten mich gekidnappt und gezwungen hierherzukommen.«

Holly konnte dem Gerede Annabels nicht folgen, doch sie wechselten die Plätze, denn ihr war es egal. Hauptsache, sie würden jetzt nicht diskutieren.

Als sie sich nur wenige Minuten später auf einer palmengesäumten Straße befanden, die parallel zur Küste verlief, und sich dann eine Bucht vor ihnen auftat, die Holly sich nicht in ihren schönsten Träumen hätte vorstellen können, stieß sie einen begeisterten Schrei aus.

»Annabel, das ist ja ein Paradies! Sehen Sie doch nur, die weißen Segel und …«

Holly schaute zur Seite. Annabel war tief in den Sitz gerutscht und hatte wieder die Augen geschlossen, wie zuvor, als sie ein ganzes Gebirge über sich gehabt hatten.

»Annabel?«

»Fahren Sie einfach. Ich kenne das alles.«

»Sie … Aber woher?«

Als sie keine Antwort bekam, aber in diesem Moment an einer Kirche vorbeifuhren, deren Glockenturm Holly schon einmal gesehen hatte, war ihr klar, dass sie von Annabel eigentlich gar nichts wusste. Und dass ihre Neugier mindestens so groß war wie ihre Ahnungslosigkeit.

11

Sestri Levante, 1968

Abwechselnd blickte Annabel auf die zwei Blätter Papier, die vor ihr auf dem Tisch lagen und die ihr so viele Bauchschmerzen bereiteten. Das eine war ein Telegramm.

+++ *Vier Tage waren vereinbart* +++ *Komm zurück, oder du zahlst* +++

Annabel wusste, dass sie den Auftrag so dringend brauchten wie nie einen anderen zuvor und dass ihr Aufenthalt hier mit jedem Tag mehr Kosten verursachte, aber dieser Ton war dennoch neu. Und er schockierte sie.

Das andere Blatt war ein Briefbogen. Ein bis auf die Anrede noch leerer Briefbogen.

Lieber Gianfranco, …

Keine weiteren Worte wollten kommen, sie steckten fest in ihrem Kopf und verknoteten sich dort zu einem unentwirrbaren Knäuel. Von zwei Seiten wurde an ihr gezerrt und gezogen. Die eine Seite brauchte das Geld zum Überleben, sie fühlte sich verpflichtet. Die andere Seite besetzte seit gestern Nacht ihr Herz, ihre Gefühle und ihr Denken. Erfüllte sie den Auftrag nicht, erwartete sie ein Donnerwetter, wie sie wohl zuvor noch nie eines erlebt hatte.

Ein Donnerwetter …

Wieder wanderten ihre Gedanken zurück ins Gewächshaus. Gianfranco tat ihr mit seiner Einwilligung einen Gefallen, weil er Gefallen an ihr gefunden hatte. Wollte sie das wirklich ausnutzen?

Der Kellner kam und räumte ihre leere Espressotasse ab. Mit dem Ärmel fegte Annabel ein paar Zuckerkrümel vom Tisch, die sie aus Versehen danebengestreut hatte. Sie hatte sich auf die

Terrasse eines Cafés zurückgezogen. Die Enge des Hotelzimmers verursachte ihr Beklemmungen, unten im Foyer und dem kleinen Frühstücksraum wäre ihr Signora Martini begegnet, und es hätte nicht lange gedauert, bis sie aus Annabel herausgekitzelt hätte, was ihr auf der Seele lag. Und welche Meinung die romantisch veranlagte Pensionswirtin vertrat, konnte sich Annabel denken.

»Hier bist du! *Buongiorno, Carissima.*«

Oh nein, was machte Gianfranco denn jetzt hier? Eilig raffte Annabel die Seiten Papier zusammen und stopfte sie in ihre Handtasche, bevor er sich zu ihr herabbeugte, ihr Gesicht in beide Hände nahm und sie zur Begrüßung recht stürmisch küsste. Ihr blieb der Atem weg.

»Ich wollte einen *Caffè* draußen trinken. Bei dem schönen Wetter …«

Bei dem schönen Wetter? Was redete sie denn da, das Wetter war hier jeden Tag so schön. Nun ja, bis auf gestern, aber wie entsetzlich hölzern klang das denn bloß? Das würde Gianfranco doch auch sofort auffallen.

Dachte sie. Aber er war bester Laune und merkte es nicht.

»Ich habe dir doch gestern eine besondere Aussicht zum Zeichnen versprochen. Und hier bin ich, ich hole dich ab.« Er strahlte.

Annabel hatte das komplett vergessen, weil sie es hatte vergessen wollen. Es passte ganz und gar nicht zu ihren Überlegungen, die auch die Option enthielt, sich einfach davonzumachen, ohne ein Wort des Abschieds und der Erklärungen, und auch nicht nach England zurückzukehren, sondern anderswo neu anzufangen.

Doch nun strichen Gianfrancos Fingerspitzen über ihren Nacken, zart wie Schmetterlingsflügel, und alles war wieder ganz anders.

»Komm, es wird Zeit«, forderte er sie auf.

»Es wird Zeit? Was ist dieser Ort? Eine Sandverwehung in der Wüste, die stündlich ihre Form und Position ändert?«

Gianfranco lachte schallend. Er war so verdammt guter Dinge, warf ein paar Münzen auf den Tisch und zog sie aus dem Café. Sie liefen aus der Altstadt heraus in Richtung der Baia delle Favole, hielten sich dann aber westlich davon, bis sie eine Promenade erreichten, die entlang des Meeres bis zu einer Mole verlief.

»Was hast du vor?«, fragte Annabel, als sie sah, dass dort ein Dutzend kleiner Motorboote vor Anker lag.

»Ich hab dir einen besonderen Blick auf Sestri Levante versprochen, und von wo aus geht das besser als vom Wasser? Du bekommst eine Panoramaansicht.«

»Du willst rausfahren? Hast du denn ein Boot?«

»Ja, es gehört mir schon lange. Es ist klein, nicht mehr neu und nicht sehr modern, aber voll seetauglich.«

Deshalb sieht er heute aus wie ein Skipper, dachte Annabel. Und dass ihm die weiße Hose und die weißen Segelschuhe in Kombination mit dem marineblauen Poloshirt ausgesprochen gut standen.

Über einen hölzernen Steg gingen sie eine Reihe Sportboote entlang, bis sie vor einem mit dem Namen *Cecilia* stehen blieben.

»Das ist es.«

»Cecilia?«, fragte Annabel und kam sich im nächsten Moment wie ein törichter Teenager vor, den die Eifersucht angeflogen hatte.

»Das war der Name meiner Mutter«, sagte Gianfranco und drückte ihr einen Kuss aufs Haar. »Keine Verflossene.«

»Oh, deswegen hab ich nicht gefragt«, beeilte sie sich zu sagen, aber Gianfrancos Grinsen verriet ihr, dass er sie sofort durchschaut hatte. Sie sollte sich besser unter Kontrolle haben, sonst machte sie die verfahrene Situation nur noch schlimmer.

Gianfranco sprang ins Boot und reichte Annabel seine Hand, damit sie sicher folgen konnte. Das Boot schwankte, und sie verlor fast das Gleichgewicht, aber er hielt sie, und sie dachte, wie schön es doch wäre, immer gehalten zu werden, wenn es brenzlig würde und sie aus dem Gleichgewicht kam.

Er startete den Motor, und Benzingeruch wehte zu ihr herüber. Sie rümpfte die Nase.

»Wird gleich besser, wenn wir erst mal weiter draußen sind und der Motor gleichmäßig läuft. Hast du Angst?«

»England ist eine Seefahrernation. Was denkst du? Natürlich habe ich keine Angst.«

Davor nicht, dachte Annabel.

Geübt manövrierte Gianfranco das Motorboot aus der Marina und lenkte es aufs offene Mittelmeer. Es legte an Geschwindigkeit zu, teilte das Wasser, und schaumige weiße Gischt flog zu beiden Seiten über die Oberfläche. Winzige Wassertröpfchen trafen Annabel im Gesicht. Sie schmeckten salzig wie Tränen.

Irgendwann drosselte Gianfranco den Motor und sagte: »Jetzt. Dreh dich um.«

Annabel setzte sich aus dem tiefen Ledersitz auf und drehte sich landwärts.

»Das ist … oh, Gianfranco, das ist atemberaubend.«

»Ich habe nicht zu viel versprochen, oder?«

Annabel schüttelte nur den Kopf. Sie war so ergriffen, dass sie nicht mehr sprechen konnte. Es hätte sowieso keine Worte gegeben, um solcher Schönheit gerecht zu werden.

Das Blau des Meeres und das des Himmels waren gleich. Das leuchtende Ultramarin wäre zu einer einzigen Fläche wie auf einer Leinwand ineinandergeflossen, wenn es nicht die Reihe aus bunten Tupfen gäbe. Die Häuser von Sestri Levante in den Farben von Mandarinen, Sonnenblumen und Korallen teilten die Fläche in der Mitte wie ein Band aus farbigen Glasperlen.

»Ich wüsste nicht, wie ich das je abbilden sollte«, sagte Annabel mit einem Kloß im Hals. »Kein Bild, ob Fotografie oder Zeichnung, Gemälde, was auch immer, könnte der Realität das Wasser reichen.«

»Versuch es trotzdem. Dann hast du ein Andenken an den heutigen Tag.« Er strich ihr eine der kurzen Haarsträhnen hinter das Ohr.

Annabels Hand glitt an den beiden hastig hineingestopften Seiten Papier in ihrer Tasche vorbei und nahm den Zeichenblock und eine kleine Schachtel mit ihren Zeichenstiften heraus. Grob skizzierte sie die Küstenlinie, schraffierte und strichelte, um markante Punkte hervorzuheben. Gianfranco sah ihr über die Schulter, während das Boot mit ausgeschaltetem Motor nur noch durch die Bewegungen des Wassers vor sich hin schaukelte. Als Annabel gerade die Spitze des Stifts auf das Papier setzte, um den Bogen der Bucht mit Schwung optisch noch zu verstärken, schlang Gianfranco einen Arm um sie und zog sie an sich, als wolle er sie nie wieder loslassen.

»Hey, was tust du denn? Sieh doch nur.« Annabel deutete auf die missglückte Linie auf dem Papier. »Jetzt sieht es aus, als würde der Strand da drüben im Meer versinken.«

»Es tut mir leid, *Tesoro*, aber ich konnte nicht widerstehen. Wir können noch ganz oft rausfahren, und ich verspreche dir, dass ich mich dann besser benehme. Aber jetzt hast du nicht nur ein Andenken an diesen Tag, sondern auch an diesen einen Moment, der dir – wie ich hoffe – eine besondere Freude machen wird.«

Annabel wurde ganz flau im Magen. Was hatte das zu bedeuten?

»Sieh mal, ich habe mir etwas überlegt. Ich glaube, es ist doch eine wirklich schöne Idee, die du hattest mit dem Gewächshaus für die Hochzeitsfeier.«

Sie hielt die Luft an.

»Und ich weiß, wie wichtig das für dich ist. Und darum habe ich meine Meinung geändert. Wenn du noch willst, kannst du auch das Gewächshaus für die Zeremonie nutzen. Ich möchte dir nicht mit meiner Nostalgie im Wege stehen.«

Das würde er für sie tun? Er würde das Andenken an seine Mutter, all die Erinnerungen an die vergangenen Zeiten, die er hütete wie einen kostbaren Schatz, beiseiteschieben, um ihr das zu erfüllen? Das ging nicht. Das durfte sie nicht von ihm verlangen.

»Gianfranco, ich bin dir unendlich dankbar dafür, dass du das anbietest. So etwas hat noch nie jemand für mich getan. Aber ich möchte das nicht.«

»Aber warum denn nicht. Ich habe es mir wirklich gut überlegt.«

»Irgendwann würdest du es vielleicht bereuen. Und außerdem …«

»Was denn außerdem?«

»Mir reicht es zu wissen, dass du es mir erlauben würdest. Das bedeutet mir sehr viel.«

Es bedeutete Annabel viel mehr, als sie sagen konnte. Spätestens in diesem Moment wusste sie, dass all die geflüsterten Worte der letzten Nacht, all die Versprechungen und Verheißungen aufrichtig gewesen waren, von Herzen kamen und nicht im kurzen Rausch der Leidenschaft, die sich bei Morgengrauen schnell erschöpfen konnte, gesagt worden waren.

Sie bedeutete Gianfranco, zu ihr zu kommen, und schmiegte sich in seine Arme.

»Aber dein Auftrag …«

»Ich finde eine Lösung.«

Annabel wusste noch nicht, wie die aussehen sollte, aber jetzt und hier erkannte sie so klar wie nie zuvor, dass sie das Recht auf ein Leben hatte, wie es ihr gefiel und mit dem Mann, dem sie ihr Herz schenken wollte, und dass kein Auftrag und kein Mensch sie davon abbringen würde.

Gianfranco küsste sie, und währenddessen fuhr ihre Hand hinter seinem Rücken in die Tasche, fischte das Telegramm und den leeren Briefbogen heraus und ließ beides unauffällig über die Bordkante ins Wasser gleiten.

12

Sestri Levante, heute

Sestri Levante erstreckte sich entlang zweier malerischer Buchten, die durch eine Landzunge namens Punta Manara voneinander getrennt waren. Es war ein heiterer Urlaubsort, in dem schon jetzt, vor Beginn des Hochsommers und der eigentlichen Urlaubssaison, die Terrassen der Cafés in der Altstadt gut besetzt waren, und auf nicht wenigen Tischen funkelte bereits am Vormittag der orangefarbene Aperol Spritz in den Gläsern. Alle paar Schritte wurde verführerisch cremig aussehendes *Gelato* angeboten, Teenager probierten Sonnenbrillen und betrachteten sich kichernd im Glas der Schaufenster. Es hätte alles ganz wunderbar sein können.

Doch Holly konnte dieses Ambiente nicht genießen. Auch beim Einchecken an der Hotelrezeption hatte Annabel wieder eine filmreife Szene hingelegt, die zwar nicht mehr von ausgesprochener Übellaunigkeit gezeugt war, aber Holly an ihrer mentalen Verfassung hatte zweifeln lassen. Besorgt hatte sie darüber nachgedacht, ob es Symptome einer Dehydrierung sein konnten, wenn man die Empfangsdame anstarrte, als versuche man, ihr den bösen Blick auszutreiben, indem man einfach genauso böse guckte, und dann dabei mehrere Frauennamen in den Raum warf, was auf der anderen Seite des Tresens für fast greifbares Unverständnis sorgte.

Eleonora? Nein, zu lang. Rosa … Auch nicht, keine Blume. Etwas Gewöhnlicheres.

Holly hatte versucht, sich in Erinnerung zu rufen, wie viel

Flüssigkeit Annabel während der Fahrt zu sich genommen hatte. Es war sicher nicht sehr viel gewesen, beschwerte sie sich doch auch ständig über die spärliche Anzahl von Autobahnraststätten und damit einhergehend von sanitären Einrichtungen sowie darüber, dass bei Menschen ihres Alters die Blase nun einmal nicht mehr über mehrere Provinzen hinweg durchhielt.

Nach diesem Auftritt hatte sich Annabel ohne viele weitere Worte in ihr Zimmer zurückgezogen und auf Klopfen und den Vorschlag, Holly auf einen Spaziergang zu begleiten, nicht mehr reagiert. Erst nervte Annabel sie mit wiederholtem Gerede vom Dolce Vita und dass sie sich mal ein wenig locker machen solle, und dann blockte sie urplötzlich wieder alles ab, wenn Holly tatsächlich der Sinn danach stand. Holly fragte sich ein ums andere Mal, was sie geritten hatte, sich auf diese Tour einzulassen. Doch dann fiel es ihr wieder ein – Stephens Auftauchen in der Agentur mit neuer Frau im Schlepptau und die somit unerlässliche Flucht ihrerseits –, und sie gab ihm für die Lage, in der sie sich nun befand, die Schuld.

Bevor sie sich womöglich in Selbstmitleid hineinsteigerte, zog sie lieber allein los, ließ sich in den Altstadtgassen, in denen kein Lüftchen wehte, die Sonne auf den Scheitel brennen und kaufte sich eine giftgrüne Granita, die sie gegen die Hitze dummerweise viel zu schnell trank, was einen bohrenden Schmerz in ihrer Stirn hervorrief. Teufel auch.

Ihr Telefon klingelte. Es war Annabel.

»Wo sind Sie? Ich dachte, wir liefern die Orchideen ab.« Der Ton war deutlich vorwurfsvoll.

»Entschuldigung, Sie haben sich doch unsichtbar gemacht. Ich wäre schon vor Stunden bereit gewesen.«

»So eine Unternehmung benötigt mentale Vorbereitung. Davon verstehen Sie nichts.«

»Eine Sache mehr, von der ich angeblich nichts verstehe. Was macht das schon …«

»Nun seien Sie nicht so empfindlich. Kommen Sie zum Hotel, und dann fahren wir los.«

Es hätte nur noch gefehlt, von Holly zu erwarten, dass sie salutierte. Aber um alles so schnell wie möglich hinter sich zu bringen, ging sie schnurstracks zum Hotel zurück, wo Annabel bereits an den Mini gelehnt auf sie wartete. Sie sah angespannt aus, weiß wie die *Fior-di-Latte*-Eiscreme, die aus Sahne und Mascarpone gemacht wurde, wie Google erklärt hatte. Doch zu Hollys größter Überraschung trug Annabel ein Sommerkleid mit blauen Streublümchen auf cremefarbenem Grund. Der Schnitt war etwas altmodisch, aber es machte aus Annabel dennoch plötzlich eine ganz andere Frau. Weiblicher und weicher, fast mädchenhaft. Augenblicklich fühlte sie sich selbst in ihren Jeans, dem simplen Kurzarm-T-Shirt und den Sneakers ein bisschen zu lässig, wenn nicht nachlässig gekleidet.

»Na los, lassen Sie uns fahren. Jetzt oder nie.«

Nur der Ton war der alte. Harsch und fordernd, und Holly meinte, ein Beben in Annabels Stimme gehört zu haben, das sie sich nicht erklären konnte.

»Ich sage Ihnen, wie Sie fahren müssen. Hier entlang, raus aus dem Ort.«

»In Ordnung.« Dann nach einer kurzen Pause fragte Holly: »Wie haben Sie das eben gemeint, jetzt oder nie?«

»Ich weiß nicht, was Sie meinen.«

»Sie haben doch eben gesagt …«

»Blödsinn, nichts hab ich.«

Holly war zum Aus-der-Haut-Fahren zumute, doch sie sah, wie Annabel ihre Hände so fest ineinander gekrallt hatte, dass die Knöchel weiß hervortraten. Immer wieder blickte sie plötzlich auf den Rücksitz, um die angeschnallten Orchideenbehälter in Augenschein zu nehmen. Vielleicht war es die bevorstehende Trennung von ihren geliebten Pflanzen, aber irgendetwas stimmte nicht mit ihr.

»Sie haben uns angemeldet, ja?«, fragte Holly, als Annabel sie eine gewundene Straße einen Hügel hinauf dirigierte.

Annabel gab keine Antwort, fuchtelte nur mit dem Arm. »Vorsichtig, hier wird die Straße schmaler.«

»Ja, das sehe ich selbst.«

»Nur noch um die nächste Kurve, und dann verlassen wir die Hauptstraße. Sie fahren bis zu einem Tor, links und rechts davon sind zwei mannshohe Säulen, obendrauf Blumenschalen, diese großen Terrakottaschalen, in denen man ein Kind baden könnte, und …«

Annabel legte sich die Hand auf den Brustkorb. Sie war vollkommen außer Atem.

»Sind Sie in Ordnung?«, fragte Holly besorgt.

Annabel nickte stumm, doch als sie ihre Hand wieder in den Schoß legte, sah Holly, dass sie zitterte.

✿

Irgendwann tauchte das beschriebene Tor vor ihnen auf, Holly hielt den Mini davor an und stellte den Motor ab. Annabel atmete einige Male tief ein und aus. Holly fand nun allmählich, dass diese heftige körperliche Reaktion Annabels kaum noch mit dem Verkauf einiger Orchideen zu erklären war, und wenn sie auch noch so sehr an ihnen hing. Doch bevor sie etwas fragen konnte, war Annabel bereits aus dem Wagen gestiegen und zum Tor gegangen.

»Bleiben Sie noch im Auto. Lassen Sie mich erst sehen, ob überhaupt jemand da ist und uns öffnet«, wies sie Holly an, die für diesen kurzen Moment allein dankbar war.

Holly nickte und ließ die Seitenscheibe ein Stückchen herunter, damit frische Luft ins Wageninnere strömte. Sie sah, wie Annabel mit den Fingerspitzen über ein Namensschild unterhalb des Klingelknopfes fuhr. Es schien, als würde sie mit sich selbst sprechen, irgendetwas murmeln, das Holly nicht verstehen konnte. Doch dann, mit einem Ruck, presste sie den Finger auf den Klingelknopf und zog die Hand so schnell wieder zurück, als wäre sie von einem giftigen Reptil gebissen worden. Mehrere Minuten lang geschah nichts, Annabel sah sich zu Holly um, panisch fast, als wäre sie kurz davor, die Fassung zu verlieren, weil niemand öffnete. Noch einmal betätigte sie die Klingel.

Da öffnete sich die Tür der Villa, und ein junger Mann mit schwarzen Haaren schob eine alte Frau im Rollstuhl hinaus und eine Rampe in den Garten hinunter. Holly konnte bis ins Innere des Autos hören, wie Annabel scharf die Luft einsog. Sie wunderte sich erneut, warum sie so offensichtlich ängstlich war. Sie wollte Orchideen zum Kauf anbieten, hatte ganz sicher vorher ihr Erscheinen angekündigt, selbst wenn nicht, was war daran so eine große Sache?

Die beiden Bewohner der Villa kamen näher, und Holly reckte den Hals, um sowohl sie als auch Annabel beobachten zu können.

»*Buongiorno*, können wir etwas für Sie tun?«, rief ihnen der Mann entgegen.

»*Buongiorno*«, antwortete Annabel, und in diesem Moment ging ein Ruck durch die Frau im Rollstuhl.

Mit einer Handbewegung bedeutete sie dem Mann, sie näher an das Tor heranzufahren. Sie beugte sich vor und starrte Annabel an, die nun die Hände an die schmiedeeisernen Gitterstäbe des Tors legte, als würde sie um Einlass flehen. Annabels Gesicht war eine einzige starre Maske, doch im Gesicht der anderen Frau wechselten sich im Sekundentakt Emotionen ab. Neugier und Skepsis zuerst, dann ein Leuchten, ein Bruchteil einer Sekunde nur, dann Ungläubigkeit und … Wiedererkennen?

»Annabel?«, formten ihre Lippen fast lautlos.

Holly begriff, dass hier viel mehr vor sich gehen musste als die simple Anfrage, ob jemand an drei albernen Orchideen interessiert wäre.

»Antonella?«, fragte Annabel zurück, und ihre Stimme bebte.

Der Mann, der hinter der Angesprochenen stand, blickte zwischen den Frauen hin und her. Auch ihm wurde klar, dass die beiden Frauen sich kannten.

»Wie geht es dir?«, fragte Annabel. Dann schüttelte sie über sich selbst den Kopf. »Verzeih, das ist eine so banale wie dumme Frage. Du … der Rollstuhl. Was ist passiert?«

»Im Rollstuhl zu sitzen heißt nicht, dass es mir nicht gut geht.« Der Ton war schneidend.

»Nein, natürlich nicht, ich rede nur Blödsinn.«

Holly hatte Annabel noch nie so verunsichert erlebt.

»Wie geht es … Wo ist Elisabetta?«

»Tot. Schon seit zehn Jahren.«

Annabel schlug sich die Hand vor den Mund.

Die fast grausam anmutende Härte dieser Aussage erschütterte auch Holly, obwohl sie nichts von alledem hier verstand. Sie und der junge Mann bildeten das Publikum zu einem augenscheinlichen Drama, das sich vor ihren Augen abspielte. Sie beide hatten bis hierher nicht gewagt, sich einzumischen, doch das beinahe Zusammensacken Annabels ließ Holly es sich anders überlegen und aus dem Wagen steigen.

»Annabel, ist alles in Ordnung?«, fragte sie. Die Hand, die sie Annabel auf den Arm legte, wurde jedoch unwirsch abgeschüttelt. Holly wich zurück. Ihr Blick traf den des Mannes, in dem sie neben Neugier die gleiche Feindseligkeit zu lesen schien wie in dem unbewegten Gesicht der Frau namens Antonella.

»Und …« Annabel knetete ihre Hände, die immer wieder in die Falten ihres Sommerkleides griffen, als müsse sie sich an sich selbst festhalten. »Wo ist … er?«

Er? Hollys Verwirrung wuchs. Hatte dieser Er keinen Namen?

Antonella antwortete nicht. Annabel unternahm noch einen Versuch.

»Ich bin hier, weil ich euch etwas bringen möchte.«

Annabel drehte sich um und öffnete die Tür zur Rückbank des Mini. Vorsichtig hob sie einen der Behälter mit einer der blauen Orchideen heraus. Die Frau im Rollstuhl schnappte kurz nach Luft, und Holly fragte sich, ob die Pflanzen vielleicht noch viel wertvoller waren, als sie ahnte und im Internet recherchiert hatte. Der Mann legte Antonella beruhigend eine Hand auf die Schulter.

Und die arme Annabel stand da wie eine Hausiererin und präsentierte die Pflanze wie einen orientalischen Teppich auf einem Basar, an dem die vorbeiziehenden Touristen nicht interessiert waren.

»Ich habe noch weitere«, sagte sie. »Sie sind für … für Gianfranco.«

Gianfranco. Endlich ein Name, dachte Holly. Der junge Mann jedoch schnaubte verächtlich, und sie wusste nicht, ob es dem genannten Gianfranco galt oder Annabels Anliegen.

»Wo ist er? Ist er hier? Oder … er ist doch nicht …?«

Annabel schien durch die Hölle zu gehen.

»Du hättest nicht herkommen sollen.« Ein Ruck ihres Kopfes schien dem Mann zu genügen, um den Rollstuhl mit Antonella zu wenden und ohne ein weiteres Wort zum Haus zurückzukehren.

Annabel unternahm keinen Versuch, sie aufzuhalten, verstaute die Orchidee wieder im Auto, setzte sich auf den Beifahrersitz und blickte stur geradeaus. Holly stieg ebenfalls ein, doch als sie den Zündschlüssel drehte und den Wagen wendete, um so schnell wie möglich zur Serpentinenstraße zurückzukehren, sah sie im Rückspiegel, wie der Mann noch einmal aus der Villa trat und winkte, als wolle er sie daran hindern, zu verschwinden. Holly hielt inne.

»Annabel? Offenbar hat er noch etwas zu sagen. Wollen Sie mit ihm sprechen?«

Doch Annabel saß nur zitternd da, die Arme um den Körper geschlungen, und antwortete nicht.

»Na gut. Warten Sie, ich gehe.«

Holly ging noch einmal zurück zum Tor und stand nun ihrerseits wie eine ungebetene Besucherin davor.

»Danke, dass Sie gewartet haben«, sagte der Mann, den Holly auf etwa dasselbe Alter wie sie selbst schätzte. Er hatte pechschwarze Haare, war ordentlich rasiert, trug eine Anzughose und ein Oberhemd, dessen Ärmel er hochgekrempelt hatte. Er würde gut in eine Anwaltskanzlei passen, schoss es ihr durch den Kopf.

»Lassen Sie mir doch den Namen des Hotels hier, in dem wir Sie und Signora Owens erreichen können.«

»Owens?«

»Annabel Owens, oder nicht?«

»Annabel Oxley.«

»Oxley, aha. Ist das ihr Ehename?«

»Nein, soweit ich weiß, ist das ihr Mädchenname.« Dann begann Holly sich zu ärgern. »Aber wieso fragen Sie das überhaupt? Das ist doch völlig unwichtig.«

Er fuhr sich mit den Fingern durchs Haar, seine Kiefer wirkten angespannt. »Völlig unwichtig, natürlich. Wollen Sie mir dann den Namen des Hotels geben? Für alle Fälle.«

Holly nannte den Namen, er bedankte sich, warf noch einen langen Blick in Richtung des Wagens und ging. Sie schüttelte den Kopf und stieg zurück ins Auto zu Annabel, die sich nicht einen Zentimeter in den letzten Minuten bewegt zu haben schien.

»Lassen Sie uns fahren«, sagte Holly. »Das ist ein seltsamer Ort mit seltsamen Menschen. Finden Sie nicht auch?«

Keine Antwort.

»Na schön, dann reden wir eben über etwas anderes. Zum Beispiel darüber, wer Annabel Owens ist?«

13

Sestri Levante, 1968

Eine Gänsehaut kroch Gianfranco über den Nacken und ließ ihn frösteln. Es lag nicht nur daran, dass kein einziger Sonnenstrahl durch die geöffnete Tür zum Familienmausoleum der Lanas fiel und er sich fühlte, als würde er einen Kühlschrank betreten. Es lag vielmehr daran, dass er einfach nicht mit dem Gedanken zurechtkam, dass sich die sterblichen Überreste seiner Mutter hinter einer mehrere Zentimeter dicken marmornen Platte befanden. Ja, manchmal gruselte es ihn regelrecht, und doch kam er regelmäßig hierher, um sie in einer stummen Zwiesprache um Rat zu fragen. So auch heute.

Aber zuerst wechselte er das Wasser in der Vase, die auf dem Boden zwischen den Wandnischen zu beiden Seiten stand, entsorgte die welken Blumen und ordnete die mitgebrachten frischen Blumen darin an. Seine Augen glitten über die Inschriften im Marmor, der die Nischen verschloss. Seine Großeltern Cesarina und Giovanni Lana hatten hier ihre letzte Ruhe gefunden. Sie waren beide kurz vor Ende des Krieges ums Leben gekommen, und er hatte fast keine Erinnerung mehr an sie, außer dass sein Großvater, wo er ging und stand, eine daumendicke Zigarre zwischen die Lippen geklemmt hatte und sich seine Großmutter stets nur schwarz kleidete.

Der Grund dafür war der frühe Verlust des Sohnes Armando, der als Kind einer Lungenerkrankung erlegen war. Er war der Bruder von Gianfrancos Mutter gewesen, also sein Onkel, der ihn jedoch jetzt aus einem blassen Kindergesicht von der verblichenen Fotografie anblickte.

Und es gab eine Gedenktafel für Gianfrancos Vater, von dem niemand wusste, wo genau er gefallen war. Es fühlte sich für Gianfranco seltsam an, sich an die meisten seiner Familienmitglieder nicht erinnern zu können oder sie gar nicht erst kennengelernt zu haben. Und er fragte sich, wie sie über all das geurteilt hätten, was er in der Enge und Stille der Begräbnisvilla, wie manche die Mausoleen nannten, schon flüsternd gebeichtet hatte oder wie ihre Antworten auf all seine Fragen ausgefallen wären. Doch am Ende war für ihn nur eine Meinung wichtig, die seiner Mutter, die zeit ihres Lebens immer seine erste Anlaufstelle, seine Verbündete gewesen war.

Zu ihrem Namen wanderte nun sein Blick. *Cecilia.* Kurz legte er die Hand auf den Stein, als suche er nach ihrem Herzschlag dahinter, aber er war kalt wie Eis, und Gianfranco zog die Hand schnell wieder zurück. Staub hatte sich auf die Kanten der eingravierten Buchstaben gelegt. Er pustete ihn weg und wischte dann noch einmal mit dem Ärmel darüber. Anschließend stellte er einen Klapphocker auf, der in einer Ecke aufbewahrt wurde, und setzte sich halb in den Eingang, sodass wenigstens seine rechte Seite von der Schulter bis zur Hüfte in Sonnenlicht getaucht wurde.

»*Ciao,* Mamma«, sagte er dann, und die Wörter kratzten an seinen Stimmbändern.

Er räusperte sich und beugte sich weiter zu der Marmorplatte vor, als würde er dann nicht mehr so laut sprechen müssen. Er wusste, dass das albern war, konnte sich aber dieses Prozedere nicht abgewöhnen. Dann formten seine Lippen lautlos Worte und ließen die Seelen seiner verstorbenen Familie an seinen Zweifeln, der Zerrissenheit, aber auch der Wärme und Entschlossenheit seiner Gefühle teilhaben.

Wann weiß ich es, Mamma?

Dafür gibt es keine Symptome wie bei einer Krankheit. Du wirst es wissen, wenn es so weit ist.

Aber woran erkenne ich, dass es wirklich Liebe ist?

Du erkennst sie. Sie findet dich und gibt sich ganz von allein zu erkennen. Lass dir Zeit, und mach dir keine Sorgen, mein Sohn.

Für Gianfranco als noch jüngeren Mann waren diese Antworten zwar keine praktische Anleitung gewesen, aber die unerschütterliche Gewissheit seiner Mutter, die in jedem ihrer Worte lag, hatte ihn beruhigt. Wenn er doch nur eine Antwort von ihr hätte bekommen können. Einmal nur noch ihre sanfte Stimme hören könnte. Sie wüsste genau, was er tun sollte.

Ein Schrei riss Gianfranco aus seinen Gedanken. Ein Kind. Er wandte sich um. Die Sonne blendete ihn, und er schirmte die Augen mit der Hand ab. Das Bild, das sich ihm bot, sah aus wie eine gegen das Licht geschossene Fotografie. Der Hintergrund, vor dem ein Paar lachend einem Jungen dabei zusah, wie er eine Schar Tauben zum Aufflattern brachte, leuchtete. Sonnenstrahlen umspielten ihre Körper, setzten strahlende Punkte auf ihre Haare. Funkelnde Reflexionen tanzten auf der Wasseroberfläche des Springbrunnens in der Mitte des geharkten Wegs. Ein Maler würde sich wünschen, diese Szenerie einfrieren zu können, damit er sie malen könnte.

Gianfranco hingegen fesselte die Harmonie, die alle drei als Einheit ausstrahlten, das Glück, das aus ihnen zu strömen schien, als könne man es greifen. Und dann geschah etwas in ihm: Er sah sich selbst. Er sah seine Zukunft. Ein warmes Gefühl breitete sich in seinem Brustkorb aus, und auf einmal wusste er ganz genau und ohne jeden Zweifel, was er zu tun hatte.

Grazie, Mamma.

Wieder zurück in der Villa, ging er schnurstracks ins obere Stockwerk und das ehemalige Schlafzimmer seiner Mutter, wo sich noch immer ihre Möbel, all die Kleider und persönlichen Dinge befanden, als hätte sie das Haus nur kurz für einen Spaziergang verlassen. Als er erledigt hatte, was er hatte tun wollen, atmete er auf. Doch als er das Zimmer wieder verließ, rannte er auf dem Korridor geradewegs in seine älteste Schwester.

»Wo warst du denn die ganze Zeit?«, fragte sie.

»Auf dem Friedhof.«

Elisabetta runzelte die Stirn.

»Nur so?«

Gianfranco nickte.

»Und was hast du in Mammas Zimmer gemacht?«

»Ich hab nur etwas gesucht«, wich er aus und ließ seine Hand in der Hosentasche stecken, damit Elisabetta nicht sah, dass sich dort etwas verbarg, was er aus der Holztruhe mit den alten Fotografien, Briefen und dem Schmuck seiner Mutter genommen hatte.

Sie sah ihn weiter skeptisch an, weil er sich normalerweise nicht so kryptisch äußerte, fragte aber nicht weiter.

»Ich möchte übrigens auch Signora Greenwood zu unserer Feier morgen einladen«, sagte er, um das Thema zu wechseln.

Erstaunt hob Elisabetta die Augenbrauen.

»Warum? Es ist eine Familienfeier, zu der nur unsere engsten Freunde kommen werden, und kein Geschäftsessen. Ich sehe nicht, wie Signora Greenwood da reinpasst.«

»Ich muss mich wundern, Schwesterherz. Ihr umgarnt sie, wenn ihr ein Geschäft wittert, schwärmt regelrecht von ihr, aber dann setzt ihr solche Grenzen?«

»Wer setzt Grenzen?«, fragte Antonella, die in diesem Moment um die Ecke kam. Offenbar war sie auf dem Weg in den Garten, denn sie trug einen Sonnenhut à la Brigitte Bardot, der so ausladend war, dass man sich ihr nicht mehr als einen halben Meter nähern konnte, ohne an die Krempe zu stoßen.

»Unser Bruder möchte Signora Greenwood morgen Abend ebenfalls bei der Feier dabeihaben«, erklärte Elisabetta.

»Und unsere große Schwester ist dagegen«, ergänzte Gianfranco, nicht ohne eine Spur Ironie.

»Aber weshalb denn? Das ist doch eine großartige Idee!«

Antonella war wie immer schnell Feuer und Flamme, und außerdem zwinkerte sie ihrem Bruder zu, als würde sie sagen wollen, dass sie genau wusste, was seine Beweggründe waren.

»Ich denke nur, dass sie sich für ihre Planung einen besseren Eindruck verschaffen kann, wenn sie sieht, wie üblicherweise Feierlichkeiten bei uns organisiert sind. Wo werden die Pavillons aufgebaut, wo das Büfett, wie arrangieren wir die Tische … Solche Dinge halt.«

Beide Schwestern sagten zunächst nichts, dann prustete Antonella los und lachte schallend. Elisabetta sah verständnislos von ihr zu ihrem Bruder. Sie stützte die Hände in die Hüften, immer ein untrügliches Anzeichen dafür, dass etwas Belehrendes folgen würde.

»Ich heiße das nicht gut, aber ich kann mich offenbar mit meinen Bedenken nicht durchsetzen. Versteht mich nicht falsch, sie ist ganz sicher eine liebenswerte Person, aber sie wird sich verloren fühlen, denn ich bezweifele, dass sie in England in Kreisen wie den unseren verkehrt.«

»*Oddio*, seit wann bist du so blasiert?«, rief Gianfranco aus.

»Du weißt genau, dass ich das nicht bin. Ich wundere mich nur darüber, dass sie schon viel länger bei uns ein und aus geht, als ursprünglich geplant war. Ich wundere mich, dass sie nicht irgendwann nach England zurückmuss. Ich wundere mich über die viele Zeit, die du auf einmal erübrigen kannst. Bist du sicher, dass es immer noch um den Auftrag geht?«

Antonella hakte ihren Bruder unter und grinste. »Nein, geht es nicht, Elisa.«

Elisabetta blickte von einem zum anderen.

»Was hat das zu bedeuten? Kannst du mir das bitte erklären, Gianfranco?«

»Aber sieh doch nur, wie er dreinschaut!«, sagte Antonella lachend. »Wie er sich bemüht, bloß nichts preiszugeben. Wie eine Katze, die am Sahnetopf genascht hat. Das spricht doch Bände.«

Und dann wieder an ihren Bruder gewandt, fragte sie, diesmal quengelnd, als würde sie um ein Bonbon betteln: »Bitte, nun sag schon. Wie versteht ihr zwei euch?«

Gianfranco konnte nicht anders, als zu lachen beim Anblick der verzweifelten Miene seiner Schwester.

»Auch wenn ihr keinesfalls ein Recht auf diese Information habt, wir verstehen uns … gut.«

Antonella holte zum Spaß aus, als würde sie ihm eine kleben wollen.

»Na schön, na schön. Besser als gut.«

»Du …!«

Nun machte auch Elisabetta große Augen. Endlich schien sie vollends zu begreifen.

»Du willst mir nicht sagen, dass da etwas läuft zwischen euch?«

»Es sieht wohl ganz so aus.« Gianfranco konnte seine Gefühle nun nicht mehr für sich behalten.

Antonella klatschte in die Hände, wie sie es immer gerne tat, wenn sie vor Begeisterung schier barst.

»Bist du von allen guten Geistern verlassen?«, fragte Elisabetta.

»Aber Elisabetta, was soll denn das?«, rief Antonella. »Freu dich! Unser Bruder ist glücklich, und du magst Annabel doch auch, oder etwa nicht?«

»Nur weil ich sie für eine freundliche und hübsche junge Frau halte, muss sie nicht gleich in unsere engsten Kreise eingeführt werden. Du kennst sie kaum. Hab Spaß mit ihr, wenn du unbedingt musst, aber unsere private Feier? Das geht doch wohl einen Schritt zu weit…«

»Hab Spaß mit ihr? Sei ein wenig vorsichtiger mit deinen Worten, Schwester.«

Gianfranco spürte Ärger aufsteigen. Es gefiel ihm ganz und

gar nicht, dass Elisabetta in dieser Weise von Annabel sprach. Begriff sie denn nicht? Oder begriff sie, konnte ihm aber sein Glück nicht gönnen, weil ihre eigenen Hoffnungen so enttäuscht worden waren?

»Was ist mit ihrer Familie?«, fuhr Elisabetta unbeirrt fort. »Was machen ihre Eltern? Wo kommt sie her? Weißt du überhaupt irgendetwas über sie?«

»Elisabetta, jetzt reicht es aber!« Antonella stampfte wie ein Kind mit dem Fuß auf. »Du bist so eine Spielverderberin.«

»Weil es eben kein Spiel ist«, zischte Elisabetta.

»Ich muss los«, sagte Gianfranco entschlossen. »Ihr könnt euch ohne mich weiterstreiten. Das ist mir zu albern.«

»Aber wo willst du denn jetzt wieder hin?«, fragte Antonella.

»Weiß ich nicht, aber Hauptsache hier raus.«

Laut und zornig marschierte er die Treppe hinunter. Sollte er sich über Elisabetta ärgern, oder musste er zugeben, dass sie ja durchaus nicht unrecht hatte? Natürlich kannten er und Annabel sich noch nicht lange, und wenn er es recht bedachte, über ihre Familie wusste er tatsächlich rein gar nichts. Sie hatten einfach nie über sie gesprochen, und er war zuallererst daran interessiert gewesen, Annabel selbst kennenzulernen und nicht ihre Angehörigen, das musste Elisabetta doch verstehen. Und das konnte man schließlich auch alles nachholen.

»Ich hoffe, du weißt, was du tust«, hörte er Elisabetta oben am Treppenabsatz sagen.

Seit heute Nachmittag wusste Gianfranco es ganz genau.

✿

Noch ein neues Kleid konnte sich Annabel nicht leisten, und so wandte sie sich ebenso vertrauensvoll wie verzweifelt an Signora Martini, als die Sommerfeier mit Abendessen und Tanz in der Villa Lana immer näher rückte.

»Meine Kleider passen Ihnen leider nicht«, sagte Signora Martini und sah an ihrer kurvigen Figur herab.

Signora Martinis Rundungen erinnerten Annabel wirklich an die sagenhafte Figur von Sofia Loren in *Es begann in Neapel.* Sie hatte mal ein paar Filmbilder in einem Magazin gesehen. Und damit konnte sie in der Tat nicht mithalten. War sie als Kind in der Schule noch immer als Bohnenstange verspottet worden, hatte sie seither wenigstens ein bisschen zugelegt und unterschied sich inzwischen mehr oder weniger deutlich von den schlaksigen Kunststudenten auf dem Campus der Plymouth University, deren Jeanshosen an den mageren Körpern hingen wie bei Twiggy.

Während Signora Martini nachdachte, hing Annabel eigenen Gedanken nach. Gianfranco hatte sie ein wenig überreden müssen, die Einladung zur Gartenparty in der Villa anzunehmen, denn sie hatte das Gefühl, dort eigentlich nicht richtig hinzugehören, aber er hatte ihr versichert, dass auch seine Schwestern darauf bestanden, dass sie dabei sein müsse. Antonella auf jeden Fall, die keinen Hehl daraus machte, dass sie wusste, was zwischen ihrem Bruder und der jungen Engländerin vorging, und der es sogar sehr zu gefallen schien. Elisabetta verfolge diese Entwicklung ihrem kontrollierten Naturell entsprechend zurückhaltender, aber nicht ablehnend. Annabel hatte schließlich keine weiteren Einwände vorzubringen gewusst und eingewilligt. Sie freute sich nun sogar darauf, bei der Gelegenheit an Gianfrancos Seite zu sein.

Doch bei aller Verliebtheit und obwohl er sie umsorgte und nicht liebevoller hätte sein können, musste sie eingestehen, dass sie sich mit jedem Tag zerrissener fühlte und als würde sie in einen Strudel hineingezogen werden, aus dem sie bald keinen Ausweg mehr wüsste. An dem Nachmittag auf dem Boot hatte sie eine Entscheidung getroffen, die sie nicht bereute und zu der sie stand. Aber sie hatte Verpflichtungen. Und denen ging sie seit einer Weile aus dem Weg, als gäbe es sie nicht.

Täglich richtete Signora Martini ihr aus, dass es wieder einen Anruf für sie gegeben hätte, doch sie fragte nicht einmal nach, ob ihr etwas Bestimmtes ausgerichtet werden solle. Sie schnitt Signora Martini das Wort ab, bedankte sich und ignorierte es. Sie rief nie zurück, fühlte sich rebellisch und frei, bis sich kurz darauf das schlechte Gewissen wieder wie ein schwarzer Sack über sie stülpte.

Sie wusste, sie konnte nicht ewig so tun, als hätte Ligurien sie verschluckt. Und sie konnte nicht einfach zu Hause anrufen und sagen, dass sie sich unsterblich in den Hausherrn der Villa Lana verliebt hatte und dass es auch ihm mit ihr nicht anders zu gehen schien, dass sie ihn nicht verlassen wolle, nie mehr, und dass ihr der ganze Auftrag gestohlen bleiben konnte, weil hier, in diesem kleinen Ort an der ligurischen Küste, ihr Lebensglück nur auf sie gewartet zu haben schien.

Doch dann vernahm sie eine zarte und doch drängende innere Stimme. Könnte sie nicht vielleicht genau das sagen? Ohne Umschweife? Warum eigentlich nicht? Immer nur machte sie es anderen recht, erfüllte ihre Pflichten, funktionierte und bemühte sich stets, allen Erwartungen gerecht zu werden. Aber nun fand sie, dass es an der Zeit sei, sich selbst die Bedeutung zuteil werden zu lassen, die sie sonst ausnahmslos anderen zugestand.

Je länger sie darüber nachdachte, umso besser fühlte sie sich mit dem Gedanken. Oh ja, sie würde es tun. Nach der Feier, gleich morgen früh, würde sie ein Telefonat mit England führen und genau das sagen.

»Aber ich habe eine Idee«, unterbrach Signora Martini ihre Gedankengänge und zwinkerte. »Oben sind noch ein paar Kleidungsstücke von meiner Tochter. Da ist eine sehr schöne grüne Bluse dabei, die hervorragend zu Ihren Haaren passt und die wir ein bisschen umarbeiten werden.«

»Aber das wird Ihrer Tochter bestimmt nicht gefallen«, protestierte Annabel.

»Meiner Tochter ist das egal.« Signora Martini machte ein Gesicht, als hätte sie in eine ligurische Chinottofrucht gebissen. »Die Maria, die lebt jetzt in Mailand, ist was Besseres. Ihre alten Kleider würde sie ganz sicher nicht wieder anziehen wollen. Nicht modern genug. Schon vorher nicht.«

Annabel ertappte sich dabei, wie sie darüber nachdachte, ob die Kleidungsstücke denn womöglich so altmodisch wären, dass auch sie selbst sie nicht würde tragen wollen, aber sie nickte nur. Sie hatte ja auch gar keine Wahl.

Signora Martini hatte sie bereits in das ehemalige Zimmer ihrer Tochter umziehen lassen und berechnete nur noch das Frühstück, denn ansonsten hätte Annabel längst abreisen müssen. Für so eine lange Zeit konnte sie sich kein Hotel und auch keine kleine Pension leisten, aber Signora Martinis romantisches Herz konnte nicht zulassen, dass die zwei Turteltauben nur deshalb getrennt würden. Annabel würde ihr dafür immer dankbar sein, aber gleichzeitig tat sie ihr auch leid. Sicher würde sie lieber am Leben ihrer Tochter teilhaben als an dem einer wildfremden Frau.

»Kommen Sie mit auf den Dachboden, da hab ich alles, was wir brauchen.«

Annabel folgte Signora Martini die Treppe und zum Schluss eine schmale Stiege nach oben. Ihre Wirtin sperrte die Tür auf, und sie traten in einen stickigen Dachbodenraum, in dem Tauben gurrten, die durch die Öffnung zwischen den Dachpfannen geschlüpft sein mussten. Wenig Sonnenlicht fiel ebenfalls dadurch herein und ließ die Staubflusen tanzen, die sie durch ihr Eintreten aufgewirbelt hatten.

»Hier muss sie sein.«

Signora Martini öffnete einen Schrank, dessen Tür beinahe aus den Angeln fiel. Doch dahinter kamen wahre Schätze zum Vorschein. Leuchtende Farben und bunte Drucke. Signora Martinis Tochter schien eine lebensfrohe junge Frau zu sein. Annabel streckte die Hand aus und fuhr über die glatten, schimmernden Materialien.

»Ah, hier!« Signora Martini zog eine Seidenbluse heraus und wedelte damit vor Annabels Nase herum. »Ziehen Sie sie gleich mal an, dann sehen wir, ob sie Ihnen passt.«

Annabel sah sich um, fand nichts, wohinter sie sich verbergen konnte.

»Ich drehe mich um«, sagte Signora Martini. »Ihr Engländerinnen …«

Annabel bezweifelte, dass es eine Frage der Nationalität war als vielmehr eine Frage der Dauer und Art der Bekanntschaft. Aber sie zog ihre eigene Baumwollbluse aus und ließ die andere über ihren Kopf gleiten. Der Stoff war angenehm kühl auf der Haut und die Farbe … Annabel besah sich in einem fast blinden Spiegel, der an einem Stück verknotetem Seil an einem Nagel am Dachpfosten hing. Das Smaragdgrün funkelte tatsächlich wie ein Edelstein und ergab eine aufsehenerregende Kombination mit ihren roten Haaren.

Aber sie sah noch etwas im Spiegel. Signora Martini, die sich unbeobachtet glaubte, strich mit so viel Liebe und Schmerz über die Kleidungsstücke ihrer Tochter, dass es Annabel ins Herz schnitt. Sie vermisste ihre Tochter, und Annabel, der ihrerseits die Mutter immer fehlte, verstand nicht, dass es etwas anderes als den Tod zu geben schien, was die beiden Frauen offenbar unwiderruflich zu trennen vermochte. Als Signora Martini dann auch noch eine flauschige, wollene Jacke vom Bügel nahm und ihr Gesicht hineindrückte, als könne sie den Duft ihrer Tochter in sich aufsaugen, konnte Annabel es sich nicht länger mit ansehen.

»Wollen Sie schauen?«, fragte sie.

»*Madonna!*«, rief Signora Martini, hing die Jacke zurück und schlug die Hände vor der Brust zusammen. »Signor Lana wird Augen machen.«

Annabel räusperte sich, aber dann kniff Signora Martini ihr doch tatsächlich in die Wange und rollte vielsagend mit den Augen.

»Mir machen Sie nichts vor, ich hab schon bemerkt, dass Sie und …«

»Können wir uns auf das Wesentliche konzentrieren?«

»Ich weiß zwar nicht, was noch wesentlicher sein könnte, aber na schön. Drehen Sie sich mal um.«

Dann wurde Annabel hin und her und nach links und dann wieder nach rechts gedreht, bevor zustimmendes Brummen das Zupfen und Richten der Falten endete.

»Alles gut, bis auf die langen Ärmel. Die sind etwas für eine alte Tante. Die schneide ich ab.«

»Abschneiden? Aber nein, warum denn?«

»Weil es zu warm ist für so viel Stoff. Und weil Sie noch keine achtzig Jahre alt sind. Und geben Sie mir auch Ihren Rock. Ich nähe ihn um. Zwei oder drei Zentimeter. Vielleicht vier oder fünf, das muss ich sehen.«

Annabel wusste nicht, wie ihr geschah, aber nach dem ersten Schreck begann sie, Gefallen an der Sache zu finden. Sie hatte ja bereits mit dem Haarschnitt eine drastische Typveränderung vollzogen, dann könnte sie jetzt auch weitermachen.

»Helfen Sie mir mal«, sagte Signora Martini, die ächzend eine alte Adler-Nähmaschine aus einer Ecke zerrte. »Da rüber, auf den Tisch.«

Annabel fasste mit an. »Himmel, das Ding wiegt aber sicher fünfzehn Kilo, oder?«

»Aber sie läuft und läuft. Die hat schon meiner Mutter gehört.«

Signora Martini machte sich an die Arbeit. Eine Schneiderschere biss sich mit einem Geräusch, das Annabel die Haare auf ihren Armen zu Berge stehen ließ, durch den Stoff, und gleich darauf fielen zwei nutzlose smaragdgrüne Schläuche zu Boden.

Geschickt vernähte Signora Martini die Kanten, und in nur wenigen Minuten war eine wunderschöne Sommerbluse entstanden. Es folgte der Rock, der ganz sicher fünf Zentimeter Länge ließ. Inzwischen machte es Annabel nichts mehr aus, mit nackten Beinen auf dem Dachboden ihrer Vermieterin herumzustehen. Sie war nur noch positiv aufgeregt, denn sie sah, dass Signora Martini etwas von ihrem Handwerk verstand.

Als alles fertig genäht war, stand diese auf und ging erneut zum Schrank, auf dessen Boden mehrere Schachteln standen. Sie kramte und wühlte darin herum, bis sie gefunden zu haben schien, wonach sie suchte.

»Hier, das gibt dem Ganzen den letzten Pfiff. Das binden Sie sich um die Taille wie eine Schärpe.«

Es war ein bunt bedruckter Seidenschal. Blüten und Blätter rankten sich umeinander. Das Grün der Blätter passte genau zu dem der Bluse und die Blüten …

»Das sind ja Orchideen«, rief Annabel aus. »Oh ja, das wird Gianfranco ganz sicher gefallen.«

Sie schlug sich die Hand auf den Mund. Nun hatte sie sich verraten. Doch ein kurzer Blick in das Gesicht von Signora Martini genügte, und beide lachten gleichzeitig los. *Was soll's*, dachte Annabel. Ich bin jung, ich bin in Italien, ich habe eine Einladung für den Abend von einem ganz unglaublichen Mann. Soll doch jeder sehen, wie glücklich ich bin. Ich darf es genießen, so lange bis … Da war sie wieder, die gemeine dunkle Wolke. Doch bevor sie Annabel die Vorfreude verderben konnte, mahnte sie Signora Martini bereits zur Eile.

»Jetzt husch husch hinunter. Ich bügele Ihnen die Sachen noch schnell auf, und Sie machen sich inzwischen hübsch. Viel brauchen Sie dafür ja nicht zu tun.«

Doch Annabel hielt Signora Martini zurück, bevor diese die Treppe hinuntereilen konnte, und dann nahm sie sie einmal kurz in den Arm und drückte sie.

»Ich danke Ihnen. Ich weiß gar nicht, was ich ohne Sie tun würde.«

»Aber ich bitte Sie. Es war mir eine Freude. Ich war ja auch mal jung ...« Wieder zwinkerte sie vielsagend. »Nun aber rasch!«

Eine halbe Stunde später ging Annabel frisch geduscht, mit dem Duft von Hyazinthe, Maiglöckchen und Vetiver auf der Haut – Signora Martini hatte ihr ein Fläschchen Parfüm ins Zimmer gereicht – die Treppe hinunter zur Rezeption. Die langen Enden des seitlich gebundenen Schals, der zur Schärpe geworden war, schwangen im Takt ihrer Schritte um ihre Hüfte. Gianfranco lehnte lässig auf dem Empfangstresen und scherzte mit der Pensionswirtin, die ihm einen kleinen Stups gab, als sie Annabel erblickte. Er drehte sich um und bedachte Annabel mit einem Blick, der ihr Herz fast zerspringen ließ und ihr versicherte, dass alles richtig war, so wie es war, und sich alles fügen würde.

Gianfranco verabschiedete sich von Signora Martini und bot Annabel den Arm. Bevor sie die Pension verließen und auf die Straße traten, drehte sich Annabel noch einmal um.

Danke, formte sie stumm mit den Lippen und strahlte mit der untergehenden Sonne um die Wette, nur noch übertroffen von Signora Martini, die sich doch tatsächlich dabei eine kleine Träne aus dem Augenwinkel tupfte.

✿

Annabel war vollkommen beeindruckt von der Schönheit, die sie im Park der Villa Lana erwartete. War dieser schon am Tag in hellem Sonnenschein ein kleines Paradies, so überbot er sich jetzt am Abend selbst. Unzählige Lampions in bunten Farben waren in die Bäume gehängt worden, Fackeln warfen ihren warmen Feuerschein über die Kieswege, und Blumen und blühende Büsche schienen ihren Duft noch intensiver als am Tag zu verströmen.

Was Annabel aber ganz und gar überwältigte, war die Selbstverständlichkeit, mit der Gianfranco sie bei der Hand nahm und durch die Schar von Gästen navigierte, ihr einen nach dem anderen vorstellte und jedem vielsagenden Kopfnicken und jeder allzu neugierigen Frage zu ihr mit einem Lächeln begegnete. Alles fühlte sich so richtig an, die Gefühle, die er ihr entgegenbrachte, waren so unverfälscht wie ihre für ihn. Annabel barst beinahe vor Glück und erbebte gleichzeitig vor Angst vor dem, was auf sie noch zukommen würde.

»Annabel, *buonasera*!« Elisabetta kam in einem eleganten limonengelben Leinenkleid und mit ausgebreiteten Armen auf Annabel zu, als wäre sie ein lang vermisstes Familienmitglied, und genau so fühlte sich Annabel auch. Wie ein Mitglied der Familie Lana.

»Guten Abend, Elisabetta«, sagte sie und ließ sich umarmen und links und rechts ein Küsschen auf die Wange hauchen. »Vielen Dank für die Einladung. Wie wundervoll hier alles aussieht.«

»Nicht wahr? Antonella hat es sich nicht nehmen lassen und ist selbst in die Bäume geklettert, damit alles ja genau so funkelt und leuchtet, wie sie es will.«

»Genau, liebe Schwester.« Antonella tauchte zwischen zwei Pavillons hervor, in denen Champagnerkelche und Flaschen in Kühlern aufgereiht waren. Dann beugte sie sich an Elisabettas Ohr und flüsterte: »Gut gemacht. War doch gar nicht so schwer, oder?«

Annabel verstand nicht, aber Antonella gab ihr keine Gelegenheit, weiter darüber nachzudenken.

»Wenn man nicht alles selbst in die Hand nimmt, wird es am Ende doch nie richtig. Champagner?«

Sie reichte Annabel ein Glas, in dem viele kleine Bläschen aufstiegen.

»Auf den Abend und das, was die Zukunft uns bringt.«

Antonella hob das Glas zum Toast und blickte verschwörerisch in die Runde. Es war ganz klar und unmissverständlich, dass sie

Annabel in das Uns mit einbezog. In Annabels Magengegend hüpfte irgendetwas, und sie wusste noch nicht, ob es sich gut oder schlecht anfühlte.

»Verehrte Gäste, das Büfett ist eröffnet!«, erklang auf einmal ein Ruf durch den Park. Annabel drehte sich um und sah einen Mann in Livree, der einen Gong in der einen Hand hielt und ihn jetzt mit einem Klöppel anschlug.

Antonella musste Annabels überraschtes Gesicht bemerkt haben.

»Tja, es gibt auch Dinge, die selbst ich lieber anderen überlasse. Das Zubereiten und Servieren von Speisen gehört auf jeden Fall dazu. Das ist nichts für mich.«

»Dabei kann ich mir dich auch beim besten Willen nicht vorstellen«, sagte Gianfranco neckend, der Annabel unterhakte. »Komm, lass uns etwas essen.«

Ein köstliches Häppchen nach dem nächsten wanderte gleich darauf auf Annabels Teller, der mit einem kostbar aussehenden Goldrand verziert war. Es gab leicht erwärmten Ziegenkäse, der cremig im Mund zerging, in Scheiben geschnittene und mit Käse und Gemüse gefüllte Kalbfleischtaschen, *Cima alla genovese*, wie Gianfranco ihr erklärte. Ein Schälchen mit Risotto, verfeinert mit Wildkräutern, kleine Ravioli mit Walnusssoße und jede Menge fangfrische Fischspezialitäten wie eingelegte Tintenfische und auf Spießen gegrillter und süßsauer gewürzter Stockfisch.

Annabel probierte alles, und nach einer Weile bekam sie kaum noch Luft.

»Ich kann nicht mehr«, japste sie. »Wenn ich weiteresse, platze ich aus der Schärpe.«

»Aber nein, du kannst das doch vertragen«, sagte Gianfranco.

»Was soll das heißen? Bin ich etwa zu dünn? Immer noch eine Bohnenstange?«, fragte Annabel lachend.

»Nein, *Carissima*, du bist genau richtig. Und es spielt für mich auch keine Rolle. Und wenn du eines Tages ganz runzlig bist und deine Haare weiß und nicht mehr rot sind, werde ich dich dennoch genau so lieben wie heute.«

Lieben. Nicht verliebt sein. Annabel wurde schwindelig. Und was meinte er mit »eines Tages«? Das war eine Zeit, die noch so weit entfernt war.

Ihr Atem ging stoßweise, und sie fühlte sich auf einmal wie am Strand in der Kynance Cove, einer Bucht, die zur Lizard-Halbinsel gehörte, als das Wetter unerwartet umgeschlagen war, das Meer stärker zu wogen begonnen hatte und eine besonders kräftige Welle an ihren Beinen gezerrt und sie von den Füßen gerissen hatte. Sie war untergetaucht, hatte Mund und Nase voller Salzwasser bekommen, gehustet und nach ihrem Vater gerufen, der sich ins Wasser gestürzt und sie herausgezogen hatte. Danach hatte sie für eine Weile keine Freude mehr daran gehabt, selbst bei Ebbe nicht, in den Höhlen zwischen den Felsen nach besonders schönen Muscheln, Ammoniten und anderen Fossilien zu suchen.

»Alles in Ordnung?«, fragte Gianfranco.

»Ja, alles in Ordnung.«

»Dann werden wir uns jetzt einen Augenblick davonstehlen.«

»Wo willst du denn hin?«

»An deinen Lieblingsplatz. Komm.«

Er legte ihr den Arm um die Schulter und geleitete sie zum Gewächshaus, das am heutigen Abend verschlossen war.

»Damit keiner von den Gästen auf die Idee kommt, sich hier umzusehen«, sagte Gianfranco und zog einen Schlüssel aus seiner Hosentasche. Er schloss auf und ließ Annabel eintreten.

Eine Duftwolke wie von Honig und Bergamotte hing zwischen den Pflanzen. Still war es hier, sie hatten die Welt der anderen ausgesperrt, und auch hier drinnen schien alles den Atem anzuhalten, die Orchideen ihnen ihre Blütenköpfe zuzudrehen, als warteten sie darauf, was nun passieren würde. Sie wurden nicht enttäuscht. Kaum hatte Gianfranco die Tür von innen wieder verschlossen, zog er Annabel in eine stürmische Umarmung und bedeckte erst ihr Haar und dann ihr Gesicht mit Küssen. Den Gedanken daran, dass das Gewächshaus ja schließlich aus Glas war, schob dann nach einer ersten Schrecksekunde auch Annabel beiseite. Es war inzwischen stockdunkel, sie sahen zwar von drinnen die Lichter der Feier da draußen, aber andersherum waren sie im Verborgenen. Man müsste schon mit einer Taschenlampe hineinleuchten, um sie zu entdecken.

»Komm, wir setzen uns«, sagte Gianfranco und deutete auf ein Lager, bestehend aus der Picknickdecke und einigen Kissen, die darauf verstreut waren.

Auch hier war ein bis zum Rand mit Eiswürfeln gefüllter Kühler mit einer Flasche Champagner vorbereitet. Zwei Gläser erwarteten sie und eine Schale mit frischen Feigen und reifen Aprikosen, von denen Gianfranco eine nahm, sie geschickt zerteilte, den Stein entnahm und Annabel eine Hälfte anbot. Die Frucht war süß und saftig. Gianfranco schenkte ein, sie stießen an und tranken. Gleich darauf trafen sich ihre mit Champagner benetzten Lippen erneut, bis Annabel atemlos das Glas abstellte, Gianfrancos Gesicht mit beiden Händen umfasste und lachend um Gnade bat.

»Lass mich atmen«, sagte sie. »Sonst hast du nicht mehr lange etwas von mir.«

Die Doppeldeutigkeit ihrer Worte wurde Annabel erst bewusst, als sie sie bereits ausgesprochen hatte.

»Und das wäre zu dumm«, entgegnete Gianfranco und grinste. »Wo ich doch noch so viel vorhabe. Mit dir. Mit uns.«

Annabel ging nicht darauf ein, ließ sich auf die Kissen zurückfallen und blickte in die Pflanzen und den Sternenhimmel über ihr, den sie durch das gläserne Dach und das Gewirr aus Blättern und Zweigen dennoch erkennen konnte. Luftwurzeln, manche von ihnen gedreht wie die Korkenzieherhörner einer Ziege, hingen aus Töpfen und von Stämmen herab und nahmen sich aus der Atmosphäre, was sie zum Überleben brauchten.

»Woran denkst du?«, fragte Gianfranco.

»Ich habe mir gerade vorgestellt, wie Kolibris über uns von Blüte zu Blüte sausen. Das wäre hübsch anzusehen.«

»Dann hoffe ich, dass sie finden, was sie suchen. Orchideen sind Meisterinnen der Täuschung. Sie locken an und halten doch oft ihr Versprechen nicht. Wusstest du, dass manche Orchideenarten sogar nach Aas oder Pilzen riechen können, wodurch sie Fliegen und Mücken anlocken? Zum Beispiel die Bulbophyllum lobbii. Die ahnungslosen Insekten, die auf der Orchidee ihre Eier ablegen wollen, werden von beweglichen Blättern ins Innere der Blüte gedrückt. So benutzt die Pflanze die Insekten als Bestäuber.«

»Das ist ja gruselig«, sagte Annabel und schüttelte sich.

»Es geht sogar noch schlimmer. Die Bienen-Ragwurz – auch wenn sie sich nicht so anhört, auch aus der Familie der Orchideen – produziert einen Duft, der dem weiblicher Bienen ähnelt. Außerdem sehen Teile der Blüte auch noch so aus wie, nun ja, gewisse Teile der Biene. Und dann kommt so ein unschuldiges Bienenmännchen angeflogen, stürzt sich auf die vermeintliche Paarungspartnerin, und wenn es die Täuschung bemerkt und enttäuscht von dannen zieht, hat es aber bereits Pakete voller Pollen an sich haften, die es an andere Pflanzen weitergibt, auf die es genauso wieder hereinfällt.«

»Dann sind diese Männchen aber nicht besonders schlau, oder?«

»Gutgläubig sind sie. Reinen Herzens, wenn du mich fragst.«

Annabel lachte. »Reinen Herzens, das ist doch absurd.«

»Doch. Obwohl immer wieder eines Besseren belehrt, glauben sie unvermindert an das Gute im Weib. In Form von dieser Orchidee. So gesehen sind sie doch wie viele Menschen auch.«

»Jetzt nimmst du mich aber auf den Arm!«

»Das würde mir niemals einfallen«, sagte Gianfranco, und seine Mundwinkel zuckten. »Alles, was ich dir erzählt habe, ist wahr. Aber vielleicht hast du auch recht. Irgendwann wird der Betrug auffliegen, und die Pflanze wird sich neue Täuschungsmanöver einfallen lassen müssen, wenn sie weiterhin bestäubt werden will.«

Annabel räusperte sich.

»Dieses Gespräch nimmt einen deutlich zweideutigen Charakter an, Signor Lana, und ich bin dafür, dass wir das jetzt beenden.«

»Oh, so empfindlich auf einmal, die Signorina Owens. Aber lass es dir eine Warnung sein. Täusche mich nicht, denn es wird auffliegen, und dann werde ich vielleicht nicht mehr …«

»Schluss jetzt!«, rief Annabel und knuffte ihn in die Seite. »Ich hoffe, solche zwielichtigen Pflanzen hältst du nicht in deinem Gewächshaus. Ich wäre entsetzt.«

»Nein, tue ich nicht. Nur die, die den süßesten Duft verströmen, damit die Auserwählte so verzaubert ist, dass sie eine bestimmte Frage gar nicht anders als zustimmend beantworten kann.«

»Was für eine Frage?«

Annabel setzte sich gerader hin, und Gianfranco schenkte Champagner nach. Er sah auf einmal sehr ernst aus, und Annabel wurde angst und bange.

»Annabel, ich möchte, dass du bleibst.«

»Das wäre zu schön«, sagte Annabel. »Aber ich habe ja meine Arbeit, und was würde ich hier denn tun und …«

»Hör mir doch zu, herrje.« Er raufte sich mit seinen schönen Händen die Haare.

»Aber auf Dauer …«

»Auf Dauer findest du dich vielleicht schweren Herzens damit ab, hier als meine Frau zu leben und dich nach Herzenslust im Park auszutoben und anderen Paaren eine Hochzeit auszurichten.

Aber erst, nachdem wir beide selbst geheiratet haben. Andererseits … Ich bin nicht sicher, ob ich dann noch wollen würde, dass fremde Menschen den Ort unserer Trauung nutzen. Dieser Ort sollte dann nur noch uns beiden gehören, und ich denke …«

»Nachdem wir *was*?«

Annabel glaubte, sich verhört zu haben. Es war, als würden Tausende von Champagnerbläschen in ihrem Inneren zerplatzen. Ein unerklärlicher Drang zu lachen überfiel sie, und bevor sie das tun und Gianfranco es womöglich falsch verstehen würde, küsste sie ihn.

Heiraten? Gianfranco heiraten und einfach hierbleiben? Es war verrückt und irrational und gleichzeitig das, was sie sich wünschte, mehr als alles andere auf dieser Welt. Und als er sie freigab und forschend und gleichzeitig beinahe angstvoll ihr Gesicht mit seinen Augen absuchte, nickte sie nur.

Zuerst meinte Annabel, sein Gesicht würde sich vor Freude über ihre Antwort so erhellen. Doch dann wurde ihnen beiden klar, dass da doch tatsächlich jemand eine Laterne vorm Gewächshaus hin und her schwenkte.

»Gianfranco? Annabel? Seid ihr hier?« Es war Antonellas Stimme.

»Pst«, machte Gianfranco und legte sich den Zeigefinger auf die Lippen.

»Himmel, glaubt nicht, dass ich nicht längst wüsste, wohin ihr euch verzogen habt. Und ich hoffe, du hast es nicht vermasselt, Bruderherz. Hast du sie schon gefragt?«

Das Licht entfernte sich wieder, und Gianfranco und Annabel sahen sich an, bevor sie beide in glückliches Lachen ausbrachen.

✿

Trunken vor Glück war Annabel spät in der Nacht ins Bett gefallen, nachdem Gianfranco sie zur Pension zurückgefahren hatte.

Signora Martini hatte am Fenster gestanden, als sie vor dem Haus hielten, sich aber, als Annabel sie bemerkte, diskret zurückgezogen, um den Liebenden eine ungestörte Verabschiedung zu ermöglichen. Als Annabel dann in ihrem Bett gelegen hatte, brauchte es eine ganze Weile, bis das Durcheinander in ihrem Kopf und ihrem Herzen zur Ruhe gekommen war und sie endlich selig einschlief, während sie sich ihre Zukunft mit Gianfranco in den buntesten Farben ausmalte.

Jetzt war es ein neuer Tag, und mit ihm kam der Kater. Die Hitze des späten Vormittags quoll durch die Ritzen in den Fensterläden, das Licht war zu grell, zu wirklich. Als sich Annabel allmählich aus ihrem Traum zurückzog und die Augen aufschlug, brauchte es nur Sekunden, bis sie begriff, wo sie war. Und zeitgleich setzte der rasende Herzschlag ein. Sie würde in Italien bleiben. Bei Gianfranco. Als seine Frau. Und deshalb musste sie telefonieren. So schnell wie möglich.

Ihre Kleidung war zerknittert, sie hatte nur eine Katzenwäsche betrieben, ihr Haar nicht richtig gekämmt, es stand in alle Himmelsrichtungen ab, aber ihr Gesicht … Ihr Gesicht leuchtete noch genau so wie am Vorabend, und als sie die Treppe zur Rezeption herunterging, stand Signora Martini bereits dort und malte irgendwelche Kringel auf die Anmeldezettel, als hätte sie seit Stunden auf Annabel gewartet, um sich vom Abend zuvor berichten zu lassen.

»Oh, ich sehe schon, ich sehe schon«, sagte sie zur Begrüßung, »der Abend war ein voller Erfolg.«

Annabel nickte zunächst nur, denn wenn sie den Mund öffnete, würden die Worte einfach aus ihr herauspurzeln, ohne Sinn und Verstand und sicher nicht in der richtigen Reihenfolge. Doch Signora Martini reichte das natürlich nicht.

»Ich habe Ihnen ein Frühstück vorbereitet. Ein frisches *Cornetto*, gefüllt mit Marmelade, und einen starken *Caffè*. Setzen Sie sich, und werden Sie erst einmal richtig wach.« Sie deutete auf das Wirrwarr auf Annabels Kopf. »Und wenn Sie nichts dagegen haben, leiste ich Ihnen Gesellschaft. Ich hab selbst noch nichts gegessen.«

»Aber sicher.«

Annabel konnte sich denken, dass das nicht der Wahrheit entsprach, aber sie wollte die Pensionswirtin, die so tatkräftig zum Gelingen des Abends beigetragen hatte, nicht enttäuschen und nun auf einmal ausschließen. Natürlich würde sie ihr erzählen, was passiert war. Und passieren würde. Doch sie wurden unterbrochen. Das Telefon klingelte, und Signora Martini entschuldigte sich.

Einen Augenblick später wedelte sie vom Empfang aus mit den Armen.

»Es ist wieder für Sie.«

Annabels Herz rutschte ein Stück tiefer. *Aber was soll's*, dachte sie dann. Sie hatte dieses Gespräch ja sowieso führen wollen, also nickte sie Signora Martini zu und zog sich in die enge Kabine zurück, wo Gäste von einem separaten Apparat aus Telefonate führen konnten. Sie schloss die Tür und wartete darauf, dass das Gespräch durchgestellt wurde. Es klingelte, und Annabel hob ab.

»Hallo, hier ist Annabel«, sagte sie, um einen selbstbewussten Ton bemüht.

»Annabel, wie gut, dass ich dich endlich erreiche!«

Eine Frauenstimme in heller Aufregung, die Annabel bekannt vorkam, auch wenn sie sie lange nicht mehr gehört hatte.

»Tante Beatrice? Bist du das?«

»Kind, wo warst du denn die ganze Zeit, und wieso hat das so lange gedauert?«

Kind? Die Schwester ihres Vaters hatte da wohl ein paar Jahre verpasst. Und dieser herrische Ton, der ihr nicht zustand …

»Du musst kommen, schnell. Deinem Vater geht es schlecht.«

Annabels Magen rebellierte, ihr wurde übel.

»Was ist passiert?«

»Dein Vater …«

»Ja, das habe ich begriffen. Was ist mit ihm?«

»Er ist im Krankenhaus. Ein Herzinfarkt. Es sieht schlimm aus.«

Annabel fühlte Tränen aufsteigen. Sie lehnte sich mit dem Rücken an die Wand, als könne sie sich sonst nicht auf den Beinen halten.

»Oh mein Gott. Wann? Und wie? Ich meine, wie ist das passiert? Vater hatte nie etwas mit dem Herzen.«

»Ach, Kind, die ewige Sorge um das Geld. Er hat dir ganz sicher nicht immer alles erzählt, um dich nicht zu beunruhigen. Aber mit mir hat er geredet. Und es ist ernst, das kann ich dir sagen. Und als dann dieser Brief kam …«

»Was für ein Brief?«

»Von der Bank. Es war wegen der Hypothek. Die Zinsforderungen, denen dein Vater nicht nachkommen konnte. Und dann ist auch noch einer seiner Käufer, dieser grässliche, unloyale Sir Clancy irgendwas, du weißt sicher, wen ich meine, plötzlich zu einem Konkurrenten gegangen, und dann war das alles zu viel.«

Die Bank. Schon wieder. In Annabels Ohren rauschte es.

»Und dann vergnügt sich auch noch sein einziges Kind wochenlang in Italien und kommt nicht nach Hause.« Der Ton ihrer Tante hatte sich schlagartig verändert. »Du rufst nicht einmal zurück. Dabei hat er doch nur noch dich.«

Genau genommen hatte er offensichtlich auch noch seine Schwester, mit der er Dinge besprach, aber das zählte nicht. Sie hatte den Erwartungen an die Tochter nicht entsprochen, und der Ton ihrer Tante hätte vorwurfsvoller nicht sein können.

»Du musst kommen, Annabel, wir wissen nicht, ob dein Vater sich wieder erholen wird. Und selbst wenn er, so Gott will, das

Krankenhaus lebend verlässt, wird er Hilfe brauchen. Und ich, nun ja, du weißt ja, mein Rheuma und das alles.«

»Ja, ich weiß«, antwortete Annabel tonlos.

»Also?«

Die Stimme ihrer Tante klang nun flehend, ob aus echter Sorge um ihren Bruder oder nur, weil sie die Verantwortung so schnell wie möglich an Annabel abgeben wollte. Wer konnte das schon genau sagen? Doch was gab es da noch lange zu überlegen?

»Ich komme, so schnell ich kann, Tante Beatrice.«

Dann hängte sie ein und rutschte an der Wand herunter, die Hände vor dem Gesicht. So war das also, wenn das Schicksal einem eine Entscheidung abnahm, selbst wenn man doch glaubte, sie längst selbst getroffen zu haben.

Es klopfte an der Tür.

»Signora Annabel? Ist alles in Ordnung?«

Annabel stand auf, wischte sich über die Augen und richtete ihren Rock. Den alten abgetragenen Tweedrock, der sie in diesem Moment daran zu erinnern schien, wo ihr Platz war, und den sie dafür hasste. Sie trat aus der Kabine.

»*Oddio*, was ist denn passiert?«, rief Signora Martini und bekreuzigte sich, als wäre Annabels Vater bereits von ihnen gegangen.

Annabel berichtete geistesabwesend und in knappen Worten, was sie gerade erfahren hatte.

»Ich werde abreisen müssen, aber nicht sofort. Morgen.«

»Aber natürlich, erst müssen Sie noch Signor Lana über alles unterrichten«, sagte Signora Martini, sichtlich verzweifelt über die Entwicklung der so verheißungsvoll begonnenen Romanze. »Vielleicht kann er Sie begleiten?«

»Nein!«, widersprach Annabel, und bereute ihren Ton sofort, als sie das bestürzte Gesicht ihrer Vermieterin bemerkte. »Entschuldigen Sie bitte, ich wollte nur sagen, dass ich schon weiß, was jetzt zu tun ist, danke.«

Ja, sie wusste es und fühlte sich elend. So war das wohl, wenn man den Ausweg kannte, die Lösung der Probleme, aber genau wusste, dass sie zwei Menschen ganz sicher für immer das Herz brechen würde.

14

✿

Sestri Levante, heute

Annabel war ihr eine Erklärung schuldig geblieben, und so vermutete Holly, dass der ihr unbekannte Name Owens vielleicht auch nur ein Missverständnis gewesen war. Owens und Oxley konnte man schon mal verwechseln, wenn man die Person nur flüchtig kannte und mit den englischen Namen nicht vertraut war. Und deshalb tat Holly, was jeder nur halbwegs vernünftige Mensch tun sollte, der sich gerade ohne eigene Verpflichtungen in Italien aufhielt: es genießen.

Sollte Annabel in ihrem Zimmer doch ruhig vor sich hin brüten, sie hatte das Hotel auch allein verlassen. Sie kaufte sich ein Pistazieneis, ging hinunter zum Strand an der Baia del Silenzio, zog ihre Schuhe aus und spazierte barfuß durch den warmen Sand und nah an der Wasserkante, sodass träge Wellen über ihre Füße plätscherten. Anschließend putzte sie sich den angetrockneten Sand ab, zog die Schuhe wieder an und schlenderte durch enge Gassen und über Plätze, gesäumt von Straßencafés, vorbei an prachtvollen Villen und Palazzi aus längst vergangenen Zeiten – manche sogar aus dem Mittelalter, wie die an den Fassaden angebrachten Schilder erklärten –, die heute Bibliotheken, Museen oder Galerien beherbergten.

Als sie gerade die Auslagen der Pasticceria Rossignotti studierte, sprach sie jemand an.

»So sieht man sich wieder.«

Holly dreht sich um. Vor ihr stand der Mann aus der Villa Lana.

»Oh, Sie sind es. Tja, so riesig ist Sestri Levante ja nicht.«

Er sah sich um. »Und wo ist Ihre Begleiterin?«

»Im Hotel. Ich schätze, sie musste sich ausruhen nach der Begegnung mit der Signora und Ihnen.«

Holly hatte auch schon mal charmantere Konversation betrieben, aber es war schließlich die Wahrheit.

Er schien kurz über etwas nachzudenken, dann sagte er: »Was halten Sie davon, wenn ich Sie zum Essen einlade, sozusagen als Wiedergutmachung?«

»Na ja, bei mir müssen Sie nichts wiedergutmachen. Ich weiß nämlich überhaupt nicht, um was es hier eigentlich geht.«

»Essen müssen Sie dennoch. Kommen Sie, ich zeige Ihnen mein Lieblingsrestaurant.«

Holly zuckte mit den Schultern, auch nicht recht freundlich, wenn sie es recht bedachte. Sie war aus der Übung, was Small Talk mit zugegebenermaßen sehr attraktiven Männern betraf. Schließlich willigte sie ein.

»*Fantastico*, warten Sie einen winzigen Moment, ich muss nur noch schnell ein Telefonat führen, ein paar Anweisungen geben, Sie wissen schon.«

Holly wusste eigentlich nicht, denn in ihrer Berufswelt war selten sie diejenige, die Anweisungen gab, aber egal. Er entfernte sich ein paar Meter von ihr, offenbar war sein Beruf auch noch hochgeheim, und Holly sah ihm verstohlen dabei zu, wie er gestikulierte, wie es beinahe schon einer Überzeichnung eines typisch italienischen Verhaltens gleichkam. Immer wieder blickte er auf die Uhr, und Holly fühlte sich allmählich, als würde sie ihm Zeit stehlen, die er offenbar gar nicht hatte, um mit ihr zu essen. Doch dann beendete er das Telefonat, blickte noch einen Augenblick nachdenklich auf das Display und wandte sich dann mit einem gewinnenden Lächeln wieder Holly zu.

»*Perfetto*, jetzt können wir essen.«

Das Restaurant direkt an der Strandpromenade mit Blick auf

das blaue Mittelmeer entpuppte sich als kleines Juwel. Sie bestellten quer durch die Speisekarte, auch wenn der Ober der Meinung zu sein schien, dass sie ganz und gar ignorant Speisen miteinander kombinierten, die für eine gehobene Küche, und das war es zweifellos, keinen Sinn machten und sich nicht gehörten. Holly war nach anfänglichen Bedenken schließlich sehr amüsiert, und auch ihr Begleiter machte sich einen Spaß draus und hatte nun augenscheinlich alle Zeit der Welt. Er erklärte ihr die Speisen und ihre Zutaten, die Herkunft und Verwendung und schien sich gar nicht mehr bremsen zu können.

»Die *Focaccia* muss goldfarben aussehen, wie Honig, nur dann ist sie richtig gebacken. Außerdem muss sie außen knusprig sein und in der Mitte noch weich. Kosten Sie. Am besten träufeln Sie ein wenig von dem Olivenöl darauf. Das ist purer Genuss.«

Holly tat wie ihr geheißen und musste zugeben, dass er recht hatte. Das Olivenöl hatte nichts gemein mit den immer irgendwie ranzig und bitter schmeckenden Ölen, die sie zu Hause verwendeten. Dieses war beinahe süß. Dann aßen sie eine Pasta, die sie auch noch nie zuvor gesehen hatte. Rund wie eine Medaille, die den Namen des Restaurants trug, der aussah wie eingraviert.

»Früher wurde in diese Pasta mit einem Holzstempel das Familienwappen eingedrückt. Heutzutage ist es eben der Name des Restaurants oder des *Padrone*.«

Holly musste lachen, was ihr ein tatsächlich leicht indigniertes Gesicht ihres Gegenübers einbrachte.

»Ich habe mir nur gerade vorgestellt, wie wir zu Hause, also in England, ein Familienwappen in die Scones drücken würden. Entschuldigung, das wäre undenkbar und sicher nur Lords und Ladys vorbehalten.«

»Tja, es kommt auf die Traditionen im jeweiligen Land an. Hier schätzt man seine Herkunft und die Geschichte der Familie sehr hoch ein. Dafür muss man weder Conte noch Contessa sein.«

Hatte Holly für einen Moment das Gefühl, dass er tatsächlich beleidigt war, zeigte er ihr im nächsten Moment schon wieder dieses Lächeln, bei dem sich ihr ein wenig die Nackenhärchen aufstellten. Später berührte seine Hand wie zufällig ihren Arm, der auf dem Tisch lag, die Minuten plätscherten dahin, aus den Minuten wurden zwei Stunden, und irgendwann vergaß Holly die Zeit ganz.

Sie waren bereits beim Dessert angekommen, einem wunderbar erfrischenden Zitronensorbet mit frischen Minzblättern, als plötzlich sein Telefon klingelte. Rasch blickte er auf das Display, dann legte er seine Serviette auf den Tisch und stand unvermittelt auf.

»Entschuldigung, das muss ich annehmen, es ist wichtig. Lassen Sie sich aber nicht stören.«

Holly nickte nur und löffelte weiter die kalte süßsaure Masse aus dem Glasschälchen. Er schien ein viel beschäftigter Mann zu sein, und die Tatsache, dass er ihr Essen und die Unterhaltung für ein Telefonat unterbrach, versöhnte sie mit ihren Schuldgefühlen, seit sie seiner Einladung so unschlüssig und zögerlich, beinahe unhöflich gefolgt war. Wieder ging er telefonierend spazieren, hörte offenbar aufmerksam zu, nickte dabei und beendete dann mit einem knappen Gruß das Gespräch. Er kam zurück an den Tisch, eine nachdenkliche Miene zerfurchte seine schöne Stirn, in die immer wieder ein paar der schwarzen Locken fielen, was Holly ausgesprochen gut gefiel. Es ließ ihn weniger formell aussehen.

»Es tut mir unendlich leid, aber ich werde Sie nun verlassen müssen.«

»Jetzt? Mitten im Essen?« Holly war vollkommen perplex.

»Eine dringende und unaufschiebbare Angelegenheit. Genießen Sie den Nachtisch. Ich sage dem Ober, dass er Ihnen noch einen Digestivo servieren soll. Sie sind selbstverständlich mein Gast.«

Na, das hatte sie jetzt aber auch angenommen …

»Und wir sehen uns irgendwann einmal wieder?«, fragte Holly und fühlte sich im selben Moment erbärmlich.

»Wie Sie schon sagten, Sestri Levante ist ja nicht so groß. Da läuft man sich sicher über den Weg. Falls Sie überhaupt noch länger bleiben werden.«

Damit drehte er sich um und verschwand im Restaurant. Holly sah ihn durch die Scheibe mit dem Ober reden, zahlen, und dann verschwand er durch die Vordertür auf die Straße. Eine Minute später kam der Ober mit einem kleinen ovalen Tablett, auf dem er ein Glas mit rötlich-brauner Flüssigkeit balancierte.

»Signorina, unser Cynar. Sehr gut für den Magen und die Verdauung.«

»Sehr gut, das muss ich jetzt auch wirklich erst einmal verdauen«, sagte Holly mehr zu sich selbst als zu dem verdutzten Mann. So war sie zuvor noch nie abserviert worden.

In Ermangelung ihres Gegenübers, das sämtliche Details der ligurischen Küste mit ihr geteilt hatte, nahm sie sich nun ihr Smartphone und gab den Begriff Cynar ein.

Ein Likör aus Artischocken und Kräutern. Artischocken? Die spinnen doch, die Italiener, dachte Holly. Artischocken gehören auf eine Pizza.

Doch sie nahm das Glas, setzte es an, hätte sich am liebsten mit den Fingern der anderen Hand die Nase zugehalten, denn angenehm roch es nicht, und dann kippte sie den Schnaps mit einem Ruck herunter. Warm brannte er in ihrer Kehle und wenig später auch im Magen. Schließlich nahm sie ihre Tasche und verließ das Restaurant über die Terrasse.

✿

Der Weg zurück zum Hotel zog sich diesmal endlos, Holly fühlte sich müde und schwer vom Essen. Sie würde es Annabel gleichtun und sich ein Weilchen hinlegen. Machte man das nicht in Italien so? Eine Siesta halten? Oder verwechselte sie jetzt Italien mit Spanien? Letztendlich war es Holly ganz egal. Sie betrat das Hotel und ging auf die Rezeption zu, um sich ihren Zimmerschlüssel geben zu lassen. Die Dame am Empfang sah sie erstaunt an.

»Haben Sie sich nicht getroffen?«

»Wen soll ich getroffen haben?«

»Signora Oxley.« Sie hatte Probleme bei der Aussprache des X.

»Nein, wollte sie mich denn treffen? Ich war in den letzten zwei Stunden an der Promenade.«

»Ich war davon ausgegangen. Die Signora war ganz durcheinander, sie hat mich nach dem Friedhof gefragt, wie sie dorthin kommt, und ich dachte, Sie wollten sie dort treffen.«

Dem Friedhof? Holly konnte sich nicht vorstellen, was das nun wieder zu bedeuten hatte. Sie sehnte sich so sehr nach einer Stunde Ruhe. Das würde sie wohl erneut verschieben müssen.

»Und wo ist der? Dann werde ich nachsehen gehen, ob Miss Oxley immer noch dort ist.«

»Das ist der Cimitero di Santo Stefano del Ponte.«

»Schön, aber wo ist der?«

Sie beschrieb Holly umständlich den Weg, und erst am Schluss erhielt sie die Information, dass sie vielleicht besser das Auto nähme, denn es handele sich um einen halbstündigen Fußmarsch mit wenig Schatten auf dem Weg und sogar ein wenig Steigung. Na schön, dann musste sie eben noch einmal durch die Gegend fahren. Überschätzte Annabel sich nicht eigentlich auch ein wenig, wenn sie in ihrem Alter in der Wärme so einen Marsch auf sich nahm?

Holly holte den Autoschlüssel aus ihrem Zimmer und ging in den Hinterhof, wo der Gästeparkplatz war. Als sie auf ihren Mini zuging, sah sie es nicht gleich, sondern erst, als sie schon fast genau davorstand. Über den hinteren Teil des Verdecks, nahe der Rückbank, verlief fein säuberlich ein sicher vierzig oder fünfzig Zentimeter langer, wie eine Wunde aufklaffender Schnitt. Schnurgerade war das Material aufgeschlitzt und anschließend offensichtlich die hintere Tür geöffnet worden. So akkurat arbeiteten keine Gelegenheitskriminelle. So gingen Profis vor. Gott sei Dank hatten sie keine Wertsachen im Auto liegen gehabt. Aber der Schaden am Verdeck, verflucht! Holly wollte gerade vor Zorn aus der Haut fahren, als sie etwas noch viel Schlimmeres sah. Oder vielmehr nicht mehr sah.

Die Orchideen!

Sie waren nicht da. Wieso waren sie nicht da? Annabel hatte doch keinen Schlüssel für das Auto. Ob die Dame vom Hotel ihr einfach Hollys Zimmerschlüssel ausgehändigt hatte, damit sie den Schlüssel holen und die Orchideen befreien konnte? Sie hoffte inständig, dass es so gewesen war und die Diebe später nur auf der Suche nach den üblichen Wertsachen wie Smartphone und Brieftasche gewesen waren.

Holly lief ums Haus zurück zum Eingang und stürmte förmlich in das Foyer.

»Ist etwas passiert?«

»Haben Sie vielleicht Miss Oxley zwischendurch meinen Zimmerschlüssel gegeben, während ich nicht hier war?«

Die Hotelchefin blies die Wangen auf, die Empörung war ihr anzusehen.

»Natürlich nicht. Wenn es sich nicht gerade um einen plausibel vorgetragenen Notfall handelt, bekommt selbstverständlich nur der entsprechende Gast seinen Zimmerschlüssel und sonst niemand.«

»Und so einen plausibel vorgetragenen Notfall hat es nicht gegeben in meiner Abwesenheit?«

Holly merkte durchaus, wie ironisch sie klang.

»Nein, hat es nicht.«

Holly rieb sich mit den Fingerspitzen die Schläfen und seufzte, als sie begriff, was das bedeutete. Jemand hatte die kostbaren Pflanzen gestohlen. Das war eine mittlere Katastrophe. Vielleicht hatte Annabel das bemerkt und in ihrer Verzweiflung dann so durcheinander gewirkt, wie es Holly erzählt worden war?

»Hat Miss Oxley irgendetwas über einen Diebstahl gesagt?«

»*Dio mio*! Nein, hat sie nicht. Fehlt etwa irgendetwas aus Ihrem Zimmer?«

»Nein, aus dem Auto. Ich werde noch wahnsinnig!« Holly dachte nach. »Wird der Parkplatz kameraüberwacht?«

Mit einer bedauernden Geste verneinte Signora Martini.

»Gut. Oder auch nicht gut. Aber bevor ich zur Polizei gehe und eine Anzeige mache, muss ich Miss Oxley finden. Ich mache mir jetzt wirklich Sorgen. Aber ich werde später ganz sicher noch Ihre Hilfe benötigen.«

»Natürlich, ich bin bis in die Nacht hier. *Oddio!*«

Signora Martini jammerte und rang die Hände. *Soll sie ruhig*, dachte Holly. Immerhin war der Einbruch in ihr Auto auf hoteleigenem Grund und Boden passiert. Und dann dachte Holly, wie viel Schaden ihr schöner, bis vor Kurzem noch so gut wie neu aussehender Mini bereits genommen hatte, seit sie die Bekanntschaft von Annabel Oxley gemacht hatte, und sie schüttelte den Kopf.

✿

Eine mit Rissen durchzogene und bemooste Mauer umgab den Friedhof, der terrassenförmig über mehrere Ebenen in Richtung des Meeres angelegt war. Die Sonne stand zwar hoch am Himmel, drang aber kaum durch die hohen Wipfel der Zypressen, die das Areal umstellten wie eine Leibgarde.

Holly stieg aus dem Wagen und ging durch das Tor. Der Friedhof war so ganz anders, als sie es aus England kannte. Bisher hatte sie diese Form der Begräbnisstätte nur auf Fotos in irgendwelchen Reiseführern gesehen, und jetzt war sie beeindruckt von der Architektur und den sogenannten Schiebegräbern, Wandnischen, in die die Särge geschoben wurden. Jede Nische war mit einer Steinplatte verschlossen, die eine Inschrift trug und ein Foto der verstorbenen Person. Letzteres rief in Holly eine Mischung aus Faszination und Entsetzen hervor. Sie hätte sich gern die Zeit genommen, alle Reihen abzuschreiten und die Namen und Daten zu den Gesichtern zu studieren, aber sie musste Annabel finden, denn wenn sie nicht hier war, würde sie wohl eine größer angelegte Suche starten müssen.

So hastete Holly über die staubigen Wege, begab sich die Stufen zur nächsthöheren Terrasse hinauf, fand jedoch Annabel auch hier nicht. Auch nicht auf der nächsten, und gerade, bevor sie ausgerechnet an diesem Ort zu fluchen beginnen wollte, entdeckte sie sie. Annabel saß vor einem Grabmal auf einer niedrigen Steinmauer. Vielmehr war das Grabmal ein Familiengrab, das wie eine kleine Kirche gestaltet war. Holly ging zu ihr.

»Annabel? Was tun Sie denn hier?«

Annabel blickte auf und sah Holly aus ihren hellen Augen an, als würde sie sie aus einem Traum geweckt haben. Sie hatte geweint, das konnte Holly sofort erkennen.

»Elisabetta ist hier begraben«, sagte Annabel und deutete auf das Grab.

»Und wer war das?«

Holly erinnerte sich, dass der Name bereits am Tor der Villa gefallen war.

»Die Älteste der Geschwister Lana.«

»Die Schwester der Frau im Rollstuhl?« Holly setzte sich zu Annabel, die nickte.

»Elisabetta war das Oberhaupt der Familie, nachdem auch die Mutter lange nach dem Vater verstorben war. Auch wenn sie sich immer im Hintergrund hielt und den beiden anderen die großen

Auftritte überließ, hatte sie die Autorität inne. Immer elegant, den Menschen zugewandt, auch wenn sie sie erst wenige Minuten kannte. Auch mich hat sie damals herzlich und wie selbstverständlich aufgenommen. Wenigstens am Anfang.«

Holly war durcheinander. Was hatte Annabel da gerade gesagt?

»In der Familie aufgenommen? Sind diese Leute nicht nur eine Familie, die Ahnung von Orchideen hat und denen Sie Ihre Exemplare verkaufen wollen?«

Ein resigniertes Lächeln huschte über Annabels Gesicht. »Nein, das sind sie nicht, aber das ist eine lange Geschichte.«

»Wir haben ja ziemlich viel Zeit, oder?«

Annabel schwieg. Sie starrte auf die Grabinschrift, und Holly folgte ihrem Blick.

In Liebe, Deine Geschwister, Gianfranco und Antonella.

Gianfranco. Der Name war auch schon vor der Villa gefallen.

»Gianfranco?«, fragte Holly. »Es gab auch noch einen Bruder?«

Annabel zuckte zusammen, als hätte Holly etwas Verbotenes gesagt.

»Sie haben nicht besonders gut aufgepasst. Ich erwähnte doch gerade schon die *beiden* anderen.«

»Tja, nun, das ist alles sehr verwirrend, um ehrlich zu sein. Und ich fühle mich nicht sehr wohl in der Rolle derjenigen, die offenbar völlig ahnungslos hier herumläuft und nicht weiß, was vor sich geht, weil Sie mir ganz sicher nicht alles erzählt haben, was ich vielleicht hätte wissen müssen, bevor ich beschlossen habe, mit Ihnen hierherzufahren. Zum Beispiel, was das vorhin für ein schräger Auftritt an der Rezeption war. Oder was es mit diesem ominösen Bruder auf sich hat, dessen Familie Sie …«

»Er ist nicht hier.«

»Was?«

»Gianfranco. Nicht im Familiengrab und auch nirgendwo sonst hier. Ich habe alles abgesucht.«

»Warum denn um Himmels willen? War er derjenige, dem Sie die Orchideen verkaufen wollten?«

»Reden Sie nicht in der Vergangenheit von ihm. Er ist nicht hier.«

»Das heißt ja gar nichts. Er könnte genauso gut irgendwo anders …«

»Nein, das würde er nicht.«

»Aber woher wollen Sie das denn so genau wissen? Sie kennen ihn doch ni…« Holly stutzte, dann ging ihr ein Licht auf. »Oh, so ist das, ich verstehe. Sie kannten … Verzeihung, Sie kennen ihn sehr wohl. Und auch recht gut, habe ich recht?«

Annabel lächelte. Dann nickte sie.

»Wir wollten heiraten.«

»Was?« Holly kreischte beinahe, so unerwartet traf sie diese Information. »Sie wollten, aber Sie haben nicht? Warum denn nicht? War die Schwester dagegen? Die autoritäre Elisabetta?«

»Aber nein. Das hab ich ganz allein vermasselt. Niemanden sonst trifft irgendeine Schuld.«

»Haben Sie einen Rückzieher gemacht? Ihn vorm Altar stehen lassen oder so was?«

Annabel verzog das Gesicht wie unter Schmerzen, und Holly merkte, wie respektlos ihre Fragen waren.

»Es tut mir leid. Ich wollte das nicht so … na ja, nicht so sagen. Ich bin so nicht. Aber es ist alles so verwirrend. Ich fühle mich hier, als würde ich permanent auf bröseligem Sand gehen. Immer wenn ich denke, ich verstehe, was hier vor sich geht, passiert etwas, und alles bricht unter meinen Füßen weg und kommt ins Rutschen, und es macht mich ärgerlich, wenn ich so im Dunkeln tappe und …«

Holly war so aufgebracht, dass sie erst einmal Luft holen musste.

Annabel legte die Hand auf Hollys und sah sie zum ersten Mal an, seit sie hier saßen.

»Das verstehe ich. So ging es mir auch schon oft, und es ist nicht schön.«

»Sie haben gesagt, wir sind ein gutes Team«, fuhr Holly nun gefasster fort, »aber dazu gehört auch, dass Sie aufrichtig zu mir sind. Ansonsten bin ich raus, und Sie sind ab jetzt hier solo unterwegs.«

Annabel tat einen tiefen Seufzer.

»Ich werde Ihnen die ganze Geschichte erzählen. Vielleicht ist es an der Zeit und auch für mich gut, wenn ich das endlich tue. Und wem, wenn nicht Ihnen, würde ich alles erzählen, wo Sie mit mir den ganzen Weg bis hierher gemacht haben, ohne Fragen zu stellen.«

Die Sonne war inzwischen noch weiter hinter die Zypressen gewandert, und der Friedhof lag nun vollständig im Schatten. Der Wind frischte auf und trieb ein paar verwelkte Blütenblätter zwischen den Grabreihen vor sich her.

»Aber nicht hier«, sagte Annabel. »Ich friere. Lassen Sie uns ins Hotel zurückgehen. Ich hole mir meine Strickjacke, und dann gehen wir vielleicht noch ein bisschen am Meer spazieren.«

»Wir können zurückfahren. Ich bin mit dem Auto hier.« Plötzlich fiel es Holly wieder ein, und sie griff nach Annabels Handgelenk. »Annabel? Ich muss Sie etwas fragen, und Sie versprechen mir, dass Sie ganz ruhig bleiben, ja?«

Annabel zuckte mit den Schultern.

»Haben Sie irgendwie die Orchideen aus dem Auto geholt?«

»Nein, aber es wird höchste Zeit, dass wir das tun. Sie bekommen auf der Rückbank nicht genug Licht und …«

Holly ließ sich gleich wieder auf die nächstbeste Bank sinken, die sie erreichen konnte. In was für einem Albtraum steckte sie bloß fest?

»Die Orchideen sind weg.«

Annabel sah sie verständnislos an.

»Was heißt das, weg? Weg aus dem Auto? Im Hotel? Haben Sie sie etwa gegossen? Sie dürfen nur sehr mäßig gegossen werden, sonst …«

»Sie sind aus dem Auto verschwunden. Irgendjemand hat das Verdeck aufgeschlitzt und vermutlich die Orchideen mitgenommen.«

Holly wartete auf Vorwürfe, Geschrei und Gezeter, das dem Ankündigen der Apokalypse gleichkommen würde, Weinen, Verzweiflung. Sie blickte stur auf ihre Fußspitzen und wagte nicht aufzusehen, auch wenn es ja weiß Gott nicht ihre Schuld war. Doch auf einmal begann Annabel zu lachen. Aus voller Brust und auch ein klein wenig hysterisch, und Holly machte es augenblicklich Angst. Sie wollte etwas sagen, irgendetwas, beschwichtigende Worte, tröstende Worte, Lügen, wenn es sein musste und Annabel glauben machte, dass sie diese verfluchten Orchideen schon auf irgendeinem Weg wiederbekommen würden, wenn sie erst einmal die Polizei eingeschaltet hätten, doch Annabel kam ihr zuvor.

»Gestohlen! Das geschieht mir ganz recht. Jetzt zahlt mir das Schicksal alles heim.«

Da brach er wieder weg, der Sand unter Hollys Füßen, und sie verstand rein gar nichts mehr.

»Was soll das denn heißen?«, drängte sie, allmählich verärgert. »Hier geht es um simplen Diebstahl und nicht um irgendeine göttliche Rache.«

»Doch«, sagte Annabel und schnappte nach Luft. »Weil ich sie nämlich zuerst gestohlen habe.«

»Sie haben *was*?« Holly versank im Treibsand.

15

✿

Sestri Levante, 1968

Voller Vorfreude auf Annabel sprang Gianfranco vor der Pension von Signora Martini aus dem Auto, nachdem er diesmal sogar ordentlich geparkt hatte. Er marschierte zum Eingang und schmetterte drinnen ein gut gelauntes *»Buongiorno«* Richtung Rezeption, und hätte es eine Klingel auf dem Tresen gegeben, hätte er sicher übermütig mit der flachen Hand draufgeschlagen. Signora Martini kam aus dem Hinterstübchen geeilt. Als sie ihn sah, wechselte ihr Gesichtsausdruck von der Freude, ihn zu sehen, blitzschnell in Ratlosigkeit und Irritation.

»Ich möchte Signorina Owens abholen. Könnten Sie ihr Bescheid geben?«

»Aber Signorina Owens ist nicht hier. Sie wollte doch zu Ihnen.«

»Zu mir? Hat sie das gesagt? Aber wann denn?«

»Schon vor Stunden. Ach, du meine Güte, da wird doch wohl nichts passiert sein? Die Arme war so durcheinander.«

»Durcheinander? Warum denn?«

Hatte Annabel es sich anders überlegt? War ihr am nächsten Morgen bewusst geworden, wie rasend schnell sich die Dinge zwischen ihnen entwickelt hatten und dass sie gemeinsam am Abend zuvor eine weitreichende Entscheidung für den Rest ihres Lebens getroffen hatten? Gianfranco spürte, wie sein Blut gefror.

»Ich weiß nur, dass sie einen Anruf aus England bekommen

hat. Und dass ihr Vater krank ist und sie auf dem schnellsten Weg abreisen wollte. Aber sie wollte vorher noch mit Ihnen sprechen.«

Ihr Vater ist krank. Nun kann ich Elisabetta wenigstens etwas über Annabels Familie berichten, dachte er bitter.

»Bei mir ist sie nicht gewesen. Wie ist sie denn von hier weggekommen?«

»Sie hat sich von mir ein Taxi rufen lassen.« Signora Martini machte ein Gesicht, als wäre damit sie an allem schuld.

»Signora Martini, tun Sie mir bitte einen Gefallen und machen ein paar Anrufe. Erkundigen Sie sich im Hospital und bei der Polizeistation, ob es womöglich einen Unfall gegeben hat. Was auch immer Sie herausfinden, auch wenn es nichts ist, rufen Sie in der Villa an, und wenn ich noch nicht da sein sollte, geben Sie alles an meine Schwestern weiter. Ich werde jetzt durch den Ort laufen, vielleicht macht sie noch Besorgungen. Dann fahre ich zurück nach Hause, womöglich haben wir uns verfehlt. Tun Sie das für mich?«

»Aber natürlich, was für eine Frage!«

Hastig schrieb Gianfranco ihr die Telefonnummer der Villa auf einen der Anmeldezettel und verließ die Pension.

In der Stadt käme er ohne Auto schneller vorwärts, und so fuhr er nur bis zum öffentlichen Parkplatz am Lido und ließ es dann dort stehen. Zu Fuß eilte er durch die Altstadtgassen. Seine Schritte auf dem Kopfsteinpflaster erschienen ihm unnatürlich laut, ebenso wie das Gelächter der flanierenden Paare. Die Brise, die vom Meer herüberwehte, war schneidend und der Duft von Oregano und Knoblauch aus den Pizzerien penetrant. Alles in ihm war in Alarmbereitschaft versetzt und die Sinne geschärft.

Nachdem er erfolglos den historischen Ortskern abgesucht hatte, verfiel er in Laufschritt, als er die Promenade an der Baia del Silenzio erreichte, wo er mit Annabel das erste Abendessen gehabt hatte. Die Baia delle Favole schloss er aus. Was sollte sie so weit von der Altstadt entfernt tun, wenn sie es doch eilig hatte. Sie würde sicher nicht noch ein erfrischendes Bad in den Wellen nehmen wollen.

Er rannte die Promenade hinunter bis zum Convento dell'Annunziata und wieder zurück in die andere Richtung bis zum Ende des Badestrands auf der Höhe der Piazzetta Stalli. Es war zwecklos. Von Annabel war weit und breit nichts zu sehen, und das Beste würde sein, er begäbe sich auf dem schnellsten Weg zurück nach Hause. Wenn sie wirklich so dringend nach England zurückmusste, wenn es um ihren Vater so schlecht stünde, dann würde sie nicht ewig in der Villa auf ihn warten können. Womöglich würde sie dann wirklich abreisen, ohne ihn noch einmal gesprochen zu haben.

Er schalt sich einen Dummkopf, dass er nicht sofort darüber nachgedacht hatte. Außer Atem erreichte er sein Auto, sprang hinein und raste dann in halsbrecherischem Tempo über die kurvige Straße den Hügel hinauf, um wie ein Gejagter auf die Auffahrt zu rasen.

Elisabetta, die mit einem Arm voller Gladiolen gerade auf dem Weg ins Haus war, fuhr herum und kam die Stufen wieder herunter.

»Gianfranco, um Himmels willen, ist etwas passiert?«

»Wieso bist du nicht im Haus? Wo ist Antonella?«

»Im Haus? Spinnst du jetzt? Was ist denn los?«

»Das Telefon. Jemand muss beim Telefon sein, verdammt.«

»Antonella ist doch im Haus. Aber was soll das alles?«

Gianfranco konnte seine Schwester nicht ansehen. Ein unerträgliches Gefühl ergriff von ihm Besitz. Trotz der Auskunft von Signora Martini und der plausiblen Erklärung für Annabels Aufbruch – Elisabetta hatte zuvor scheinbar ein Saatkorn des Zweifels gelegt mit ihrem Gerede über Annabels unbekannte Familienverhältnisse, und er spürte diese Saat gerade aufgehen, wofür er sich unendlich schämte. Zog er es tatsächlich in Betracht, dass er wie ein verliebter Teenager blind ins Verderben gelaufen sein könnte? Wie konnte es sein, dass er Annabel nicht vertraute?

Das Telefon im Haus klingelte.

Wie ein Wahnsinniger nahm er zwei Stufen auf einmal, riss die Tür auf und stürmte ins Innere und in den Salon, wo Antonella bereits den Hörer in der Hand hielt und ihn herbeiwinkte.

»Eine Signora Martini für dich«, sagte sie und zog fragend die Augenbrauen hoch.

Gianfranco riss ihr den Hörer aus der Hand.

»Signora Martini, haben Sie Neuigkeiten?«

Tiefstes Bedauern war aus Signora Martinis Antwort herauszuhören. Nirgendwo gab es irgendetwas über die verschwundene Annabel, und ein dunkler Schatten begann, sich über Gianfranco zusammenzubrauen. Er bedankte sich und legte auf. Inzwischen standen seine beiden Schwestern ratlos mit ihm im Salon, und er sah ein, dass er ihnen eine Erklärung schuldete. So kurz wie möglich, aber so ausführlich wie nötig, berichtete er, was passiert war.

»Ich weiß nicht, was ich jetzt tun soll. Ich weiß ja nicht mal, ob sie mit dem Zug oder dem Flugzeug angereist ist und auf dieselbe Weise zurückreisen würde.«

»Aber wenn es so schlecht um ihren Vater steht, dass sie sofort abreisen muss, dann wählt sie doch sicher einen Flug, damit es schnell geht«, warf Antonella ein. »Mit dem Zug ist sie ja tagelang unterwegs, mit der Fähre und allem.«

»Ich rufe den Flughafen in Genua an und frage nach Flügen nach …« Elisabetta stutzte. »Wohin genau würde sie denn fliegen? Nach London?«

Gianfranco spürte heißen Zorn aufsteigen. Auf die Frage seiner Schwester, die ihn erwartungsvoll und mit spöttisch hochgezogenen Augenbrauen ansah, auf die ganze unfassbare Situation, sogar auf Annabel, aber am meisten auf sich selbst, denn er konnte die Frage nicht beantworten. Er wusste es nicht.

»Sie lebt im Süden von England. Nicht weit von London, glaube ich. Also vermute ich, dass das wohl richtig wäre.«

»Ich übernehme den Bahnhof von Genua«, bot sich Antonella an.

Gianfranco hingegen war mittlerweile so durcheinander, dass er nicht mehr klar denken konnte. Er marschierte im Salon auf und ab, warf immer wieder einen Blick aus dem Fenster, als könnte Annabel dort draußen plötzlich über die Auffahrt spaziert kommen. Doch nichts tat sich. Es folgte eine weitere halbe Stunde sinnlosen Telefonierens. Entweder gab es an diesem Tag keine infrage kommenden Verbindungen Richtung Vereinigtes Königreich, oder man teilte ihnen kategorisch mit, dass selbst im anderen Fall keine Auskunft über Passagierlisten gegeben werden dürfte und für Züge letztlich nicht einmal Passagierlisten existierten. Sie waren mit ihrem Latein am Ende.

Elisabetta knipste eine Lampe an, denn eine Schlechtwetterfront erreichte die Küste und verdunkelte den Himmel über Sestri Levante und der Villa. Gianfranco konnte ihr ansehen, wie schwer es ihr fiel, keine spitzen Bemerkungen zu machen, die alle eines ausdrücken würden, nämlich dass sie es doch geahnt hätte und dass alles viel zu schnell gegangen wäre. Selbst Antonella waren die aufmunternden Worte ausgegangen, mit denen sie immer neue mögliche Gründe für das alles zu finden versucht hatte. Gianfranco selbst fühlte sich leer und erschöpft.

»Ich kümmere mich um das Essen«, sagte Elisabetta und verließ den Salon.

»Ich denke, wir können nur abwarten, bis sie sich meldet«, sagte Antonella versöhnlich und streckte die Hand aus, als wolle sie ihrem Bruder über den Arm streichen, überlegte es sich jedoch anders, als fürchte sie sich vor seiner Reaktion. Dann ging auch sie und ließ ihn allein zurück.

Abwarten. Es machte Gianfranco wahnsinnig, dass auch ihm nichts Besseres einfiel. Er wollte nichts essen. Er nahm eine Flasche Grappa aus der Bar und ein Glas, schenkte sich ein und stürzte die brennende Flüssigkeit hinunter. Der Wind rüttelte an den Fensterläden, und erste Regentropfen zerplatzten an der Scheibe. Es erinnerte ihn an die wundervollen Stunden mit Annabel, die noch nicht einmal vierundzwanzig Stunden her waren, sich aber anfühlten, als wären sie in einem anderen Leben passiert.

Das Gewächshaus.

Es war eine vollkommen irrationale und unbegründete Idee, ein allerletzter Strohhalm, an den er sich klammern wollte. Vielleicht war Annabel doch längst schon hier und wartete dort bei den Orchideen auf ihn. Vielleicht hatte sie die Erinnerung an die gemeinsame letzte Nacht dorthin gezogen.

Ohne sich eine Jacke mitzunehmen, lief Gianfranco aus dem Haus über die Kieswege, rutschte einmal beinahe aus und konnte sich nur im letzten Moment fangen, lief weiter durch die Pfützen, zwischen den Rabatten hindurch, bis er das Gewächshaus auftauchen sah. Er rannte, packte die Türklinke und drückte sie herunter. Die Tür war nicht abgesperrt. Annabel musste hier sein!

»Annabel?«

Keine Antwort. Gianfranco nahm eine der Laternen, in der ein Kerzenstumpen steckte, suchte nach den Streichhölzern, fand sie und entzündete den Docht. Das Licht warf einen warmen Schimmer in das stille Glashaus.

»Annabel, bist du hier?«

Er ging weiter, zu der Stelle, an der immer noch die Decke und die Kissen am Boden lagen. Eine leere Weinflasche und zwei Gläser standen dort und bewiesen ihm, dass er sich nicht alles nur eingebildet hatte. Er schwenkte die Laterne, und dann sah er es.

»Das darf doch nicht …«

Als hätte man ihm einen Schlag vor den Kopf gegeben, schwankte er zu den Schaukästen. Einer war leer.

✿

Auch in den folgenden Tagen hatten sie nichts über Annabels Verbleib herausfinden können. Sie blieb verschwunden und mit ihr die kostbarste Orchidee, die sich im Besitz von Cecilia Lana und ihren Kindern befunden hatte. Und wenn Gianfranco in den ersten ein oder zwei Wochen danach gehofft hatte, es würde ein alles erklärender Brief von Annabel eintreffen, so täuschte er sich auch darin. Sie war wie vom Erdboden verschluckt.

Er aß wenig und trank viel, ließ sich gehen, rasierte sich nicht mehr und kümmerte sich auch nicht um die Pflanzen. Um das Gewächshaus machte er einen großen Bogen wie um ein Pesthaus.

Am schlimmsten aber war die Stimmung in der Villa Lana. Niemand wagte es, ihn anzusprechen, aus Angst vor seiner unbeherrschten Reaktion. Er wollte seine Schwestern nicht einmal sehen. Elisabetta unterstellte er unausgesprochenen Triumph bis hin zur Schadenfreude, und Antonella hatte all ihre Unbekümmertheit verloren und war so still wie nicht einmal in der Zeit, als sie sich um ihre Mutter gesorgt und später ihren Tod betrauert hatten. Denn da hatten sie wenigstens sich gehabt, nun war es, als wären sie untereinander verfeindet.

Doch am meisten plagte ihn die Scham. Er konnte niemandem mehr ins Gesicht sehen, nicht einmal sich selbst im Spiegel betrachten, denn er fühlte sich wie ein dummer Trottel, der sich so einfach von einer Frau hatte täuschen lassen. Davon würde er sich niemals mehr erholen.

Jetzt streifte er durch den Garten wie ein rastloses Tier, als plötzlich beide Schwestern vor ihm auftauchten. Sie trugen Arbeitskleidung und hatten augenscheinlich im Garten gearbeitet.

Elisabettas Hände steckten in Handschuhen, und Antonellas Gesicht war mit schmutzigen Schlieren überzogen, Schweiß rann ihr die Schläfen hinab und mischte sich mit dem trockenen Staub von Gartenerde. Er wusste, wie sehr beide die Arbeit im Garten verabscheuten, und ein schlechtes Gewissen überfiel ihn. Diese Arbeit war seine Arbeit.

»Was macht ihr denn da?«, fragte er dennoch überflüssigerweise.

»Das, was du eigentlich tun solltest«, knurrte Elisabetta und ging weiter.

Gianfranco stöhnte. So redeten sie jetzt nur noch miteinander, und es war nur schwer auszuhalten.

»Lasst es doch sein, ich werde mich schon wieder darum kümmern. Und für die groben Arbeiten beauftragen wir die Gärtner.«

»Solch einen Luxus können wir uns bald nicht mehr leisten. Wie du weißt, hat sich gerade eine sichere Einnahmequelle in Luft aufgelöst.«

»Du weißt genau, dass wir ausgerechnet Mammas Lieblingsorchidee sowieso nie verkauft hätten. Und gib nicht mir dafür die Schuld. Es war eure Idee, diesen unerträglichen Hochzeitszirkus in unser Leben zu lassen.«

»Richtig. Weil wir im Gegensatz zu dir wenigstens versuchen, Lösungen zu finden. Aber du hast nichts Besseres zu tun, als mit der Angestellten dieser Agentur ins Bett zu steigen, ihr sämtliche Türen zu Haus und Hof zu öffnen und sie quasi einzuladen, sich an den kostbarsten Exemplaren aus Mammas Sammlung zu bedienen. Hast du ihr auch noch gesagt, wie viel sie dafür auf dem Markt bekommt, damit sie weiß, wie hoch sie bei den Verkaufsverhandlungen pokern kann?«

Sie. Ihr Name wurde nicht mehr genannt.

»Das ist aber auch nicht ganz fair«, begann Antonella, doch Elisabetta schnitt ihr das Wort ab.

»Ach du, sei besser still. Wer hat ihm denn diesen Floh ins Ohr gesetzt? Immer deine kindischen Vorstellungen von Romantik und Liebeleien. Du hast ihn auch noch angefeuert.«

Antonella wurde weiß wie das Schleierkraut, das in den Beeten wucherte, und klappte den Mund wieder zu.

»Hör auf, Elisabetta«, sagte Gianfranco. »Du solltest dir lieber Gedanken darüber machen, wie es passieren konnte, dass ihr auf eine Agentur hereingefallen seid, die ihr jetzt plötzlich nicht einmal mehr ausfindig machen könnt. Aber solch eine Mühe hast du dir schon nicht gemacht, als du deinen undurchsichtigen Advokaten geheiratet hast, der in wer weiß was für unlautere Geschäfte verstrickt ist. Ich will nicht einmal darüber nachdenken, in was für Schwierigkeiten das unsere Familie eines Tages bringen könnte.«

»Eines kann ich dir jedenfalls versprechen«, fuhr Elisabetta fort, immer noch, ohne die Stimme anzuheben, aber mit einer solchen Eiseskälte und Entschlossenheit, wie Gianfranco sie noch nie an ihr erlebt hatte. »Ich werde unser Eigentum zurückholen, und wenn es das Letzte ist, was ich tue.«

»Und wie willst du das anstellen? Vielleicht einen Privatdetektiv beauftragen?«

»Wenn es sein muss.«

»Das will ich sehen.« Gianfranco lachte, aber es klang traurig und voller Bitterkeit.

Antonella, die die ganze Zeit über geschwiegen hatte, stieß plötzlich ein Jaulen aus wie ein verletztes Tier. Beide Geschwister wandten sich zu ihr um. Sie hatte die Hände zu Fäusten geballt, Tränen quollen aus ihren Augen, mischten sich mit dem Schmutz und hinterließen Rinnsale auf ihren Wangen.

»Mir ist diese verdammte Orchidee vollkommen egal«, stieß sie zwischen zusammengepressten Zähnen hervor. »Und wenn ich in das kleinste Mauseloch ziehen muss. Aber sie hat unsere Familie kaputt gemacht. Wir hatten nur noch uns, und nun hört euch an, wie wir miteinander sprechen, seht euch an, wie wir uns gegenüberstehen. Wie Todfeinde.« Sie wischte sich mit dem Ärmel ihres Hemdes Rotz von der Nase wie ein zutiefst verletztes und verlorenes Kind. »Dafür«, fuhr sie fort, und ihre Stimme hatte auf einmal einen gefährlichen Ton angenommen, »werde ich sie ewig hassen.«

✿

Der Herbst kam und nach ihm der Winter, und in der Villa Lana wollten Kälte und Erstarrung auch nicht weichen, als der nächste Frühling Einzug hielt und schon die Hyazinthen im Garten ihren betäubend süßen Duft verströmten, der Gianfranco in diesem Jahr unangenehm und penetrant erschien. Er weckte unwillkommene Erinnerungen an das letzte Jahr und das Parfüm der Frau, deren Name in der Villa immer noch tabu war. Gianfranco erwog sogar, die Blumen herauszureißen und das Beet gründlich umzugraben, damit ja keine einzige Blumenzwiebel dort im Verborgenen lauerte und ihm auch noch im nächsten Jahr die Stimmung verderben würde.

In ganz Sestri Levante summte und brummte es geschäftig wie in einem Bienenkorb, denn fast jeder brachte sich auf irgendeine Weise in die Organisation des Literaturfestivals ein, das zwei Jahre zuvor ins Leben gerufen worden war und bei dem sich alles um Märchen drehte. Man rangelte um einen begehrten Platz in der Jury, überbot sich gegenseitig bei der Gestaltung der Veranstaltungsplakate und kümmerte sich um die Unterbringung der vielen Journalisten, die von dem Spektakel berichten würden.

Auch Elisabetta und Antonella hatten sich in den vergangenen beiden Jahren eingebracht und kunstfertig arrangierten Blumenschmuck für die Lesungsbühne aus dem Garten der Villa Lana beigesteuert. In diesem Jahr hingegen schienen sie entweder nicht mitzumachen, oder aber sie sprachen mit Gianfranco nicht darüber. Er war schon drauf und dran, seine Schwestern zu fragen, denn allmählich kam ihm das mehr als seltsam vor. Elisabetta trat zu ihm, als er gerade mit einer Tasse Kaffee in der Hand am Fenster des Salons stand, in den Garten blickte und ernsthaft überlegte, was er Unverfängliches in das Hyazinthenbeet pflanzen konnte.

»Gianfranco?«, fragte sie vorsichtig, als traue sie sich kaum, ihn zu stören.

Die Unsicherheit im Umgang der Geschwister miteinander war kaum erträglich, für keinen von ihnen, und doch schafften sie es nicht, sie abzulegen und wieder zu ihrer alten und vermeintlich unerschütterlichen Vertrautheit zurückzukehren.

Er drehte sich um und sah sie fragend an.

»Ich möchte mit dir sprechen. Über etwas Wichtiges. Antonella sollte auch dabei sein, ich habe sie gebeten, ebenfalls herunterzukommen. Sie wird gleich da sein.«

Im nächsten Moment öffnete sich die Tür zum Salon, und Antonella trat ein. Dunkle Schatten lagen unter ihren Augen, und wenn Gianfranco sich nicht täuschte, schwebte ein Hauch von Cognac mit ihr herein. Er musste unbedingt mit ihr reden und etwas unternehmen, damit dies kein ernst zu nehmendes Problem wurde. Aber erst würden sie sich um das Festival kümmern.

»Ich habe schon gedacht, ihr lasst die Märchen und das alles in diesem Jahr ausfallen. Wenn ihr mein Einverständnis für die Blumen wollt, nehmt euch aus dem Garten, was ihr braucht.«

Fangt am besten gleich bei den Hyazinthen an, dachte er, sagte es aber nicht.

»Es geht nicht um das Festival«, stellte Elisabetta richtig. Müde und mit einem Hauch Bitterkeit fügte sie dann hinzu: »Obwohl … um Märchen geht es irgendwie schon.«

»Ich verstehe nicht«, sagte Gianfranco, und auch Antonella zuckte mit den Schultern.

»Setzt euch«, forderte Elisabetta sie auf.

Antonella ließ sich in einen der Sessel fallen, Gianfranco machte keine Anstalten, es ihr gleichzutun.

»Bitte!«, sagte Elisabetta. »Was ich dir zu sagen habe, ist keine Angelegenheit, die man im Stehen bespricht.«

Nun wurde Gianfranco doch neugierig. Er kippte den inzwischen kalt gewordenen letzten Schluck Kaffee hinunter, stellte die Tasse ab und setzte sich seinen Schwestern gegenüber.

»Ich habe hier etwas, das ich dir zeigen möchte«, wandte sie sich an ihren Bruder.

»Und was soll ich dann dabei?«, nörgelte Antonella und wollte sich wieder erheben.

»Bleib«, herrschte Elisabetta sie an. »Ich möchte später auch deine Meinung hören.«

Sie zog einen braunen Umschlag hinter ihrem Rücken hervor, den Gianfranco zuvor nicht bemerkt hatte. Einen von der Sorte, in dem man ein Bündel Geldscheine unter einem Tisch im Restaurant von einer Hand in die andere wandern lässt, um einen unsauberen Deal abzuschließen. Oder in dem einer betrogenen Ehefrau von einem privaten Ermittler die Fotos ihres untreuen Ehemanns in flagranti präsentiert wurden, mit einer gespielt zerknirschten Miene und mitleidigem Lächeln. Elisabetta holte tief Luft.

»Es geht um Annabel. Ich habe ein paar Informationen einholen lassen.«

Wie von der Tarantel gestochen sprang Gianfranco auf.

»Du hast *was*? Hast du etwa jemanden damit beauftragt?«

Entsetzt stellte er fest, wie unsäglich klischeehaft, aber nun doch authentisch dieser Umschlag auf einmal war, den er mit seinen Blicken zu durchbohren versuchte.

»Ja, das habe ich. Ich habe dir gesagt, ich werde herausfinden, wohin diese Person mit unserem Eigentum verschwunden ist, egal wie. Und was ich darüber hinaus noch in Erfahrung gebracht habe, ist haarsträubend.«

»Ich will das nicht sehen. Das ist doch wohl unter unserem Niveau. Hast du dafür etwa auch noch Geld ausgegeben?«

»Selbstverständlich, aber woher das Geld kommt, geht dich nichts an.«

Gianfranco konnte es sich vorstellen. Sicher aus irgendwelchen zwielichtigen Geschäften von Elisabettas Ehemann. Wie sie es ihm abgeluchst hatte, wollte er wirklich nicht wissen. Genauso wenig, was dieser Umschlag enthielt.

»Owens war ein falscher Name«, fuhr Elisabetta ungerührt fort. »Ihr richtiger Name ist Oxley.«

»Nein, nein, nein!«

Gianfranco hielt sich die Ohren zu wie ein Kind. Warum riss seine Schwester die Wunden wieder auf?

Antonella hingegen beugte sich in ihrem Sessel vor, fixierte Elisabetta mit zusammengekniffenen Brauen, lauschte konzentriert auf deren Worte und wirkte auf einmal vollkommen klar.

»Ihr Vater ist ein bekannter Orchideenzüchter, der zwar viel von Orchideen versteht, aber immer wieder nur knapp am Bankrott vorbeischrammt.«

Annabels Vater ein Orchideenzüchter? Sie war mit Orchideen aufgewachsen, kannte sich mit ihnen aus? Sie hatte sich doch von ihm erst alles darüber erzählen lassen. Oder sie war eine verdammt gute Schauspielerin.

Antonella hielt es nicht mehr auf ihrem Platz. Sie stand auf, ging zur Bar und schenkte sich dieses Mal einen Campari ein. Sie war nicht wählerisch. Die Farbe des Getränks passte zu ihren Fingernägeln. Eiswürfel klirrten, und eilig setzte sie sich wieder, um ihre Schwester fortfahren zu lassen.

»Annabel Oxley war nie bei einer Hochzeitsagentur angestellt, die Agentur gibt es nicht einmal. Die gesamte Korrespondenz zwischen ihr und uns war Lug und Trug.«

»Gib mir das.« Gianfranco nahm Antonella den Drink aus der Hand und nahm einen großen Schluck.

»Es geht noch weiter. Im Umfeld der Oxleys kam es in den vergangenen Jahren immer wieder zu Pflanzendiebstählen, die nie aufgeklärt wurden. Nicht oft, manchmal mit großen Zeitabständen dazwischen.«

»Großer Gott, was sagst du da, Elisabetta?«

»Ich sage, dass es so aussieht, als wären wir auf eine geübte Diebin hereingefallen.«

»Die von England nach Italien reist? Für Pflanzen?«

»Wie naiv bist du eigentlich, Gianfranco? An die richtigen Sammler weitervermittelt, kann sich das zu einem einträglichen Geschäft entwickeln. Denk dran, was ich gesagt habe: Oxley ist chronisch knapp bei Kasse. Und das ist noch untertrieben.«

Ohne zu fragen, öffnete sie mit einer schnellen Bewegung die Lasche des Umschlags und ließ den Inhalt auf den Tisch vor ihnen gleiten. Mehrere mit Maschine geschriebene Seiten Papier, Listen, mit Daten und Uhrzeiten versehen, offenbar Berichte, die minutiös über Annabel Oxleys Leben Zeugnis ablegten. Und obwohl sie ihn so schändlich belogen und betrogen hatte, schämte Gianfranco sich doch, sie in dieser Weise bespitzelt zu wissen.

Er wandte seinen Blick ab, als unter dem Papier auch noch Fotos zum Vorschein kamen, die Elisabetta mit einer fließenden Handbewegung im Halbkreis auseinanderfächerte. Antonella streckte den Arm aus und dreht die Fotos zu sich, und als sie einen Pfiff ausstieß, sah auch Gianfranco hin. Wortlos reichte ihm Antonella mehrere der Fotos.

Die Aufnahmen stammten offenbar aus einem Restaurant, Kristalllüster hingen unter der Decke, englische Ladys mit Perlenketten lächelten ein für den Rahmen angebrachtes Lächeln, an einer Wand im Hintergrund prangte ein Banner, das den Anlass des festlichen Essens begründete. Das Jahrestreffen der Orchideenzüchter aus Surrey zur Eröffnung der Ausstellungssaison 1969.

Mittendrin Annabel, das Haar jetzt wieder länger als im letzten Sommer, in ihrem Nacken kringelte es sich schon zu Locken, an der Seite eines älteren Mannes, der – wie Gianfranco hoffte – ihr Vater und nichts anderes war. Alleine für diesen Gedanken verfluchte er sich. Was scherte es ihn?

»Ich wünschte, ich hätte es dir ersparen können«, sagte Elisabetta. »Aber ich wollte Klarheit. Für uns alle. Nichts von all dem, was passiert ist, war deine Schuld. Ich wollte, dass du das begreifst. Sie hatte es von Anfang an darauf angelegt. Und offensichtlich hatte sie Übung in dem, was sie tat.«

»Wir werden damit zur Polizei gehen. Umgehend.« Antonella schob die Fotos und Papiere zurück in den Umschlag.

Doch Gianfranco nahm ihn ihr mit einer schnellen Bewegung aus der Hand.

»Das ist meine Angelegenheit. Ich werde mich darum kümmern und sonst niemand.«

»Und was willst du tun?«, fragte Antonella.

»Ich werde darüber nachdenken und es euch wissen lassen, wenn ich zu einer Entscheidung gekommen bin.«

Antonella brauste auf, sagte, dass ihr das nicht reichte, aber Elisabetta bedeutete ihr mit einer knappen Geste, dass sie den Mund halten solle.

»Lass ihn«, sagte sie.

Drei Tage später saß Gianfranco in einer Maschine der Alitalia auf dem Weg nach England. Fotos konnten verschieden interpretiert werden, immer abhängig davon, wie es der Betrachter durch seine persönliche Brille für richtig hielt. Auch die Erstellung von Berichten und vor allen Dingen das, was sie aussagten, konnte schnell die Erwartungen der Auftraggeber erfüllen, die man an sie stellte, wenn man sich nur Mühe gab und die eine oder andere Information auch ganz wegließ, die alles zu relativieren vermochte. Wenn Gianfranco eines gelernt hatte aus den Geschehnissen des letzten Jahres, dann war es, dass man nichts und niemandem glauben konnte. Nicht einmal seiner eigenen Schwester.

16

Sestri Levante, heute

»Ich erzähle Ihnen die ganze Geschichte«, sagte Annabel. »Es scheint, als wäre der Zeitpunkt vorherbestimmt und diese Reise nur dafür gemacht.«

Holly verstand nicht, aber wenn Annabel ankündigte, dass sie ihr *die ganze Geschichte* erzählen wolle, würde sie sie bestimmt nicht daran hindern.

»Maria«, sagte Annabel dann plötzlich und schnippte mit den Fingern, als wäre ihr eine zündende Idee gekommen.

»Nein, Holly. Immer noch.«

»Mir ist der Name wieder eingefallen. Es war Maria.« Dann stand sie auf und tippte Holly auf die Schulter. »Kommen Sie. Wir müssen ins Hotel.«

»Aber ich dachte … die Geschichte.«

»Später«, erklärte Annabel sehr bestimmt. »Erst habe ich noch etwas anderes zu erledigen. Wenn ich schon mit der Vergangenheit aufräume, dann richtig.«

Mit fragendem Blick, als wolle sie wissen, ob Holly zwischen den Gräbern zu übernachten gedächte, stand Annabel da und stemmte die Hände in die Hüften. Holly seufzte. Und stand auf. Annabel hatte irgendetwas an sich, was es anderen nahezu unmöglich machte, sich ihren Aufforderungen – Holly ging nicht so weit, es Befehle zu nennen – zu widersetzen.

Bevor sie einstiegen und zurück zum Hotel fuhren, nahm Annabel den Schaden an Hollys Mini in Augenschein.

»Das tut mir leid«, sagte sie und fuhr mit der Hand über den Schlitz im Verdeck. »So weit hätten sie nicht gehen dürfen. Sie haben nichts damit zu tun.«

Holly fragte nicht einmal mehr nach, von wem Annabel da überhaupt sprach.

»Ich ersetze Ihnen den Schaden. Ziehen Sie die Summe einfach vom Verkaufserlös für mein Haus ab.«

Holly nickte, wusste jedoch nicht, ob sie lachen oder weinen oder wie sie diesen Kommentar überhaupt einordnen sollte. Waren sie nicht eigentlich hierhergereist, um den Verkauf des Cottages abwenden zu können? Sie seufzte. Es würde sich alles fügen. Ganz bestimmt. Sie hatte die Hoffnung noch nicht ganz aufgegeben.

Auch nicht, als sie am Hotel ankamen und Annabel ohne weitere Erklärungen schnurstracks in ihr Zimmer marschierte, nachdem sie sie angewiesen hatte, im Foyer zu warten. Holly ließ sich also in einen Sessel in der Nähe der Rezeption fallen und schnappte sich eine der Zeitschriften, die für die Gäste des Hauses dort ausgelegt waren. Sie blätterte in einer Ausgabe der *Oggi*, verstand fast nichts, aber viel Text gab es ohnehin nicht. Der Fokus des Magazins lag eindeutig auf den Hochglanzfotos von Prominenten, die Holly zumeist nichts sagten.

Einzig Victoria Beckham kannte sie natürlich, und wenn sie sich einzelne Wörter mit den Fotos und der fett gedruckten, knallig roten Überschrift korrekt kombinierte, dann hatte ihre Landsmännin wohl die Roben für die Hochzeit eines Fußballers entworfen. Oder nur das Kleid der Braut. Vielleicht auch beides. Vielleicht auch nichts davon, und sie hatte nur zu den Gästen gehört, das wusste Holly nicht, und ihr Interesse ging nicht so weit, sich mit dem Übersetzungsprogramm zu helfen, um Genaueres herauszufinden. Sie las derlei Publikationen schon in England nicht.

Zum Glück kam Annabel in diesem Moment die Treppe herunter. Holly wollte sich aus dem Sessel erheben und ihr entgegengehen, doch statt eine wärmende Jacke oder einen Pullover in der Hand zu halten, wickelte Annabel noch im Gehen etwas schimmerndes Grünes aus einer Lage Seidenpapier und steuerte damit geradewegs auf die Rezeption zu. Signora Martini ließ sich nirgendwo blicken, und so tat Annabel etwas, was Holly selbst schon immer einmal hatte tun wollen. Ihre flache Hand sauste auf die metallene Klingel auf dem Empfangstresen nieder wie ein Richterhammer. Und tatsächlich, eilfertig rauschte Signora Martini aus dem Hinterzimmer herbei und setzte ein strahlendes Lächeln auf, als sie Annabel und Holly erblickte.

»Sie haben die Signora gefunden«, sagte sie in Hollys Richtung. »Da bin ich aber beruhigt.«

Dann sah sie, was Annabel in den Händen hielt, und ihr Strahlen fiel in sich zusammen.

»Was haben Sie da?«, fragte sie Annabel, die ihr die Bluse – nun konnte Holly es erkennen – wie eine Opfergabe am ausgestreckten Arm hinhielt.

Was ging hier vor?

»Die gehört Ihnen«, sagte Annabel zu Signora Martini, deren Gesicht sich wie im Schmerz verzerrte.

»*Sie* sind das?« Die Signora schniefte, ihre Stimme schwankte bedenklich. »Für Sie hat meine Mutter damals meine Bluse umgearbeitet?«

Annabel nickte, und auch sie wirkte seltsam ergriffen.

»Ihre Mutter hat mir damals einen großen Gefallen getan. Das werde ich nie vergessen. Ich dachte, ich bekäme die Gelegenheit, dieses wunderschöne Stück so viele Jahre später hier noch einmal tragen zu können, aber da habe ich mich getäuscht. Und ich habe kein Recht, es länger zu behalten. Nehmen Sie es.«

Signora Martinis Hand streckte sich nach dem glänzenden Stoff aus. Gebannt verfolgte Holly das Geschehen.

»Ich war damals so böse auf meine Mutter, als sie es mir erzählt hat. Und eifersüchtig war ich noch dazu. Sie hätte das für mich tun sollen, nicht für eine Fremde.«

»Ihre Mutter hätte das gerne getan, aber Sie waren ja nicht da.«

Signora Martini breitete die Bluse auf dem Tresen aus und strich andächtig mit der Hand darüber.

»Wir haben uns nicht gut verstanden. Ich war ihr ziemlich egal. Auch dass ich nach Mailand gegangen bin, war ihr egal. Es war ihr nur nicht egal, dass ich sie mit der Arbeit im Hotel allein ließ.«

»Das stimmt nicht«, sagte Annabel bestimmt. »Ihre Mutter hat Sie damals sehr vermisst. Es hat ihr fast das Herz gebrochen, dass Sie gegangen sind und sie aus Ihrem Leben ausgeschlossen haben.«

Signora Martini sah auf. Ihre Augen schwammen in Tränen.

»Wissen Sie, was sie damals zu mir gesagt hat?«, fuhr Annabel fort.

Signora Martini schüttelte auf die rhetorische Frage hin den Kopf, was die Tränen dazu brachte, aus den Augen über die Wangen zu kullern. Rasch wischte sie sie mit dem Taschentuch ab, das sie aus ihrer Rocktasche kramte, bevor die salzige Flüssigkeit auf die kostbare grüne Seide tropfen konnte.

»Sie hat damals gesagt, wenn nur meine Maria wiederkommen würde, ich würde ihr das schönste aller Kleider schneidern. Wie eine Primadonna würde sie aussehen.«

Annabel stockte. Holly hing an ihren Lippen und wartete, wie es weitergehen würde.

»Mit Perlen und Spitzen, elegant und bezaubernd. Meine Maria wäre die Schönste in ganz Sestri Levante. Für mich ist sie das sowieso.«

Jetzt trug Annabel ein wenig dick auf, fand Holly, aber Signora Martini legte ergriffen die Hände auf ihre Brust.

»Wirklich? Das hat sie gesagt?«

»Das hat sie gesagt. Und ich war ebenfalls eifersüchtig. Darauf, dass Sie eine Mutter hatten, die so vorbehaltlos stolz auf ihre Tochter war.«

An dieser Stelle geriet nun auch Annabels Stimme ins Schwanken. Hastig kaschierte sie es mit einem Hüsteln.

»Aber die Bluse passt mir doch gar nicht mehr.« Verlegen strich Signora Martini sich über die Hüften. »Und was soll ich alte Frau denn noch damit?«

»Machen Sie mich nicht böse«, sagte Annabel. »Sie und ich, wir sind doch keine alten Frauen. Wir haben noch so viel Leben vor uns. Und wir haben genau so ein Recht darauf, uns hübsch zu machen wie die ganzen jungen Dinger. Wir haben es sogar besser, denn die Männer in unserem Alter hängen nicht mit Augen und Verstand die ganze Zeit auf dem Smartphone-Display. Wir werden wirklich angesehen.«

Signora Martini lächelte scheu. »Wenn Sie meinen, dann nehme ich sie gern zurück. Die Änderungen sind sehr gelungen. Meine Mutter war eine gute Schneiderin.«

»Das war sie. Und ich habe sie sehr gemocht.«

Einen Moment herrschte Schweigen, dann klopfte Annabel mit der Hand auf den Empfangstresen.

»Nun müssen wir aber los. Holly?«

»Oh ja, natürlich.« Eilig erhob sich Holly aus ihrem Sessel, der ihr wie ein Logenplatz im Theater vorgekommen war, von dem aus sie ein Bühnenstück gesehen hatte, das sie allerdings nicht ganz verstand.

Sie machten sich auf den Weg zum Strand. Unterwegs blickte Holly Annabel immer wieder von der Seite an, bis dieser der Geduldsfaden riss.

»Ja, nun sagen Sie es doch schon. Ich hab mächtig übertrieben. Aber wem tut es denn weh?«

»Oh, also Geflunker zu einem guten Zweck?«

»Signora Martini hat ihre Tochter vermisst. Sie hat es nur nicht sagen können. Beide haben wohl nicht sagen können, was es gebraucht hätte, damit die Tochter gar nicht erst von zu Hause weggerannt wäre.«

»Und deshalb haben *Sie* das eben einfach übernommen.«

»Jetzt haben Sie es begriffen.«

In der Bucht der Stille suchten sie sich einen Platz im warmen Sand, etwas abseits vom Strandtrubel, und nun konnte es Holly nicht mehr länger aushalten.

»Aber wie sind Sie denn nun überhaupt an diese vermaledeite Bluse gekommen?«

Annabel ließ Sandkörner durch ihre gespreizten Finger rieseln. Dann erzählte sie von ihrer misslichen Lage damals, dass sie sich keine weiteren schönen Kleider mehr hatte leisten können und wie Signora Martini sie gerettet hatte.

»Das ist alles sehr romantisch«, sagte Holly und fand das wirklich. »Fast ein bisschen filmreif. Sie und dieser Gianfranco waren ein Liebespaar … Aber was hatte Sie denn damals überhaupt nach Italien gebracht?«

Annabel seufzte und ließ sich in den noch sonnengewärmten Sand zurückfallen.

17

✿

Surrey, 1969

Es war ein perfektes erstes Frühlingswochenende. Weiße Plusterwölkchen schoben sich träge über den ansonsten makellos blauen Himmel über Surrey, und die völlige Abwesenheit von Wind ermutigte die Damen, die Jacken abzulegen und ihre feinen Seidenkleider vorzuführen. Doch sosehr sich ihre Trägerinnen auch Mühe gaben, sich elegant zu kleiden, und exklusive Schneider aufsuchten, mit den Farben und der natürlichen Schönheit des Blumenmeers, das sie umgab, konnten kein Stoff und kein Schnitt konkurrieren.

Vielleicht wäre das anders gewesen, wenn sich die Frauen getraut hätten, etwas zu tragen, das auf den Straßen Londons niemanden mehr in Aufregung versetzte. Rocksäume, die sich immer weiter von den Knien entfernten. Doch so weit war man hier auf dem Land noch lange nicht, und bei einer Veranstaltung der ehrwürdigen Royal Horticultural Society würde es erst recht niemand wagen. Denn auch wenn dies nicht die Chelsea Flower Show war, so konnte man doch nie wissen, ob sich nicht doch ein Mitglied der königlichen Familie hierher verirrte.

Die Herren unterdes zerrten an ihren Kragen und tupften sich mit ihren Schnupftüchern Schweißperlen von der Stirn, jedoch nicht, weil ihnen die Wärme zu schaffen machte. Es war der Anspannung geschuldet, denn sie näherten sich dem Höhepunkt der diesjährigen Wisley Spring and Orchid Show – der Auszeichnung der schönsten Pflanzen.

Die anwesenden Pflanzenliebhaber und Sammler waren von einer nervösen Vorfreude gepackt, denn sie alle waren hier, um am Ende der Ausstellung eine neue Rarität ihrer Sammlung hinzuzufügen. Es würde nun nicht mehr lange dauern, bis sie sich gegenseitig überbieten und auszustechen versuchten. Der eine oder andere von ihnen hatte bereits abseits der Pavillons seine Beziehungen spielen lassen und im Stillen Kontakte geknüpft, ohne sicher zu wissen, welcher Aussteller am Ende prämiert werden würde. Doch sie hatten Erfahrung und bewiesen meist den richtigen Riecher.

Die Pflanzenzüchter unter den Herren hingegen waren ängstlich nervös, denn den Gewinnern winkte ein Preisgeld in nicht unerheblicher Höhe. Noch wichtiger sogar war die Aufmerksamkeit, die die Sieger in ihren Klassen landesweit in den Gazetten und Fachzeitschriften bekommen würden. Tauchte ihr Name dort auf, würden sie in den Monaten nach der Ausstellung ihre Kundenkartei um ein Dutzend Käufer erweitern können. Das brächte ihnen einen Verdienst ein, der das Preisgeld mühelos in den Schatten stellen würde. Es stand viel für sie auf dem Spiel.

So kam es, dass Annabel in diesem Moment zum wiederholten Male von ihrem Vater Reginald Oxley, einem bekannten Orchideenzüchter, zur Eile ermahnt wurde.

»Annabel, du trödelst. Die Wertungsrichter sind schon aufgerufen worden.« Reginald Oxley fächerte sich mit dem Ausstellungskatalog Luft zu. Mit hektischen Gesten wies er auf den Weg vor sich, als würde sich Annabel ohne seine Führung verlaufen.

»Ich komme schon, Vater. Geh doch einfach vor, und warte nicht auf mich.«

Trotz aller Eile blieb Reginald nun stehen. Annabel seufzte. Das war die falsche Antwort gewesen. Sie hätte es sich denken können.

»Vorgehen? Was ist denn nur los mit dir? Du kannst es doch sonst kaum erwarten, dass es endlich losgeht. Ich hatte gedacht, dass die Saisoneröffnung dich ein wenig aufmuntern würde. Du warst schon den ganzen Winter über so bedrückt.«

»Aber nein, es ist alles in Ordnung. Es wird die Wärme sein. Ich hab ein wenig Kopfweh. Aber das soll uns den Tag nicht verderben.«

Schwungvoll hakte sie sich bei ihrem Vater unter. Sie war froh, dass er mit seinen Gedanken bereits wieder bei der Preisverleihung war und nicht weiter nachhakte. Wie hätte sie ihm erklären sollen, was wirklich mit ihr los war?

Sie überquerten einen perfekt gestutzten Rasen, der sich wie ein Teppich zwischen den Beeten mit einem Meer aus gelben Narzissen ausbreitete. Der walisischen Nationalblume folgten preisgekrönte schottische Elfenkrokusse in Lila und Dutzende der »Queen of Night«, einer berühmten schwarze Tulpe, makellos gewachsen und aufrecht wie die Gardisten der königlichen Leibwache. Vor den Wertungstischen hatten sich bereits Menschentrauben gebildet, und ihr Vater klemmte sich Annabels Arm fester unter seinen, um sie mit sich durch die Menge zu ziehen. Er ging dabei recht zielstrebig zur Sache, und Annabel entschuldigte sich ein ums andere Mal bei den Umstehenden, wenn sie seinen Ellenbogen in die Seite bekamen und ihren gekühlten Cider verschütteten oder sie aus Versehen auf einen blank gewienerten Schuh trat.

Als sie es geschafft hatten, verschlug es Annabel den Atem.

»Oh, sieh doch nur«, sagte sie. »Wie wunderschön!«

»Na, siehst du. Das ist meine Tochter, wie ich sie kenne. Ich wusste doch, dass sie sich noch irgendwo versteckt haben musste.«

Er drückte ihr einen flüchtigen Kuss auf den Scheitel, ließ endlich ihren Arm los und nahm dann seinen Platz in der Reihe der Aussteller ein, über deren Pflanzen in wenigen Augenblicken das Urteil gesprochen werden würde. Auf zehn Tischen wurden die zu prämierenden Orchideen ins beste Licht gerückt präsentiert. Die Tische hatte man so angeordnet, dass die Besucher nicht mit zusammengekniffenen Augen gegen die Sonne sehen mussten, sondern mit ihr im Rücken die volle Pracht der Blüten bestaunen konnten. Und zu bestaunen gab es einiges.

Annabel erkannte eine bornesische Paphiopedilum sanderianum, eine Frauenschuh-Orchidee, deren rot gesprenkelte Blütenblätter, die eine Länge von einem Meter erreichen konnten, wie spiralenförmiges Lametta an ihr herabhingen. Eine scharlachrote Disa uniflora, die nur in der Nähe von Bachläufen am Tafelberg in Südafrika wuchs und eine Meisterin der Täuschung war. Mit ihrem schönen Aussehen lockte sie Insekten an, ohne jedoch Nektar für sie bereitzuhalten. Eine Cattleya mossiae aus Venezuela, bekannt als Osterorchidee, die durch ihren intensiven Duft betörte.

Bevor Annabels Blick die Reihe weiter entlangwandern konnte, begannen die Wertungsrichter ihre Ansprache. Nach wortreicher Einführung, Dank und Lob an Organisatoren und Sponsoren verlasen sie die Platzierungen, wobei sie die Plätze zehn bis vier der Einfachheit halber einfach wegließen.

»Die Bronzemedaille geht an Sir Clarence Hicks für …«

Die Umstehenden spendeten höflichen Applaus. Annabel schloss die Augen. Schon ein dritter Platz wäre willkommen gewesen, denn was außer ihr niemand hier wusste, war, dass für Reginald Oxley mehr auf dem Spiel stand als für alle anderen. Er war ein großer Kenner exotischer Pflanzen, aber ein schlechter Kaufmann, und ihm stand das Wasser bis zum Hals.

»Den zweiten Preis belegt, wie schon im vergangenen Jahr, unsere geschätzte Mrs. Gwendolyn Wallace.«

Es gab mehr Applaus als zuvor, denn alle kannten die schrullige alte Dame seit Jahrzehnten, aber die Ausgezeichnete selbst schien nicht zufrieden zu sein und sich Hoffnung auf mehr gemacht zu haben. Eine Zornesfalte grub sich in ihre faltige Stirn unter dem eigentümlichen Gebilde auf ihrem Kopf, das auch ins Zeitalter Königin Victorias gepasst hätte. Es war mehr eine Haube als ein Hut. Gwendolyn Wallace war bereits über achtzig und befürchtete vielleicht, nicht mehr so viele Gelegenheiten zu haben, auch einmal als Siegerin aus dem Wettbewerb hervorzugehen. Annabel konnte es ihr nicht verdenken.

»Und nun, sehr verehrte Ladies und Gentlemen, verkündigen wir den Gewinner der Goldmedaille der diesjährigen Wisley Flower and Orchid Show in der Kategorie Orchideen.«

Annabel legte sich die Hand auf den Mund. Sie sah ihren Vater, wie er die Lippen aufeinanderpresste. Selbst von ihrem Platz im Publikum aus konnte sie erkennen, wie seine Kiefer mahlten. Und sie selbst war gefangen in einem Gespinst aus unterschiedlichsten, gegeneinander kämpfenden Emotionen.

»Wir gratulieren Mr. Reginald Oxley zu seinem Sieg, den er mit einer außergewöhnlichen Vanda coerulea errungen hat.«

Annabel wurde schwindelig.

»Die Jury hat einstimmig befunden, dass es gewiss seltenere Gewächse in der Familie der Orchideen gibt, selbst noch in der Gattung der Vanda, jedoch diese Coerulea eine solch einzigartige Farbtiefe aufweist, dass sie uns ausnahmslos überzeugt hat. Dieses außergewöhnliche Blau …«

Annabel sah ihren Vater, wie er ihr winkte, sie möge zu ihm an den Richtertisch treten. Er barst fast vor Stolz. Doch um sie drehte sich alles. Sie taumelte rückwärts durch die Menschenmenge. Sie waren gerettet. Ihr Vater war gerettet. Sie hatte ihre Aufgabe erfüllt, und all ihre Tränen der vergangenen Monate sollten es nun wohl wert gewesen sein, geweint zu werden in den einsamen, dunklen Nächten. Doch Annabel hätte lieber das Familienanwesen verkauft und von da an in einer Erdhöhle gehaust, als ausgerechnet mit dieser Orchidee zu gewinnen.

Dieses außergewöhnliche Blau …

Was machte es mit einem, wenn man realisierte, dass das, was man auf keinen Fall wahrhaben wollte, eben doch wahr war? Wenn der letzte Strohhalm, der sich einem bot, einfach in der Mitte abknickte und man haltlos in die Tiefe stürzte? Gianfranco durchlebte diesen Moment, als er Annabel in der Menge entdeckte, an der Seite des Mannes, den er als ihren Vater erkannte.

An der Seite von Reginald Oxley, der jetzt einen Preis entgegennahm für eine blaue Vanda coerulea, die ihm nicht gehörte, sondern die seine Tochter in Italien einem ahnungslosen und leichtgläubigen verliebten Trottel gestohlen hatte.

Gianfranco ballte seine Hände in den Hosentaschen zu Fäusten und grub die Fingernägel in die Handballen, bis es schmerzte. Er wusste, was es mit ihm machte. Er war rasend vor Ärger. Doch war er wirklich ganz sicher, dass sein Herz nur so wild schlug, weil er schändlich verraten worden war? Oder lag es auch daran, dass er die Frau wiedersah, für die er doch vor wenigen Monaten noch ganz andere Gefühle gehabt hatte? Und war das wirklich vorbei?

Reginald Oxley richtete Dankesworte an die Menge, erwähnte seine Tochter Annabel, die ihm immer eine große Unterstützung sei. Gianfranco wurde übel vor Zorn. Doch als Oxley Annabel ungeduldig winkte und ihr bedeutete, sie möge zu ihm an den Richtertisch treten, tat sie nichts dergleichen. Im Gegenteil, sie entfernte sich eilig, bahnte sich einen Weg durch die Zuschauer, die ihr nachsahen, und lief.

Gianfranco dachte nicht lange nach. Er folgte ihr in sicherem Abstand über mehrere Gartenwege hinweg zu einem Teil des riesigen botanischen Gartens, wo sich Blauregen an Spalieren über die Pfade spannte. Die Blütentrauben hingen so tief, dass er den Kopf einziehen musste, um darunter hindurchzugehen. Beinahe hätte er Annabel aus den Augen verloren, doch dann sah er sie. Sie saß auf einer mit Flechten überzogenen Steinbank und hielt das Gesicht hinter ihren Händen verborgen. Um sie herum wogten Mohnblumen, und es sah aus, als würde sich Annabel im gleichen Rhythmus vor und zurück wiegen wie die orange-roten Blüten im Frühlingswind. Sie weinte. So verzweifelt, dass es ihren ganzen Körper durchschüttelte.

Sorgsam hielt Gianfranco sich hinter einem Rhododendron verborgen, doch der Panzer um sein Herz bekam einen Riss. Was, wenn Annabel nicht freiwillig den Diebstahl ausgeführt hatte? Wenn sie gezwungen worden war. Hatte ihr Vater sie unter Druck gesetzt? Oder wurde sogar ihr Vater unter Druck gesetzt? Dann musste er ihr helfen, musste mit ihr zusammen einen Weg finden, sie aus der drangsalierenden Lage zu befreien. Er holte tief Luft, legte sich in Windeseile Worte zurecht, die er ihr sagen würde. Dass er ihr verzieh, sie eine Lösung finden würden. Gemeinsam. Dass er nach wie vor zu seinem Antrag stünde, weil es ja doch nur sie für ihn gäbe.

Gerade trat er hinter dem mannshohen Busch hervor, da näherte sich plötzlich ein Mann aus Richtung der Zuschauer. Geradewegs steuerte er auf Annabel zu und sprach sie an. Rasch machte Gianfranco einen Schritt rückwärts und wurde im Schatten der Hecke wieder unsichtbar.

Er schätzte den Mann auf Anfang vierzig, er war größer als er selbst und trug einen sorgfältig gestutzten blonden Bart. Selbst auf die Entfernung konnte Gianfranco seine Kleidung als geschmackvoll erkennen und vermutete, dass sie sogar maßangefertigt war. Es erstaunte ihn nicht. England besaß hervorragende Maßschneider, Meister ihres Fachs, nahe an der Perfektion. Der handwerklichen Perfektion. Doch sie besaßen nicht die Fantasie, den Mut und die Leidenschaft für das, was sie taten, und daher kamen sie bieder daher. Sie waren eben keine Italiener.

Was er dann sah, brachte sein Blut erneut zum Kochen. Der Mann setzte sich zu Annabel, die aufsah und sich hektisch mit dem Handrücken über die tränennassen Wangen wischte. Gianfranco konnte nicht verstehen, was sie sprachen, aber durch Annabels Niedergeschlagenheit bahnte sich ein kleines Leuchten seinen Weg, wie er es schon beobachtet hatte, wenn er ihr im Gewächshaus die Eigenheiten der verschiedenen Orchideen erklärt hatte. Ihre ganze Haltung veränderte sich jetzt, als wäre die ausgeknipste Körperspannung plötzlich zurückgekehrt. Der Mann musste sie kennen, gut kennen, denn er verstand es offenbar, sie aufzurichten.

Und nun – Gianfranco presste die Kiefer aufeinander – legte er seine Hand auf ihren Unterarm, vielmehr ihr Handgelenk.

Ihre Haut duftet immer nach Hyazinthe, Maiglöckchen und Vetiver, dachte Gianfranco. Kein allzu spektakulärer und eleganter Duft, aber er passte so gut zu ihr. Dort, wo ihr Puls schlug. Wo jetzt diese fremde Hand lag.

Sie standen auf. Ein Lachen wehte zu ihm herüber. Mädchenhaft, geschmeichelt. Für dieses Lachen hasste er sie beide. Der andere schritt jetzt neben Annabel her und legte ihr die Hand auf den Rücken, als gehörten sie zusammen, als hätte er das Recht dazu. So wie er selbst es getan hatte, als er sie am ersten Tag in Sestri Levante aus seiner Villa hinauskomplimentiert hatte. Er erinnerte sich an die Wärme ihres Körpers.

Er hatte sich also getäuscht. Ein zweites Mal. Annabel war nicht unglücklich, nicht verzweifelt und schon gar nicht einsam. Was auch immer der Grund für ihren kurzen Tränenausbruch gewesen war, es gab jemanden in ihrem Leben, mit dem sie eine Vertrautheit teilte, von der er gedacht hatte, dass sie ihm vorbehalten war.

Nein, er musste diese destruktiven Gedanken umgehend stoppen. Er wollte sich nicht vorwerfen, dass er vertraut hatte. Er hatte sich nicht getäuscht, er war getäuscht worden. Mit voller Absicht. Das war ein großer Unterschied. Aber damit war jetzt Schluss.

Annabel Owens oder Oxley oder wie auch immer ihr richtiger Name war, und ihr krimineller Vater würden dafür büßen.

Aber nicht, indem er zur Polizei lief und mit dem Finger auf die beiden zeigte wie ein verschmähter Liebhaber in der *Opera buffa*. Er würde einen anderen Weg wählen. Einen weitaus eleganteren. Er kam schließlich aus Italien.

18

Sestri Levante, heute

Sie sind *was?*«

Holly starrte Annabel ungläubig an. Mit einer einzigen schnellen Handbewegung zerstörte sie den kegelförmigen Sandhügel, den sie ganz unbewusst nebenbei zusammengeschoben hatte und der sie an den Vesuv weiter im Süden erinnerte.

»Ich bin eine Pflanzendiebin. Eine Orchideendiebin, um genau zu sein.«

»Ich weiß nicht, was ich sagen soll. Sie haben mir so viel über die Geschichte der Orchideen und ihre Herkunft erzählt. Danach habe ich selbst auch noch ein bisschen in Ihrem Buch gelesen und im Internet recherchiert, daher weiß ich ja schon vieles über Pflanzenjäger. Aber eine Pflanzendiebin … Puh, das ist …«

»Ist das nicht dasselbe?«, fragte Annabel und wischte sich eine Haarsträhne aus dem Gesicht. Der Wind hatte aufgefrischt. »Die Pflanzenjäger haben manche Regionen in Lateinamerika und Asien regelrecht geplündert. Das ist auch Diebstahl.«

»Ja, aber …« Holly sprach nicht weiter. Irgendwie hatte Annabel ja recht.

»Ich bin nicht stolz darauf. Im Gegenteil. Ich habe gelogen und betrogen, das Vertrauen von Menschen missbraucht, die mir am Herzen lagen. Mehr als das. Die ich geliebt habe.«

»Aber warum dann?«

»Sehen Sie, meine Mutter starb früh, und damit hatte mein Vater nicht nur seine geliebte Frau verloren und war mit seiner

Trauer und einem Kind, das noch nicht einmal ein Teenager war, völlig überfordert, er hatte auch sein Regulativ verloren. Mein Vater hatte kein Maß. Er lebte ständig über seine Verhältnisse. Immer wenn er Geld hatte, gab er es in null Komma nichts wieder aus, ohne jemals Reserven anzulegen. Solange meine Mutter lebte, verwaltete sie die Finanzen.«

»Und dann kam er auf die Idee, Orchideen zu klauen?«

»Nein, natürlich nicht einfach so. Mein Vater war ja tatsächlich ein bekannter Orchideenzüchter. Der aber Stück für Stück immer tiefer in den Schuldensumpf abrutschte. Reparaturen am Haus konnten bald nicht mehr bezahlt werden, daher nahm er eine Hypothek darauf auf. Dann konnte er diese nicht mehr abtragen, und der Druck wuchs. Er begann zu trinken, mäßig, aber doch so viel und so regelmäßig, dass ihm bei seinen Geschäften Fehler unterliefen. Ein oder zwei langjährige Kunden sprangen ab.«

»Eine Abwärtsspirale.«

»Ja, so war es.«

»Und wann kamen Sie ins Spiel?«

»Mein Vater hat mich alles über Orchideen gelehrt, was er wusste. Und als ich alt genug war, hat er mich …«

Annabel fuhr sich mit der Hand über die Stirn, eine Geste, die den Verdruss ausdrückte, den sie offenbar noch immer empfand beim Gedanken an die Geschehnisse in der Vergangenheit.

»Ich würde nicht sagen, er hat mich zur Diebin ausgebildet. Aber er hat mir tatsächlich ein paar Tricks und Kniffe beigebracht, wie man zum Beispiel eine Orchidee teilt. Wie man mit einem scharfen Messer ein Kindel, das ist ein Ableger, abtrennt und versorgt, sodass eine neue Pflanze wächst und gedeiht.«

Holly konnte es bei aller Fassungslosigkeit kaum abwarten, wie die Geschichte weitergehen würde. Sie sah Annabel von der Seite an. Diese oft so grantige und harte Frau, die ihre geliebten Orchideen wie eine Löwin ihre Jungen beschützte und die sie nur nachgiebig und verletzlich in deren Gesellschaft erlebt hatte. Jetzt war es die Nachmittagssonne in der Bucht der Stille, die Annabels scharfkantige Züge aufweichte, und Holly wollte auf keinen Fall, dass sie jetzt aufhörte zu erzählen. Sie war sicher, es war das erste Mal, dass Annabel sich öffnete und über die Geschehnisse damals sprach. Und vielleicht war es ja doch nicht nur die Nachmittagssonne, vielleicht tat es ihr gut. Holly wollte das nicht aufhalten. Sie wollte ihr dabei helfen.

»Aber diese … nennen wir es Ausbildung, das ist ja noch nicht weiter dramatisch. Es ist ja verständlich, dass er sich vielleicht gewünscht hat, Sie würden eines Tages in seine Fußstapfen treten«, sagte Holly, um das Gespräch am Laufen zu halten.

»Das stimmt. Aber irgendwann forderte er mich auf, während einer Ausstellung, als die Erwachsenen sich unterhielten und keine Notiz von einem halbwüchsigen rothaarigen Mädchen nahmen, in eines der Gewächshäuser zu schleichen und von einer bestimmten Orchidee ein Kindel abzutrennen und einzustecken. Als das getan war, verabschiedeten wir uns bald darauf, weil das Kind kränklich wirkte und schon ganz blass aussah. Das tat ich auch, weil ich die ganze Zeit Angst gehabt hatte, erwischt zu werden. Aber das wurde ich nie, und wir etablierten die Ablegerdiebstähle als neue Einkommensquelle. Und irgendwann wurden es dann sogar die ausgewachsenen Pflanzen.«

»Wow. Was wäre denn die Konsequenz gewesen, hätte man Sie jemals erwischt?«

»Das weiß ich nicht. Ich war vor dem Gesetz ja noch ein Kind, und ich vermute, mein Vater hätte wohl nur den Schaden ersetzen müssen, wie auch immer er das hätte machen sollen. Es wäre sicher kein Pappenstiel gewesen. Aber man hätte mich mit meinen dreizehn Jahren ja nicht ins Gefängnis stecken können, wo ich doch gar nicht wusste, was ich da tat und dass man nicht einfach etwas von Pflanzen abbricht oder abschneidet. Sie verstehen?«

»Oh ja, durchaus. Aber später, als Sie alt genug waren, hätten Sie sich doch dagegen entscheiden können, oder?«

Über Annabels Gesicht huschte ein Lächeln, das Holly irgendwo zwischen Wehmut und Vergnügen einordnete.

»Hätte ich. Aber da hatte ich längst auch Gefallen daran gefunden. Die Charaden, die ich jedes Mal neu erfinden musste, die Rollen, in die ich schlüpfte. Der Reiz der Gefahr, entdeckt zu werden. Das Gefühl des Triumphs, wenn es nicht passierte. Wenn alles glattging und ich wieder einmal gewiefter gewesen war als die Besitzer dieser kleinen Schätze, die so überheblich und blasiert waren, sich in Sicherheit wiegten und im Traum nicht auf die Idee gekommen wären, dass jemand es wagen könne, ihre komfortable Ordnung durcheinanderzubringen.«

Annabel hatte sich richtiggehend in Rage geredet.

»Und am Ende hätte ich es auch meinem Vater nicht antun können. Was wäre denn die Konsequenz gewesen? Das Haus verkaufen und auf der Straße sitzen? Um seine Gesundheit stand es außerdem nicht zum Besten, und so habe ich einfach weitergemacht. Zuerst nur in England.«

»Sie sind durchs Land gereist und haben geklaut?«

Annabel räusperte sich.

»Ein bisschen mehr Respekt bitte. Es war ja nicht so, dass ich irgendjemandem einen großen Schaden zugefügt hätte. Diese Sammler und Züchter hatten genug von allem. Kostbare Pflanzen, Geld … Es tat ihnen nicht weh.«

»Sie waren also eine Art weiblicher Robin Hood der Orchideenzüchter-Szene.« Holly schnaubte.

»Machen Sie sich nur lustig.«

Sogleich fühlte Holly sich schlecht. Annabel öffnete sich endlich, und sie wollte sie nicht verprellen.

»Irgendetwas ist aber dann passiert, was alles geändert hat, und das hatte auch mit diesem Gianfranco zu tun, hab ich recht?«

Annabel seufzte. Als sie weitersprach, nahm Holly wahr, wie nah ihr das alles ging.

»Mein Vater schickte mich nach Italien. Es war das erste Mal, dass ich für ihn ins Ausland reisen sollte.« Ein Lächeln machte sich auf ihrem Gesicht breit. Groß und einnehmend diesmal. »Italien. Stellen Sie sich das vor! Das Land, in dem die Zitronen blühen. Und nicht nur das. Orangen und Mandarinen, Feigen und Mandeln. Wo die Rezepturen für die perfekte Eiscreme gehütet wurden wie ein Staatsgeheimnis. Dann die Mode von Fendi und Cerruti. Die eleganten Strandbäder.«

Annabel und Holly seufzten zeitgleich.

»Aber ich hatte auch viel über die weniger mondäne Realität dort gehört. Rosario und Maria waren italienische Gastarbeiter, ganz arme Leute, die aus Kalabrien nach England gekommen waren. Sie arbeiteten in unseren Gewächshäusern. Ich bin Rosario in jeder freien Minute wie ein Hündchen gefolgt und hab seinen Geschichten zugehört, über das schwierige Leben der Fischer und Bergamottebauern. Über die Straßenkinder von Reggio Calabria und Cosenza.«

Kurz hielt Annabel inne. Holly konnte die Pause nicht gut aushalten. Sie wollte noch so viel mehr hören.

»Und die beiden haben Ihnen die Sprache beigebracht?«, fragte sie schnell nach.

»Oh ja, zunächst hat Rosario mir die Begriffe aus der Gärtnerei übersetzt. So etwas wie *Piantone* für den Setzling. Oder *Cesoia da Giardinaggio*, die Gartenschere. Maria hingegen war für die kulinarische Welt zuständig. Von ihr lernte ich zum Beispiel *Pappa d'avena*, das italienische Wort für Haferbrei, der ehrlich gesagt damals mit dem britischen Porridge keine große Ähnlichkeit hatte. Doch dann wollte ich andere Dinge lernen, mit denen ich richtige Sätze bilden konnte. Und so konjugierte Rosario Verben mit mir. Ich weiß bis heute nicht, für wen von uns beiden die Übungen schwieriger waren. Währenddessen hat Maria mich mit schokoladeüberzogenen *Petrali*, einem kalabresischen Mürbeteiggebäck, gefüttert.«

»Hört sich für mich alles wunderbar an«, warf Holly ein und meinte es auch so. Sie war fast ein bisschen neidisch auf Annabel, deren Leben sich augenscheinlich so viel aufregender gestaltet hatte als ihr eigenes.

»Nicht wahr? Es waren die Sechzigerjahre. Und ich war gerade Anfang zwanzig. Wie hätte ich zu der Mission, auf die mein Vater mich schickte, Nein sagen können? Er schickte mich ja geradezu ins Paradies.«

»Lassen Sie mich raten. Aus dem Paradies wurde die Hölle?«

Annabel nickte.

»Und ich habe sie selbst geschaffen.« Zum ersten Mal, seit sie sich in den Sand gesetzt hatten, wendete sie den Kopf und sah Holly direkt an. »Ich erzähle Ihnen auch den Rest. Wenn Sie danach die Koffer packen und abreisen wollen, tun Sie es. Ich könnte es Ihnen nicht verdenken. Aber jetzt muss es raus, wo ich schon so weit gekommen bin.«

Holly zuckte mit den Schultern. Was sollte sie denn jetzt sagen? Dass sie die Geschichte lieber gar nicht erst zu Ende hören wollte? Dafür war sie inzwischen viel zu neugierig. Mit einer Kopfbewegung ermunterte sie Annabel, weiterzusprechen.

»Die Familie Lana war für ihre preisgekrönten Orchideen bekannt. Aber auch dafür, sie nicht zu verkaufen. Sie waren private Liebhaber, die schon überredet werden mussten, die besten Exemplare überhaupt irgendjemandem zu zeigen. So gingen sie auch nie auf Ausstellungen, die hier in Italien sowieso nicht die Bedeutung hatten wie bei uns zu Hause. In England kamen die Flowershows damals gleich hinter dem Geburtstag Ihrer Majestät. Also musste ich mir einen Weg ins Innere des Heiligtums suchen. Ich spielte eine Hochzeitsplanerin.«

Holly hatte Mühe, nicht loszuprusten. Sie konnte sich Annabel in allen möglichen Rollen vorstellen, aber darin wirklich nicht.

»Ich weiß, was Sie denken. Nicht mein Terrain. Aber ich musste ja nicht mehr machen, als mit fingierten Anfragen und einem gefälschten Geschäftsbriefkopf die Erlaubnis der Familie Lana einzuholen, damit ich Zutritt zum Garten oder dem Haus bekam, Fotos von jedem Winkel des Anwesens machen konnte. Ganz einfach, oder?«

»Ganz einfach. Aber Sie haben es in den Sand gesetzt.«

»Ja, gründlich. Und alles, was dann kam.«

Und dann erzählte Annabel Holly die romantischste und zugleich tragischste Geschichte, die sie bis jetzt gehört hatte und die ihr so bislang allenfalls in Kinofilmen begegnet war. Die Geschichte einer ganz und gar unverhofften großen Liebe, die kein Happy End haben durfte.

»Warum haben Sie es denn dann überhaupt noch zu Ende gebracht?«, fragte Holly vorsichtig.

»Wie hätte ich zu dem Zeitpunkt denn noch mit der Wahrheit rausrücken können? Alles, was ich der gesamten Familie und vor allen Dingen Gianfranco bis dahin erzählt hatte, war eine Lüge. Außer meinen Gefühlen für ihn. Und ich hatte große Angst, meinen Vater zu verlieren, dachte, dass es ihn aufmuntert und seine Genesung vorantreibt, wenn ich mit der rettenden Pflanze zurückkomme und wir vielleicht doch nicht alles verlieren würden. Dass vielleicht genau diese Orchidee ein Wendepunkt sein könnte.«

»War es das?«

»Für kurze Zeit, nachdem er mit der blauen Vanda coerulea im Frühjahr 1969 die Wisley Flower and Orchid Show gewann. Es brachte ein stattliches Preisgeld, einige neue Kunden. Für eine kurze Zeit ging es uns ungewöhnlich gut. Mein Vater trank weniger, was seiner Gesundheit natürlich sehr zuträglich war. Aber es war zu schön, um wahr zu sein. Um von Dauer zu sein. Nur wenige Wochen nach der Flower Show sprangen ungewöhnlich viele der neuen Kunden auch wieder ab, und selbst solche, die jahrelang bei meinem Vater gekauft hatten, stornierten plötzlich Aufträge. Es war, als hätte meinem Vater das Pech an den Händen geklebt.«

»Ging alles wieder von vorne los?«

»Ja. Ich ahnte, dass es nicht mehr lange dauern würde, bis er einen neuen Auftrag für mich hätte. Aber ich wollte das nicht mehr, denn es hatte das größte Unglück – nach dem Tod meiner Mutter – über mich gebracht.«

»Wusste Ihr Vater, was in Italien passiert war? Haben Sie ihm von Gianfranco erzählt?«

Annabel schüttelte den Kopf. »Nein, nie. Er wunderte sich, weshalb ich plötzlich die Begeisterung für die Pflanzen und das Abenteuer verlor. Und das eine oder andere Mal bemerkte er wohl auch meinen körperlichen Zustand, erwähnte, dass ich ein bisschen blass um die Nase wäre. So sagte er das damals. Eine schöne Umschreibung. Aber ich hatte nicht genug Vertrauen und auch Angst, dass er es nicht verstehen würde, wenn ich ihm erzählte, was wirklich los war, außer der Trauer um die Beziehung, die ich nicht haben konnte.«

Holly drehte den Kopf zu Annabel und sah sie fragend an.

Annabel rutschte im Sand hin und her, als würde ihr das lange Sitzen in derselben Position Schmerzen bereiten.

»Alles in Ordnung?«, fragte Holly und bemerkte plötzlich, dass Annabels Augen in Tränen schwammen.

»Ich dachte damals, die Nächte im Gewächshaus wären nicht ohne Folgen geblieben. Ich dachte, ich erwartete … Ich wäre …«

»Sie erwarteten ein Kind?« Hollys Herz klopfte schneller. Annabel eine Mutter?

»Nein, eben nicht!« Verzweifelt warf Annabel die Hände in die Höhe.

Holly beschloss, vorerst besser den Mund zu halten.

»Als ich aus Italien zurückgekommen war, habe ich mich zunächst nur um meinen Vater gekümmert, bis der aus dem Krankenhaus entlassen wurde. In der Zeit ging es mir aber selbst nicht gut. Tage, an denen ich mich mehrmals übergab, wechselten sich ab mit solchen, an denen ich unkontrolliert alles aß, was mir in die Finger kam. Ich war so oft müde, und irgendwann blieb das sichere Zeichen dafür, nicht schwanger zu sein, aus. Für mich war der Fall klar. Und wie hätte ich solche Neuigkeiten meinem Vater so kurz nach seiner Genesung zumuten können? Es hätte ihn umbringen können. Also machte ich alles mit mir selbst aus und ging heimlich zu einem Arzt.«

»Und dann?«

»Dann zerplatzte am Ende auch noch diese Seifenblase. Der psychische Stress hatte alles durcheinandergebracht. Meine Hormone, meinen Zyklus, mein Essverhalten, meinen Schlafrhythmus. Mir ging es wirklich dreckig. Aber ich war nicht schwanger.«

Holly griff nach Annabels Hand und drückte sie.

»Ich habe mich damals oft gefragt, ob das die Strafe war für alles, was ich getan hatte.«

»Aber nein, sagen Sie so etwas nicht. Sie sind doch auch in gewisser Weise ein Opfer. Ihr Vater hat Sie ganz schön ausgenutzt für seine Zwecke, wenn ich das mal so sagen darf.«

»Ich weiß bis heute nicht, wie ich es betrachten soll. Wissen Sie, es wäre damals unglaublich schwer für mich geworden. England war in diesen Dingen noch so unglaublich puritanisch. Aber dennoch hätte ich es gewollt. Es wäre ein Teil von ihm gewesen. Alles, was mir von unserer Liebe blieb. Vielleicht …«

»Vielleicht?«

»Vielleicht habe ich deshalb von da an all meine Liebe und Konzentration in die Orchideen gegeben. Besonders natürlich in die blaue Vanda. Das verband uns noch immer irgendwie. Sie sind gewissermaßen meine Kinder geworden.« Annabel lachte, aber es klang nicht fröhlich. »Jetzt werden Sie denken, dass ich eine wunderliche alte Frau bin, die höchstwahrscheinlich damals schon ein bisschen gesponnen hat, oder? Orchideen als Ersatz … Pff …«

»Nein, das denke ich ganz und gar nicht. Ich denke, dass das Leben Ihnen ganz schön übel mitgespielt hat und Sie das

Beste daraus gemacht haben. Das muss man auch erst mal hinkriegen.«

»Ich wusste damals immerhin irgendwann, dass ich als Helfershelferin meines Vaters nicht weitermachen konnte und wollte und dass ich auch nicht nach Italien zurückkehren konnte, aber die Sprache habe ich immer weiter gelernt.«

»Aber wozu dann? Eine Vorahnung?«

»Vielleicht. Oder einfach, weil sie so schön klingt. *Ich liebe dich* auf Italienisch gesagt zu bekommen … Das klingt wie Musik. Sollten Sie auch mal probieren.«

»Sie sagen das, als rieten Sie mir, in einer Konditorei doch noch eines von irgendwelchen unwiderstehlichen Törtchen zu kosten.«

»Genau. So ungefähr meine ich das.« Annabel lachte. Dann wurde sie wieder ernst. »Wie dem auch sei, ich überlegte mir jedenfalls, dass ich etwas Eigenes beginnen musste.«

»Endlich«, sagte Holly mit Nachdruck, die der Meinung war, dass Annabel das bereits viel früher hätte tun sollen. »Dann hat also am Ende doch alles noch ein Happy End gehabt?«

Ein Blick aus Annabels wasserblauen Augen, ein trauriges Lächeln, und Holly wusste, dass dem wohl nicht so war.

»Nicht gleich«, sagte Annabel. »Erst musste alles noch einmal noch schlimmer werden, bevor es endlich besser wurde. Sozusagen der Umweg durch die Hölle, bevor …«

»Bevor?«

»Bevor ich den Weg zum Himmel auf Erden fand.«

19

London, England, 1969

Ein Umschlag wurde über den Tisch des Pubs geschoben. Gianfranco nahm ihn, öffnete ihn und zog ein Blatt Papier hervor. Er faltete es auseinander und überflog eine Liste. Sie enthielt acht Namen und eine Adresse im Londoner Stadtteil Mayfair. Außerdem befand sich in dem Umschlag eine exklusive Einladung, die zu beschaffen das Schwierigste gewesen war und einen extra Bonus vorausgesetzt hatte.

»Und das ist zuverlässig?«, fragte Gianfranco den Mann, der ihm gegenübersaß und nun zur Bestätigung nickte.

Er trug einen Schnurrbart, der lange schon nicht mehr in Form gebracht worden war und in dem sich bei den ersten Schlucken aus dem Bierglas Schaum verfangen hatte.

»Das sind Oxleys Stammkunden«, sagte er jetzt, nachdem er sich über den Mund gewischt hatte. »Reiche Pinkel und ihre gelangweilten Ladys. Ohne die könnte der feine Herr einpacken.«

Gianfranco missfiel die Ausdrucksweise des Mannes. Die Natur ihrer Beziehung war nicht von der Art, die es vorsah, über diese Transaktion hinaus bestehen zu bleiben. Im Gegenteil, man vergaß Namen und Gesicht so schnell wie möglich wieder und breitete einen Mantel des Schweigens über ihre Bekanntschaft. Doch das hieß nicht, dass man auf die Umgangsformen pfiff und sich einer Wortwahl bediente, die an die der *Soldati* der Mafia erinnerte, Handlanger, die in der Hierarchie ganz unten standen und die Drecksarbeit machten.

Aber der Mann begriff schnell, als Gianfranco den Kopf hob und ihn mit hochgezogener Augenbraue ansah.

»Ich meine, das sind alles wohlhabende Leute. Ohne die könnte Reginald Oxley sein Geschäft nicht aufrechterhalten.«

Das klang schon besser.

Gianfranco faltete das Blatt wieder zusammen, schob es zurück in den Umschlag, der in der Innentasche seines Mantels verschwand. Aus der anderen Tasche zog er seinerseits einen Umschlag, dicker jedoch als der, den er erhalten hatte. Diskret wanderte er auf die andere Seite des Tisches.

»Zählen Sie ruhig nach«, sagte Gianfranco.

Er hätte den Schnüffler, den schon Elisabetta für ihre Nachforschungen zum Verbleib von Annabel – er wollte diesen Namen eigentlich nicht einmal mehr denken – in Anspruch genommen hatte, gar nicht auffordern müssen. Kaum hatte der unter dem Tisch das Bündel Scheine dem Umschlag entnommen, leckte er sich schon die Fingerspitzen und blätterte damit durch die Banknoten, wobei er leise vor sich hin zählte.

Gianfranco widerte es an. Vielleicht widerte er sich auch nur selbst an. Er fühlte sich wie einer derjenigen, die er sein Leben lang verachtet hatte. Wie jemand, der perfekt das Klischee vom Italiener erfüllte: Alles Gangster, alles Mafiosi, alle korrupt und moralisch verdorben, alle haben Dreck an den Händen kleben. Er war so nicht. Nicht, bis er die Bekanntschaft der Familie Oxley gemacht hatte.

»Alles in Ordnung«, sagte der Mann dann.

»Gut. Morgen Abend also. Oxley selbst wird nicht dort sein, sagen Sie?«

»Nein. Er ist eingeladen, aber verhindert, hat mein Verbindungsmann mir mitgeteilt.«

»Gut.« Gianfranco erhob sich. Der andere hielt ihm die Hand hin, aber er ignorierte sie. »Und vergessen Sie nicht: Wenn der morgige Abend vorüber ist, dann bleiben Sie an Oxley und seiner

Tochter dran und berichten mir unverzüglich über alles, was geschieht.«

»Auch über die Tochter?«

»Habe ich mich nicht klar ausgedrückt?«

»Doch, Sir.«

»Na also.«

Gianfranco verließ den Pub, ohne sich noch einmal umzusehen.

✿

Am folgenden Abend stieg Gianfranco aus dem Black Cab, einem der typischen Londoner Taxis, die er um Längen komfortabler als die in Italien fand. Er hätte große Lust gehabt, darin eine Sightseeingtour durch Englands Hauptstadt zu unternehmen, doch er war nicht zum Vergnügen hier. Er hatte eine Aufgabe zu erfüllen.

Der Hotelportier trug einen Zylinder zu seiner Uniform, an deren Jacke polierte goldene Knöpfe blitzten und die ansonsten an einen Frack erinnerte. Gianfranco bekam eine Ahnung von dem, was ihn drinnen erwarten würde, und er wurde nicht enttäuscht. Das Foyer wartete mit einem glänzend weißen Marmorboden auf, über den sich ein Muster aus schwarzen Rauten zog. Im Zentrum der Eingangshalle hing ein gigantischer Kronleuchter, der ihn dazu veranlasste, sie in einem großen Bogen zu durchqueren, für den Fall, dass die Verankerungen in der Holzdecke das Gewicht nicht mehr trügen.

Zielstrebig ging Gianfranco auf die Rezeption zu und zeigte seine Einladung vor. Eine Einladung, die an einen Mann namens Javier Planas aus Madrid gerichtet war, dessen Identität Gianfranco für diesen einen Abend annehmen würde. Kein Mensch in England würde unterscheiden können, ob sein Akzent italienisch oder spanisch war. Die Hauptsache war, dass später nie von einem Italiener die Rede sein würde, denn auf keinen Fall sollte die Spur zu ihm und seiner Familie zurückverfolgt werden können. Anstatt selbst hierherzukommen, hätte er auch diesen Privatschnüffler schicken können, doch der verstand nichts von Orchideen. So wurde Gianfranco zu einem Spanier.

Genauer gesagt zu einem Spanier, der Orchideen sammelte und sich die Gelegenheit nicht entgehen ließ, während seines kurzen geschäftlichen Aufenthalts in England einem der regelmäßig stattfindenden Treffen von Sammlern und Züchtern beizuwohnen, bei denen es Vorträge geben sollte, die Vorstellung von Neuzüchtungen und die Wahl der Jury für die nächste Show.

Falls ihn jemand danach fragte, würde er sagen, die Einladung hätte er durch gute Beziehungen eines Freundes und Gönners erhalten, der nicht genannt werden wolle. Die Fähigkeit zur Diskretion und höflichen Zurückhaltung saugten die Engländer mit der Muttermilch auf, und Gianfranco würde sich keine Sorgen machen müssen, dass jemand genauer nachfragen würde. Und bis jemandem auffallen würde, dass an seiner Geschichte einiges faul war und nicht zusammenpasste, hätte er die Veranstaltung bereits wieder verlassen.

An der Tür zum Salon nannte er noch einmal seinen Namen, zeigte die Einladung vor, die der *Doorman* äußerst diskret in Augenschein nahm und mit einem Kopfnicken bestätigte.

»Ich wünsche Ihnen einen angenehmen Abend in unserem Haus.«

Und dann war Gianfranco im Spiel.

Kurz sah er sich um, taxierte seine Umgebung, scannte die Inneneinrichtung – holzvertäfelte Wände, ein Hirschgeweih, ja, tatsächlich ein stattliches Hirschgeweih, und exklusive englische Clubsessel aus cognacbraunem Leder. Die anwesenden Männer waren distinguierte Herren in Tweedjacken von solider Qualität, aber auch solche, die sich offenbar in der Tradition von Beau Brummel sahen und Anzüge aus glatten Stoffen, Einstecktücher und Manschettenknöpfe aus teuren Edelmetallen trugen.

Und er selbst? Er fühlte sich mit seinem sommerlich leichten italienischen Anzug und den sportlichen Slippern wie ein Kolibri unter schnöden Gartendrosseln.

Frauen sah er keine. Was ihn verwunderte, waren doch Blumen im weitesten Sinne so etwas ganz und gar Feminines.

Ein livrierter Kellner mit einem Tablett stand plötzlich neben ihm.

»Ein Champagner zur Begrüßung, Sir?«

»Danke sehr.« Gianfranco nahm ein Glas, leerte es schneller, als es die meisten anderen taten, und dann ging es los.

Er reihte sich in die Reihen der Zuhörenden ein, nickte mit Kennermiene an den richtigen Stellen, bis der Moment kam, auf den er gewartet hatte. Denn es gab sie immer, die eine Person, die auf die Höflichkeit pfiff, und ihn direkt fragte, wer er wäre und wie er hierher geraten sei. Also spielte er sein Spiel.

»Die Empfehlung eines Freundes hat mich hergeführt. Ein echter Experte. Er hat mir geraten, mich hier umzusehen, denn ich suche nach ausgefallenen Exemplaren für meine private Sammlung. Seriöse Züchter sind so schwer zu finden in Spanien. Aber hier …«

»Hier werden Sie damit keine Schwierigkeiten haben.« Ein beleibter Herr, der eine Weste mit Schottenkaro unter seinem Jackett trug, streckte ihm die Hand hin. »Ich darf mich vorstellen? Sir Clarence Hicks.«

Gianfranco lächelte so breit, dass Hicks wohl denken musste, es gelte ihm und der Ehre seiner Bekanntschaft. Den wahren Grund kannte nur Gianfranco. Hicks war einer der Namen auf seiner Liste. Der Gewinner der Bronzemedaille von Wisley.

»Ich bin mir da gar nicht so sicher«, erwiderte Gianfranco, nachdem er sich ebenfalls vorgestellt hatte. »Einen wirklich guten Züchter und Händler zu finden, meine ich. Meine Erfahrungen sind da … nun ja, ein schwarzes Schaf muss es ja überall geben.«

Nun hatte er die Aufmerksamkeit von Hicks und den anderen Umstehenden. So schnell ging das.

»Aber doch sicher nicht aus unseren Reihen«, sagte ein Herr, der sich sensationslüstern mit der Zungenspitze über die Lippen fuhr, als hätte Gianfranco eine schlüpfrige Geschichte über den Thronfolger zum Besten zu geben.

»Nein, ich denke nicht, dass dieser Herr in Ihren Kreisen verkehrt«, sagte Gianfranco, wobei er dem Wort Herr ausreichend Ironie zukommen ließ. »Die minderwertige Ware, die er unter die noch unerfahrenen Liebhaber der Orchideen bringt, würde ganz sicher nicht geduldet werden.«

»Minderwertige Ware!« Hicks klang so erbost, dass Gianfranco beinahe laut gelacht hätte.

Mit zerknirschter Miene nickte er, nahm einen Schluck seines Champagners, der inzwischen warm geworden war. Dann senkte er die Stimme.

»Wachstumsbeschleuniger.«

»Sie meinen Phytohormone? Organische Wachstumsoptimierer?«

Gianfranco schüttelte den Kopf und sah sich um, als würden sich Männer vom MI5 unter die Gäste gemischt haben.

»Superthrive«, sagte er dann.

»Nein!«

»Potzblitz!«

»Mein Herr, das kann doch wohl nur ein schlechter Scherz sein. Die Rezeptur ist seit den Vierzigerjahren geheim, aber man vermutet sogar Triacontanol als einen der Bestandteile. Einen noch nicht ausreichend erforschten und in unseren Kreisen ganz und gar verpönten synthetischen Wirkstoff.«

»Bedauerlicherweise ist das kein Scherz. Ich habe viel Geld für mehrere Exemplare von an und für sich robuste Arten bezahlt. Ich habe nicht viel von ihnen gehabt, also habe ich ein Labor mit einer Untersuchung beauftragt, was – wie Sie sich denken können – ebenfalls kostspielig war. Es hat sich herausgestellt, dass das pflanzliche Material Spuren des genannten Mittels enthielt. Und nicht eben wenig. Sie waren entweder selbst vollkommen überdosiert oder mussten von überdosierten Mutterpflanzen abstammen. Die Pflanzen waren allesamt schlapp und kurzlebig.«

Gianfranco hatte keine Ahnung, ob das zu hundert Prozent stimmen konnte, was er da zum Besten gab. Aber falls nicht, überwog bei seinem Publikum die Lust an der Sensation und dem Klatsch und schob nüchternen Sachverstand ganz in die hinterste Ecke der Vernunft. Menschen waren so.

»Skandalös! Aber das kommt dabei heraus, wenn die Gier keine Grenzen kennt«, schimpfte Hicks.

»Da haben Sie wohl recht«, sagte Gianfranco und zuckte mit den Schultern. Jetzt würde er noch einen draufsetzen. »Tja, er ist in der Tat in finanziellen Schwierigkeiten und hat wohl gedacht, er könne auf diese Weise den Kopf aus der Schlinge ziehen. Niemals würde ich einen weiteren Auftrag an dieses Unternehmen geben. Entweder gehe ich in Vorkasse, zumindest anteilig, und muss riskieren, dass dieser Züchter bankrottgeht, bevor ich meine Ware habe, oder ich bekomme sie, und sie ist minderwertig. So oder so mache ich einen finanziellen Verlust.«

Dass er von Ethik und ehrenhaftem Verhalten gar nicht mehr zu reden brauchte, war Gianfranco klar, als er in die Gesichter der Männer blickte, die aussahen, als würden sie im Kopf schnell überschlagen, in welcher Höhe so ein Fehlkauf angesiedelt sein könnte. Damit hatte er sie.

Es war Zeit für den finalen Paukenschlag.

»Aber das muss er ja selbst wissen. Mich hat dieser Oxley als Kunden jedenfalls verloren.«

Ein Todesstoß, so beiläufig wie eine Erwähnung über das strichweise Vorrücken des Zeigers auf der Standuhr am Ende des Salons. Auch das hätte er nicht mit größerer Gleichgültigkeit hervorbringen können, wie er jetzt den Namen des Mannes einflocht, der sich unrechtmäßig und auf schändliche Weise bereichert hatte.

Hicks packte Gianfranco am Handgelenk. Fest wie ein Schraubstock legte sich die Hand darum.

»Sagen Sie das noch mal. Wer ist der Mann?«

Sicher witterte er bereits die Möglichkeit, dass ihm nachträglich noch die Silbermedaille von Wisley verliehen werden könnte, wenn er einen Platz nach oben rutschte, weil man Oxley den ersten Platz aberkannte. Hicks war nicht weniger gierig wie alle anderen auch.

»Oxley. Reginald Oxley.«

Hicks ließ seinen Arm los.

Einer der Männer winkte den Kellner heran und bestellte eine Runde Tanqueray für alle. Gianfranco lehnte ab. Gin war nicht seine Sache. Und überhaupt würde er jetzt gleich gehen.

Während Hicks und die anderen Männer aus der Schockstarre erwachten und eine hitzige Diskussion anfingen, die zum Tenor hatte, dass sie ja eigentlich immer schon geahnt hatten, mit Oxley sei etwas faul, zog er sich mit einem entschuldigenden Nicken zurück. Kaum einer nahm jetzt noch von ihm Notiz. Er durchquerte die Eingangshalle, ging diesmal genau unter dem beängstigenden Kronleuchter hindurch und wusste, dass er die Welle ins Rollen gebracht hatte.

20

✿

England 1969

Annabels Herz sprang ihr beinahe aus der Brust. Wieder und wieder ließ sie den Brief, den sie gerade eben aus dem Briefkasten gefischt hatte, noch bevor ihr Vater die Post zu Gesicht bekommen konnte, von der einen Hand in die andere gleiten. Seit einer Weile schon machte sie das so, manchmal hatte sie den Briefträger sogar abgepasst, bevor er die Umschläge eingeworfen hatte. Und heute war es so weit gewesen. Der Brief, auf den sie so sehnsüchtig gewartet hatte, als hinge ihr Leben davon ab, war endlich angekommen.

Mit dem Zeigefinger zeichnete sie die geschwungenen Prägebuchstaben auf dem Umschlag nach.

Royal Botanic Gardens, Kew.

Und dann nahm sie sich ein Herz und riss den Umschlag auf, vorsichtig, damit sie den darin enthaltenen Briefbogen nicht womöglich gleich mit zerriss. Sorgfältig entnahm sie ihn und faltete das Papier auseinander.

Sehr geehrte Miss Oxley, …

Es folgten einige einleitende Floskeln, blumige Sätze, die den Stolz über die altehrwürdigen Gärten ausdrückten, die Annabel nicht brauchte, denn sie hätte sich dort nicht beworben, wären ihr die Bedeutung und die Vision von Kew Gardens nicht bewusst. Daher suchte sie ungeduldig die Zeilen ab nach dem, worauf es ankam. Und da stand es. Sie las es zwei Mal, um es zu glauben.

… freuen wir uns, Ihnen für das neue Semester einen Platz in unserer Klasse für Botanical Arts zusagen zu können …

Ein kleiner Schrei entfuhr Annabel. Sie hatte eine Zusage! Doch gleich darauf riss sie sich wieder zusammen, damit ihr Vater sie nicht hörte und fragte, was passiert sei. Sie wollte es ihm schonend beibringen. Heute Abend. Beim Essen. Oder vielleicht hinterher. Sie würde sehen.

Tatsächlich bewahrte sie den Brief noch drei weitere Tage in ihrem Nachtschränkchen auf, bevor sie sich endlich entschloss, ihren Vater von ihrer baldigen Abreise zu unterrichten. Er saß an seinem Schreibtisch über Papiere gebeugt, ein Glas daneben, eine Flasche Cognac. In letzter Zeit sah Annabel das wieder öfter. Als sie näher trat, blickte er auf.

»Annabel, was gibt es? Ich muss hier noch …«

»Ich muss mit dir reden«, sagte Annabel knapp, denn sie durfte sich jetzt durch nichts aus dem Konzept bringen lassen.

»Dann rede, schnell, ich habe …«

»Ich werde in zwei Wochen gehen. Ausziehen. Ich meine, ich werde nach London gehen. Nach Kew, um genau zu sein. Ich werde dort arbeiten. Lernen.«

Reginald Oxley sah seine Tochter an, als hätte sie in einer seltenen, noch nicht erforschten Sprache mit ihm gesprochen. Er kniff die Augen zusammen und legte den Kopf ein wenig schief, als würde er auf ein Echo hoffen und darauf, dass die Wiederholung der Worte es ihm schließlich ermöglichten, sie zu erfassen.

»Hast du verstanden, Vater? Ich gehe weg.«

Ohne hinzusehen, streckte er seine Hand nach der Flasche aus. Dann schraubte er den Verschluss ab und schenkte sich das Glas beinahe voll bis zum Rand.

»Das kannst du nicht machen, Annabel! Was willst du denn da? In Pflanzenerde wühlen kannst du auch hier. Und wenn du später den Handel übernimmst, dann …«

»Ich werde nicht in der Pflanzenerde wühlen, wie du es nennst.«

Und dann erzählte sie ihm, dass sie bei einer der berühmtesten Botanical Artists in die Lehre gehen würde, weil es das war, was sie wollte. Sie würde den Pflanzen nicht ganz und gar Lebewohl sagen, aber ihnen auf andere Weise verbunden bleiben als ihr Vater.

»Das ist alles schon unter Dach und Fach? Ohne mir etwas zu sagen?«

Seine Stimme bebte, ob vor Zorn oder vor Panik darüber, dass sie Ernst machte, vermochte Annabel nicht zu sagen.

»Ich sage es dir ja jetzt.«

»Jetzt!« Nun war es wirklich Ärger, der ihn lauter werden ließ. »Jetzt ist es zu spät.«

»Hättest du denn irgendwann in den letzten Wochen ein offenes Ohr für mich gehabt? Du schließt dich hier ein, wirst immer unleidlicher, braust auf. Manchmal machst du mir direkt Angst. Ich erkenne dich gar nicht wieder. Ich weiß, du hast Kunden verloren, aber …«

»Ja, und das nicht zu knapp. Deshalb hättest du das vorher mit mir absprechen müssen.«

»Ich habe lange mit dem Gedanken gespielt, Vater, und ehrlich gesagt, hast du mir die Entscheidung mit deinem Verhalten in den letzten Wochen sogar leichter gemacht.«

»Ach, die Ratten verlassen das sinkende Schiff.«

»Vater, ich bin schon lange erwachsen, vergiss das nicht.«

»Erwachsen, papperlapapp!« Und dann wurde seine Stimme auf einmal weinerlich und leidend. »Ich brauche dich hier. Ich kann das Geschäft nicht allein weiterführen. Wer soll denn sonst …«

Das war der Moment, in dem Annabel zu Stein wurde.

»Wer soll denn sonst für dich die Diebstähle begehen? Wolltest du das sagen?«

»Tochter, sprich nicht so mit deinem Vater!«, donnerte er nun wieder.

»Ich hätte das schon lange tun sollen, Vater.«

Annabel wusste selbst nicht, woher sie den Mut nahm, aber wie Schlaglichter sah sie die Monate seit dem letzten Sommer vor ihrem geistigen Auge aufblitzen. Das glitzernde Mittelmeer, der hoch aufragende Glockenturm der Basilika, Antonella und Elisabetta, die sie empfangen hatten wie eine gute Freundin, nein, wie eine Schwester. Gianfranco. Das Blitzen seiner Augen, wenn er sie neckte. Die ergebene Geste, mit der er sich durch das Haar fuhr, wenn sie wieder einmal das letzte Wort haben wollte. Sie spürte wieder das zarte Flattern wie von Schmetterlingsflügeln in ihrem Bauch, wenn er sie küsste. Sie roch den Duft des Oleanders im Park, die warme Erde im Gewächshaus. Sie spürte die samtigen Blütenblätter der Orchideen unter ihren Fingerspitzen. Und es schmerzte, dass das alles vorbei war, körperlich und in ihrer Seele und ihrem Herz. Nichts war ihr von alldem geblieben.

»Mein Entschluss steht fest. In zwei Wochen reise ich ab.«

Ihr Vater hieb mit der Faust auf den Schreibtisch. Das Glas hüpfte ein paar Zentimeter zur Seite.

»Dann kannst du auch gleich jetzt gehen!«

Annabel schluckte. Sie liebte ihren Vater. Sie waren doch immer ein Team gewesen nach dem Tod ihrer Mutter. Aber war das wirklich so? Oder war sie nur ein Teil des Teams, solange sie nach seinen Regeln spielte? Sie war noch ein Kind gewesen, als er sie zum ersten Mal auf eine Diebestour geschickt hatte. Sie sah das alles auf einmal mit ganz anderen Augen.

Kurz atmete Annabel einmal tief ein und wieder aus. Sie wollte diesen Gedanken jetzt keinen Raum geben, denn dann würde sie alles infrage stellen. Ihr ganzes Leben. Sie drehte sich auf dem Absatz um und verließ das Arbeitszimmer ihres Vaters. Hinter sich hörte sie ein Klirren, und sie schob die Befürchtung zur Seite, ihr Vater hätte in seinem Zorn tatsächlich das Glas zerschmissen.

✿

Sie packte noch am selben Tag. Praktische Kleidung und das Kleid, das sie in Sestri Levante gekauft hatte, eingeschlagen in Seidenpapier. Ihre persönlichen Dokumente, ein oder zwei Bücher, die ihr am Herzen lagen, Fotografien, das gerahmte Bild ihrer Mutter und auch die Perlenkette, die schon ihrer Großmutter gehört hatte und die ihre Mutter ihr zu ihrem einundzwanzigsten Geburtstag hatte geben wollen, wenn sie nicht vorher gestorben wäre. An ihrer Stelle hatte ihr Vater es getan.

Annabel plünderte die kleine Pappschachtel, in der sie Geld aufbewahrte, und würde auch ihre Ersparnisse vom Bankkonto abheben. Bis zum Beginn des Semesters würde sie schon eine Bleibe finden und dann in das Haus in Kew ziehen, das für die Schüler der Kunstklasse und Gärtnerlehrlinge Zimmer bereithielt. Sie würde es schaffen. Weil sie es wollte.

Als sie am Nachmittag mit einem Koffer und einer schweren Tasche über der Schulter ihr Elternhaus verließ, um mit dem Bus ins Dorf zu fahren und sich auf dem kürzesten Weg zur Bank zu begeben, ahnte Annabel nicht, dass sie schneller noch einmal zurückkommen würde, als sie es sich vorstellen konnte.

»Es tut mir leid, Miss Oxley, aber das ist Ihr Kontostand. Mehr kann ich Ihnen nicht sagen.«

Der Mann hinter dem Bankschalter sah sie bedauernd, aber auch misstrauisch an.

»Aber das ist nicht möglich. Sehen Sie doch, dies ist der Stand. Seitdem habe ich nichts mehr abgehoben.« Sie schob ihm das Sparbuch unter der Glasscheibe des Schalters hindurch.

»Sie nicht, aber Ihr Vater hat …«

»Mein Vater?« Annabels Stimme klang schrill.

»Ihr Vater hat eine Vollmacht für dieses Konto und …«

»Nein, das hat er nicht. Dieses Konto ist ganz allein meins. Meine Mutter hat es für mich eingerichtet, als sie wusste, dass sie, nun ja …«

»Warten Sie einen Moment.«

Er stand auf und verließ den Schalterraum durch eine Tür hinter sich. Annabel zitterten die Knie. Das konnte alles nur ein fürchterlicher Irrtum sein. Ihr Vater konnte kein Geld von ihrem Konto abheben, das war unmöglich. Das durfte er nicht. Und schon gar nicht ohne das Sparbuch, das sie gut verwahrt hatte und auf dem es ja auch seit Langem keine Bewegungen mehr gegeben hatte.

Der Bankbeamte kam zurück, ein Aktenordner klemmte unter seinem Arm. Er schlug ihn auf, befeuchtete die Fingerspitzen mit Spucke, was Annabel angewidert die Augenbrauen hochziehen ließ, und blätterte, bis er gefunden hatte, wonach er suchte.

»Hier ist es«, sagte er nahezu triumphierend und drehte den aufgeschlagenen Ordner zu Annabel um, damit sie sehen konnte, worauf er mit dem Finger klopfte. »Die Vollmacht mit Ihrer Unterschrift.«

Annabel blickte auf das Blatt Papier, das ihrem Vater uneingeschränkten Zugriff auf ihr Bankkonto erlaubte. Sie griff unter der Scheibe hindurch und klammerte sich an diesen Ordner, als würde sie sonst in Ohnmacht fallen.

»Das ist nicht meine Unterschrift.«

»Aber sicher doch. Hier ist auch eine Kopie Ihres Ausweises. Das ist auch erforderlich, zur Sicherheit.«

Zur Sicherheit. Schöne Sicherheit.

»Das sieht aus wie meine Unterschrift. Es ist gut gemacht, aber nicht von mir.«

»Was wollen Sie damit sagen?«, echauffierte sich der Mann hinter der Scheibe und sie sah, wie ihm der Schweiß ausbrach und sich als glänzender Film auf seinem kahlen Kopf zeigte.

Die Frage, wie er ihrem Vater Geld ohne Vorzeigen des Sparbuchs hatte auszahlen können, verkniff sie sich. Ihr Vater war ein Leben lang Kunde dieser Bank und konnte sehr überzeugend sein.

»Nichts. Ich will gar nichts damit sagen. Vergessen Sie es. Es ist nicht Ihre Schuld.«

Und auf einmal war sie ganz ruhig. Sie verließ grußlos die Bank, überquerte den Marktplatz und steuerte geradewegs auf das Stationshäuschen zu, an dem sie auch die Fahrkarte nach London kaufen würde.

»Guten Tag, Sir.«

»Miss«, sagte er und tippte sich an den Schirm der Mütze, die zu seiner Stationsvorsteheruniform gehörte.

»Ich wollte eigentlich den Bus nach London in einer halben Stunde nehmen, aber nun habe ich unerwartet noch etwas zu erledigen. Ist es möglich, dass ich mein Gepäck eine kleine Weile bei Ihnen unterstelle, bis ich wieder zurück bin? Dann nehme ich später den Bus am Abend.«

»Aber sicher, Miss, wir haben hier eine Gepäckaufbewahrung.«

Annabel übergab ihm ihren Koffer und fischte aus der schweren Tasche nur ihre Geldbörse, damit sie unterwegs nicht ganz und gar ohne Geld dastand. Dann kaufte sie eine Fahrkarte und fuhr dorthin zurück, von wo sie gerade gekommen war.

✿

Erst als sie im Bus saß und dieser anfuhr, übermannten sie die Emotionen. Unglaube, Wut und grenzenlose Enttäuschung ließen ihr Herz gegen ihre Rippen hämmern. Sie hatte alles für ihren Vater getan, was jemals in ihrer Macht gestanden hatte. Sie hatte ihr eigenes Leben zurückgestellt, sich dem Risiko ausgesetzt, erwischt zu werden und im Gefängnis zu landen, und am

Ende alles verloren, was ihr lieb und teuer gewesen war. Und er hatte sie zum Dank dafür so schändlich hintergangen. Für sein maßloses Leben, für die Geltungssucht, den Drang, sich einen Namen zu machen, was er ohne Lügen und Betrug vielleicht nie geschafft hätte. Doch jetzt war es genug. Sie würde ihn zur Rede stellen und sich das Geld, ihr Geld, wiederholen.

Womit sie nicht gerechnet hatte, war die Eiseskälte, mit der ihr Vater dann eine Stunde später auf ihre Vorwürfe reagierte. Er stritt nichts ab, zeigte keine Reue und entschuldigte sich nicht, geschweige denn, dass er ihr versprach, ihr das Geld zurückzuzahlen.

»Ich habe das Geld gebraucht, um dieses Haus hier zu halten. In dem du all die Jahre ja auch nicht schlecht gelebt hast. Mietfrei.«

»Mietfrei?« Annabel fasste sich an die Kehle, in der die Worte stecken zu bleiben schienen. »Dies ist mein Elternhaus!«

»Ein Elternhaus, das auch unterhalten werden will. Das Wasser fließt nicht umsonst aus dem Hahn. Das wirst du dann auch noch lernen, wenn du in London erst mal auf eigenen Füßen stehst. Wir werden ja sehen, wie lange du das aushältst.«

Annabel erkannte ihren Vater nicht wieder. Was war mit ihm passiert? Mit dem Mann, der sie huckepack durch den Garten getragen hatte und mit dem sie sich vor Lachen kugelnd auf den Rasen geschmissen hatte, wenn sie sich in der Sommerhitze mit dem Wasser aus dem Gartenschlauch erfrischten. Es gab ihn nicht mehr, und wenn doch, dann konnte Annabel ihn hinter der Wand aus Gier und Getriebenheit nicht mehr erkennen.

»Das soll heißen, dass du mir dann mein Geld gestohlen hast, richtig?«

Reginald Oxley antwortete nicht.

»Na schön.«

Annabel drehte sich um, und als wäre sie in einer Zeitschleife gefangen, kehrte sie zum zweiten Mal an diesem Tag ihrem Vater den Rücken. Innerlich erschüttert, aber aufrecht zog sie die Tür hinter sich zu und überquerte die Auffahrt, von der aus auch der Weg zu den Gewächshäusern abging, die in Größe und Pracht nicht mit denen der Familie Lana mithalten konnten. Und dann, sie zögerte nur einen Bruchteil einer Sekunde, bog sie dahin ab.

Sie erreichte das Orchideenhaus, zog mit beiden Händen die Tür auf, die sich verzogen hatte und unangenehm quietschte. Lediglich der Duft rief Erinnerungen hervor, ansonsten war sie in der Lage, diesen Ort sorgsam von dem Ort in ihrem Herzen zu separieren, der dort immer seinen Platz behalten würde, auch wenn sie nie nach Sestri Levante zurückkehren würde. Sie verspürte auch keine Wehmut, sie wollte sich nicht verabschieden oder sonstige gefühlsduselige Dinge tun. Sie verspürte nur eins: Entschlossenheit. Sie hatte noch nicht alles verloren. Es gab etwas von Gianfranco, das ihr gehören würde. Ihr ganz allein und auf das niemand sonst ein Anrecht hatte.

Einige Stunden später lehnte Annabel den Kopf an die Scheibe des Überlandbusses, der sie in die Hauptstadt bringen sollte, in ihr neues Leben, zwischen ihren Füßen eine weitere Tasche. Blätter lugten oben heraus, und immer, wenn Annabel überprüfte, dass die Tasche auch sicher stand und nicht bei einer plötzlichen Bremsung oder einer starken Kurve kippen würde, warf sie einen Blick hinein.

Auf ihre blaue Vanda coerulea.

21

Sestri Levante, heute

»Sie haben also noch ein letztes Mal eine Orchidee gestohlen, diesmal von Ihrem Vater.«

»Ja, ich hatte mir zurückgeholt, was meinem Vater schließlich nie gehört hatte. Die Vanda war meine Versicherung. Beinahe so viel wert wie das, was er mir gestohlen hatte. Aber darüber hinaus war sie eine Erinnerung, und die war sowieso unbezahlbar.«

Bei diesen Worten wanderte Annabels Hand zu der Kette, die sie um den Hals trug. Eine gleichmäßige Aneinanderreihung von makellosen schimmernden Perlen, die Holly vorher noch nie aufgefallen war.

»Ich verstehe jetzt, warum Sie so sehr an Ihren Orchideen hängen.«

»Sie denken nicht, ich wäre ziemlich übergeschnappt?«

»Übergeschnappt? Ganz und gar nicht. Sie haben ganz schön viel durchgemacht. Es wird wirklich Zeit, dass das Schicksal mal ein bisschen was wiedergutmacht.«

Holly rückte näher an Annabel heran und legte ihr den Arm um die zarten Schultern, was sie sich erstaunlicherweise ohne Kommentar gefallen ließ.

Dann sah Holly sich um. Überall waren Pärchen, die händchenhaltend durch den sonnengewärmten Sand schlenderten, sich auf den bunten Strandtüchern flüsternd Dinge erzählten, die nur sie etwas angingen, und die im Wasser tollten wie Kinder, kreischend und lachend und so verliebt, dass die Luft um sie herum nur so flirrte.

Bis heute hatte sich Holly Annabel so nicht vorstellen können. Oder vielmehr hatte sie nie auch nur die Idee gehabt, über Annabel in diesem Alter nachzudenken. Doch nun sah sie die Frau neben sich mit anderen Augen. Sie war genauso jung und verliebt gewesen wie die Paare heute um sie herum, die noch so viele Erwartungen an das Leben hatten und davon ausgingen, sie hätten ein Recht darauf, dass sich diese Erwartungen erfüllten. Doch so war das Leben nun mal nicht. Annabel hatte diese Erfahrung machen müssen und sie selbst schließlich auch.

»Dennoch verrückt, das alles«, sagte Holly schließlich. »Ich meine, wir reden doch nur über Blumen, die irgendwann genauso verrotten werden wie alle anderen auch. Wie Rosen oder Kamelien oder Disteln. Dass Menschen dafür so weit gehen, wie es damals offenbar der Fall gewesen ist, ist kaum vorstellbar.«

»Denken Sie doch an die Philatelisten. Bei den Briefmarken geht es am Ende auch nur um ein Stück Papier und ein bisschen Farbdruck. Aber die kleinen Dinger haben einen teils unvorstellbaren Sammlerwert. Auch dafür wurde schon gelogen und betrogen. Und Diebstähle gab es ganz sicher auch. Vielleicht sogar Schlimmeres, wer weiß das schon so genau.«

Holly nickte. Dann fiel ihr etwas ein.

»Apropos. So gerne ich hier mit Ihnen sitze, wir müssen aber den Diebstahl auf jeden Fall der Polizei melden. Kommen Sie, das machen wir jetzt, und danach gehen wir etwas Schönes essen.«

Holly stand auf und reichte Annabel die Hand, um ihr aufzuhelfen. Wind war aufgekommen, und Annabel zog aus ihrer Hosentasche ein Haargummi, um ihre langen Haare zu bändigen. Holly behalf sich ohne Band, knotete einfach das Haar selbst und vermied so, dass es ihr ständig ins Gesicht wehte. Sie lachte, als Annabel beobachtete, was sie da tat.

»Man muss sich nur zu helfen wissen.«

Sie gingen zunächst ein paar Meter schweigend nebeneinanderher. Die Sonne verschwand bereits hinter den Hügeln des Hinterlandes von Sestri Levante, und der Sand unter ihren Füßen war deutlich abgekühlt, was Holly sehr begrüßte. Nur eine Stunde zuvor hatte sie sich noch gefragt, ob ihre Fußsohlen womöglich Blasen werfen könnten, so heiß war der Sand gewesen.

»Danke, dass Sie mir zugehört haben«, sagte Annabel plötzlich. »Ich habe es mir nur schwer vorstellen können, aber ich fühle mich jetzt viel leichter. Es war bis heute ganz allein meine Geschichte, die ich mit niemandem teilen wollte. Sie war verschlossen in mir wie in einer Auster. Ich hatte wohl auch Angst, dass andere mich verurteilen würden für diese unrühmliche Vergangenheit. Aber das haben Sie nicht getan. Ich danke Ihnen sehr.«

Holly wusste gar nicht, was sie erwidern sollte. Stattdessen hakte sie sich bei Annabel unter und sagte: »Wollen Sie nicht endlich Du zu mir sagen? Das passt doch viel besser zu einem guten Team, oder?«

✿

Bevor sie die Polizeiwache an der Piazza Repubblica betraten, klopften sie sich auf der Straße noch gründlich ein paar letzte Sandkörner von der Kleidung, denn sie wollten einen möglichst respektablen Eindruck machen. Es würde womöglich schon schwer genug werden, zu erklären, warum sie dort jetzt erst erschienen, wenn sie den Diebstahl schon vor Stunden festgestellt hatten. Wenn man allerdings den Eindruck bekäme, sie hätten zuerst noch am Strand ein Sonnenbad genommen, würde sie vermutlich niemand mehr ernst nehmen. Und so traten sie so nervös in die Station, wie man eben war, wenn man in einem fremden Land eine Straftat zur Anzeige bringen wollte.

Der Sergente, dem sie dann schließlich gegenübersaßen, machte es ihnen tatsächlich nicht eben leicht. Holly war beeindruckt davon, wie souverän Annabel in der fremden Sprache kommunizierte. Auch wenn man es regelmäßig übte, war es doch keine Selbstverständlichkeit. Aber Annabel war halt einfach eine Schatzkiste, aus der man eine Überraschung nach der nächsten hervorzaubern konnte.

Holly hingegen war aufgeschmissen. Der uniformierte Polizist unterbrach sie schon, als sie gerade erst einleitende Worte gefunden hatte, um sich vorzustellen.

»Ich spreche kein Englisch«, konstatierte er knapp. Auf Englisch.

Offenbar wollte er nicht. Also zog Holly ihr Smartphone aus der Tasche und suchte die App, die Gesprochenes gleich in die gewünschte Zielsprache übersetzte. Mit einem Fingertipp aktivierte sie das Programm, was den Polizisten aus der Fassung brachte.

Er gestikulierte, die unbekannten Wörter sprudelten aus ihm heraus wie Wasser aus einem Bergquell, und die App spuckte ein völlig unverständliches Durcheinander aus.

»Er sagt, du darfst das Gespräch nicht aufzeichnen«, erklärte Annabel.

»Ich zeichne nichts auf, ich lasse mir nur übersetzen, was er sagt.«

Annabel erklärte es ihm, wieder fuchtelte er gebieterisch mit seinen Händen in der Luft herum.

»Du sollst das ausstellen.«

»Aber ich …«

»Mach es einfach, sonst kommen wir hier nie weiter.«

Holly warf ihr einen unwilligen und dann dem Mann auf der anderen Seite des Schreibtisches einen unmissverständlich unfreundlichen Blick zu. Das bedurfte keiner App. Dann schloss sie die Anwendung, zeigte ihm das Display, damit er ihr glaubte, und legte das Telefon vor sich auf den Schreibtisch. Dann musste Annabel eben alles übersetzen.

»Sie waren also beide zur vermutlichen Tatzeit nicht im oder am Hotel«, fasste er zusammen, nachdem er erst einmal aufgenommen hatte, welcher Schaden an Hollys Auto entstanden und was aus dem Wageninneren gestohlen worden war.

Die gerunzelte Stirn bei der Erwähnung der sehr kostbaren Orchideen ignorierten sowohl Holly als auch Annabel. Es war ja nicht gerade so, dass sie mit viel Sachverstand und Mitgefühl gerechnet hatten.

»Stimmt, wir waren beide nicht da«, bestätigte Holly.

Er lehnte sich zurück und blickte von der einen zur anderen. Mit einer Geste irgendwo zwischen Ungeduld und Ratlosigkeit forderte er sie auf, fortzufahren.

»Ich war auf dem Friedhof«, erklärte Annabel.

»Und Sie? Sie waren dabei?« Mit leicht hochgezogenen Augenbrauen betrachtete er Holly.

»Nein, ich war essen.«

»Sie können also gegenseitig nicht bestätigen, dass die Aussage der jeweils anderen stimmt?«

»Nein, wozu auch?«, fuhr nun Annabel auf.

»Na ja, ich kann bestätigen, dass ich Miss Oxley am Friedhof angetroffen habe. Ich habe sie ja dort abgeholt.«

Er nickte bereits, bevor Annabel zur Übersetzung ansetzte, und Holly war sich nun ganz sicher, dass er sie zum Narren hielt. Er verstand sie sehr wohl gut, schien diese Art der sprachlichen Verunsicherung aber aus unerfindlichem Grund als eine sinnvolle Taktik zu erachten.

»Verstehen Sie, wenn diese Blumen …«, er machte eine kleine Pause, »wenn die so kostbar sind, wie Sie sagen, dann müssen wir ausschließen können, dass es sich womöglich um einen Versicherungsbetrug handelt. Das ist reine Formsache.«

»Erlauben Sie mal!«

Annabel war kurz davor, aufzuspringen. Holly packte ihr Handgelenk und hielt sie auf dem Stuhl. So würden sie sicher nicht weiterkommen. Seine nächste Frage galt nun wieder Holly, die versuchte, sich zu beruhigen, indem sie die Rotation der Ventilatorblätter an der Decke beobachtete.

»Und Sie, Signorina? Sie haben keine Zeugen dafür, dass Sie irgendwo irgendetwas gegessen haben?«

»Doch, natürlich. Ich war ja nicht allein.«

Annabels Kopf drehte sich zu ihr, und Holly bemerkte, dass ihr tatsächlich ein bisschen die Röte in die Wangen stieg.

»Name?«, fragte der Sergente und seine Finger schwebten bereits über der Tastatur.

Holly war, als hätte sie jemand vor den Kopf geschlagen. Sie wusste keinen Namen. Er hatte ihn nicht genannt, und sie hatte nicht gefragt.

»Ich … ähm.« Sie lachte nervös. »Ich weiß den Namen nicht.«

»Sie weiß den Namen nicht«, übersetzte Annabel mit mühsamer Beherrschung.

Der Sergente warf die Hände zum Himmel und machte dann irgendwelche Gesten, für die die Italiener berühmt waren, die man aber nur verstand, wenn man damit aufgewachsen war. Er und Annabel blickten sie verständnislos an. Holly wurde heißer, als es ihr sowieso schon war, denn der verdammte Ventilator verquirlte nur die stickige Luft, erfrischte aber nicht im Geringsten. Und ihr wurde bewusst, dass sie nichts Genaueres über ihre Begleitung wusste. Keinen Namen, kein Alter, keinen Beruf.

»Und Sie haben sich ganz zufällig getroffen?«

»Ja, als ich durch die Altstadt gebummelt bin, aber das tut doch nichts zur Sache.«

Außer dass der Sergente es mit Sicherheit merkwürdig und unseriös finden würde, wenn eine Urlauberin, für die er sie ja hielt, mit einem ihr völlig fremden Mann einfach so essen ging. Holly merkte selbst, wie absurd das wirkte.

»Es ist ja nicht so, dass ich den Mann gar nicht kannte. Annabel, du kennst ihn auch. Dieser Typ von der Villa Lana. Der den Rollstuhl geschoben hatte, du weißt schon.«

Annabel riss die Augen auf, und der Sergente schürzte die Lippen wie zu einem lautlosen Pfiff.

»Signor Lana? Emilio Lana? Der Sohn von Signora Antonella Lana?« Und tatsächlich, auf einmal sprach er ihre Sprache. »Warum sagen Sie das denn nicht gleich?«

»Herrgott, ich weiß es doch auch nicht. Wir sind uns nur kurz begegnet, und eigentlich war er auch recht beschäftigt, trotzdem hat er mich zum Essen eingeladen, aber sich dann auch wieder ständig vom Tisch entfernt, um zu telefonieren, und am Ende hat er mich nach dem letzten Telefonat ziemlich plötzlich sogar dort sitzen lassen. Nicht sehr charmant, um ehrlich zu sein. All das war schon sehr seltsam.«

Jetzt wurde Annabel unruhig. Sie packte Hollys Hand und drückte sie so fest, dass sie sie nicht wegziehen konnte.

»Erzähl das noch mal und der Reihe nach.« Ihr Ton war drängend.

Also erzählte Holly noch einmal alles von Anfang an, und während sie das tat, ging ihr ein Licht auf, und ein Gefühl nahm Kontur an, das sie zuvor nur ganz vage verspürt, aber in den letzten Stunden wieder vergessen hatte.

»Wenn ich es recht bedenke, hat er mir ziemlich viele Fragen gestellt und das Gespräch in Gang gehalten, ohne mir Gelegenheit zu geben, ihm auch mal eine Frage zu stellen. Man könnte ja meinen, dass so viel Interesse schmeichelhaft wäre, aber als er dann so abrupt das Essen beendete und ging, hatte ich eher das Gefühl, ausgefragt worden zu sein. Und als hätte er einen Job erledigt.«

Annabel umklammerte immer noch Hollys Hand.

»Annabel, bitte«, sagte Holly und wollte sie ihr endlich entziehen, da es beinahe schon schmerzte.

»Schhh, Holly«, machte Annabel, und vier Augen hefteten sich auf sie. »Willst du damit sagen, dass es auch so etwas wie … verflucht, dass es ein Ablenkungsmanöver gewesen sein könnte? Während jemand anders sich in Ruhe um den Wagen gekümmert hat?«

Der Sergente knallte den Bleistift, mit dem seine Finger in den letzten Minuten gespielt hatten, auf die Tischplatte.

»Signora, die Familie Lana hat einen untadeligen Ruf und …«

Annabel nahm gar keine Notiz von ihm, sondern fixierte Holly, die das nicht aushalten konnte, kurz die Augen schloss und alles noch einmal Revue passieren ließ.

»Ja, ich würde das nicht ausschließen wollen. Immerhin wusste die Familie Lana von den Orchideen und auch, dass sie in meinem Auto gewesen waren. Und sie kennen auch den Wert dieser Pflanzen. Und dieser Emilio hat sogar noch nach dem Namen des Hotels gefragt. Für alle Fälle, wie er meinte …«

Und dann, als wäre sie just in diesem Moment übergeschnappt, fing Annabel an zu lachen, ließ endlich Hollys Hand los und sprang dafür auf und umarmte sie.

»Er hat sie sich wiedergeholt. Verstehst du, Holly? Gianfranco hat sich seine Orchidee wiedergeholt.«

Holly bekam es mit der Angst zu tun. Annabel brachte alles durcheinander. Emilio wurde zu Gianfranco, und offensichtlich war die Hoffnung, ihre große Liebe möge noch am Leben und sogar in Sestri Levante sein, so groß, dass sie die Realität mit ihrem Wunschdenken vermischte. Doch als sie von Holly abließ und sich wieder setzte, war sie plötzlich wieder ganz die alte, rationale Annabel. Diese Verwandlungen passierten so schnell, dass es Holly schwindelte.

»Sehen Sie, Sergente, es verhält sich folgendermaßen: Ich kenne die Familie Lana schon sehr lange, länger als Sie auf der Welt sind, würde ich annehmen, und ich kann Ihnen versichern, dass die Familie ein ausgeprägtes … nun ja, um ehrlich zu sein, auch ein berechtigtes Interesse daran haben dürfte, sich diese Orchideen anzueignen. Wenn Sie es genau wissen wollen, ich kann das sogar verstehen. Aber ich möchte, dass das aufgeklärt wird. Sie müssen diesen Emilio vernehmen und ihn fragen, in wessen Auftrag er gehandelt hat. Oder am besten stellen Sie gleich einen Durchsuchungsbeschluss aus, dann können wir uns die ganze Rederei sparen. Im Park der Villa gibt es ein Orchideenhaus, und ich wette, dass die blaue Vanda dort ist.«

Annabel ließ sich gegen ihre Stuhllehne zurückfallen. Sie hatte ohne Punkt und Komma geredet und für einen Moment sogar den Sergente zum Schweigen gebracht. Doch dann richtete er sich auf und nahm eine straffe Haltung an.

»Ich werde nichts dergleichen tun. Sie haben zu viel … Wie heißt diese Detektivin, die aus Ihrem Land kommt? Miss Marple? Sie haben zu viele Filme gesehen. Nur weil Signor Lana während eines Essens telefoniert, pff, wir sind in Italien. Italiener sind mit ihrem *Telefonino* quasi verwachsen. Ich habe Ihre Aussage aufgenommen, und ich werde mich umhören, ob es noch weitere Autoaufbrüche in der Gegend gibt. Sicher ist eine Bande unterwegs. Und Ihnen kann ich nur raten, dass Sie beim nächsten Mal Wertgegenstände nicht so gut sichtbar im Auto belassen, wenn Sie ihn irgendwo abstellen.«

»Wollen Sie damit jetzt auch noch sagen, dass wir selbst schuld sind?« Holly wurde nun wirklich böse. »Dass es sich bei den Orchideen um – wie Sie es nennen – Wertgegenstände handelt, weiß ja niemand.«

»Außer der Familie Lana«, sagte Annabel.

»Genau.«

»Geben Sie mir Ihre Telefonnummer. Wenn ich etwas in Erfahrung bringe, melde ich mich bei Ihnen.«

Der Sergente rupfte ein Blatt aus einem Zettelblock und schob es zusammen mit einem Stift über den Tisch. Holly schrieb ihre Telefonnummer darauf und stand auf.

»Auf Wiedersehen«, sagte sie, sich nur mühsam beherrschend.

Auch Annabel erhob sich, und sie verließen die Polizeistation, ohne das Gefühl zu haben, dass sie jemals wieder etwas von dieser Seite hören würden. Auf der Straße steuerte Annabel jedoch beherzten Schrittes direkt auf den nächsten Eisladen zu, und Holly wunderte sich, dass sie nicht stattdessen explodierte. Ihr selbst war gerade sehr danach.

»Was ist los?«, fragte sie. »Bist du nicht stinksauer? Der Typ hat uns wie Idioten behandelt.«

»Ja, das hat er«, sagte Annabel. »Aber er selbst ist der größte Idiot, und früher oder später werden seine Vorgesetzten das auch merken.«

Sie deutete auf den cremigen Berg Pistazieneis, orderte gleich drei Kugeln und, ohne zu fragen, auch für Holly, deren Abwinken eher lahm ausfiel. Sie war zu erschöpft von all den Geschehnissen, als dass sie sich noch hätte durchsetzen können. Dann fuhr sie fort.

»Holly, ich weiß es. Ich weiß es einfach. Hier.« Annabel klopfte sich mit der Faust auf den Brustkorb. »Gianfranco lebt, und er hat seinen … Was ist dieser Emilio denn dann eigentlich? Sein Neffe, richtig? Na, egal, er hat jedenfalls diesen Emilio beauftragt. Wir müssen zur Villa. Und diesmal gehen wir nicht den anständigen Weg und klingeln, damit man uns wieder am Tor abspeist, als würden wir dort um ein Almosen betteln. Diesmal gehen wir rein. Auf meine Weise.«

»Du bist doch verrückt geworden. Willst du einbrechen?«

»So was in der Art. Du wirst sehen, das klappt. In einer Stunde ist es dunkel genug, dann fahren wir los.«

»Na schön, um deinen Verdacht aus der Welt zu räumen, und nur deshalb, fahre ich dich dorthin. Aber mehr nicht. Ich werde im Auto sitzen bleiben.«

»Ja, ja, das reicht mir schon. Ich kann alles andere auch allein durchziehen.«

Annabel hatte ein solch abenteuerlustiges Funkeln in den Augen, dass Holly sie einerseits darum beneidete, es andererseits aber auch mit der Angst zu tun bekam. Was, wenn sich Annabels an den Haaren herbeigezogene Vermutung als haltlos und falsch erweisen würde? Könnte sie mit dieser neuen Enttäuschung umgehen? Und ging es hier überhaupt noch darum, Orchideen an einen Sammler abzugeben und vielleicht Geld dafür zu bekommen, damit Annabels Haus in Cornwall gerettet werden konnte? Holly hatte schon lange das Gefühl, dass dieses Vorhaben ganz weit in den Hintergrund gerückt war.

»Holly! Träumst du? Dein Eis?«

Holly blickte auf ihre Eiswaffel. Die weit überhängenden Eiscremekugeln hatten zu tropfen begonnen, und ein paar Kleckse waren bereits auf Hollys Bluse gelandet.

»Na, wundervoll. Kiwigrünes Pistazieneis auf meiner zitronengelben Bluse. Ich fühle mich wie ein Obstsalat.«

Annabel lachte lauthals. Dann hakte sie Holly unter.

»Komm, wir gehen ins Hotel. Dann kannst du dich schnell umziehen, wenn du unbedingt willst. Vielleicht hat Signora Martini eine Bluse für dich.«

»Signora Martini? Aber ich hab selbst noch andere Klamotten dabei. Ich muss mir nichts leihen, ich …«

»Das war ein Scherz.«

Da begriff Holly und schlug sich die flache Hand vor dir Stirn. Es war einfach alles ein bisschen viel.

22

London, 1969

Das Zimmer unterm Dach war klein. Es maß gerade mal acht Schritte von der Eingangstür bis zum gegenüberliegenden Fenster, von dem aus Annabel in einen Innenhof ohne jegliche Begrünung sah, der offenbar nur dafür genutzt wurde, Fahrräder und Mopeds abzustellen, und sechs Schritte von links nach rechts, von einer schmucklosen Wand zur anderen. Ständig musste sie aufpassen, dass sie sich nicht am Bettpfosten, der Ecke des Nachttischs oder dem altmodischen Ofenrohr stieß. Aber das Zimmer war bezahlbar, und das war das Wichtigste.

Jetzt saß sie am Tisch unter der Dachschräge, darauf bedacht, sich nicht auch noch den Kopf anzustoßen, und machte einen Kassensturz. Sorgsam glättete sie die Geldscheine aus ihrer Schachtel, die ihr Vater nicht geplündert hatte, und legte sie aufeinander. Aus den Münzen baute sie kleine Türme, sortiert nach dem Wert. Dann zählte sie. Und ließ sich mit einem Seufzen zurückfallen.

Die zwei Wochen bis zum Semesterbeginn konnte sie gut bestreiten. Aber danach sah es nicht mehr rosig aus, sondern eher zappenduster. Ihre verlorenen Ersparnisse mussten ersetzt werden, wenn sie die Ausbildung in Kew machen wollte. Sie musste die Semestergebühren bezahlen, die zum Glück die Unterbringung in den eigenen Studentenzimmern dort beinhalteten, aber sie wurde nicht verpflegt. Sie bräuchte also auch Geld, um etwas zu essen zu kaufen. Vielleicht musste sie auch zusätzliches Arbeitsmaterial selbst kaufen. Was kam also infrage?

Tagsüber würde sie Unterricht haben und lernen, lernen, lernen. Danach vielleicht sogar Übungen für den nächsten Tag aufbekommen, die sie am Abend in ihrem Zimmer erledigen musste. In der Nacht müsste sie auch mal schlafen. Welche Jobs konnte sie dann überhaupt noch annehmen? Annabel hatte keine einzige Idee. Zum wiederholten Mal verfluchte sie ihren Vater, wenn auch immer mit einer Spur von Traurigkeit, weil er durch seinen unverzeihlichen Sabotageakt nun auch diese Zukunftsaussicht ins Wanken brachte. Müde rieb sie ihre Schläfen.

Ihr Blick wanderte zu der blauen Vanda. Es gab Sammler, die dafür so viel bezahlen würden, dass sie sogar zweimal so lange in Kew bleiben könnte, wie die Ausbildung es vorsah. Ein Verkauf würde alle Probleme lösen. Widerwillig ging sie hinunter zu ihrer Vermieterin Mrs. Jones, die im Erdgeschoss wohnte. Sie klopfte an ihre Tür.

»Miss Oxley, ist irgendetwas nicht in Ordnung mit dem Zimmer?«, fragte die gebeugte grauhaarige Dame beunruhigt.

Annabel vermutete, dass sie auf die Einnahmen aus der Vermietung angewiesen war und befürchtete, Annabel würde schon wieder ausziehen wollen.

»Nein, alles bestens. Aber haben Sie vielleicht ein Telefonbuch, das Sie mir für ein paar Stunden leihen könnten?«

»Aber sicher. Warten Sie, Kindchen.«

Annabel war Anfang zwanzig. Wann würden die Leute aufhören, sie Kind oder Kindchen zu nennen? Erst ihre Tante, jetzt Mrs. Jones.

Das Zimmer verfügte bei aller Enge und Einfachheit erstaunlicherweise über einen eigenen Telefonanschluss, und Annabel hatte viele der Namen von Kunden ihres Vaters im Kopf. Sie kannte sie alle. Nicht wenige davon hatte sie schon einmal um einen Ableger ärmer gemacht. Beim besten Willen konnte sie sich nicht vorstellen, die Vanda zu verkaufen. Sie wollte nur einmal vorfühlen, die Chancen ausloten, den Ernstfall proben.

Mrs. Jones kam zurück.

»Hier ist es. Aber vergessen Sie nicht, es später wieder herunterzubringen.«

»Nein, ganz bestimmt nicht.«

Annabel setzte sich wieder an den Tisch unter der Schräge und fing an zu blättern. Wilcox, Henry. Der Name fiel ihr zuerst ein. Sie fand ihn und wählte. Es wurde abgenommen.

»Mr. Wilcox, hier spricht Annabel Oxley.«

Es kam keine Antwort.

»Wir kennen uns durch meinen Vater, Reginald Oxley.«

Es knackte in der Leitung. Das Gespräch war beendet worden. Hatte er aufgelegt? Konnte er sie vielleicht doch nicht einordnen?

Hannibal Stewart war der Nächste. Ihn und ihren Vater verband eine langjährige Geschäftsbeziehung, die durch einige gemeinsame Pokerrunden und irgendwelche Clubbesuche noch unterfüttert wurde.

»Stewart.« Eine Frauenstimme.

»Mrs. Stewart, hier spricht Annabel Oxley, die Tochter von Reginald Oxley.«

»Oh ja, ich weiß, wer Sie sind. Was wollen Sie?«

Freundlich war das nicht, aber immerhin legte sie nicht auch sofort wieder auf.

»Wäre es wohl möglich, mit Ihrem Mann zu sprechen? Es ist geschäftlich.«

Mrs. Stewart legte die Hand über die Telefonmuschel und flüsterte etwas in den Hintergrund. Dann war sie wieder da.

»Es tut mir leid, mein Mann ist leider sehr beschäftigt.«

»Dann vielleicht morgen oder …«

»Mein Mann wird in nächster Zeit jeden Tag sehr beschäftigt sein. Auf Wiederhören.«

Damit war auch das Telefonat beendet. *Manchmal können diese Pflanzenliebhaber schon komische Menschen sein*, dachte Annabel.

Clarence Hicks. Sir Clarence Hicks, um genau zu sein. Annabel wusste, dass auch das Bewusstsein über diese kleinen feinen Unterschiede sehr zum besseren Verständnis beitragen konnte. Sie wählte.

»Hicks hier. Wer ist da?«

Militärische Zackigkeit. Annabel fühlte sich fast eingeschüchtert.

»Mr. Hicks, Sir, hier spricht Annabel Oxley. Haben Sie wohl einen Moment Zeit? Ich würde Sie gerne etwas fragen.«

»Miss Oxley, so so … Schießen Sie los.«

Auch diese Wortwahl untermauerte Annabels Vermutung, dass Hicks früher einmal gedient und Militärangehörige niedrigeren Ranges befehligt haben könnte.

Sie erklärte mit vorsichtig tastenden Worten, dass sie im Besitz einer Orchidee sei, die zu veräußern sie eventuell in Kürze in Betracht zöge, und fragte, wo auf einer Skala von eins bis zehn wohl in dem Fall sein Kaufinteresse angesiedelt wäre. Seine Antwort zog Annabel fast den Boden unter den Füßen weg.

»Miss Oxley, es hat sich bereits herumgesprochen, dass der alte Reginald seiner kostbarsten Orchidee verlustig geht. Nach all dem, was er sich sowieso schon geleistet hat, und dem Schaden, den er seinem Ruf ganz alleinverantwortlich zugefügt hat, setzt der Diebstahl der Vanda durch seine eigene Tochter dem Ganzen noch die Krone auf.«

Annabel war sprachlos. Was für ein Schaden?

»Sir Clarence, Sir, ich weiß nicht genau, was Sie meinen, aber …«

»Natürlich nicht. Aber sagen Sie mir doch, wo Sie jetzt sind, und dann ziehe ich eventuell in Erwägung, Sie in den nächsten Tagen aufzusuchen. Falls die Polizei nicht schneller ist und Sie …«

Diesmal beendete Annabel das Gespräch.

Die Polizei? Und woher wusste Hicks bereits, dass sie im Besitz der Vanda war? Ihr schwante nichts Gutes. Sollte etwa ihr

Vater … Hatte er überall herumerzählt, dass sie ihn bestohlen hatte? Hatte er womöglich sogar die Polizei auf sie angesetzt? Das würde er doch wohl nicht fertigbringen. Oder? Ausgerechnet er. Aber zunächst einmal musste sie diese Idee begraben und sich wohl von der Orchideensammlerszene erst einmal fernhalten.

Sie blätterte erneut im Telefonbuch. Goldankauf, Briefmarkenbörse, Antiquariate für Buchraritäten. Annabel besaß nichts, was ihr nützte. Doch, da gab es etwas. Die Perlenkette ihrer Großmutter. Annabel krümmte sich innerlich. Sie könnte also wählen zwischen dem Verkauf der Orchidee ihres Liebsten oder dem einzigen Andenken an ihre Großmutter und ihre Mutter.

Eine Stunde später fand sie sich mit der Kette in der Handtasche vor dem Haus eines Pfandleihers wieder. Sie drückte die Türklinke herunter. Eine Glocke zeigte laut und deutlich ihr Eintreten an, und sogleich kam ein Mann, klein und mit flinken, fast gehetzten Bewegungen, aus einem Hinterzimmer an den Verkaufstresen geschossen. Er grüßte, nickte beflissen, und Annabel zog die Kette aus der Tasche hervor.

»Ich würde gerne von Ihnen wissen, was Sie mir dafür geben könnten. Gesetzt den Fall, ich würde sie veräußern wollen.«

Er nickte wieder, ein kleines Zucken spielte um seine Mundwinkel. Wahrscheinlich hatte er täglich mit Menschen zu tun, die eigentlich nicht vorhatten, jemals irgendetwas zu beleihen, die nur mal so aus reinem Interesse fragten, denen aber in Wahrheit das Wasser schon bis zum Hals stand.

Der Mann streckte seine Hand nach der Kette aus, Annabel registrierte die knotigen Fingerknöchel und die nikotingelben Fingerspitzen. In ihr sträubte sich alles. Dann klemmte er sich ein Vergrößerungsglas vor das rechte Auge und prüfte die Perlen wie ein Juwelier einen Diamanten. Dabei befingerte und – Annabel konnte es nicht fassen – beschnüffelte er die Perlen, brummte hin und wieder etwas, und Annabel wusste nicht, ob das Wohlwollen oder Geringschätzung ausdrückte.

»Die Perlen sind nicht von allerbester Qualität«, urteilte er dann, und Annabel wollte sogleich protestieren. »Darüber hinaus erkenne ich Abnutzungsspuren. Sie wird offensichtlich oft getragen.«

Annabel platzte fast der Kragen.

»Nein, das wird sie nicht. Die Kette hat in den letzten zwanzig Jahren in einem Schmuckkästchen gelegen und ist so gut wie nie herausgenommen worden.«

»Sehen Sie, ich ahnte es. Auch die ständige Dunkelheit und Abwesenheit von Luft schadet den Perlen.«

»Dunkelheit und Abwesenheit von Luft? Sie verkaufen mich doch für dumm, um den Wert zu drücken. Geben Sie sie her.«

Am liebsten hätte Annabel ihm die Kette aus der Hand gerissen, aber womöglich rissen dann auch noch die Schnüre, und die Perlen würden über den ganzen Boden verteilt. Aber er versuchte nicht, sie zu beschwatzen, und gab ihr die Kette zurück. Annabel drehte sich auf dem Absatz um und verließ den Laden. Draußen auf der Straße zog sie ein Papiertaschentuch aus ihrer Handtasche und polierte jede einzelne Perle, um die Fingerabdrücke und die schlechte Energie des gierigen Mannes zu entfernen. Niemals würde jemand wie er dieses Familienstück in die Finger bekommen. Lieber würde sie trockenes Brot essen und Leitungswasser trinken.

Die Füße taten ihr weh, als sie den ganzen Weg zurücklief, um das Geld für ein Busticket zu sparen. Und doch nahm sie sogar Umwege, in der Hoffnung, dass Bewegung und frische Luft ihrem mageren Einfallsreichtum auf die Sprünge helfen würden. Sie ging durch Notting Hill, die Portobello Road hinunter, wo Antiquitäten verkauft wurden und es vor Menschen nur so wimmelte. Viele waren Touristen. Sie drehten sich mit der Kamera in der Hand um sich selbst, um neben dem perfekten Sonneneinfall auch den ansehnlichsten Fotohintergrund zu finden, warfen sich in Pose und lachten auf Kommando.

Plötzlich dachte Annabel wieder an den Bootsausflug mit Gianfranco und etwas, das sie gesagt hatte.

Kein Bild, ob Fotografie oder Zeichnung, Gemälde, was auch immer, könnte der Realität das Wasser reichen.

Doch ihr fiel auch noch etwas anderes ein. Etwas, das sie einmal in einem Buch über Botanical Arts gelesen hatte. Dass kein Foto jemals in der Lage wäre, alle winzigen Details einer Pflanze, sei es der Blüten oder des Blattwerks, so präzise, tiefenscharf und naturgetreu nachzubilden wie eine Zeichnung. Und dann wusste sie es. Sie würde das tun, was sie bereits recht gut konnte und wofür sie nach Kew gehen würde, um es zu verbessern und im besten Falle zu perfektionieren. Sie würde zeichnen. Menschen. Ihre Gesichter. Sie würde Porträtzeichnungen anfertigen. Auf der Place du Tertre im Pariser Stadtteil Montmartre verdienten Dutzende Maler damit ihren Lebensunterhalt. So etwas musste doch auch in London funktionieren.

Schnell und immer schneller lief Annabel zurück zu ihrem Zimmer. Sie hatte einen Plan.

✿

Vier Tage waren vergangen, seit Annabel ihren großartigen Entschluss gefasst hatte. Und sie hatte ihn sogar umgehend in die Tat umgesetzt. Sie hatte Material gekauft, einen Rucksack, in dem sie es mit sich herumtragen konnte, und einen Klappstuhl, wie ihn Angler benutzten. Und dann war sie losgezogen. Wieder auf den Markt in die Portobello Road, durchs West End zum Piccadilly Circus, die Einkaufsstraße Regent Street hinunter und vor den Buckingham Palace, wo an jedem Vormittag um elf Uhr die Wachablösung stattfand. Sie war überall dort, wo sich viele Touristen versammelten, die vielleicht eine Zeichnung von sich als Andenken an den Besuch in London für eine feine Sache halten würden.

Nach diesen vier Tagen hatte Annabel nicht nur zwei mit Pflaster beklebte blutige Fersen von den vielen Kilometern in zu engen Schuhen, denn es war ungewöhnlich heiß in der Hauptstadt, und ihre Füße waren geschwollen, sie hatte auch eine von der Sonne verbrannte und schmerzende Stirn und Nase. Selbst ihre Ohrmuscheln waren feuerrot, und darüber hinaus hatte sie noch so gut wie nichts eingenommen.

»Könnten Sie mir die fertige Zeichnung nicht auch schicken? Ich kann sie jetzt nicht mit mir herumschleppen«, fragte die Frau, die in beiden Händen schon diverse Boutiquentüten hielt.

»Nein, tut mir leid, Mam. Päckchen packen und zur Post bringen, das kann ich leider nicht leisten.«

»Können Sie auch bei mir zu Hause eine Zeichnung von mir machen? Da wären wir doch viel ungestörter als hier auf der Straße.« Lüsterner Blick eines Mannes im Alter ihres Vaters.

»Nein, Sir, dafür bin ich nicht zuständig.«

»Hier drücken. Ganz einfach.« Eine japanische Touristengruppe, die sich berufen fühlte, Annabel über die Vorzüge des Fotografierens aufzuklären, damit sie ihr Malzeug gegen so einen handlichen kleinen Apparat eintauschen könnte. Annabel lehnte dankend ab.

Der Höhepunkt dieser unerfreulichen Ergebnisse ihrer Bemühungen war eine Gruppe Jugendlicher, die sich interessiert zeigten, nur um sich ihr zu nähern, und die ihr dann johlend drei ihrer Farbstifte entrissen, die sie zum Kolorieren verwendete, und damit wegrannten.

Am Ende dieses desaströsen vierten Tages ließ sich Annabel mutlos und entkräftet von der Hitze und den Fehlschlägen auf eine Treppe am Tower of London sinken. Sie stützte das Gesicht in die Hände. Sie war so müde, sie hätte auf der Stelle einschlafen mögen, wäre da nicht die Angst, dass ihr noch mehr geklaut würde, sobald sie die Augen schloss. Ganz gelang es ihr jedoch nicht, die schweren Lider aufzuhalten, und so döste sie für einen kleinen Moment doch ein.

»Miss Oxley? Annabel?«

Annabel schreckte hoch, riss ihren Rucksack und den Klappstuhl an sich und wollte aufspringen und davonrennen. Die Polizei hatte sie gefunden, sie würde die Vanda herausgeben müssen. Aber wieso sprach die Polizei sie mit Annabel an?

»Annabel, was tun Sie denn hier?«

Sie riss die Augen auf.

»Mr. Davies?«

»Mein Gott, Annabel, geht es Ihnen nicht gut? Sie sehen furchtbar aus. Verzeihen Sie.«

»Die Hitze«, stammelte sie nur. Es war so wunderbar, ein bekanntes Gesicht zu sehen.

»Haben Sie genug getrunken?«

»Ich weiß nicht.«

»Grundgütiger, Sie sind bestimmt vollkommen dehydriert. Es sind 33 Grad heute und dann die ganzen Abgase. Kommen Sie, geben Sie mir Ihren Arm.« Er half ihr auf die Füße und nahm ihr auch ihre Sachen ab. »Hauptsache erst mal raus aus diesem Getümmel hier. Ich kenne ganz in der Nähe ein Café.«

Annabel protestierte nicht. Sie war dankbar, dass sich jemand ihrer annahm, der einstigen Pflanzendiebin, die couragiert und wagemutig kein Abenteuer gescheut hatte. Die letzten vier Tage hatten sie kleinlaut und demütig werden lassen.

Im Café platzierte Mr. Davies Annabel in die Nähe eines Ventilators und bestellte ihr ein großes Glas frisch gepressten und eisgekühlten Orangensaft. Es war das Köstlichste, was Annabel jemals getrunken hatte. Und sie merkte, wie ihre Lebensgeister zurückkehrten.

»Und nun erzählen Sie doch mal, was Sie jetzt schon in London machen. Das Semester beginnt doch erst in einer Woche. Und vor allen Dingen, was Sie da machen.« Er deutete auf ihre Utensilien. »Wollen Sie sich schon ein bisschen warmzeichnen?«

Er lächelte schief, denn dass das nicht der Wahrheit entsprach, war ihm durchaus klar. So dumm war er nicht. Im Gegenteil.

Alexander Davies war einer der smartesten und freundlichsten Menschen, die Annabel kannte. Er war es gewesen, der sie auf die Idee gebracht hatte, sich in Kew zu bewerben. Er war so etwas wie ein Shootingstar unter den Botanikern, hatte eine Professur für Biodiversität und Pflanzensystematik inne und war mit nur Anfang vierzig wissenschaftlicher Direktor in Kew Gardens geworden. Annabel jedoch kannte ihn schon, seit sie nicht einmal ein Teenager gewesen war, denn er hatte drei Monate bei ihrem Vater die Praxis der Orchideenvermehrung studiert, war bei allen Flower Shows zugegen und gern gesehener Gast bei allen Treffen der Fachkreise.

Und er hatte einmal die ersten Zeichnungen der kleinen Annabel bestaunt, die ihm für sein Lob gleich zwei davon geschenkt hatte. Die eines Orchideenblütenkelches und die einer noch nicht geöffneten Knospe einer Pflanze aus der Familie der Lilien. Unbeholfen noch die Strichführung, aber dennoch bereits unverkennbar das enorme Talent der jungen Künstlerin offenbarend. Und er war derjenige, dem Annabel in einem sehr schwachen Moment gestanden hatte, dass sie gern auf eigenen Beinen stehen und ihren Vater verlassen würde. So war es zur Bewerbung in Kew Gardens gekommen. Wie viel er damit zu tun hatte, dass sie angenommen wurde, wusste Annabel nicht. Und sie wünschte, er hatte damit nichts zu tun, denn sie mochte nicht in dieser Weise protegiert werden.

»Also, wollen Sie es mir erzählen?«, fragte er noch einmal.

»Ich brauchte Geld …«

Die Brauen über seinen blauen Augen hoben sich kurz, aber der freundliche Gesichtsausdruck veränderte sich nicht.

»Ich musste schon früher von zu Hause weg, und dann … Mein Geld auf der Bank … Mein Vater hat …«

Es war verworrenes Zeug, was Annabel da von sich gab. Mr. Davies streckte die Arme über den Tisch aus, legte seine Hände auf ihre.

»Ich verstehe kein Wort, Annabel. Wollen Sie nicht ganz von vorn beginnen?«

Die Sanftheit seiner Worte und die Doppeldeutigkeit der Frage, die Annabel eindeutig mit Ja hätte beantworten können, wäre sie denn so gemeint, wie nur Annabel sie interpretierte, beruhigten sie. Sie atmete ruhiger, der Herzschlag galoppierte nicht mehr, und sie erzählte. Alles. Von Anfang an. Sie fürchtete sich vor den Konsequenzen, aber die Jahre der Lüge und des Betrugs, die Ängste, der Verlust und die Hoffnungslosigkeit, all das steckte in ihr fest und schien sie zu lähmen und ihr die Luft für einen echten Neuanfang zu nehmen.

Hier und da nickte Alexander Davies, manchmal runzelte er die Stirn, oder seine Augen weiteten sich, doch er unterbrach sie nicht. Auch dann nicht, als Tränen über ihr erhitztes Gesicht liefen und sie die Stoffserviette benutzte, um sich die Nase zu schnäuzen. Er erfuhr alles über die Diebstähle, über Sestri Levante und den Verrat durch ihren Vater und den Verlust ihres Geldes. Als Annabel fertig war, ließ sie sich erschöpft gegen die Lehne ihres Stuhls zurückfallen.

»Jetzt wissen Sie alles von mir. Und ich bin mir darüber im Klaren, dass es Konsequenzen haben wird. Eine wie mich, eine die Orchideen stiehlt, wollen Sie bestimmt nicht ausgerechnet in den Gewächshäusern der Königlichen Botanischen Gärten haben. Das wäre ja, als würde man den Fuchs in den Hühnerstall einladen.«

Auch er lehnte sich jetzt zurück, augenscheinlich weder entsetzt noch verärgert. Stattdessen schenkte er ihr ein Lächeln.

»Ich habe es längst gewusst. Das mit den Diebstählen, meine ich.«

»Wie bitte?« Annabel schluckte, und Hitze kroch ihr über Hals und Nacken.

»Ich bin ganz zufällig draufgekommen, vor etwa zehn Jahren. Sie waren gerade dabei, ein Kindel einer südamerikanischen Zygopetalum zu entwenden, und waren so konzentriert, dass Sie mich nicht bemerkt haben. Wo es war, erinnere ich nicht mehr. Ich wollte einschreiten, aber dann sah ich, mit wie viel Kenntnis und Geschicklichkeit Sie vorgingen, und von dem Moment an, als ich mir keine Sorge machen musste, dass die Pflanze Schaden nimmt, habe ich es sehr interessant gefunden.«

»Sie fanden es interessant?« Annabel hörte doch wohl nicht richtig.

»Oh ja. Ich bin Ihnen später bei Veranstaltungen, bei denen Sie und Ihr Vater zugegen waren, noch ein oder zwei Mal gefolgt, wenn Sie sich von der Menge der Gäste entfernt hatten und ich jedes Mal ahnte, warum Sie das taten.«

»Warum sind Sie nicht gegen uns vorgegangen?«

»Sehen Sie, Annabel.« Er beugte sich wieder vor und sprach sehr ernst. »Sie waren ein Kind ohne Mutter. Was wäre aus Ihnen geworden, wenn ich Ihren Vater angezeigt hätte. Ihr Vater wäre für alle Zeit geächtet gewesen, verarmt, vielleicht ins Gefängnis gewandert, Sie womöglich in ein Waisenhaus gekommen. Ich weiß, wie das ist. Ich habe beide Elternteile früh verloren, und ich selbst hatte auch das große Glück, dass es jemanden gab, der meine Begeisterung für die Botanik nicht als kindlichen Unsinn abgetan, sondern stattdessen ernst genommen hat. Ich wäre nicht, was ich heute bin, wenn mich nicht auch ein Mensch gefördert hätte, der an mich glaubte.«

Annabel konnte es einfach nicht ändern, sie musste schon wieder weinen. Auch in ihrem Leben hatte es jemanden gegeben, der an sie glaubte. Und diesen Menschen hatte sie belogen und bestohlen und voller Fragen zurückgelassen.

»Mir ist über die Jahre nicht entgangen, dass es Ihrem Vater finanziell und gesundheitlich nicht gut ging. Und dann die Pflanzendiebstähle. Ich kann eins und eins zusammenzählen. Dann kam Wisley, wo Sie sich weigerten, bei der Preisverleihung an der Seite Ihres Vaters aufzutreten. Wo Sie wegliefen und ich Ihnen gefolgt bin, weil ich ahnte, dass jetzt der Moment gekommen wäre, um Dinge zu ändern.«

»Und Sie hatten recht. Es war der richtige Moment. Sie haben mir zugehört, auch da schon.«

»Ich hätte mich früher an Sie wenden können. Aber ich wollte, dass der Wunsch aufzuhören und von Ihrem Vater unabhängig zu werden, von Ihnen kommt.«

»Und jetzt ist alles schon wieder vorbei.«

»Ja, das hier ist jetzt vorbei.« Wieder deutete er auf Annabels Rucksack und den Hocker. »Es gibt zwei Möglichkeiten: Sie zeigen Ihren Vater an, und es kommt zu hässlichen Streitigkeiten vor Gericht, die Sie zermürben werden. Er wird vermutlich nicht damit sparen, Sie zu verletzen.«

Annabel nickte. »Ich hätte das nie für möglich gehalten, aber jetzt befürchte ich das auch. Und trotz allem ... Er fehlt mir. Oder das, was wir früher einmal hatten.«

»Das verstehe ich gut. Die zweite Möglichkeit ist, das alles hinter sich zu lassen und sich ausschließlich auf Kew und die Zukunft zu konzentrieren.«

»Aber ohne Geld kann ich doch nicht ...«

Davies hob die Hand und unterbrach sie.

»Kew vergibt Stipendien. Die Stipendiaten stehen für dieses Semester schon lange fest, aber es gibt auch immer Ausnahmen und Möglichkeiten, wenn diesen Empfehlungen zugrunde liegen.« Er grinste, und der sonst so ernste Mann hatte für einen Moment etwas Spitzbübisches an sich. »Erst recht, wenn diese Empfehlung von einem der Direktoren kommt.«

»Aber ich will das nicht. Nicht auf diese Weise. Das ist doch keine Unabhängigkeit.«

»Nein, noch nicht. Das ist ein Krückstock, der Ihnen dabei hilft, die notwendigen Schritte in die Unabhängigkeit zu gehen. Wie ich schon sagte, ich wäre ein Nichts und Niemand, hätte ich nicht auch Hilfe gehabt. Also, was meinen Sie, wollen wir Ihre persönlichen Sachen aus Ihrem Zimmer holen, und Sie kommen gleich mit mir nach Kew?«

Annabel nickte.

23

✿

Sestri Levante, heute

Die Villa lag im Dunkeln, als sie in Hollys Mini mit ausgeschalteten Scheinwerfern vorfuhren. Holly kam sich reichlich albern vor, aber Annabel hatte darauf bestanden, damit sie nicht gesehen würden, bevor sie auch nur den Wagen abgestellt hätten. Doch wie sollte es nun weitergehen? Das Tor würde selbstverständlich verschlossen sein, wozu war es sonst nütze?

»Wir müssen irgendwie rüber auf die andere Seite kommen«, sagte Annabel.

»Ist mir klar. Dann lass dir mal etwas einfallen.« Holly verschränkte die Arme vor der Brust. »Und wieso überhaupt wir? Du.«

»Durch die Gitterstäbe zwängen kann ich mich nicht. Du musst mir schon helfen.«

»Hatte ich nicht gesagt, ich bleibe im Auto sitzen?«

»Herrje, nun sei doch nicht so stur. Steig mit aus, und halte deine Hände wie Steigbügel, damit ich mich über das Tor hieven kann.«

»Du bist doch wohl verrückt geworden. Wie willst du denn dann zurückkommen?«

»Das werde ich sehen.« Annabel sah Holly beschwörend an.

»Na schön, verdammt.«

Als sie vor dem Tor standen, drehte sich Holly einmal um sich selbst und sah sich um.

»Gibt es hier womöglich Kameras?«, fragte sie im Flüsterton.

»Das glaube ich nicht. Das passt nicht zur Familie Lana. Die sind immer schon so traditionell gewesen und nicht für neumodischen Kram zu haben.«

»Na ja, Kameras sind jetzt nicht unbedingt der letzte Schrei …«

»Nun mach schon. Halte mir deine Hände hin.«

Holly beugte sich vor, verschränkte die Hände zu so etwas wie einem Steigbügel und wartete ab. Annabel stellte einen Fuß hinein, und Holly mühte sich nach Kräften, sich aufzurichten und Annabel damit hochzuheben, damit sie vielleicht ein Bein über das Tor schwingen könnte. Aber es klappte nicht. Auch wenn Annabel beinahe ein Federgewicht war, so hatte sie doch nicht mehr die Muskelkraft, um oben ausreichend Schwung zu holen. Sie rutschte ab und wäre beinahe gefallen.

»So funktioniert das nicht. Ich brauche etwas wie eine Leiter.« Annabel legte die Stirn in Falten. Dann fiel ihr Blick auf den Mini. »Das Auto. Wenn ich auf die Kühlerhaube klettere, dann kann ich von dort über das Tor klettern.«

Holly lachte, zu laut für die Stille, die sie umgab. Erschrocken hielt sie sich die Hand vor den Mund.

»Auf keinen Fall, nicht schon wieder mein Mini.«

Erst ein Unfall wegen eines blöden Schafs, dann ein Einbruch wegen der Orchideen und jetzt womöglich noch ein paar Dellen mehr, wenn Annabel sich vielleicht ungelenk auf die Kühlerhaube plumpsen ließ. Alles hatte Grenzen.

Annabel sah sie flehend an, doch diesmal blieb Holly standhaft. Sie schüttelte den Kopf.

»Gut, dann sehe ich mich um. Vielleicht gibt es irgendwo einen Durchschlupf in der Hecke, die das Grundstück umgibt. Ist ja schließlich nicht Wandsworth hier.«

»Nein, aber vielleicht landen wir da, wenn sie uns erwischen.«

»Zuerst müssten unsere Regierungen dann in Verhandlungen treten und einen Gefangenenaustausch oder eine Auslieferung vereinbaren. Wenn das scheitert, sitzen wir vielleicht nicht in

Wandsworth ein, sondern irgendwo in Italien. Ist bestimmt netter als in England.«

»Darauf würde ich lieber nicht wetten.«

Annabel kicherte doch tatsächlich bei der Vorstellung. Holly konnte es nicht fassen. Sie hatte noch ein paar Jahre mehr vor sich als Annabel und wollte keine Vorstrafe mit sich herumschleppen. Aber sie folgte Annabel, die wirklich wie ein geübter Einbrecher um die Grundstücksgrenze schlich.

Fast überall wurde der Park von einem Saum aus Rhododendren und Kirschlorbeer eingefasst, ab und an unterbrochen von Hortensien. Holly kannte Hortensien nur als sorgfältig gestutzte Topfpflanze in englischen Vorgärten, hier aber wuchsen sie zu Hecken heran, so hoch, dass Holly nicht mehr drüberschauen konnte.

»Hier!«, rief Annabel plötzlich aus und hatte hörbar Mühe, nicht in Jubel auszubrechen.

Und tatsächlich, da war eine Lücke in der Wand aus Zweigen und Blättern, die Holly undurchdringlich erschienen war. Die Büsche rechts und links davon waren bräunlich verfärbt und trocken wie Pergamentpapier. Offenbar hatte man einen Busch entfernt, der nicht mehr zu retten gewesen war.

Und ehe sie sich's versah, war Annabel durch das Loch geschlüpft. Holly lauschte in die Stille, wartete ab, ob irgendein Kommentar von ihr käme, doch da war nichts.

»Annabel? Ist alles in Ordnung?«

Die Antwort war etwas, das Holly wie ein unterdrücktes Aufschluchzen vorkam. Was war da los? Ihre anfängliche Weigerung ignorierend, duckte sich auch Holly unter ein paar tiefhängenden Zweigen hindurch und schlüpfte auf die andere Seite.

Annabel stand da, die Hände in einer Geste der Ergriffenheit vor der Brust übereinandergelegt.

»Annabel?«, fragte Holly vorsichtig und berührte die Frau, deren Haar jetzt im Mondlicht wie Silber schimmerte, sanft am Arm.

»Es ist nur …« Annabel bemühte sich offensichtlich, die richtigen Worte zu finden. Sie sammelte sich und begann noch einmal. »Es ist nur, dass es hier genau so aussieht wie damals. Es hat sich gar nichts verändert.«

Ein Schauer lief Holly über den Rücken. Wie mochte es für Annabel sein, hierher zurückzukehren? Es musste sich doch anfühlen wie eine Zeitreise in die eigene Vergangenheit. Sie konnte nur ahnen, welche Emotionen das hervorrief.

»Da drüben, die Platane, da haben wir uns vor der Sonne in den Schatten zurückgezogen, und er hat mir vorgelesen.«

Annabel sprach so leise, als erzähle sie es sich selbst. Als müssten ihre Worte bekräftigen, dass es wirklich so gewesen war und sie sich bestimmt nichts einbildete. Holly ließ sie.

»Da drüben sind wir uns zum ersten Mal begegnet. Ich war so müde von der Hitze und bin eingeschlafen, als ich mich nur ein bisschen ausruhen wollte. Und dann saß er da …«

Langsam setzte sich Annabel in Bewegung, und Holly folgte ihr. Sie konnte verstehen, welche Faszination der Garten schon damals auf Annabel ausgeübt haben musste. Die Wege waren verschlungen, die Anpflanzungen griffen ineinander, ohne sich klar voneinander abzugrenzen, die Farben zerflossen zu einem weichen Aquarell aus Blüten und Knospen. Über allem hing ein süß-würziger Duft.

»Komm«, sagte Annabel und griff nach Hollys Hand. »Wir müssen zum hinteren Ende des Gartens. Dort ist das Orchideenhaus.«

Holly war froh, dass Annabel sich wieder gefangen hatte und sie sich an das erinnerte, was der Grund für ihr Eindringen war. Sie bewegten sich lautlos wie Katzen durch das Gras, machten große Schritte über die Kieswege hinweg, um jedes unnötige knirschende Geräusch zu vermeiden, und Holly stellte fest, dass die ganze Sache anfing, ihr Spaß zu machen. Sie konnte ein wenig verstehen, was Annabel damals gereizt hatte. Der Nervenkitzel, kombiniert mit der puren Freude darüber, diesen herrlichen Park mitten in der Nacht ganz für sich allein zu haben, das überwältigte auch Holly.

Plötzlich wurde der Griff um ihr Handgelenk fester. So fest, dass es beinahe wehtat.

»Was ist?«, zischte sie Annabel zu.

»Da ist es.«

Annabel deutete auf eine Konstruktion von beachtlichem Ausmaß, die aus dem Dickicht aus Wacholder, Zistrosen und Oleander herauszuwachsen schien. Am Boden drum herum wucherte Rosmarin.

»Meine Güte!« Holly flüsterte nun auch, weil dieses Gewächshaus, was sich vor ihnen erhob, einen ganz ähnlichen Effekt wie eine Kathedrale auf sie hatte. Es machte sie so ehrfürchtig, dass sie das Gefühl hatte, es gehöre sich nicht, laut zu sprechen.

Das Glas spiegelte das Mondlicht und warf es zurück in den Garten, wo es geheimnisvolle Schatten malte. Es war atemberaubend.

»Dort an der Seite ist die Tür«, sagte Annabel. »Falls sich hier wirklich nichts verändert hat, dann weiß ich sogar noch, wo der Schlüssel versteckt ist.«

»Dann los«, sagte Holly und wollte vorausgehen.

»Holly?«

Holly sah sich um. Annabel war stehen geblieben. Sie hatte es sich doch nicht anders überlegt, jetzt wo sie am Ziel waren?

»Was?«

»Ich möchte allein hineingehen.«

»Oh, ja. Natürlich.«

»Nimm es mir nicht übel, bitte.«

»Ganz sicher nicht. Ich verstehe dich.«

Und das tat Holly tatsächlich. Dieser Ort war für Annabel alles gewesen. Himmel und Hölle. Anfang und Ende. Sie würde diesen Augenblick auch für sich ganz allein haben wollen.

Holly trat beiseite und sah Annabel zu, wie sie die Klinke herunterdrückte. Die Tür war nicht einmal abgeschlossen, aber offensichtlich lange nicht mehr geöffnet worden. Sie schien verzogen, Annabel riss daran, bis sie endlich aufging. In diesem Moment hätte Holly bereits stutzen sollen, aber mit angehaltenem Atem sah sie Annabel ins Innere des Gewächshauses verschwinden und die Tür hinter sich zuziehen.

Einen Augenblick später ertönte ein Schrei.

»Annabel?« Holly stürzte auf die Tür zu, riss sie auf, und mit einem Satz stand sie im Gewächshaus.

Annabel kauerte am Boden. Sie wimmerte wie ein verletztes Tier.

»Was ist passiert?« Holly ging neben ihr in die Hocke. »Hast du dich verletzt?«

Doch Annabel antwortete nicht. Sie hatte die Arme um den Körper geschlungen und bewegte sich vor und zurück wie in Trance.

»Mein Gott, sag doch etwas!«, bat Holly.

Annabel strömten Tränen über das Gesicht. Vorsichtig betastete Holly ihre Arme und Beine. Sie schien unversehrt. Dann sah sie auf und folgte Annabels Blick. Und sie begriff.

Da war nichts.

Es gab keine Orchideen und auch keine anderen Pflanzen. Nur leere Pflanztische, verdreckt und seit langer Zeit unbenutzt. Mit einer Moosschicht überzogene abgestorbene Gehölze. Angeschlagene Kübel und Schalen, Tonscherben, die niemand aufgesammelt hatte. Klamme Decken und Kissen, achtlos wie ein Knäuel in einer Ecke auf dem Boden zurückgelassen. Über allem lag der modrige Geruch von Fäulnis und Zersetzung.

Das hier war ein Grab.

»Komm«, sagte Holly sanft. »Komm, wir gehen. Ich bring dich hier weg.«

Widerstandslos ließ sich Annabel von Holly auf die Füße helfen und aus dem ehemaligen Gewächshaus führen. Stumm gingen sie zurück zur Hecke, ohne dass Annabel sich noch einmal umsah. Sie schlüpften durch das Loch und gingen zurück zum Auto. Holly fragte nicht lange, sie startete den Motor und fuhr. Hier gab es nichts mehr für sie.

24

Kew Gardens, 1969

»Sehen Sie dies hier?« Mrs. Billingham zeigte mit der Spitze eines Bleistifts auf das Zeichenpapier. »Um den Stempel herum sind hauchdünne Härchen angeordnet. Die dürfen nicht aussehen wie Dornen. Versuchen Sie es noch einmal, nach der Mittagspause. Sie schaffen das schon.«

Annabel seufzte.

»Was hat dieses Seufzen zu bedeuten? Stapeln Sie tief, oder ist das die Arroganz derer, die denken, sie wären bereits gut genug und müssten nicht mehr üben?«

»Nein, auf keinen Fall. Beides nicht«, verteidigte sich Annabel.

Mrs. Billingham beugte sich zu ihr hinab und flüsterte nun.

»Manchmal würde ich Sie gerne aus der Klasse verbannen, damit die anderen sich nicht demotiviert fühlen. Sie sind meine Klassenbeste, und das wissen Sie genau. Ich sehe manchmal keinen Grund, Sie noch länger auszubilden, und weiß nicht, warum man Sie hier noch nicht angestellt hat.«

Dann drehte sie sich um und ging davon.

Annabel wollte das nicht hören. Es war ihr unangenehm, und wenn sie auch selbst sah, dass das, was sie zeichnete, durchaus gut war, erfüllte es ihre eigenen Erwartungen doch nie, und sie riskierte, sich so sehr ins Praktizieren zu verbeißen, dass es sie vollständig vereinnahmte und restlos auslaugte. Sie mochte und schätzte Mrs. Billingham. Sie war genau und ließ keine Schlamperei durchgehen, aber sie war nie auch nur ansatzweise gemein oder erniedrigend in der Art und Weise, Kritik zu üben. Solche Lehrer gab es auch, und Annabels Naturell kollidierte recht oft mit deren arroganter Attitüde. Doch im Großen und Ganzen hatte sie das Gefühl, sich inmitten eines Paradieses zu befinden. Und jeden Tag in der Mittagspause wurde ihr dies noch einmal ganz besonders bewusst.

Annabel war nicht religiös, glaubte an keinen Gott, schon gar nicht als einen alten, weisen Mann mit Rauschebart, der irgendwo auf einer Wolke hockte und die Geschicke der Menschen lenkte. Aber wenn sie durch die Gärten ging, die unerschöpfliche Fülle an Arten bestaunte, die Schönheit jedes einzelnen Blattes und jeder Blüte, die kaum erkennbaren Feinheiten, die sie manchmal voneinander unterschieden, die Abstufungen der Farben und auch die Fähigkeit der Pflanzen, sich zu versorgen, anzupassen und fortzupflanzen und dabei noch so viel zu geben zu haben für alle Arten von Insekten und Vögeln, dann, und nur dann, glaubte Annabel, dass dies alles göttlichen Ursprungs sein musste. Wenn sie eine Religion hatte, dann war es die Natur.

Die Gewächshäuser waren die Kathedralen und das Temperate House die größte von allen. Es beherbergte fast zehntausend Exemplare von mehr als eintausend Arten vom ganzen Erdball, viele von ihnen vom Aussterben bedroht. Dort fiel die Temperatur nie unter zehn Grad, und wenn das Mondlicht silbern durch das hohe Glasdach fiel, dann war es, als befände sich Annabel in einer anderen Welt voller geheimnisvollem Grün, nächtlichem Gewisper und Wunder. Hier fühlte sie sich klein und demütig.

Im Palm House gab es kuriose Geschöpfe wie den eleganten Encephalartos woodii aus der Familie der Brotpalmfarne, den Annabel besonders ins Herz geschlossen hatte, weil er sie in seiner Einsamkeit an sie selbst erinnerte. 1895 war er in Südafrika entdeckt worden und war vier Jahre später nach Kew gekommen, wo er seit siebzig Jahren ein einsames Dasein führte, ohne Aussicht auf Gesellschaft oder gar amouröse Abenteuer, denn auf dem gesamten Planeten gab es keine weibliche Pflanze dieser Art mehr.

Die japanischen Gärten, der Garten des Friedens und der Garten der Harmonie, beruhigten Annabels Nerven, wenn sie plötzlich dachte, den Anforderungen nicht zu genügen, oder wilde Panik sie erfasste bei dem Gedanken, ihr Vater könne auf einmal auftauchen und ihr, auf welche Art auch immer, einen Strich durch die Rechnung machen und etwas tun, was zum Abbruch ihrer Ausbildung führen würde.

Und natürlich besuchte sie, sooft es ging, die Orchideen, deren Anblick sie jedes Mal gleichermaßen mit Glück und Trauer erfüllte, bei denen sie aber ihre Zeichenfortschritte am liebsten vorantrieb, indem sie auch nach Ende der Unterrichtsstunden dort unermüdlich jede noch so geringe Krümmung einer Luftwurzel oder das allerkleinste Detail eines Staubblattes abzubilden versuchte.

Sie war fleißig, meist allein, aber glücklich.

Jetzt wickelte sie auf einer der Bänke ihr mitgebrachtes Gurkensandwich aus dem Papier und schenkte sich aus einer Thermoskanne Tee in einen Becher. Das Gesicht hielt sie in die Sonne, die Füße lang von sich gestreckt. Sie genoss ihre Pause und tat das am liebsten allein, damit sie ihren Gedanken nachhängen konnte. Eine Biene summte nah an ihrem Ohr, und Annabel fragte sich, ob sie wohl hineinkrabbeln würde, wenn sie sich nicht rührte, was natürlich nicht wünschenswert wäre.

»Annabel!«

Sie fuhr zusammen. Es war Alexander Davies, der eilig über den staubigen Weg auf sie zusteuerte.

»Annabel, hier sind Sie. Mein Gott.«

Er schien ganz außer sich, und Annabel wurde augenblicklich von Unruhe erfasst. Sie legte das Sandwich zurück ins Papier und schob es in ihre Tasche. Mr. Davies schob ihre Teetasse zur Seite, als er bei ihr ankam, und ließ sich neben sie sinken.

»Annabel, ich habe keine guten Nachrichten.«

Ich kann nicht hierbleiben, dachte sie, und ihr wurde übel.

Davies nahm ihre Hände und sah sie mitfühlend an.

»Es ist Ihr Vater. Er ist tot.«

Und da war der Moment gekommen, in dem er ihr auf seine ganz eigene Weise einen Strich durch die Rechnung machte.

25

Sestri Levante, heute

Hollys Koffer war schnell gepackt. Sie hatte in der kurzen Zeit in Sestri Levante erst gar nicht alles herausgenommen, denn was sie dabeihatte, war ja für das kühle England gedacht gewesen und nicht für Italien. Holly wünschte, sie wären auf der Insel geblieben und hätten sie nie verlassen.

Sie ging über den Korridor und klopfte an Annabels Tür. Als keine Antwort kam, trat sie dennoch einfach ein. Annabel sah nicht auf, sondern warf die letzten Dinge in den Koffer. Achtlos, ohne Rücksicht auf Falten, Kniffe oder Schrammen. Holly hatte das Gefühl, ihr wäre seit der bitteren Erkenntnis, dass von ihren romantischen Erinnerungen nichts als ein verrotteter Haufen Müll übrig geblieben war, alles vollkommen gleich.

»Wie lange brauchst du noch?«, fragte Holly.

»Bin gleich fertig.« Mit einem lauten Geräusch knallte ein Brillenetui gegen eine leere Trinkflasche, als Annabel beides in hohem Bogen ebenfalls in den Koffer beförderte. »Danach dusche ich noch. Ich will mir das von der Haut spülen. All das hier. Die ganze verdammte Vergangenheit.«

Holly blickte an Annabel hinab. Sie trug noch immer die Kleidung von gestern Abend, mit der sie am Boden des Gewächshauses gekauert hatte. Sie war voller Staub und dunkler Flecke, die wohl von Pflanzenerde stammten. Annabel musste darin geschlafen haben. Falls sie überhaupt geschlafen hatte. Schatten lagen unter ihren Augen.

»Gut, dann erledige ich noch schnell ein Telefonat, bis du so weit bist.«

Annabel antwortete nicht.

Holly stieg die Treppe hinunter und ging an der Rezeption vorbei auf die Straße. Gleißendes Sonnenlicht blendete sie und passte so gar nicht zu ihrer und Annabels gedrückter Stimmung. Sie wollte sich etwas bewegen, bevor sie bald wieder stundenlang hinter dem Steuer sitzen würde. Annabel wollte sie in ihrem derzeitigen Zustand das Fahren erst einmal nicht überlassen.

Sie zog das Telefon aus ihrer Hosentasche und wählte die Nummer der Agentur. Wie erhofft nahm Emma ab.

»Holly, endlich! Wie geht es dir? Wo bist du denn? Wann kommst du zurück?«

»Langsam, Emma.« Holly musste lächeln. Es tat so gut, die vertraute fröhliche Stimme der Freundin zu hören. »Ich bin noch in Italien. Ich wollte dir nur mitteilen, dass ich übermorgen zurück sein werde und dann ins Büro komme. Mein Urlaub ist beendet.«

»Das hört sich aber nicht so gut an. Ist was passiert?«

»Das erzähle ich dir in aller Ruhe, wenn ich wieder da bin.«

»Dir hat doch kein feuriger Italiener das Herz gebrochen?« Emma kicherte.

»Nein. Ganz und gar nicht.«

Nur grandios zum Narren gehalten hat mich einer. Jedenfalls wenn man mit Annabels Verdacht mitging.

»Dann übermorgen auf einen Drink im Gypsy Moth? Oder zwei oder drei?«

»Abgemacht.« Holly hielt kurz inne. »Nur eins noch, Emma.«

»Was denn?«

»Gab es zwischenzeitlich Interessenten für das Haus von Annabel Oxley?«

»Ja, zwei. Allerdings waren beide nicht besonders begeistert über den Wintergarten. Wir konnten ja noch nichts zeigen, aber allein die Information zu den Orchideen, die übernommen werden sollen …«

»Ja, das hab ich mir gedacht. Aber vielleicht ändert sich das schon bald.«

»Wie meinst du das?«

»Es könnte sein, dass Miss Oxley ihre Meinung ändert und womöglich die Orchideen aufgibt. Aber das ist noch nicht spruchreif, behalte das vorerst für dich.«

»Klar doch. Aber wie hast du das denn geschafft?«

»Ich gar nicht. Und ich wünschte, es wäre anders.«

Emmas Schweigen zeigte Holly an, dass sie nicht verstand – wie sollte sie auch – und dass sie darauf hoffte, Holly möge mehr erzählen. Aber es war nicht der richtige Moment.

»Bis übermorgen, Emma.« Holly legte auf.

Die Gassen von Sestri Levante waren jetzt in der Hochsaison bereits am Morgen überfüllt. Wie von einer unsichtbaren Schnur gezogen, schienen auf wundersame Weise fast alle Menschen in dieselbe Richtung unterwegs zu sein. Nämlich in Richtung Strand. Holly seufzte. Sie hatte sich ihren ersten Italientrip weiß Gott anders vorgestellt, auch wenn von Anfang an klar gewesen war, dass sie nicht zum Urlaubmachen herkommen würden. Dennoch, das italienische Dolce Vita hatte sich ihr in der kurzen Zeit nicht erschlossen. Ein eiliges Eis im Gehen, ein irgendwie dazwischengeschobener halbherziger Stadtbummel und ein Abendessen, das in einem Desaster geendet hatte.

Irgendwann würde Holly einen neuen Anlauf nehmen und hierher zurückkehren. Oder an einen anderen Ort an der Küste. Sie würde sich eine alberne quietschbunte Luftmatratze kaufen, Granita mit Limonengeschmack trinken und vielleicht sogar einen Abstecher auf die andere Seite des Landes machen und in Venedig eine kitschige Gondelfahrt buchen. Irgendwann.

Als sie zurück am Hotel war und an die Rezeption trat, kramte Holly ihre Brieftasche aus der Tasche. Sie würde die Rechnung begleichen. Auch die von Annabel, ob sie damit einverstanden wäre oder nicht. Die Freundin, zu der ihr die ältere Frau in den letzten Tagen geworden war, hatte jetzt ganz andere Sorgen, und Holly konnte die Geldausgabe verschmerzen. Erst recht, wenn dann wirklich in naher Zukunft die Provision aus dem Cottageverkauf auf ihr Bankkonto floss. Und wenn Holly es recht bedachte, war sie nicht ganz unschuldig an der momentanen Situation. Hätte sie Annabel nicht so zum Verkauf einiger ihrer Orchideen oder Zeichnungen gedrängt, wären sie nicht hier und in einer Stimmung, die der auf einer Trauerfeier gleichkam. Das Mindeste, was sie tun konnte, war das Begleichen der Hotelrechnung Annabels.

»Hallo, Signora Martini. Ist Miss Oxley noch auf ihrem Zimmer?«

Die Signora nickte eifrig und wollte noch etwas sagen, doch Holly unterbrach sie. Nur keine Plauderei jetzt. Sie wollte weg aus Sestri Levante.

»Ich möchte die Rechnung, bitte. Für beide Zimmer. Ich zahle mit Kreditkarte.«

»Aber ja, Signorina, gleich, gleich. Es ist etwas für Sie abgegeben worden.«

»Für mich? Was denn?«

»Kommen Sie mit. Ich hab sie hier abgestellt.«

Sie? Holly konnte sich keinen Reim darauf machen.

Signora Martini winkte sie hinter den Empfangstresen und durch die nostalgischen Perlenschnüre, die statt einer Tür den Durchgang zum Büro hinter der Rezeption verhängten.

»Hier, sehen Sie?« Sie deutete auf etwas in einer Ecke des Raums, trat zur Seite und gab den Blick frei.

»Nein!« Holly schrie beinahe. »Das gibt's doch nicht!«

Auf dem Boden stand eine Holzkiste, aus der zarte Zweige, Blätter und tiefblaue Blüten herauslugten. Annabels blaue Vandas.

Sie waren wieder da. Sorgfältig hatte jemand die Räume zwischen den Töpfen mit altem Zeitungspapier ausgestopft, damit sie nicht kippten und die Pflanzen womöglich beschädigt wurden.

»Wer war das?«, fuhr Holly Signora Martini an. »Die Polizei?«

»Die Polizei? Aber nein, nicht doch.« Ganz erschrocken weiteten sich ihre Augen. »Das war ein Mann, kein Polizist.«

Holly, die über diese Formulierung fast lachen musste, sah sich um.

»Wie lange ist das her? Wohin ist er gegangen?«

»Das war gerade eben. Sie haben ihn ganz knapp verpasst. Er hat das Hotel verlassen und ist nach links die Straße hinuntergegangen.«

Holly überlegte nicht lange. Sie rannte auf die Straße, prallte in eine ältere Dame, der beinahe die Papiertüte voller reifer Tomaten aus dem Arm gerutscht wäre. Holly rief eine Entschuldigung aus, irgendein Gemisch aus Englisch und Italienisch, und rannte weiter. Links die Straße herunter hatte Signora Martini gesagt. Das war die Richtung, in der die engen Gassen lagen, durch die außer Polizeiwagen keine anderen Fahrzeuge fahren durften. War der geheimnisvolle Unbekannte etwa zu Fuß gekommen? Mit der großen Kiste? Das erschien ihr nicht sehr wahrscheinlich.

Holly lief dennoch weiter, die Absätze klapperten auf dem Kopfsteinpflaster. Als sie um eine Häuserecke bog, rutschte sie aus, weil die Riemchensandalen keinen Halt boten, und fiel beinahe der Länge nach hin. Blitzschnell streckte sie die Arme nach vorn und fing den Sturz mit den Händen ab, was sie aber bis in die Schultern zusammenstauchte. Morgen würde sie sich nicht rühren können, und es würde eine noch grässlichere Heimfahrt werden als ohnehin schon.

Sie blickte in eine Seitengasse, in der es keine Geschäfte gab. Nur eine magere Katze und Wäsche, die an Leinen flatterte, von Haus zu Haus gespannt. Doch in einiger Entfernung war da auch ein Mann, der sich langsam dem Ende der Gasse näherte, wo ein offener Sportwagen stand. Am Steuer saß ein anderer Mann, den Holly auch von hier noch erkannte. Der Spross der Familie Lana. Es war wohl kein Zufall, dass der jetzt hier auftauchte. Wartete er auf den anderen? Gehörten sie zusammen? Und dann traf es Holly wie Blitz und Donner gleichzeitig. Der Mann, von dem sie nur den Rücken sah, war alt. Er hatte eine aufrechte Haltung, aber einen unsicheren Gang. Jeden Schritt setzte er mit Bedacht.

Anders als Holly. Sie lief los und rannte, als ginge es um ihr Leben. Als sie den Mann beinahe erreicht hatte, holte sie Luft und rief: »Signor Lana? Gianfranco?«

Und das Wunder geschah. Er drehte sich um, und Holly wusste, dass sie ihn gefunden hatte.

✿

Sie saßen auf der Terrasse eines Cafés. Ein Sonnenschirm spendete Schatten, und ein kühles Wasser gab Holly die Energie zurück, die ihr der Spurt durch die Altstadt abverlangt hatte. Ihr Gegenüber hob gerade die Kaffeetasse an die Lippen, ein bisschen zitternd, was dem Alter oder aber der Aufregung zuzuschreiben war. Gianfranco Lana. Annabels große Liebe. Bevor sie Annabel verständigen würde, wollte Holly ihn kennenlernen und wissen, was es mit dem Orchideendiebstahl und der Rückgabe auf sich hatte. Sie wollte Annabel weitere Enttäuschungen ersparen.

Ihre eigene Enttäuschung über den Betrug durch Gianfrancos Neffen schob sie beiseite. Als er sie erkannte, hatte er nur knapp genickt und dann den Kopf in die andere Richtung gedreht. Aus Scham, wie Holly hoffte.

»Erzählen Sie mir, was passiert ist?«, fragte Holly.

Er nickte und sah sie aus den Augen an, von denen ihr Annabel so oft erzählt hatte. Sie waren in unzählige feine Fältchen eingebettet, aber Holly bemerkte die berühmt-berüchtigten

Funken, die sprühten, wenn er lächelte. Sie versuchte, sich ihn fünf Jahrzehnte jünger vorzustellen, und bekam eine ungefähre Idee davon, wie Annabel ihn gesehen hatte. Er war bestimmt Emilio gar nicht so unähnlich gewesen, aber mit freundlicheren Grundzügen. Vielleicht war Holly aber auch nur voreingenommen. Gianfranco begann zu erzählen.

»Emilio, der Sohn meiner Schwester Antonella, kennt die Geschichte von damals. Irgendwann hatte ich sie ihm erzählt. Es ist einige Jahre her. Er war gerade von seiner Freundin verlassen worden, die er sehr geliebt hatte, und ich dachte, wenn ich ihm meine Geschichte erzähle, würde er begreifen, dass das Leben dennoch weitergehen kann. Wenn auch nicht mehr mit dem Menschen, den man sich ursprünglich an seiner Seite gewünscht hatte.«

Holly hätte ihn zu gern sofort gefragt, mit wem an der Seite sein Leben nach Annabel weitergegangen war, doch sie wollte ihn nicht unterbrechen.

»Aber Emilio war zu verletzt. Er hat es nicht verstanden. Für ihn war es nur eine weitere Bestätigung dafür, dass man niemandem trauen kann und es die wahre, große Liebe nicht gibt.«

Doch, die gibt es, dachte Holly und biss sich auf die Lippen.

»Die Sache mit den blauen Vandas, die Annabel …« Er hielt inne und legte sich eine Hand auf die Brust. »Ich habe ihren Namen seit damals nicht mehr ausgesprochen. Es fühlt sich eigenartig an.«

»Eigenartig gut oder eigenartig schlecht?«, wollte Holly wissen. Sie betete, dass er die richtige Antwort geben würde.

»Eigenartig gut. Sogar sehr schön.«

Holly klatschte mit wem auch immer innerlich High Five ab.

Er lächelte, und dahinter erkannte sie auch bei ihm einen Funken Hoffnung aufblitzen. Aber natürlich, dachte sie, auch er hat ja keine Ahnung, wie er Annabels plötzliches Auftauchen nach all den Jahren deuten soll. Für ihn war sie vielleicht gekommen, um ein weiteres Mal ihren Vorteil zu suchen. Wie sollte er interpretieren, dass sie seiner Familie an einem Gartentor einen unermesslichen Sammlerschatz anbot, als würde sie Kaugummi und Zigaretten aus einem Bauchladen heraus verkaufen?

»Emilio war aber nicht derjenige, der sich als Rächer für das damals Geschehene gesehen hat. Er war nur ein leicht einzuspannendes Werkzeug. Seine Mutter Antonella hat ihn auf die Orchideen angesetzt. Damals hatte meine ältere Schwester Elisabetta geschworen, dass sie sie zurückholen würde, koste es, was es wolle. Ich habe sie nach dem, was dann alles noch folgte, nicht gelassen. Irgendwann fand sie sich damit ab und gab Ruhe. Antonella hingegen konnte ihren Hass bis heute nicht überwinden. Dass ihr dann die Orchideen Jahrzehnte später quasi auf dem Silbertablett vor die Nase gesetzt werden würden, damit hat sie sicher nicht gerechnet. Und natürlich kam es ihr nicht im Traum in den Sinn, Annabel dafür Geld zu zahlen. Es tut mir sehr leid. Ich schäme mich dafür.«

»Haben Ihre Schwester und Ihr Neffe Ihnen denn bereitwillig von ihrer Glanzleistung erzählt, oder wie haben Sie es herausgefunden?«

»Antonella ist umgehend mit den Orchideen zu mir gekommen. Einer ihrer größten Triumphe, wenn nicht der größte überhaupt. Sie hatte Anerkennung erwartet, das war sehr dumm.«

»Ja, das war es. Und das alles hätte vermieden werden können, wenn Ihre Schwester uns nicht so rigoros abgewiesen hätte. Ich bin nämlich nicht einmal mehr sicher, ob Annabel jemals vorhatte, die Orchideen zu verkaufen. Ich glaube inzwischen eher, dass sie sie einfach nur zurückgeben wollte, um das Unrecht wiedergutzumachen.«

Holly hielt das genau genommen vom jetzigen Standpunkt aus betrachtet für das Wahrscheinlichste.

Gianfranco sagte nichts. Vielleicht überlegte er, ob Holly recht hatte und was das dann bedeuten würde.

Dann fiel Holly ein, dass die Geschichte an dem Punkt noch nicht zu Ende war.

»Aber wie ging es dann weiter? Als Emi…« Holly wollte den Namen nicht aussprechen, zu sehr grollte sie Gianfrancos Neffen noch. »Wie kam es dann zu der Rückgabe? Hat die Polizei Sie kontaktiert, so wie wir es verlangt hatten?«

»Polizei? Nein. Mich hat niemand kontaktiert.«

Holly hätte es sich ja denken können.

»Ich habe das so entschieden. Ich wollte keinesfalls Gleiches mit Gleichem heimzahlen. Das sind Mafiamethoden.« Nun zwinkerte er Holly zu, und sie konnte nicht anders, als ihn anzulächeln.

»Wollten Sie denn gar nicht Annabel wiedersehen?« Hollys Herz schlug schneller, als sie endlich die wichtigste aller Fragen stellte.

Er fuhr sich mit einer Hand durch das Haar, das einmal pechschwarz gewesen sein musste und jetzt von Silberfäden durchzogen war wie auch das ehemals rote Haar von Annabel. Sie hätten gemeinsam alt werden können. Es war ein Jammer, dass es dazu nicht gekommen war, und solch eine Verschwendung von glücklicher Lebenszeit.

Als er nicht antwortete, fragte Holly weiter: »Oder hätte Ihre Frau vielleicht etwas dagegen gehabt?«

Nun lachte er. »Sie wenden einen der ältesten Tricks der Geschichte an. Sie hätten mich auch einfach direkt fragen können, ob ich verheiratet bin.«

»Sind Sie?«

»Ich war es. Zwei Mal. Aber es ging nie lange gut.«

»Das tut mir leid.«

»Sie waren nicht Annabel. Sosehr ich sie auch hasste für das, was sie mir angetan hatte, so sehr wünschte ich mir eine Frau, die genau so war wie sie. Elena und Maria konnten dem nicht gerecht werden. Niemand hätte das gekonnt. Ich hätte beide

Male nie in die Hochzeit einwilligen sollen. Ich war sehr egoistisch.«

Sie schwiegen für einen Moment. Holly fing einen Blick des Kellners auf, der wohl darauf wartete, dass sie noch eine Bestellung tätigten. Wie lange saßen sie schon hier vor der leeren Espressotasse und dem Wasser, aus dessen Rest inzwischen sämtliche Kohlensäure entwichen war? Holly wusste es nicht.

»Und Annabel? Wie geht es ihr? Wie war …« Gianfranco brach ab. Dann sammelte er sich und sprach mit rauer Stimme weiter. »Wie war ihr Leben?«

»Also erst mal ist sie ja noch am Leben, und viel von ihrer Abenteuerlust hat sie nicht verloren. Alles andere soll sie Ihnen selbst erzählen.«

»Sie wird mich nicht sehen wollen.«

»Herrje, aber natürlich will sie das! Die verdammten Orch… Entschuldigung. Die Orchideen waren doch nur ein Vorwand, um nach so vielen Jahren noch einmal hierher zurückzukehren. Es hätte in England genauso viele Züchter oder Sammler gegeben, denen sie sie hätte anbieten können. Ich hab das aber auch erst jetzt so richtig begriffen. Also, kommen Sie schon. Lassen wir Annabel jetzt nicht länger warten. Sie beide haben so viel Zeit vergeudet.«

Doch noch immer machte Gianfranco keine Anstalten, sich zu erheben. Hatte er wirklich solche Angst, Annabel zu begegnen? Aber warum?

»Ich habe eine weit größere Schuld auf mich geladen als Annabel. Was ich getan habe, ist unverzeihlich, und wenn sie es wüsste, würde sie mich bis ans Ende meiner Tage hassen und wäre niemals hergekommen.«

»Aber was können Sie denn so Schlimmes getan haben? Annabel ist damals doch gleich nach England zurückgekehrt.«

»Und ich bin ihr gefolgt, als ich sie endlich ausfindig gemacht hatte. Um genau zu sein, war es Elisabetta gewesen. Sie hatte sogar einen Privatdetektiv damit beauftragt, Annabel zu suchen.«

»Das wird ja immer wilder«, sagte Holly und winkte nun doch noch einmal dem Kellner, damit er ihnen noch etwas zu trinken bringen solle. Sie orderte für sie beide eine kühle *Spremuta*. Wer wusste schon, wie lange sie hier noch sitzen würden. Offenbar waren die Dinge doch noch komplizierter, als sie dachte.

»Ich habe mich schon lange vor Antonella an Annabel und ihrem Vater gerächt. Auf die erbärmlichste und verabscheuungswürdigste Weise, die man sich vorstellen kann. Ich sagte ja schon, dass ich Annabel damals nach England hinterhergereist bin. Aber ich war sogar zwei Mal da, um genau zu sein …«

26

England, 1969

Das heiße und schwüle Wetter der letzten Tage hatte sich in der Nacht in einem beunruhigend kräftigen Gewitter entladen. Auf den Kieswegen des Friedhofs standen zentimeterhohe Pfützen, Wasser tropfte von den Bäumen auf die Trauergemeinde. Während der Andacht in der kleinen Kapelle hatte sich Gianfranco draußen zwischen den Gräbern herumgedrückt, als sich dann die Prozession der Trauernden hinter dem Pfarrer her in Richtung der Grube bewegte, in die Reginald Oxleys Sarg herabgelassen würde, hatte er sich ganz am Ende eingereiht und war ihnen gefolgt. Mit hochgeschlagenem Kragen und einem Regenschirm, den er so tief hielt, dass sein Gesicht fast vollständig darunter verborgen blieb. Außerdem half es, dass sich etwa einhundert Menschen zur Erweisung der letzten Ehre eingefunden hatten. Er war unsichtbar in der Menge.

Als sie am Grab ankamen und der Pfarrer Worte an die Familie des Verstorbenen richtete, schob sich Gianfranco ein wenig weiter nach vorne.

Da war sie. Sein Herz pumpte das Blut schneller durch seinen Körper, er konnte gar nichts dagegen tun. Annabel hielt den Blick gesenkt, schien irgendetwas im Gras vor sich zu fixieren. Aber sie stand dort mit geradem Rücken und wirkte gefasst, und als eine ältere Frau, die beständig mit einem Taschentuch über ihre tränennassen Wangen fuhr, Annabel unterhaken wollte, entzog sich diese dem Arm.

Ohne sich dessen bewusst zu sein, hatte er Annabel offenbar so angestarrt, dass es der älteren Frau neben ihm auffiel. Mit angemessen gesenkter Stimme sprach sie ihn an.

»Das arme Ding. Außer ihrer Tante hat sie nun niemanden mehr.«

Gianfranco wandte aus Höflichkeit den Kopf zu der Frau, obwohl es ihm schwerfiel, seinen Blick von Annabel abzuwenden. Ihr schon wieder kinnlanges rotes Haar ringelte sich vorwitzig unter einem schwarzen Hut hervor. Wie gerne hatte er ihre damals kurzen Haarsträhnen mit den Fingern durchkämmt.

»Tatsächlich niemanden?«

Sie schüttelte den Kopf.

War es schon wieder aus mit dem anderen? Oder hatte sie ihn vielleicht auch nur benutzt?

»Man sagt ja, er hat es mit Absicht getan. Gegen den Baum, wissen Sie? Frontal.«

»Aber wer kommt denn auf so etwas?«, fragte Gianfranco gespielt überrascht, denn offenbar hatte die Frau das Bedürfnis zu tratschen, obwohl der Verstorbene noch nicht einmal unter der Erde war.

»Es war wegen dem Geld. Er war wohl bankrott.«

»Ach, wirklich?«

Sie nickte wieder.

»So kann man sich der Verantwortung auch entziehen«, sagte sie mit einem Anflug von Empörung. »Und nun muss die Tochter alles ausbaden.«

Als Gianfranco gerade etwas dazu sagen wollte, näherten sich eilige Schritte über den Kiesweg. Ein paar Köpfe drehten sich um. Auch Gianfranco warf einen Blick über die Schulter. Ein Mann und eine Frau, mit einem etwa sechsjährigen Kind, das sie an der Hand hinter sich herzog. Sie waren spät dran und hatten es nun eilig, zu der Trauergemeinde dazuzustoßen. Da durchfuhr es Gianfranco wie ein Schlag. Er kannte den Mann. Nein, das wäre zu viel gesagt, er kannte ihn nicht, aber er hatte ihn schon einmal gesehen.

An dem Tag, als Reginald Oxley mit der blauen Vanda der Lanas einen Preis gewann. Es war der Mann, der Annabel durch die Gärten gefolgt war und mit dem sie so vertraut gewesen zu sein schien. Der Mann, den er für ihren Liebhaber gehalten hatte. Der sich jetzt mit Frau und dem Jungen im Schlepptau zu Annabel vorarbeitete und sie kurz, aber fest in die Arme schloss, als er bei ihr angekommen war. Sie wechselten gedämpfte Worte, danach zog auch die Frau Annabel in ihre Arme und klopfte ihr ein paar Mal sanft auf den Rücken, wie man es bei einem Baby machte, um es zu beruhigen. Annabels Hand glitt über den blonden Schopf des Jungen.

»Wer ist das?«, fragte Gianfranco und hoffte inständig, die plappernde Quelle neben ihm wäre nicht ausgerechnet jetzt versiegt. Er hatte Glück.

»Aber den kennt doch hier jeder«, sagte sie und sah Gianfranco erstaunt an. »Professor Davies von Kew Gardens.«

»Oh natürlich, ein Orchideenfreund von Oxley.«

»Das glaube ich kaum. Die beiden mochten sich nicht sehr.«

»Und die Frau und der Junge sind …«

»Na, die Frau vom Professor und sein Sohn.« Sie schnalzte mit der Zunge wegen Gianfrancos Unwissenheit.

Die Frau vom Professor und sein Sohn. Nicht Annabels Liebhaber oder gar ihr Mann. Alles war ganz anders. Alles. Gianfranco keuchte. Die Frau beäugte ihn von der Seite. Er musste sich zusammenreißen.

Gianfranco sah zu, wie Davies und seine Frau Annabel in ihre Mitte nahmen, die Frau strich ihr über die Wange. Das war der Moment, als Annabels Panzer einen Riss bekam. Die stocksteife Haltung löste sich auf, und sie sackte zusammen, als hätte sie einen Schlag in den Magen bekommen.

Als es für die Trauergäste an der Zeit war, einer nach dem

anderen vorzutreten und dem Toten Blumen ins Grab hinterherzuwerfen und mit der kleinen Schaufel Erde dazuzugeben, zog Gianfranco sich weiter zurück. Es kam Bewegung in die Menge, die Reihen lichteten sich, und er durfte nicht gesehen werden.

Aber die Frau durfte er nicht aus den Augen verlieren, denn er hatte das Gefühl, dass sie ihm mehr Informationen liefern könnte als der nichtsnutzige Privatdetektiv, dem er eine Stange Geld dafür gezahlt hatte, dass er Gianfranco knapp mitgeteilt hatte, Annabel wäre aus dem Haus ihres Vaters ausgezogen, aber er könne nicht herausfinden, wo sie jetzt lebte. Gianfranco war ganz automatisch davon ausgegangen, dass sie dann wohl zu dem Mann, der sich nun als ein Professor in Kew entpuppte, gezogen war. Was für ein fataler Irrtum.

Die redselige Dame hatte ihre Pflicht getan und machte Anstalten, zum Ausgang des Friedhofs zu gehen. Gianfranco riss sich vom Anblick Annabels los und heftete sich an ihre Fersen.

»Darf ich Sie ein Stück begleiten? Sie haben keinen Schirm bei sich.«

Er dankte dem Regen, ihm diese Ausrede dafür zu liefern, dass er plötzlich wieder an ihrer Seite auftauchte. Und sie schien sich auch gar nicht darüber zu wundern.

»Danke, junger Mann, das ist sehr nett von Ihnen.«

Gianfranco kam ohne Umwege zur Sache, denn wenn sie erst einmal das Tor und die Straße erreicht hätten, würden sich ihre Wege sicher trennen.

»Was meinten Sie vorhin damit, dass Oxleys Tochter nun alles ausbaden muss?«

Ein Ruck ging durch die alte Frau, als hätte Gianfranco ihr mit dieser Frage und der Gelegenheit, noch ein bisschen mehr zu ratschen, neue Lebenskraft eingehaucht.

»Annabel Oxley ist doch nach Kew gegangen, um dort eine Ausbildung zu machen. Botanical Art. Ganz was Feines.«

Botanical Art. Sie hatte es wirklich getan.

Sie sollten wirklich darüber nachdenken ... weit mehr als nur Anfängertalent ...

Das ist eine brotlose Kunst ...

Gianfranco hatte so gehofft, dass sie eines Tages ihre Meinung ändern würde. Offenbar hatte sie es getan, nur leider hatte er es nicht miterleben dürfen.

»Sie hat ein Stipendium bekommen. Sonst hätte sie sich das bestimmt nicht leisten können. Aber jetzt ...«

»Was ist jetzt?«

»Ihr Vater war hoch verschuldet. Das hat er doch jetzt alles seiner Tochter hinterlassen. Sie ist die Erbin, und das schließt die Schulden mit ein. Dieses Herumpinseln kann sie jetzt in den Wind schreiben.«

Nein, das durfte sie nicht! Panik überfiel Gianfranco.

Und Herumpinseln. Die Dame schien zu glauben, dass in Kew großformatige Gemälde mit Ölfarben auf Leinwand entstanden. Eines musste er noch wissen.

»Woher wissen Sie das alles? Pfeifen das hier schon die Spatzen von den Dächern?«

Die Frau lächelte.

»Sehen Sie da vorn?« Sie wies mit der behandschuhten Hand auf eine Gruppe junger Frauen, die in einiger Entfernung vor ihnen gingen. »Das ist meine Katie. Die Zweite von links. Meine Enkeltochter.«

Gianfranco sah vier im Gleichschritt dem Ausgang zustrebende junge Frauen.

»Sie ist in derselben Klasse wie Oxleys Tochter.« Sie seufzte. »Meine Tochter hat ihr das nicht ausreden können. Aber sei es drum. Für irgendetwas wird es wohl irgendwann gut sein.«

Oh ja, dachte Gianfranco. Das ist es jetzt schon.

»Die arme Annabel hat sich meiner Katie wohl mal anvertraut.«

»Tatsächlich ...«

Mit jedem Meter, den sich die vier Frauen dem Tor, der Straße und dem aufregenden Leben in der Stadt näherten, ließen sie ein wenig mehr Contenance sausen und schwatzten und kicherten. Sie würden die Gedanken an die trauernde Annabel ebenso schnell ziehen lassen, wie sie ihr Vertrauen missbraucht und ihre missliche Lage herumerzählt hatten. Und die Erklärung dafür folgte auf dem Fuße.

»Es ist ein Jammer. Oxleys Tochter kann wohl was. Sie haben ein paar Sachen von ihr ausgestellt in Kew. In einem der Gewächshäuser. Darauf hat sie sich auch immer was eingebildet, sagt Katie.«

Schnöde Eifersucht also. Wenn Gianfranco eines über Annabel sagen konnte, dann dass sie niemals eingebildet war, sondern ihr Talent immer heruntergespielt hatte. In dieser einen Sache zumindest war er sicher, sich nicht zu täuschen.

»Mam, hier trennen sich unsere Wege«, sagte er mit einem routinierten schnellen Blick auf seine Armbanduhr, ohne sich für die Uhrzeit zu interessieren. »Es war sehr nett, mit Ihnen zu plaudern.«

Deutlich war die Enttäuschung auf ihrem Gesicht abzulesen. Bevor er entwischen konnte, fragte sie dann plötzlich: »Sie haben sich gar nicht vorgestellt, mein Herr. Macht man das dort nicht, wo Sie herkommen? Sie sind nicht von hier, stimmt's?«

»Das habe ich versäumt. Verzeihen Sie. Mein Name ist Javier Planas. Aus Madrid.«

✿

Die folgenden Stunden bis zum Morgengrauen am nächsten Tag gerieten für Gianfranco zu einem Ritt durch die Hölle und wieder zurück. Ein pelziger Geschmack auf der Zunge, Pochen hinter den Schläfen und bleierne Müdigkeit, denn er hatte kaum geschlafen, zeugten vom Genuss von zu viel schottischem Whisky.

Beim Anblick der drei viertel leeren Flasche neben dem Bett wurde Gianfranco beinahe übel.

Stunde um Stunde war er im Hotelzimmer auf und ab gegangen und hatte wieder und wieder das gesamte letzte Jahr resümiert. Das Ergebnis ließ ihn nicht gut aussehen.

Er kam zu der Erkenntnis, dass Annabels Vater sie unter Druck gesetzt haben musste und sie irgendwann, nachdem sie aus Sestri Levante geflüchtet war, den Entschluss gefasst hatte, dieser Art von Leben ein Ende zu setzen, ihren Vater zu verlassen und ein eigenes Leben zu beginnen. Und dann kam er, der Zurückgewiesene, der ihr fälschlicherweise eine Liebschaft mit dem Mann andichtete, der ihr dabei half, ihren Entschluss in die Tat umzusetzen, wo er selbst, der Mann, der sie liebte, versagt hatte.

Getrieben von seiner Eifersucht und verletztem Stolz, hatte er mittels seiner unseligen Charade Oxley in den Bankrott getrieben, war auch noch zu seiner Beerdigung gefahren, um sich an seinem Tod zu ergötzen. Und Annabel, die endlich das tat, was sie sich wünschte und ihr entsprach, losgelöst vom Druck des Vaters, war nun diejenige, auf deren Schulter dies alles abgeladen wurde und deren Berufung zerstört wurde. Er könnte und wollte ihr niemals wieder unter die Augen treten.

Doch eines wollte er unbedingt noch tun, bevor er wieder abreiste, und so duschte er fast kalt, was mit einer Flut derber italienischer Flüche einherging, putzte sich die Zähne, damit er den üblen Geschmack der letzten Nacht loswurde, und zog sich frische Kleidung an. Dann rief er sich ein Taxi.

✿

Das Waterlily House wurde vor über hundert Jahren ausschließlich dafür gebaut, die gigantische Amazonas-Riesenseerose zu präsentieren. Heute enthielt es auch andere Wasserpflanzen und eine Variation an exotischen Früchten, doch die Sensation blieben die Seerosen.

Gianfranco las sich die Informationen zur Santa-Cruz-Riesenseerose durch, und er konnte nicht anders, als zu denken, dass ihn diese außergewöhnliche Pflanze an sich und Annabel und ihre kurze Liebe erinnerte. Die Blüten der Seerose mit den zwei Meter breiten Blättern waren wunderschön anzusehen und hatten einen betörenden Duft, aber innerhalb von nur achtundvierzig Stunden veränderte sich ihre Farbe von Weiß zu Rosa und dann Violett, und am Ende sank sie unter die Wasseroberfläche und verschwand. So ähnlich empfand Gianfranco rückblickend auch die Sommertage mit Annabel.

Annabel. Die wunderschöne, störrische, mutige und zarte Annabel. Was hatte sie da vollbracht? Wie hatte sie es geschafft, die Schönheit der Seerosen, Lilien, Lotosblumen und natürlich Orchideen so auf das Papier zu bannen, dass er das Gefühl hatte, wenn er die Hand ausstreckte, um die Zeichnungen zu berühren, würde er die unterschiedlich gearteten Oberflächenstrukturen der Blätter spüren können. Ledrigkeit, Samtigkeit und für das bloße Auge kaum sichtbare Stacheln. Es war ganz unglaublich.

Doch was Gianfranco am meisten berührte, waren die zwei Buchstaben in der rechten unteren Ecke jeder Zeichnung. A. O. Das O hatte oben rechts einen kleinen Schnörkel wie ein winkendes Fähnchen. Von dieser Besonderheit konnte er sich kaum loslösen und konnte nicht einmal sagen warum.

»Sie sind gut, nicht wahr?«

Eine Frau mit Dutt und einer Brille in Schmetterlingsform, die vielleicht vor fünfzehn Jahren einmal in Mode gewesen war, stand da und lächelte.

»Ich bin kein Experte«, sagte Gianfranco, »aber ich denke, ja, sie sind gut. Die Formen und die Struktur, alles sieht so echt aus. Fast schon schöner als die Realität.«

»Ja, so ist es. Es ist eine gelungene Mischung aus Kunst und Wissenschaft.«

Sie stützte die Hände in die Hüften und versank ebenso wie Gianfranco für eine Weile in den Anblick.

»Solche Talente wie Miss Oxley begegnen einem nicht oft. Und ich kann das beurteilen, ich unterrichte hier.«

»Sie unterrichten auch Miss Oxley? Das heißt, sie hat von Ihnen gelernt?«

Sie seufzte.

»Ja, wenn ich mich durchsetzen kann, dann lernt sie auch ausnahmsweise etwas von mir. Miss Oxley hat ihren eigenen Kopf. Aber um hier in Kew zum Beispiel einen fundierten Beitrag zu den Herbarien zu leisten, muss sie noch lernen, sich zurückzunehmen. Sie muss lernen zu zeichnen, was sie sieht, und nicht, was sie sehen will. Emotionen sind unerwünscht. Einsicht und Demut diesbezüglich fehlen ihr gelegentlich.«

Gianfranco lachte. »Das kann ich mir vorstellen.«

Sie stolperte nicht über diese unbedachte Bemerkung. Stattdessen schüttelte sie den Kopf und fuhr fort.

»Wissen Sie, diese Person geht mir manchmal so richtig auf die Nerven, und es kostet mich immer eine Extraportion Energie, die anderen Studenten zu motivieren und sie nicht mit dem Gefühl zurückzulassen, es nie so weit zu schaffen wie ihre Klassenkameradin. Aber bedauerlicherweise ist es nun einmal so. Die meisten von ihnen werden nie so gut werden. Miss Oxley braucht den Vergleich nicht zu scheuen. Ich vergleiche sie vielleicht am ehesten mit Marianne North.«

»Marianne North? Wer ist das?«

Ein verständnisloser Seitenblick traf ihn.

»Sie sind an ihr vorbeigelaufen. Am Eingang des Waterlily House. Haben Sie denn das Bild mit der Libelle auf den Seerosen nicht gesehen?«

»Doch, ja, das habe ich. Es ist wundervoll.«

Sie nickte lebhaft. »Das ist von Marianne North. Eine der bedeutendsten Botanical Artists des neunzehnten Jahrhunderts.«

»Das war die Zeit, als die meisten Orchideen nach Europa kamen, nicht wahr?«

»Ganz genau. Mariannes Vater kannte viele der Pflanzenjäger. Er war außerdem ein Freund von Sir William Jackson Hooker, der seinerzeit Direktor hier in Kew wurde.« Sie seufzte. »Ach, über diese Zeit ließe sich so viel erzählen …«

Gianfranco war ein bisschen peinlich berührt, dass er so wenig darüber wusste, wo er doch selbst eine nicht unbedeutende Orchideensammlung sein Eigen nennen konnte.

»Und daher fällt es mir doch sehr schwer, Miss Oxley gehen zu lassen«, sagte die Frau jetzt.

»Ist ihre Ausbildung beendet?«

»Nein, noch nicht. Aber ein Todesfall in der Familie und damit verbundene, nennen wir es Verpflichtungen, machen es unmöglich, dass sie ihre Ausbildung zu Ende bringt. Sie wird uns verlassen müssen.«

Sie rieb diskret Zeigefinger und Daumen ihrer rechten Hand aneinander. Gianfranco verstand. Annabel und die Schulden ihres Vaters. Es würde ihre Geschicke gezwungenermaßen in eine andere Richtung lenken. Das hatte sie nicht verdient.

»Das ist bedauerlich«, stimmte er ihr zu. Für einen Moment standen beide da und hingen, versunken in die Zeichnungen, ihren Gedanken nach, bis Gianfranco fragte: »Sagen Sie bitte, wo finde ich Professor Davies?«

27

Sestri Levante, heute

»Deshalb will ich Annabel nicht sehen, auch wenn es mich unendlich traurig macht.« Gianfranco schien plötzlich um Jahre gealtert, die Falten waren mit einem Mal tiefer als zuvor. Seine Hand zitterte, als er das Glas hob, um den letzten Tropfen des frisch gepressten Safts zu trinken. »Ich bin schuld am Tod ihres Vaters.«

»Nein, das sind Sie nicht!«, rief Holly, heftiger als beabsichtigt. Andere Gäste auf der Terrasse sahen sich zu ihrem Tisch um. »Das war ein Unfall! Annabel hat es mir erzählt. Damals hat ein angetrunkener Autofahrer ihren Vater von der Straße gedrängt, und der krachte daraufhin in den Baum. Man hat den Unfall rekonstruiert und sogar den Mann fassen können, der unfallflüchtig war. Freiwillig frontal gegen den Baum gefahren. Was reden sich die Leute bloß manchmal für einen Blödsinn zurecht!«

»Ist das wahr?«

»Aber ja, natürlich ist das wahr. Sie haben sich all die Jahre umsonst mit Ihrer vermeintlichen Schuld belastet.«

Doch viel glücklicher sah Gianfranco immer noch nicht aus.

»Aber verstehen Sie denn nicht? Ich bin damals nach London zur Beerdigung gereist, nur um Annabel leiden zu sehen.«

»Nun ja, das war vielleicht nicht gerade eine Glanzleistung.« Holly räusperte sich. »Aber es ist lange her, und alles ist ja gut ausgegangen. Annabel hat damals ihr Elternhaus verloren und sich nach ihrer Zeit in Kew in ein abgelegenes Cottage nach Cornwall zurückgezogen, aber das Haus der Familie hatte ihr Vater schon mehr oder weniger verjuxt, bevor Sie mitgemischt haben. Verzeihung. Professor Davies hat damals viele von Annabels Bildern aufgekauft, sodass sie nicht nur ihre Ausbildung beenden, sondern auch einen großen Teil der Schulden begleichen konnte.«

»Professor Davies, tatsächlich …« Gianfranco rieb sich müde über die Stirn.

»Nun schauen Sie nicht so. Machen Sie sich etwa immer noch Gedanken darüber, ob zwischen den beiden etwas gewesen ist?«

»Nein, nicht wirklich. Aber ich bin vermutlich eifersüchtig darauf, dass er all die Jahre in ihrer Nähe gewesen ist und ich nicht. Und dass sie sogar durch ihre gemeinsame Passion zusammengearbeitet haben.«

»Ja, das haben sie wohl. Annabel jedenfalls hat mit ihren botanischen Illustrationen über viele Jahre wertvolle Arbeit für Kew geleistet.«

»Das freut mich. Dann könnten wir vielleicht doch …«

»Ja, Sie könnten. Sie müssen. Ich verlasse Sestri Levante mit Annabel nicht, bevor Sie beide sich nicht ausgesprochen haben.«

Gianfranco winkte dem Kellner und zahlte ihre Getränke. Er ließ sich außerdem einen Zettel und einen Stift geben und notierte eine Adresse.

»Das ist unten am Ende der Baia delle Favole. Am Strand von Sant'Anna. Sie finden dort ein Schild zu meinem Haus. Casa Tonino.«

»Sie leben nicht mehr in der Villa?«

»Nein, ich hatte mich mit meinen Schwestern sehr zerstritten, weil sie nicht verstanden, was ich tat, als … Nun, später werden Sie alles verstehen. Ich möchte, dass Sie mit Annabel dorthin kommen. Sagen Sie ihr nichts. Ich will ihr alles selbst erklären.«

Holly staunte nicht schlecht darüber, welch eine Dynamik Gianfranco auf einmal an den Tag legte. Aber sie rieb sich innerlich die Hände vor Freude.

Gianfranco schickte seinem Neffen eine Nachricht und teilte ihm mit, dass er nun so weit sei und gerne nach Hause gefahren werden würde. Als sie das Gewirr der Altstadtgassen hinter sich gelassen hatten, sah Holly den Sportwagen von Emilio bereits an der Zufahrt zur Hauptstraße warten. Holly stöhnte auf, als Emilio sie beide sah und kurz winkte.

»Er ist ein guter Junge«, sagte Gianfranco, dem es nicht entgangen war. »Er hat nur getan, um was seine Mutter ihn gebeten hatte. Das war dumm, aber Sie verstehen … italienische Männer und ihre Mütter …«

Holly sagte nichts. Irgendwelche Gründe gab es immer. Vermutlich hatte auch Stephen seine Gründe gehabt, sich von ihr abzuwenden und jetzt mit einer anderen Frau das Leben zu leben, das er eigentlich mit ihr geplant hatte. Aber das war jetzt nicht wichtig.

»Wo sind übrigens die Orchideen geblieben?«, fragte sie plötzlich, als es ihr wieder einfiel. »Wir waren bei Ihnen. Ich meine, Annabel und ich waren noch einmal bei Ihnen. In der letzten Nacht.«

»*Sie* waren das?«

Holly wurde heiß und kalt auf einmal. Sie waren gesehen worden?

»Ich war bei meiner Schwester gestern Abend. Wir hatten einen schlimmen Streit über das, wozu sie Emilio angestiftet hatte. Irgendwann hatte ich den Eindruck, dass dort Stimmen im Garten waren, und schon gedacht, mein Geist würde mir einen Streich spielen. In meinem Alter ist es nicht so unwahrscheinlich, dass man sich manchmal Sachen einbildet.«

Das Fishing for Compliments beherrscht er gut, dachte Holly. Wie alt mochte er sein? Ende siebzig? Und er war noch immer ein attraktiver Mann mit aufrechtem Gang und charmantem Lächeln.

»Nun ja …« Holly wand sich. »Annabel hatte die Idee, dass die Orchideen in der Villa Lana sein müssten. Da lag sie ja auch gar nicht so falsch. Und da wollte sie … na ja, Sie wissen schon.«

Gianfranco lachte aus vollem Herzen. »Sie kann es nicht lassen.«

Sie waren bei Emilio angekommen. Holly fragte sich, wie die italienischen Männer es schafften, selbst in pinkfarbenen Poloshirts noch sehr attraktiv auszusehen, was in England kaum der Fall wäre. Emilio stieg aus dem Wagen und kam auf seinen Onkel zu. Er hatte sich ganz offensichtlich wirklich Sorgen gemacht, weil er und Holly eine Weile gebraucht hatten. Nachdem er sich mit einem Schwall italienischer Worte vergewissert hatte, dass es Gianfranco gut ging, warf er Holly verstohlene Blicke zu, als würde er abschätzen wollen, ob sie gedachte, ihm den Kopf abzureißen, oder ob er es wagen konnte, sie anzusprechen. Er riskierte es.

»Ich möchte mich bei Ihnen entschuldigen. Es war nicht recht, was ich getan habe. Seien Sie versichert, dass ich die Orchideen gut behandelt habe.«

»Besser als mich, hoffe ich.«

Emilio zog die Schamesröte aus dem Hemdkragen bis in die Wangen. Es geschah ihm recht.

»Apropos Orchideen«, sagte Holly zu Gianfranco und ließ den gekränkten Emilio einfach stehen. »Wo sind sie denn nun? Das Gewächshaus ist leer und, verzeihen Sie, in einem erbärmlichen Zustand.«

»Das erzähle ich Ihnen später. Wenn Sie mit Annabel zu mir kommen.«

Holly nickte und drückte seine Hand. »Einverstanden. Bis später.«

✿

Annabel hatte Zeter und Mordio geschimpft, weil sie auf ihrem gepackten Koffer auf Holly gewartet und keine Ahnung gehabt hatte, wo diese abgeblieben war. Holly musste zugeben, dass sie es vollkommen versäumt hatte, ihr eine Nachricht zu schicken. Gleichzeitig hoffte sie, dass Annabel nun ihr Feuer bereits verschossen hatte, als sie sagte:

»Annabel, ich werde Sestri Levante nicht verlassen, bevor ich nicht noch eine Tour zum Strand gemacht habe. Ich habe da etwas herausgefunden, und ich glaube, es wird dir gefallen. Ich bestehe darauf, dass du mitkommst.«

»Himmel, du bist ein Quälgeist. Was soll das denn jetzt? Ich will hier weg, und zwar auf dem schnellsten Weg.«

Nun hatte Holly genug.

»Jetzt hör mir mal zu. Ich hab jede Menge Dinge für dich getan. Bis hin zu Hausfriedensbruch. Mein Mini hat diverse Blessuren davongetragen, ich musste mich von dem Schnösel Emilio demütigen lassen, von dem Polizisten ebenfalls. Jetzt kannst du mir doch wohl diesen verdammten Gefallen tun und mit mir noch eine letzte kleine Spritztour machen. Zum Abschied. Das ist doch wohl drin, oder?«

Zu Hollys Erstaunen zeterte Annabel nicht dagegen an.

»Bitte sehr, wenn du unbedingt willst«, sagte sie nur.

Später, wenn alles gut ausging, würde Holly sich bei ihr dafür entschuldigen, dass sie sie so angefahren hatte. Und ihr auch sagen, dass die Orchideen wieder da waren, was sie vorerst verschwieg. Wie hätte sie es denn auch erklären sollen?

So fuhren sie nun immer den Angaben des Navis nach und hielten schließlich auf dem Parkplatz eines Campingplatzes, wo gerade ein Volleyballspiel in Gange war, das von den Campern lautstark begleitet wurde. Da sah Holly an einer Weggabelung die Richtungszeiger. Der eine wies den Weg zum Spiaggia Sant'Anna und dem unvermeidlichen Sonnenschirm- und Liegenverleih, das andere Schild trug die Aufschrift »*Casa Tonino – privato*«.

»Hier entlang«, sagte Holly. »Und pass auf die Steine da auf. Verknacks dir nicht den Fuß.«

Der Weg zum Haus von Gianfranco war mit gleichmäßig gerundeten Feldsteinen gesäumt. In regelmäßigen Abständen steckten Solarlampen im Sand, die wie die Lichter auf einer Landebahn den Weg wiesen.

»Was ist das hier? Ein Restaurant? Ich will nichts essen, das kann ich dir jetzt schon sagen.«

»Du brauchst auch nichts essen.« Holly atmete tief durch. »Wir sind da. Versprich mir, dass du dich nicht aufregst, ja?«

»Entschuldige bitte, aber wenn du das schon so sagst, dann ist es sehr wahrscheinlich, dass ich es tue, oder?«

»Ich klingele jetzt.«

Holly klingelte zwei Mal und dachte schon, sie wäre wieder auf einen Lana hereingefallen. Doch dann näherten sich Schritte, und die Tür wurde geöffnet. Holly griff Annabels Hand und hielt sie ganz fest.

Keiner von ihnen sagte etwas. Annabels eine Hand fuhr an ihren Hals, griff die Kette, und Holly hatte Angst, sie würde sie zerreißen und die Perlen über den Boden hüpfen. Annabels andere Hand krallte sich in Hollys, als bewahre die sie vor dem sicheren Ertrinken.

»*Buonasera*«, sagte Gianfranco.

Annabel sagte nichts, sondern sah zu Holly. »Seit wann weißt du …?«

»Erst seit heute Nachmittag.«

»Deswegen warst du so lange fort.«

Holly nickte. Annabels Blick wanderte zurück zu Gianfranco.

»Wie viele Jahre …«, murmelte sie, als spräche sie zu sich selbst und als wären dort nicht noch zwei andere Menschen, deren Nerven zum Zerreißen gespannt waren und die auf ihre Worte warteten wie auf den Daumen in einer Arena des alten Rom.

Gianfranco hielt Annabel die Hand hin, mit der Innenfläche nach oben, was dieser Geste eine enorme Verletzlichkeit verlieh.

Jetzt mach doch, dachte Holly und hätte Annabel am liebsten einen Schubs gegeben. Doch sie tat nichts dergleichen, und Annabel rührte sich nicht vom Fleck. Holly sah die Angst und die Unsicherheit in Gianfrancos Augen und wünschte schon, sie wären niemals hierhergekommen.

»Kommt doch erst einmal herein«, sagte Gianfranco, und Holly schob Annabel sanft über die Türschwelle.

Und kaum hatten sie das endlich vollbracht, blieb Holly der Mund offen stehen. Annabel keuchte, suchte erst auch noch Hollys andere Hand, doch die war zu beschäftigt mit dem Versuch zu begreifen, was sie hier sah und was das bedeutete. Und so legte Annabel endlich ihre Hand in Gianfrancos und ließ sich von ihm einen lichtdurchfluteten Korridor entlangführen, an dessen Ende Holly einen Wintergarten voller Orchideen entdeckte, der Annabels in Cornwall in nichts nachstand. An den Wänden des Korridors jedoch hingen in sehr edlen Rahmen unzählige botanische Illustrationen.

Ohne Ausnahme trugen sie die Signatur A. O.

28

Plymouth, heute

Als Emma eintraf, im Hausflur aus den Schuhen schlüpfte und ihren Sommermantel auszog, musste Holly unwillkürlich lachen.

»Warum haben wir eigentlich nicht gleich eine offizielle Pyjamaparty ausgerufen?«

Sie blickten an sich hinunter. Beide trugen bequeme und schlabberige Sportklamotten, die nicht einmal mehr für das Fitnessstudio oder die Yogaklasse stylish genug wären.

»Schlimm?«, fragte Emma. »Ich hatte nur so die Nase voll von den steifen Konferenzklamotten.«

»Perfekt«, sagte Holly, ging auf ihre Freundin zu und umarmte sie. »Ich freu mich so, dich zu sehen.«

»Ich mich auch. Du warst keine zwei Wochen weg, aber es kam mir wie eine Ewigkeit vor ohne dich in der Agentur.«

Keine zwei Wochen. Ja, auch Holly kam es viel länger vor, als wäre sie von einer Welt in eine ganz andere geglitten und nun wieder zurück. Dabei waren es nur England und Italien. Aber dennoch … Sie hatte in die Leben anderer Menschen eintreten dürfen, und das musste sie erst einmal verarbeiten.

Sie hatten schon vorher verabredet, auf die Drinks im Gypsy Moth zu verzichten. Kaum hatte Holly wieder englischen Boden unter den Füßen gehabt, hatte sie gespürt, wie viel Energie sie die Reise gekostet hatte. Zuallererst hatte sie seit langer Zeit mal wieder mehr als nur fünf oder sechs Stunden durchgeschlafen. Dreizehn Stunden am Stück, um genau zu sein. Und selbst danach rebellierte ihr Körper noch gegen alles, was nicht eine bequeme übergroße Jogginghose war. Der Pullover, den Annabel ihr überlassen hatte, war ihr das liebste Kleidungsstück, ebenso waren es die Wollsocken. Obwohl es noch Sommer war, liebte sie es, sich am Abend und in der Nacht darin einzuhüllen.

Sie gingen in die Küche, wo Emma den mitgebrachten Korb abstellte und jede Menge Leckereien für einen Mädelsabend daraus hervorzauberte.

»Ich hab uns einen American Cheesecake mitgebracht, Kartoffelchips mit Balsamicoessig und Meersalz und das hier.« Sie zog eine Flasche hervor. »Irischer Cremelikör mit Whiskey.«

»Und ich habe für uns frisches Baguette eingekauft, viel Käse und verschiedene Sorten Oliven.« Holly öffnete die Kühlschranktür. »Und natürlich eine extragroße Portion Eiscreme. Haselnuss und Waldfrucht, die du so gerne magst.«

»Ich liebe diese Sorte. Und hast du dir mal die Farbe angesehen? Meinst du, ich könnte mir damit die Lippen bemalen? So eine Farbe hab ich noch nirgendwo gesehen.«

»Klar, Emma. Dann musst du nur überall eine Kühltasche mit Nachschub dabeihaben, wenn du Farbe nachlegen musst. So einfach wie mal eben die Nase pudern wird das nicht …«

Emma kicherte. »Das hab ich echt vermisst. So einen Blödsinn kann ich auch nur mit dir zusammen reden.«

Wenig später hatten sie sich auf Hollys breites Sofa gekuschelt, jede in eine Ecke, mit angezogenen Beinen und einem dicken Kissen im Rücken, und löffelten die Eiscreme. Im Hintergrund lief Musik der Paperkites, und der Sound des Sutton Harbour, der den ganzen Tag bis in die Abendstunden herüberwehte, nahm ab, bis er schließlich fast ganz verebbte. Holly probierte gerade aus, ob es schmeckte, wenn sie ein wenig von dem Sahnelikör über das Eis goss, als Emma mit einem Mal auf das Thema zu sprechen kam, das Holly bis nach dem Essen verschoben hatte.

»Und deine Orchideenfrau bleibt wirklich in Italien?«

Meine Orchideenfrau, dachte Holly. Wie sich das anhörte. Als hätte Annabel einen kleinen Spleen. Kräuterhexe, Sternenguckerin, Kaffeesatzleserin, Orchideenfrau. Doch dann wurde ihr klar, dass Emma nicht anders dachte und sprach, als sie es selbst bis vor Kurzem auch noch getan hatte.

»Ja, sie bleibt tatsächlich dort. Sie hat mir Anweisungen und Vollmachten gegeben, damit ich einige persönliche Sachen dorthin verschiffen lasse, der Rest soll dann wohl verkauft werden oder aber einfach bleiben, falls der Nachmieter Gefallen daran findet.«

»Und die Orchideen?«

Holly schüttelte den Kopf.

»Zumindest für eine Übergangszeit müssen sie hierbleiben. Noch gibt es dort nicht genügend Platz für all das.«

»Verrückt«, murmelte Emma, die noch experimentierfreudiger war als Holly und gerade einen Kartoffelchip in das Eis tunkte.

»Ach, weißt du, ich kann es mir inzwischen aber auch nicht mehr vorstellen, dass in dem Haus bald alles leer geräumt wird. Es hat so ganz und gar die Persönlichkeit von Annabel. Es wird mir schwerfallen, wildfremde Menschen durch ihre Räume zu führen.«

Emmas Hand mit dem Kartoffelchip und der Eiscreme verharrte auf halbem Wege zum Mund in der Luft. Das Waldfruchteis tropfte auf ihr Bein.

»Du, Holly?«

Holly sah sie mit hochgezogenen Augenbrauen an. Wenn Emma ihr so kam, hatte es meistens nicht Gutes zu bedeuten.

»Ich soll dir von Mills sagen, dass du gleich morgen nach Porthgwarra musst. Es gibt Interessenten, die es eilig haben.«

»An meinem ersten Arbeitstag?«

»Wir mussten die beiden schon ein bisschen vertrösten, weil wir alle so einen vollgepackten Terminkalender hatten und du außerdem auch am besten mit dem Objekt vertraut bist. Tut mir leid.«

»Schon gut, ist ja nicht deine Schuld.«

»Ich würde dir das gerne abnehmen, aber Mills hat mich außerdem für ein langweiliges Online-Meeting eingeplant, bei dem es um das neue Steuerrecht für Eigentümer von Immobilien geht. Zum Einschlafen.«

»Ich hoffe, es sind nette Leute, sonst schaff ich das nicht.«

»Wird schon«, sagte Emma und strich Holly über den Arm. »Ich hab mit denen schon telefoniert. Die sind nett.«

»Ich glaube, ich hoffe immer noch, dass Annabel es sich anders überlegt und zurückkommt.«

Holly hatte es kaum ausgesprochen, da wurde ihr klar, wie egoistisch dieser Gedanke war, denn wenn Annabel zurückkäme, würde es bedeuten, dass es mit Gianfranco auch im zweiten Anlauf nicht funktioniert hätte. Und das war das Letzte, was Holly von Annabel hören wollte. Eine Weile sagten beide nichts. Dann konnte sich Holly nicht länger beherrschen.

»Und Stephen? Hat er ein Objekt gefunden, das ihm zusagt? Das *ihnen* zusagt?«, berichtigte sich Holly selbst.

»Willst du wirklich darüber reden, Holly? Der Verkauf des Orchideenhauses betrübt dich schon so, aber dann auch noch dein Ex? Womöglich müssen wir nachher doch noch irgendwo ein paar Drinks kippen. So!« Emma deutete auf die rot-violetten Flecken auf der grauen Hose.

»Es ist in Ordnung, Emma. Ich glaube, wenn ich ihn immer nur totschweige, bekommt die Sache viel mehr Bedeutung. Und dann komme ich womöglich nie darüber hinweg. Solange ich ihm nicht gegenüberstehe, ist alles gut.«

»Na schön«, sagte Emma, sah Holly aber weiter ein bisschen skeptisch an. »Sie haben noch nichts gefunden. Sind echt nicht einfach, die beiden, kann ich dir sagen: zentral, aber nicht laut. Grün, aber nicht abgelegen. Modern, aber trotzdem gemütlich und heimelig. So geht das die ganze Zeit.«

Holly nickte gedankenverloren. Als Stephen und sie noch ein Paar gewesen waren, hatten sie zum Thema Haus, wie zu den meisten anderen Themen auch, dieselben Vorstellungen gehabt. Nichts war kompliziert gewesen. Nur dass es nie zur Umsetzung gekommen war. *Vielleicht braucht er es kompliziert*, dachte Holly. Vielleicht machte es sein Leben spannender. Vielleicht war es mit ihr langweilig geworden. Vielleicht hatte sie zu oft seine Meinung übernommen.

Aufhören, befahl sich Holly in Gedanken. *Sofort damit aufhören. Es ist nicht deine Schuld.* Mit einem Satz sprang sie vom Sofa auf.

»Wein?«

Emma sah sie verdattert an und nickte.

»Und dann will ich hören, was du in meiner Abwesenheit erlebt hast. Sag nicht, dass du nicht ausgegangen bist.«

Emma grinste. Ihre Augen funkelten verräterisch.

»Nun ja, ich war aus. Ich war ein paar Mal im Gypsy Moth und auf der Party eines Freundes.«

Die lahme Aufzählung passte nicht zu den eben noch funkelnden Augen Emmas.

»Und?«

»Und ich war viel im Tanzstudio.«

»Wirklich?«

Holly war überrascht, denn so enthusiastisch Emma auch noch bei der Anmeldung war, genauso schnell ging das Interesse rapide wieder bergab. Wenn sie nun also doch oft dort war, musste es einen Grund haben.

»Hm.«

»Jetzt lass dir doch nicht alles aus der Nase pulen!«

»Da ist so ein Neuer, weißt du? Enrico heißt er. Er hat ursprünglich italienische Wurzeln. Und er hat schwarze Locken, so was trägt eigentlich kein Mensch mehr, aber ihm steht das irgendwie und …«

Holly schenkte sich Wein ein und nahm einen großen Schluck. Eine Olive wanderte hinterher. Ein Italiener. Ausgerechnet.

»Ist das nicht witzig? Wo du gerade in Italien warst, lerne ich hier einen Italiener in Plymouth kennen. Erzähl doch mal, findest du italienische Männer nicht auch so charmant? Hat dieser Gianfranco nicht auch einen Neffen, oder so? Du hast den nur kurz erwähnt, aber weiter gar nichts erzählt. Nicht dein Typ?«

»Nein, Emma, ganz und gar nicht«, sagte Holly, und stopfte sich schnell eine Handvoll Kartoffelchips in den Mund. Bis sie die aufgefuttert hätte, würde Emma längst schon wieder das Thema gewechselt haben.

✿

Es war fast beängstigend still in Annabels Steinhaus. Das Gurren und Fiepen der Zwergwachteln im Wintergarten fehlte, seit Annabel sie in Mables Obhut gegeben hatte. Das Ticken der antiken Kaminuhr fehlte, nachdem sie in einem der Umzugskartons verschwunden war. Das Knacken von brennenden Holzscheiten und die damit verbundene Heimeligkeit fehlten, und selbst der Wind auf den Klippen hatte an diesem strahlenden Sommertag das Rütteln an den Fensterläden eingestellt.

Doch am meisten vermisste Holly schon jetzt die grantigen Kommentare von Annabel und ihr Lachen, das zuletzt immer so ganz ungewohnt glücklich geklungen hatte, seit sie und Gianfranco beschlossen hatten, die ihnen noch verbleibende Zeit gemeinsam in seiner Heimat zu verbringen.

Und nun saß Holly da und wartete auf Kaufinteressenten für das Cottage, die sich für heute angekündigt hatten. Es gefiel ihr nicht. Sie hatte dieses Haus lieb gewonnen und fand, dass niemand jemals so gut hierherpassen würde wie Annabel, und daher tat sie einen schweren Seufzer, als es an der Haustür klopfte, bevor sie ihr professionelles Immobilienmaklerlächeln anknipste und öffnete.

»Guten Tag. Schön, dass Sie da sind«, schmetterte sie dem Paar fröhlich entgegen, das sie erwartungsvoll anblickte. »Ich bin Holly Greenwood und zeige Ihnen heute das Haus.«

Das Paar, ein Mann mittleren Alters und eine deutlich jüngere Frau, stellte sich ebenfalls vor, doch Holly hörte gar nicht richtig hin, denn ihre Aufmerksamkeit war sogleich vom blutroten Lippenstift und den in gleicher Farbe lackierten Fingernägeln der Frau gefangen genommen. Auch ihre angespannte Miene, die eigentlich jetzt schon ausdrückte, dass das Haus nichts für sie war, irritierte sie. Was um Himmels willen hatte die beiden dazu gebracht, überhaupt ganz herzukommen?

»Mein Mann entdeckt gerade die Vorzüge des Landlebens für sich. Meine Sache ist das ja nicht so ganz«, sagte sie dann auch, als hätte sie Hollys Gedanken gelesen.

»Das kommt schon noch. Die Ruhe, die Natur ... Du wirst das zu schätzen wissen, wenn wir erst einmal aus der stinkenden Stadt mit all den Abgasen raus sind.«

»Dafür riecht es hier nach ...« Sie suchte angestrengt nach dem richtigen Wort. »Nach Küste.«

Fast hätte Holly gelacht, doch der Mann schnalzte mit der Zunge, als hätte seine Angetraute eine besonders kindische Bemerkung gemacht. Und sosehr er sich auch bemühte, dass die dann folgenden gewisperten Worte nur seine Frau hören konnte, bekam Holly sie doch mit.

»Es wird dir guttun. Und vor allen Dingen unserer Ehe. Weit genug weg von all deinen verrückten Künstlerfreunden, all den Gecken und Lackaffen. Einmal hab ich dir deine Eskapade verziehen. Ein zweites Mal wird es nicht geben. Also reiß dich zusammen!«

Daher wehte der Wind. Ein Mann, der seine Frau am Ende der Welt isolieren wollte, im Bemühen darum, sie nicht womöglich an einen der Gecken und Lackaffen zu verlieren. Und eine Frau, die sich das bieten ließ, vielleicht weil sie das prall gefüllte

Bankkonto des Ehemanns doch noch immer ein wenig verlockender fand als das Dasein an der Seite eines womöglich brotlosen Künstlers. Was taten sich manche Menschen nur an. Und wie klischeehaft es dazu noch war.

»Man muss sich natürlich wirklich darüber im Klaren sein, dass es hier fast nichts gibt und man ohne Auto aufgeschmissen ist«, sagte Holly, um das Ganze abzukürzen.

Sie beobachtete gerade die Frau dabei, wie sie bei jedem Schritt, den sie machte, die Augen auf den Boden heftete, um nicht mit ihren Bleistiftabsätzen in einer der Rillen im Steinboden stecken zu bleiben, als ihr Telefon klingelte. Zu gern wäre sie zu ihrer Tasche geeilt, um nachzusehen, ob vielleicht Annabel aus Sestri Levante anrief. Doch die Tasche lag im Kaminzimmer, und so führte sie stattdessen ihre Klienten weiter durch das Haus.

Beim Anblick der deckenhohen Bücherregale hellte sich das Gesicht des Mannes auf, das seiner Frau hingegen fiel immer mehr in sich zusammen. Schreibende Künstler waren es dann wohl nicht, zu denen sie sich hingezogen fühlte. Wieder klingelte Hollys Telefon.

»Entschuldigen Sie mich einen Augenblick, ich gehe eben nachsehen, ob es etwas Dringendes ist.«

Sie huschte aus der Bibliothek und eilte ins Kaminzimmer, kramte ihr Telefon aus der Tasche und sah aufs Display. Zwei Anrufe in Abwesenheit von Emma. Das konnte warten. Holly stopfte das Telefon zurück.

»Wohin geht es hier?«, fragte er, als Holly zurück war, und deutete auf die Tür zum Wintergarten.

»Das wollte ich Ihnen als Nächstes zeigen.«

Sie öffnete die Tür und trat beiseite, um die beiden eintreten zu lassen.

»Um Himmels willen, wonach riecht es denn hier?«, rief die Frau aus und hielt sich mit einer derart theatralischen Geste die

Nase zu, was Holly auf die Idee brachte, dass sie vielleicht selbst einmal zu einer Schauspielertruppe gehört haben könnte.

Holly schnupperte. Sie und Annabel hatten den Boden gründlich von den Absonderungen der kleinen Fellpuschel befreit. Was sie jetzt roch, war erdig und süß. Es war wundervoll. Aber für manche Nasen vielleicht zu ungewohnt natürlich.

»Dies ist der Wintergarten, der von der Vorbesitzerin als Orchideenhaus genutzt wurde.«

»Dickie, das geht auf keinen Fall. Denk an meine Allergien«, rief sie aus. »Das müsste alles raus. So viel Arbeit.«

Ihre Hoffnung, dass sich der Hauskauf damit erledigt hätte, stand in Riesenlettern in ihrem Gesicht mit den schreckgeweiteten Augen geschrieben. Besonders weit her konnte es mit ihren darstellerischen Fähigkeiten nicht sein. Sie neigte zu Übertreibungen. *Eindeutig Laienschauspiel*, dachte Holly.

»Nun ja, ich weiß nicht, inwieweit Mr. Mills Sie darüber informiert hat, dass die Vorbesitzerin darauf besteht, der Wintergarten mit den Orchideen müsse so bestehen bleiben, wie er ist. Ich fürchte, einer Räumung würde sie nicht zustimmen.«

Das Aufatmen der Frau war deutlich hörbar. Er hingegen wurde nun tatsächlich ein bisschen ärgerlich.

»Es kann der Vorbesitzerin doch völlig egal sein, wie wir uns hier einrichten. Sie kommt ja nicht zurück und zieht irgendwann wieder ein.«

»Nein, das sicher nicht, aber dennoch, es tut mir leid.«

Wieder klingelte das Telefon. Holly fluchte innerlich. Was konnte denn so dringend sein? Falls es wieder Emma war, wusste sie doch ganz genau, dass sie gerade mitten in einer Besichtigung war.

Die Frau nieste, und ihre Augen sahen tatsächlich bereits ein bisschen gerötet aus. Zumindest war die Allergie nicht vorgeschoben.

»Kommen Sie, wir gehen ins Kaminzimmer, da wird es sicher gleich besser werden.«

Und Holly nutzte auch gleich die Gelegenheit, noch einmal auf das Display ihres Telefons zu schielen, als sie dort ankamen. Wieder Emma. Und eine Textnachricht hatte sie auch geschickt, die nur das Wort *Dringend* als Betreff enthielt. Als Holly sie gerade öffnen wollte, sah sie, wie die Frau ohne ein Wort der Verabschiedung aus dem Haus stürmte.

»Es tut mir leid«, sagte der Mann zu Holly und ließ die Schultern hängen. »Meiner Frau geht es nicht gut. Offensichtlich war es keine gute Idee, sich ein Haus auf dem Land anzusehen. Ich hatte gedacht … Ach, egal.«

Nein, eine gute Idee war es wirklich nicht gewesen, und das vor allen Dingen wegen des fragwürdigen Motivs. Holly sah durch das Fenster, dass seine Frau schon auf dem Beifahrersitz des SUV Platz genommen hatte und irgendjemandem gestenreich ihr Leid ins Telefon klagte.

»Vielen Dank für Ihre Mühe«, sagte er noch und trottete ihr hinterher.

Holly wollte nicht darüber nachdenken, welch ein wenig vergnüglicher Nachmittag den beiden wohl bevorstünde. Sie schloss die Tür hinter ihnen und wählte die Nummer ihrer Mailbox, damit sie Emmas Nachrichten abhören konnte.

»Holly? Ich bin es, Emma. Hör zu, hier in der Agentur ist was schiefgelaufen. Bist du noch im Haus von der Orchideenfrau? Dann musst du …«

Draußen klappten Autotüren.

Holly nahm das Telefon vom Ohr. Sie würde sich die Nachricht gleich zu Ende anhören. Hatten die beiden es sich anders überlegt? Bitte nicht. Holly stöhnte und schleppte sich gänzlich unmotiviert zur Tür. Sie öffnete, und im nächsten Moment erstarrte sie zu einer Salzsäule.

✿

»Holly?«

Vor ihr stand Stephen, ihr Stephen. Ihr ehemaliger Stephen, um genau zu sein. Neben ihm eine junge Frau, langes Blondhaar, sportliche Kleidung, die viel besser hierherpasste als die Stöckelschuhe nur ein paar Minuten zuvor. Sie hatte eine zierliche Gestalt, bis auf die kleine Kugel, die sie vor sich herschob.

»Stephen«, sagte Holly nur, und die Mutter seines Kindes blickte verständnislos von ihm zu Holly und wieder zurück. Genauso schnell scannte auch er die Mienen der beiden Frauen, wohl aus der Panik heraus, dass dies hier womöglich gleich gründlich entgleisen könnte.

»Was machst du hier?«, fragte er dann ein wenig einfallslos, denn er wusste ja, was Hollys Beruf war, und so konnte eigentlich jeder Mensch eins und eins zusammenrechnen. Er offenbar nicht.

»Ich bin Holly Greenwood, Ihre Immobilienmaklerin. Vermute ich jedenfalls«, sagte Holly an die Frau gewandt.

Wieso zum Teufel hatte ihr das niemand gesagt? Emma. Oh, verdammt. Vielleicht hatte Emma deshalb versucht, sie zu erreichen.

»Und ihr kennt euch?«, fragte Stephens Begleiterin.

»Holly ist eine alte Freundin«, hörte Holly ihn ungerührt sagen, und sie erinnerte sich daran, dass sie damals nur die unter der Bettdecke herausschauenden nackten Gliedmaßen zu sehen bekommen hatte, als sie ihren Verlobten in flagranti erwischt hatte, nicht aber das Gesicht der Frau, die sich eben dieses reflexartig mit einem Kissen bedeckt hatte. Und so hatte auch sie Holly nicht gesehen und erkannte daher weder sie als die Ex ihres Freundes noch seine Lüge.

Als Stephen bewusst wurde, dass er gerade mit dieser unrichtigen Aussage durchgekommen war, entspannte er sich so sichtlich wie ein Soldat, der nach dem »Achtung!« ins »Rührt euch!« wechselte.

»Das ist Fiona, meine Frau.«

»Frau? Oha«, entfuhr es Holly, und sie wusste nicht, ob sie der Babybauch mehr schockierte oder die Tatsache, dass die beiden ihre Beziehung und alles, was dazugehörte, bereits legalisiert hatten.

»Gut, dann zeige ich euch jetzt das Haus.«

Sie zeigte Stephen und seiner Neuen Annabels Haus? Holly musste sich zusammenreißen, um zu ignorieren, dass ihr gerade so speiübel wurde, als wäre sie die Schwangere. Doch sie bat sie herein und ging hinter ihnen her, nachdem sie sie geradeaus in die Bibliothek dirigiert hatte.

Sie betrachtete Stephen. Er trug sein Haar jetzt etwas kürzer, und sie dachte daran, wie er eigentlich immer ein Riesentheater gemacht hatte, wenn sie ihn daran erinnerte, dass er im Gerichtssaal einen seriöseren Eindruck machen würde, wenn seine Haare nicht schon bis auf den Anzugkragen fielen. Jetzt fragte sich Holly, wie sie selbst überhaupt jemals so spießig hatte denken können.

Doch auch Stephen war nicht besser gewesen. Einmal hatte Holly im diffusen Licht der Morgendämmerung zwei nicht zusammenpassende Socken angezogen, was dann einem Anwaltskollegen von ihm beim anschließenden gemeinsamen Businessfrühstück prompt aufgefallen war. Stephen hatte es weggelacht, aber sie, die ihn gut kannte, nicht täuschen können. Es war ihm unendlich peinlich gewesen.

Insofern hatten sie dann beide eben doch gut zusammengepasst, zumindest in ihren Bestrebungen, den anderen nach gewissen Vorstellungen zurechtzubiegen. Holly kam es vor, als wäre dies alles in einem weit entfernten anderen Leben passiert. Und es tat weniger weh als in ihrer Vorstellung, in der sie immer damit gerechnet hatte, ganz sicher in Tränen ausbrechen zu müssen, wenn sie ihm eines Tages durch einen dummen Zufall wieder gegenüberstünde.

Das war die eine Sache, die andere jedoch war, dass sie den Gedanken, ausgerechnet er und seine kleine Familie würden in

Annabels Haus einziehen, kaum ertragen konnte. Gerade hörte sie Fiona begeistert aufschreien.

»Sieh doch nur, Stephen, dieses Zimmer könnte man ganz wunderbar zum Kinderzimmer umgestalten. Nur ein Teil der Regale bleibt bestehen für die Kinderkleidung, und der Rest wird rausgerissen, damit es hier heller und lichter wird.« Sie drehte sich zu Holly um. »Ich bin Innenarchitektin, müssen Sie wissen.«

Musste sie das? Beim Anblick der Regale dachte Holly an die erste Nacht in diesem Haus und die Orchideenzeichnungen, die Annabel versteckt hatte. In jedem einzelnen Regalfach hatten sich Annabels Schätze befunden, Jahre und Jahrzehnte alt, in Alben, Tagebüchern, Schachteln, sorgfältig verwahrt, als wäre in dieser Bibliothek ihr ganzes Leben dokumentiert gewesen. Was es ja auch irgendwie war.

Stephen sagte nicht viel, nickte nur hier und da zustimmend und lächelte seine Frau nur dann in der Weise an, die Hollys Herz damals zum Schmelzen gebracht hatte, wenn er dachte, dass sie es nicht sehen würde. Doch Holly sah es, und sie wünschte, sie könnte einfach alles stehen und liegen lassen und gehen.

Im Kaminzimmer brandete bei Fiona erneut Begeisterung auf.

»Sieh doch nur. Wenn im Winter der Wind um das Haus pfeift, können wir uns hier einen kuscheligen Platz vor dem Feuer einrichten. Ein Glas Wein, ein gutes Buch, ein bisschen Musik …«

Vielsagend schwebten die letzten Silben in der Luft, und Stephen blickte demonstrativ in eine andere Richtung, als wäre die gegenüberliegende Wand ein interessantes Kunstobjekt.

Holly hingegen sah Annabel und sich dort sitzen und Pläne schmieden für Annabels Leben in Italien. Sie hatten Listen angelegt für Kleidungsstücke, von denen Annabel meinte, dass sie ein absolutes Muss an der ligurischen Küste wären. Von Sonnenhut über Seidenschal bis zu Sandalen, bei denen selbstverständlich die Absätze nicht zu hoch sein durften, denn es könnte ja sein, dass Gianfranco sie zum Tanz ausführen würde. Sie hatten gemeinsam über dem Kalender gebrütet, um festzulegen, wann Holly sie unbedingt in Sestri Levante besuchen müsste, mit dem Ergebnis, dass Holly eigentlich alle ihre freien Wochen nur noch in Ligurien und an keinem anderen Ort mehr verbringen würde. Wenigstens würde sie ohne Orchideen im Gepäck mit dem Flugzeug reisen können, um die lange Anreise zu verkürzen.

Apropos Orchideen, es gab nun keine Ausrede mehr.

»Bitte sehr, hier geht es zum Wintergarten«, sagte Holly, öffnete die Tür und trat einen Schritt zurück, um Stephen und Fiona vorbeizulassen. Dabei konnte sie Stephens Aftershave wahrnehmen. Es war immer noch dasselbe wie damals. Ein wenig Sandelholz, Leder, Zitrusfrüchte. Holly hielt den Atem an.

»Oh, wow!«, rief Fiona, als sie im Orchideenhaus stand. Stephen schob sich die Hemdsärmel hoch und stützte die Hände in die Hüften, als würde er im nächsten Moment mit der Neugestaltung beginnen wollen. Fiona schritt die Wege zwischen den Baumstämmen und Wurzeln ab, nahm Maß mit ihren lang bewimperten Augen, bewegte die Lippen, als würde sie im Stillen bereits Instruktionen an Handwerksfirmen geben.

»Wundervoll«, sagte sie dann und überraschte Holly damit. »Ein bisschen Form geben, ein bisschen Kontrolle wiedererlangen, aber im Großen und Ganzen kann das so bleiben.«

Holly hätte drei Kreuze machen sollen, aber irgendetwas behagte ihr dennoch ganz und gar nicht.

»Und das hier«, Fiona zeigte auf die Gartenbank, »das muss natürlich raus. Da kommt eine moderne Lounge-Sitzgruppe hin.«

Die Bank, auf der Holly Annabel das erste Mal ohne die harte und abweisende Maske erlebt hatte. Auf der sie selbst bittere Tränen in der Nacht vergossen hatte und dann wie erlöst eingeschlafen war. Und dann spürte Holly, dass etwas in Bewegung geriet. Etwas, das sie nicht aufhalten konnte, was ihr Angst machte, aber unausweichlich und folgerichtig erschien.

»Einen Moment, ich muss ein Telefonat führen.«

Sie ließ den verdutzten Stephen und Fiona, die gerade das wollene Plaid auf der Bank untersuchte, stehen und ging ins Kaminzimmer, zog das Telefon einmal mehr aus der Tasche und ging damit vor die Tür, auf ihr Auto zu und setzte sich hinein. Dort konnten die beiden sie nicht hören. Dann wählte sie Annabels Nummer.

»*Carissima* Holly, das ist ja schön, dass du anrufst. Gerade hab ich an dich gedacht. Wir sitzen in einer Strandbar und …«

»Annabel, warte. Ich muss dich etwas fragen. Es ist wichtig.«

»Falls du einen Käufer hast, der aber den Wintergarten und meine Orchideen eliminieren will, kennst du meine Antwort.«

»Nein, es ist ganz anders. Würdest du dein Haus auch vermieten?«

»Vermieten? Aber wozu?«

»Weil ich einziehen möchte, aber das Geld nicht habe, um es zu kaufen.«

Erst einmal herrschte Stille am anderen Ende, bis auf munteres Geplapper im Hintergrund, und Holly wurde nervös.

»Hör zu, Annabel«, fuhr sie dann fort. »Vielleicht ist das auch eine dumme Idee. Ich wollte dich nicht in Bedrängnis bringen. Natürlich ist es für dich vorteilhafter, wenn du in einem Rutsch eine hübsche Verkaufssumme erhältst. Ich dachte nur, dass …«

»Wann willst du einziehen?«

Holly lachte, etwas sprudelte wie Kohlensäure aus ihr heraus, und sie konnte es nicht stoppen.

»Du bist einverstanden?«

»Selbstverständlich. Und wenn Gianfranco mir auf die Nerven geht, komme ich einfach zurück und wohne bei dir.«

»Ich weiß nicht, was ich sagen soll.«

»Dann leg auf, bevor die Eiswürfel in meinem Aperol schmelzen. *Ciao!*«

Wenige Augenblicke später stand Holly Stephen und Fiona gegenüber, denen sie in knappen Worten erklärte, dass es eine bedauerliche Überschneidung gegeben hätte und das Haus nicht mehr zum Verkauf stünde. Sie entschuldigte sich dafür, dass die beiden den Weg hierher umsonst gemacht hatten, und versicherte, dass die Immobilienagentur Leonard Mills Estate Agents sicher ein anderes Objekt für sie finden würde.

Fiona machte aus ihrer Enttäuschung keinen Hehl, sie mokierte sich über die schlechte Organisation und dass offenbar die linke Hand nicht wusste, was die rechte tat, und man sich vielleicht besser gleich nach einer anderen Agentur umsehen würde. Stephen schien nur erleichtert, endlich gehen zu können. Als Fiona bereits aus dem Haus rauschte wie vor ihr die Frau mit den rot lackierten Fingernägeln, schlich Stephen bedröppelt hinter ihr her. An der Tür blieb er stehen und drehte sich noch einmal zu Holly um.

»Es tut mir leid, Holly. Alles.«

»Vergiss es, Stephen. Als alte Freundin nehme ich dir solche Kleinigkeiten doch nicht übel.«

Er blickte drein, als hätte er eine Ohrfeige bekommen.

Holly schloss die Tür hinter ihnen, ging in den Wintergarten und schüttelte das Plaid aus, wie um die kurze Störung des Friedens zu verscheuchen. Dann setzte sie sich, wickelte sich ein und wartete darauf, dass der Mond sein silbernes Licht durch das Glasdach schicken würde.

29

✿

Porthgwarra, 3 Monate später

»Was um Himmels willen ist das denn?«

Holly und Annabel kreischten gleichzeitig los und starrten sich über den Skype-Bildschirm gegenseitig an.

»Deine Haare«, sagte Holly.

»Dieses Felltier«, sagte Annabel. »Und die Haare, tja, die sind wieder ab.«

»Und das ist Vanda, meine neue Mitbewohnerin«, erklärte Holly.

»Gianfranco mochte das schon damals leiden und ich auch. Ich hab sie nur nie mehr so getragen, weil ich es als böses Omen betrachtet hatte. Mit dem Haarschnitt fing damals das ganze Drama an.«

»Steht dir, wirklich.«

»Aber eine Katze im Wintergarten! Wenn die an die Orchideen geht.«

Holly hob die samtgraue junge Katze mit Augen wie schimmernder Bernstein auf ihren Schoß und ließ sie mit der Pfote den Bildschirm anstupsen, wo Annabel vor Sorge nach Luft schnappte.

»Keine Angst. Orchideen sind giftig für Katzen, und ich hab ihr schon beigebracht, was sie darf und was nicht. Sie hat das Gott sei Dank schnell verstanden.«

»Und überhaupt der Name. Das soll wohl besonders witzig sein, hm?«

»Oh ja, ich fand das sehr witzig.« Holly lachte. »Immerhin hat mit der Vanda alles angefangen. Wie damals mit deinem Haarschnitt, wie du gerade selbst gesagt hast.«

»Du solltest dir lieber einen Mann suchen als so ein Fellwesen.«

Holly rollte mit den Augen. Es war nicht das erste Mal, dass Annabel meinte, nun, wo sie selbst wieder glücklich mit Gianfranco vereint war, müsse Holly nachziehen. Holly selbst sah das nicht so. Und was hieß das schon, sich einen Mann suchen? Als ob man nur in einen Fachhandel gehen und richtig auswählen müsse.

»Vielleicht solltest du Emilio doch noch eine Chance geben, wenn du wieder hier bist. Er ist kein schlechter Kerl, weißt du?«

»Im Leben nicht, vergiss es.«

»Was er getan hat, war dumm. Aber was ich damals getan habe, war auch dumm, viel schlimmer sogar als das. Gianfranco und ich waren sogar schon ein Paar, als ich ... Na, du weißt schon. Er hat mir vergeben, und es ist gut für uns beide.«

»Gut, vielleicht kann Emilio dann noch mal anfragen, wenn auch bei uns ein halbes Jahrhundert vergangen ist.«

Annabel schnaubte.

Sie saß offenbar auf der Terrasse des kleinen Hauses, das sie nun mit Gianfranco gemeinsam bewohnte. Im Hintergrund sah Holly ihn eine Zitrone vom Baum pflücken. Er schnitt sie einmal durch und quetschte den Saft mit der Hand in eine Karaffe mit Wasser. Dort war immer noch Sommer.

Holly hingegen hatte bereits eine Ladung Kaminholz bestellt. Was die Temperaturen betraf, war es eigentlich noch nicht so kalt, dass es ohne ein wärmendes Feuer am Abend im Haus nicht mehr ginge, es hatte vielmehr damit zu tun, dass Holly jede Gelegenheit nutzte, draußen auf ihrer Holzbank zu sitzen.

Ja, sie hatte ihre Holzbank. Die ehemals Rot gewesen war, jedenfalls dort, wo sie überhaupt noch Farbe gehabt hatte. Ein bisschen Schleifpapier, ein Eimer himmelblaue Farbe und eine spezielle Versiegelung für alle Wetterlagen aus dem Baumarkt in Penzance hatten gereicht, um Hollys Traum zu erfüllen. Selbst wenn es stürmte und der Wind, vom Meer kommend, direkt auf das Haus und ihre kleine Gartenecke traf, die sie mehr oder weniger vergeblich mit einer provisorisch angebrachten mannshohen Schilfrohrmatte vor dem Wind zu schützen versuchte, saß sie dort, in einem von Annabels dicken Wollpullovern und mit einer heißen Tasse Tee, an der sie ihre Hände wärmte.

Die Aussicht zum Meer hin war unschlagbar, aber es trafen sie dort die Böen auch mit voller Wucht, und so musste sie sich nach Stunden, die sie dort manchmal verbrachte und über Annabels und ihr eigenes Leben nachdachte, vor dem Kamin wieder aufwärmen, immer in Gesellschaft von Vanda.

»Und was ist nun?«, fragte Annabel und holte sie aus ihren Gedanken. »Kommst du?«

»Aber natürlich«, sagte Holly schuldbewusst, weil ihre Gedanken so abgedriftet waren. »Das werde ich mir doch nicht entgehen lassen.«

»Ohne dich hätte ich es auch nicht getan. Ich hätte glatt mein Ja zurückgenommen.«

»Sei nicht albern.«

»Holly, meine liebe Holly, ohne dich wäre ich jetzt nicht hier und würde nachher zum Schneider spazieren und mein Hochzeitskleid anpassen. Das ist dir doch klar, oder?«

»Na schön, aber nicht, dass du irgendwann auch mich verantwortlich machst, wenn du es bereust.«

Im selben Moment, als sie es aussprach, merkte Holly schon, wie dumm die Bemerkung war. Sie wusste, dass das nicht passieren würde. Annabel und Gianfranco waren füreinander geschaffen. Das Alter hatte Annabel gezwungen, das Zeichnen – zumindest als Beruf – aufzugeben. Augen und Hände konnten mit denen des Nachwuchses nicht mehr mithalten. Die daraus resultierende finanzielle Not hatte beinahe zur Aufgabe des Cottages geführt und sie dann mit Hollys Hilfe über ein paar Umwege zum Anfang aller Dinge und zu Gianfranco zurückgebracht. Es war fast ein kleines Wunder, und die beiden würden diese zweite Chance, die ihnen das Leben geschenkt hatte, nicht verspielen.

Eine Weile noch plauderten sie über dies und das, Neuigkeiten aus Sestri Levante und darüber, dass auch Annabel und Antonella sich wieder annäherten. Holly freute das sehr, denn sie wusste, dass Annabel viel daran lag, ohne den Groll von Gianfrancos Schwester ein Teil der Familie zu werden.

Irgendwann verhedderte sich Vanda heillos in den Kabeln unter Hollys Schreibtisch, und bevor sie den Laptop zu Boden reißen konnte, kam Holly zum Ende.

»Also, wir sehen uns dann im nächsten Monat. Ich nehme an, ich brauche dann immer noch keine warme Kleidung dort unten bei euch, oder?«

»Nein, brauchst du nicht. Ein Sommerkleid ist dann immer noch passend. Und nicht so förmlich. Es wird eine Gartenparty, kein Staatsbankett. Und ein bisschen sexy kann nicht schaden, vielleicht überlegst du es dir …«

»Schluss. Gib Gianfranco eine Umarmung von mir«, sagte Holly und warf Annabel einen Luftkuss zu.

Sie befreite Vanda aus dem Kabelknäuel und betrachtete dann noch einmal den elfenbeinfarbenen Umschlag mit der Einladung zur Hochzeit. Die geschwungenen Buchstaben, elegant und feierlich. Doch ein bisschen Staatsbankett und nicht so sehr Gartenparty. Holly lächelte, aber etwas Traurigkeit empfand sie auch. Ein halbes Jahrhundert würde sie nicht gerne warten wollen, bis sie ihr Leben mit jemandem teilen könnte. Aber wie sollte sie je wieder vertrauen? Erst Stephen und dann der ungleich unwichtigere Emilio.

»Komm, Vanda, wir machen es uns gemütlich.« Sie schüttelte den Gedanken ab, goss sich den Rest aus der Teekanne in ihren

Becher und ging in die Bibliothek, um sich dort ein Buch zu holen. Die meisten Bücher hatte Annabel mit nach Italien genommen, aber einige hatte sie Holly vermacht, und Holly hatte sich sogar in den letzten Wochen ein paar neue Werke über Orchideen dazugekauft. Wenn sie schon Annabels Schätze übernahm, dann wollte sie es auch richtig machen. Vielleicht könnte sie ja sogar irgendwann mit einer der Orchideen an einem Wettbewerb teilnehmen. Doch davon hatte sie Annabel noch nichts erzählt, sie würde sicher lachen. Über die Immobilienmaklerin, die in der Vergangenheit so gar keinen grünen Daumen gehabt hatte.

Ebenso wenig wie sie früher keine große Liebhaberin von italienischer Musik gewesen war. Doch nun legte sie eine Schallplatte von Lucio Dalla auf, die sie besonders gern hörte, und ließ ihn die Geschichte von *Anna e Marco* erzählen, die aus zwei verschiedenen Welten kamen und doch dasselbe suchten, nämlich den Weg zu den Sternen. Dies war noch ein Schatz, den Annabel Holly überlassen hatte: ihre Schallplattensammlung. Die davon zeugte, dass ihre Besitzerin Italien durch all die Jahrzehnte immer im Herzen getragen hatte. Angefangen bei der in Hosen auftretenden Patty Pravo in den Sechzigern, die so selbstbewusst wirkte, wie Holly sich Annabel damals vorstellte, über Edoardo Bennato, den Neapolitaner mit heißem Blut wie die Lava der Campi Flegrei, der sich nie den Mund verbieten ließ, bis zu Jovanotti, der das Leben zelebrierte, egal, ob es sich gerade grau präsentierte oder knallbunt. Annabels Sammlung war wie eine Reise durch ihr Leben und ihre Seelenzustände.

Mit Tee, Buch und Vanda, die ihr überallhin auf dem Fuße folgte, ging Holly in den Wintergarten. Sie setzte sich auf die Bank, legte die Beine hoch und breitete das Plaid über sich. Es dauerte nicht lange, bis Vanda auf ihre Beine sprang und begann, sich ausgiebig zu putzen. Und es dauerte auch nicht lange, bis eine angenehme Schläfrigkeit Holly übermannte, ihr das Buch aus der Hand auf den Boden glitt und sie ins Reich der Träume hinüberdriftete.

Ein Geräusch ließ Holly hochschrecken. Ein Knacken. Sofort war sie hellwach, in der Annahme, dass Vanda doch an einem der Bäume ihre Krallen schärfte. Aber die Katze lag zusammengerollt immer noch auf ihren Beinen. Nur ihre Ohren bewegten sich im Schlaf, als hätte auch sie etwas gehört. Da. Wieder ein Knacken, einmal, zweimal. Wie Schritte. Schlich jemand ums Haus? Und sie war hier im Wintergarten im Licht ihrer Leselampe durch die Glasfenster wunderbar zu sehen. Schnell streckte sie die Hand nach dem Schalter aus und löschte das Licht.

Die plötzliche Dunkelheit war zunächst nichts als undurchdringliche Schwärze. Mit angehaltenem Atem saß Holly da und lauschte in die Stille. Die keine Stille war, denn das Geräusch war wieder da. Und ein Schatten! Da draußen war jemand, Holly hatte sich nicht getäuscht. Die Umrisse eines Mannes schälten sich aus dem Zwielicht.

»Hallo?«

Holly fuhr es durch Mark und Bein. Wer war das?

»Ist jemand zu Hause?«

Behutsam nahm Holly die Katze und die Decke von den Beinen und schlich aus dem Wintergarten über den Korridor zu ihrem Telefon, das auf der Truhe an der Haustür lag. Ihre Finger schwebten bereits über der Tastatur, als es an der Haustür klopfte, vor der sie gerade stand. Vor Schreck wäre ihr beinahe das Telefon aus der Hand gefallen und auf den Steinboden geknallt. Vanda sprang laut maunzend davon.

Einbrecher klopfen nicht an und fragen, ob jemand zu Hause ist, oder?, dachte Holly und nahm dann all ihren Mut zusammen, setzte aber die Frage, ob das Leben allein in diesem Haus am Ende der Welt wirklich das Richtige für sie war, auf ihre geistige Liste. Sicher wäre es nicht das letzte Mal, dass jemand hier auftauchte, ohne sich angekündigt zu haben, und wollte sie wirklich, dass ihr jedes Mal das Herz in die Hose rutschte?

»Wer ist da?«, rief sie dann.

»Mein Name ist Cal Fergusson. Ich bin hier wegen des Hauses.«

Wegen des Hauses? Holly verstand nichts mehr. Sie öffnete die Tür einen Spaltbreit.

Vor ihr stand ein Mann etwa in ihrem Alter, in Jeans und Trekkingstiefeln und einem Pullover mit Norwegermuster, dessen Reißverschluss er sich bis ans Kinn hochgezogen hatte. Auf dem Rücken trug er einen großen Trekkingrucksack. An der Hauswand lehnte ein Mountainbike.

»Wenn Sie eine Möglichkeit zur Übernachtung suchen«, sagte Holly, »dann müssen Sie es in Porthcurno oder Treen versuchen.«

Er lachte. »Nein, ich suche kein Zimmer.«

Aus der hinteren Hosentasche zog er ein mehrfach zusammengefaltetes Blatt Papier, faltete es auseinander und hielt es hoch.

»Das ist doch das Haus, das zum Verkauf steht? Oder, warten Sie, ich bin am falschen Haus? Sehen die hier vielleicht alle gleich aus? Man hat mir erzählt, dass die Eigentümerin eine ältere Lady ist, die Orchideen züchtet, und Sie, nun ja, Sie sind das wohl nicht. Oder sind Sie womöglich die Enkeltochter?«

»Langsam«, sagte Holly und musste trotz allem Argwohn lachen. »Sie sind beim richtigen Haus. Aber es war zu verkaufen, und ist es jetzt nicht mehr. Die ehemalige Eigentümerin ist eine ältere Lady, und Orchideen gibt es auch. Tut mir leid. Sie sind umsonst gekommen. Ich wohne jetzt hier.«

»Oh, das ist …« Er sah ehrlich zerknirscht aus. »Dann bin ich zu spät.«

»Ja, sind Sie. Das Verkaufsangebot ist schon längst von der Webseite der Immobilienagentur entfernt worden. Wo haben Sie das denn jetzt her?«

»Ich hab mir das schon vor ein paar Wochen ausgedruckt, bevor ich meine Trekking-Tour begonnen habe. Ist ein langer Weg von Schottland hier runter.«

Holly hatte gleich gemerkt, dass er einen schottischen Akzent hatte. Die Satzmelodie war eine andere. Sie hatte das schon immer gerne gemocht.

»Sie kommen mit dem Fahrrad, um sich ein Haus anzusehen?«

Amüsiert sah er sie an.

»Nein, diese Tour war schon lange geplant. Und als ich schon unterwegs war, hab ich das Angebot gesehen. Ich hatte mit dem Gedanken gespielt, in den Süden zu ziehen, und dann war es auf einmal da. Ich dachte, wenn das Haus noch zum Verkauf steht, wenn ich ankomme, ist es meins. Wenn nicht …, tja, dann nicht. Dann sollte es nicht sein.«

»Verstehe.«

Unschlüssig standen beide da, bis er auf eine Wasserflasche deutete, die an seinem Rucksack baumelte.

»Darf ich mir die vielleicht auffüllen?«

»Oh, aber ja, sicher. Kommen Sie rein. Es ist furchtbar windig.«

Er trat ein, und im Licht der Deckenlampe sah Holly ihn sich genauer an. Seine dunkelblonden Haare standen in alle Richtungen ab, was vielleicht nicht nur dem Fahrtwind zuzuschreiben war. Holly vermutete eher, dass das auch so gewünscht war. Ein Bart, der älter als drei Tage war, bedeckte den unteren Teil des Gesichts. Vor allen Dingen seine Augen waren faszinierend. Ein Grünblau wie das Meer vor Hollys Haustür, wenn es in der Nacht gewittert hatte und am nächsten Morgen alles wie blank poliert aussah. Filigrane Fältchen zeigten sich, wenn er lächelte.

»Kommen Sie mit in die Küche. Haben Sie auch eine Thermosflasche? Dann mache ich Ihnen einen Tee. Es wird bald Abend, und dann ist es schon verdammt kalt.«

»Das ist furchtbar freundlich.«

»Wo müssen Sie denn noch hin heute?«

»Ich weiß noch nicht genau. Mein Hinweg führte entlang der Nordküste. Über St. Ives, Pendeen, Kelynack und die ganzen kleinen Dörfer. Ich glaube, zurück fahre ich jetzt entlang der Südküste Richtung Penzance. Mal sehen, wie weit ich komme. Zur Not zelte ich. Ich hab eine gute Ausrüstung dabei.«

»Zelten.« Holly schüttelte sich. Wenn der Wind schon an ihrem Steinhaus rüttelte, als wolle er es aus dem Erdboden reißen, was würde er dann mit einem Zelt anstellen?

Sie bedeutete ihm, in der Küche auf der Eckbank Platz zu nehmen, während sie den Wasserkessel füllte und auf die Herdplatte stellte. Er hatte den Duft von Moos, Gräsern und salziger Luft mit hereingebracht. Irritierenderweise mochte Holly das, und bevor sie länger darüber nachdachte, konzentrierte sie sich auf die Gasflammen, die am Kessel emporzüngelten.

»Und hier hat wirklich eine Orchideenzüchterin gelebt?«, fragte er unvermittelt.

»Ja, das stimmt. Annabel, Miss Oxley, hat Orchideen gezüchtet. Und auch gezeichnet. Schon ihr Vater war ein bekannter Züchter.« Dann erinnerte sich Holly wieder an die unheimlichen Geräusche, die sie aus dem Schlaf hochgeschreckt hatten. »Sie müssten die Orchideen eigentlich gesehen haben, als Sie vorhin ums Haus und den Wintergarten geschlichen sind.«

Betreten sah er sie an.

»Tut mir leid. Ich wolle Sie nicht erschrecken. Ich hatte Licht gesehen, und da …«

Er konnte seinen Satz nicht beenden, denn Vanda sprang mit einem Mal auf seine Beine.

»Vanda! Geh doch runter«, rief Holly, doch ihr Besucher ließ sich gar nicht stören.

»Lassen Sie nur. Ich mag Katzen.«

»Oh«, sagte Holly nur und nicht sehr einfallsreich.

»Das heißt, die Orchideen sind immer noch hier? Züchten Sie denn auch?«

»Ich lerne noch. Aber ich möchte es dann vielleicht versuchen, ja.«

»Darf ich sie sehen?«

»Die Orchideen?« Hollys Verblüffung könnte nicht größer sein. »Interessieren Sie sich denn dafür?«

»Meine Mutter hat Orchideen gezüchtet. Nur für sich, nicht professionell. Ich bin mit all den Phalaenopsis und Paphiopedilum groß geworden. Deswegen hat mich das Haus wohl auch so angesprochen. Aber ich selbst habe überhaupt keine Ahnung.«

Okay, dachte Holly, *er mag Katzen, und seine Mutter hat Orchideen gezüchtet.* Wie die von Gianfranco, schoss es ihr auf einmal durch den Kopf. Schhht, rief sie sich selbst zur Ruhe.

»Kommen Sie, ich zeig sie Ihnen.«

Behutsam setzte er Vanda auf dem Boden ab und stand auf. Sie gingen in den Wintergarten, wo Hollys Plaid von der Bank auf den Boden gerutscht war.

»Haben Sie hier geschlafen, als ich …«

Holly nickte.

»Da hab ich Ihnen ja einen schönen Schrecken eingejagt, tut mir leid, Miss …«

»Oh, ich hab mich noch gar nicht vorgestellt. Holly Greenwood. Sagen Sie einfach Holly.«

Sie streckte ihm die Hand hin, die er sofort ergriff. Er hatte einen festen Händedruck, die Handinnenflächen waren ein wenig rau, aber nicht so, dass es unangenehm wäre. Dann hob er das Plaid auf und legte es zurück auf die Bank, bevor er sich umsah.

»Das ist … Wow. Das ist ja kein Wintergarten, das ist ein richtiges Gewächshaus.«

»Ja, hier und da ein bisschen Form geben und Kontrolle zurückerlangen, und dann ist es perfekt.« Holly übernahm die

Worte von Fiona, als müsse sie sich für den Wildwuchs rechtfertigen und um einen besseren Eindruck zu machen.

»Ich finde es perfekt, so wie es ist. Natur formt sich von allein, und schöner kann es eine menschliche Hand sowieso nicht hinbekommen.«

Holly schmolz.

»Um ehrlich zu sein, ich mag es auch genau so, wie es jetzt ist. Für die Kaufinteressenten war es allerdings ein Problem. Oder besser gesagt, die Orchideen an sich waren schon das Problem, egal, ob wild oder kontrolliert wachsend.« Als sie seinen fragenden Blick sah, erklärt sie: »Ich arbeite für die Immobilienagentur, deren Angebot Sie sich ausgedruckt hatten.«

»Und weil keine Käufer gefunden wurden, sind Sie kurzerhand selbst eingezogen?«

»Ach, das ist eine lange Geschichte.«

»Verstehe.« Dann lächelte er.

Holly fuhr sich durchs Haar wie ein verlegender Teenager.

»Dann können Sie mir ja vielleicht ein anderes Haus suchen. Ganz in der Nähe von diesem?«

Ganz in der Nähe von diesem.

Reiß dich zusammen, beschwor Holly sich selbst. Was war denn nur mit ihr los?

»Sicher, wenn Sie der Agentur den offiziellen Auftrag erteilen, kann ich für Sie tätig werden.« Förmlicher ging es nicht. Verdammt, Holly!

Nachdem er noch eine Weile von Pflanze zu Pflanze geschlendert war und hier und da an einer roch, mit geschlossenen Augen, als würde er sich in Erinnerungen verlieren, gab es keinen Grund mehr, sein Aufbrechen länger hinauszuzögern. Selbst Vanda schien das zu spüren und warf sich laut schnurrend gegen sein Bein. Er nahm sie auf und kraulte sie hinter den Ohren. Vanda genoss die Aufmerksamkeit, bis sich eine Kralle in seinem Wollpullover verhakte und sie unkontrolliert versuchte, sich loszumachen.

»Nein, warte doch, du störrisches kleines Ding«, sagte Holly, packte sanft die Pfote und fädelte die Kralle aus der Wollschlinge. Er streichelte weiter über Vandas Fell, und ihre Hände berührten sich ganz zufällig. Holly bildete es sich nicht ein, dass sie beide einen Moment innehielten und diesen Bruchteil eines Augenblicks nicht unangenehm fanden. Doch dann war er vorbei, und es gab nichts mehr zu sagen.

»Tja, dann werde ich mal wieder«, sagte er dann auch, und Holly konnte nicht sagen, ob da ein Hauch Bedauern mitschwang. »Ich hab Ihren Abend zur Genüge durcheinandergebracht.«

»Aber nein, das war doch kein Problem«, sagte sie und hatte verdrängt, dass beim Anblick seines Umrisses im dunklen Garten ihre Knie gezittert hatten. »Ich bringe Sie zur Tür.«

Noch einmal gaben sie sich zum Abschied die Hand, bevor er sich auf das Rad schwang und zurück auf die holprige Straße rollte. Kurz drehte er sich noch einmal um und winkte ihr zu. Dann war er hinter der nächsten Kurve verschwunden.

Holly schloss die Tür. Auf einmal war es so still, wie sie es noch nie zuvor empfunden hatte. Vanda schlich durch die Räume, als würde auch ihr der unerwartete Besucher bereits fehlen, und Holly wurde fast ein bisschen eifersüchtig.

»Treuloses Ding«, sagte sie und fuhr Vanda mit einem Lächeln über den Rücken.

Sie löschte das Licht im Wintergarten und setzte sich noch einen Augenblick im Dunkeln auf die Bank, bevor sie schlafen gehen würde. Cal Fergusson aus Schottland. Warum hatte sie ihn nicht gefragt, was er beruflich machte und was ihn in den Süden verschlug? Am meisten bereute sie, dass sie nicht angeboten hatte, etwas zu kochen. Sicher war er bereits eine Weile unterwegs und hatte ja auch noch eine ganze Strecke vor sich. Mit leerem Magen machte so eine Tour bestimmt keine große Freude. Und sie selbst hätte darüber hinaus noch für ein weiteres Stündchen Gesellschaft gehabt.

Hatte Annabel am Ende recht und es würde ihr nicht guttun, auf Dauer so ganz allein auf den Klippen zu leben? Würde sie wunderlich werden, wie sie es ihr prophezeit hatte? Ach, papperlapapp. Es war nun einmal, wie es war. Wenn sie Sehnsucht nach Gesellschaft hätte, würde sie statt zu Hause einfach in der Agentur in Plymouth arbeiten, und ab und an besuchte Emma sie hier draußen. Sicher, die gemütlichen Pubs und schicken Bars, die sie in Plymouth gerne frequentiert hatten, gab es hier nicht.

Schluss. Holly stand auf, verließ den Wintergarten und machte sich auf den Weg ins Bett.

Kaum hatte sie das Licht gelöscht, klopfte es erneut.

Nicht schon wieder, stöhnte sie. Das ist ja wie in einem Highwaymotel hier.

Holly legte sich den Pullover um die Schultern und öffnete die Tür, diesmal ganz ohne Vorsichtsmaßnahmen, und vor ihr stand zum zweiten Mal an diesem Tag Cal Fergusson. Selbst in der Dunkelheit vor dem Haus konnte sie erkennen, dass eine lange Schramme über seine Stirn verlief.

»Um Gottes willen, was ist Ihnen denn passiert?«

»Ein kleiner Unfall.« Er deutete auf sein Rad. Die Felge des Vorderreifens war zu einer Acht verbogen. »Ich hab Bekanntschaft mit einem echt kornischen Straßengraben gemacht. Und ich wusste nicht, wohin, und Sie kamen mir als Einziges in den Sinn.«

»Kommen Sie rein.« Holly trat beiseite und ließ ihn vorbei. »Setzen Sie sich in die Küche. Ich hole Jod aus dem Bad.«

»So schlimm ist das bestimmt nicht«, sagte er mit einer steilen Falte auf der zerschundenen Stirn.

»Keine Widerrede. Das muss sofort gereinigt und desinfiziert werden. Sonst haben Sie nämlich auch echt kornische Bakterien in der Wunde.«

Er grinste. Holly seufzte innerlich.

Sie begann, mit einem sauberen Lappen den Schmutz aus dem Kratzer zu tupfen. Er verzog kurz das Gesicht.

»Wie ist das überhaupt passiert?«, fragte sie.

»Das glauben Sie mir nie.«

»Unterschätzen Sie mich nicht. Schießen Sie los. Das Hinweisschild zu einem Pub und die Aussicht auf einen Burger und ein Bier hat Sie eine Neunzig-Grad-Wendung hinlegen lassen? Inklusive Salto?«

»Schön wär's. Lachen Sie jetzt ja nicht. Es war ein Schaf. Eins mit Leine. Das ist mir vors Rad gelaufen, und ich musste bremsen, ein bisschen zu scharf, ich bin ins Rutschen gekommen, und dann war es auch schon zu spät.«

Holly biss sich auf die Lippen, während sie ein Pflaster aus der Verpackung riss, denn sonst hätte sie laut gelacht.

»Mein Fuß ist noch viel schlimmer dran als die Stirn, den hab ich mir irgendwie verdreht. Ich glaub, der Knöchel ist geschwollen.«

»Ziehen Sie die Boots aus, und zeigen Sie mir Ihre Knöchel. Beide, damit ich sehen kann, ob der eine wirklich dicker ist als der andere.«

»Jawohl, Mam.«

Er löste die Knoten in den Schnürsenkeln und schlüpfte aus den Stiefeln. Gleich darauf lachte Holly, die sich nun wirklich nicht mehr beherrschen konnte, laut los. Seine Füße steckten in zwei verschiedenfarbigen Socken. Der eine war einfarbig dunkelgrau, der andere leuchtend blau mit dem Abzeichen der Glasgow Rangers.

»Zusammenpassende Socken werden völlig überbewertet«, sagte er und wackelte mit den Zehen.

Holly drehte sich weg und flüsterte: »Danke, Myrtle, du liebes, dummes Schaf.«

ENDE